HORROR-TASCHENBUCH

BAND 20

In der Reihe HORROR TB erscheinen:

1501 Graham Masterton: *Der Ausgestoßene*
1502 Brian Hodge: *Nightlife*
1503 Sean Costello: *Der Cartoonist*
1504 Richard Laymon: *Parasit*
1505 Brian Lumley: *Titus Crow 1 – Sie lauern in der Tiefe*
1506 S. P. Somtow: *Dunkle Engel*
1507 Frank Festa (Hg.): *Necrophobia – Meister der Angst*
1508 Steve Vance: *Der Mr. Hyde-Effekt*
1509 Steve Vance: *Das Mr. Hyde-Erbe*
1510 Graham Masterton: *Die Opferung*
1511 Jeffrey Thomas: *MonstroCity*
1512 Dan Simmons: *Lovedeath*
1513 Brian Hodge: *Rune*
1514 F. Paul Wilson: *Das Kastell*
1515 Brian Hodge: *Totenstadt*
1516 David J. Schow: *Der Schacht*
1517 F. Paul Wilson: *Die Gruft*
1518 R. L. Tierney: *Im Haus der Kröte*
1519 J. Gelb & Co: *Hot Blood 1: Bis dass der Tod euch vereint*
1520 J. Gelb & Co: *Hot Blood 2: Fremder in der Nacht*
1521 Frank Festa (Hg.): *Necrophobia 2: Die graue Madonna*
1522 F. Paul Wilson: *Die Gabe*

Jeff Gelb & Michael Garrett (Hg.)

HOT BLOOD

Band 2

Erotische Horrorgeschichten

Aus dem Amerikanischen von Michael Plogmann

FESTA

Für Forrest J. Ackerman
und
Hugh M. Heffner,
Schöpfer und Verleger von
Famous Monsters of Filmland
und
Playboy,
den zwei Zeitschriften, die uns als Teenager
am meisten beeinflussten.
Danke für die Schreie und Träume.

1. Auflage Januar 2008
Originaltitel: *Hot Blood: Stranger by Night*

Titelbild: Ben Heys
Druck und Bindung: CPI Moravia Books

ISBN 978-3-86552-075-3

INHALT

AM ENDE DER STRAßE

Edo van Belkom

Es war der erste Wagen seit zwanzig Minuten, der vorbeifuhr, und Rory Graham streckte ihm seinen Daumen entgegen. Die Scheinwerfer standen weit auseinander und kamen ihm vor wie ein Hoffnungsstrahl in der ansonsten trübseligen Nacht.

»Na los«, murmelte er vor sich hin. »Halt an.«

Als der Wagen näher kam, erkannte er einen weißen, ziemlich neuen Cadillac, einen großen noblen Schlitten ... und im Innern war es bestimmt mollig warm. Er hielt seinen Daumen noch höher, damit der Fahrer ihn auf keinen Fall übersah, aber der Wagen zog an ihm vorbei und gab Gas, während er überholte.

»Arschloch!«, rief Rory und kickte dem beschleunigenden Wagen Dreck hinterher. »Verdammtes Arschloch!«

Er trat noch einmal in den Dreck, rückte den Rucksack auf den Schultern gerade, zog die ausgeblichene Jeansjacke enger vor die Brust und marschierte weiter. In der Ferne wurden die Rücklichter des Autos zu winzigen roten Sternen am Horizont. Er sah zu, wie sie kleiner und kleiner wurden, bis das Auto über eine Anhöhe fuhr, die Lichter verschwanden und um ihn herum wieder undurchdringliche Dunkelheit herrschte.

»Was für eine geniale Idee!« Er warf die Arme in die Luft. »Ein Trip per Anhalter quer durch die Staaten ... klingt toll, wenn man in der Stadt wohnt und ein Auto nach dem anderen an einem vorbeifährt. Aber wenn man dann irgendwo mitten in der Wildnis gelandet ist ...«

Er hielt plötzlich inne und lauschte.

Es näherte sich ein weiteres Auto.

Er wirbelte herum und sah zwei weiße Lichter auf der Straße, die allmählich größer wurden.

Rory streckte wieder den Daumen heraus und der Wagen verlor an Tempo.

»Ja!«, stieß er zwischen zusammengebissenen Zähnen hervor und stieß in Siegerpose die Faust in die Luft. »Geschafft!«

Es war ein älterer Wagen, wahrscheinlich ein Buick. Er war groß und schwarz und hatte eine klobige Stoßstangen-Kühlergrill-Konstruktion, die aussah wie ein drohendes Stahlgebiss. »Das Beste, was man außer einem Cadillac erwischen kann«, murmelte er vor sich hin, als er auf den Wagen zulief, der vor ihm im Leerlauf am Straßenrand stand.

Als er den Wagen erreichte, öffnete er hastig die Beifahrertür und sah sich den Fahrer genau an. Er hatte seine Lektion in Indiana gelernt, als er in einen Sattelzug gestiegen war, dessen Fahrer aussah wie eine Kreuzung aus Mad Max und Charlie Manson. Der Typ war wie ein Irrer gerast und hatte Rory tausend Dollar geboten, wenn er seine Frau kalt machen würde. Der Weg zur nächsten Raststätte war ihm noch nie so lang vorgekommen.

Wenigstens sieht der hier normal aus, dachte er. *Hat vielleicht nicht viel zu bedeuten, aber es ist wenigstens etwas.* Der Fahrer war schon älter – Ende vierzig, vielleicht Anfang fünfzig. Das Haar war etwas angegraut und um die Augen und auf der Stirn sah man ein paar Falten. Er trug einen Anzug, oder zumindest ein Jackett und eine Krawatte, und sah aus wie ein Versicherungsvertreter oder ein Gebrauchtwagenhändler.

»Wo willst du hin?« Der Mann hatte einen leichten Südstaatenakzent.

Rory schob seinen Kopf tiefer ins Wageninnere und deutete in die Richtung, in die der Wagen fuhr. »Da lang.«

Der Mann nickte. »Dann steig mal ein.«

Innerhalb von Sekunden war er im Wagen. Sein Körper reagierte bereits auf die Wärme in der Fahrgastzelle.

Der Mann legte einen Gang ein und scherte wieder auf die Straße zurück, wobei er sogar den Blinker setzte, wie Rory bemerkte. Er fuhr ein paar Minuten schweigend und gab Rory die

Gelegenheit, es sich bequem zu machen, dann fragte er: »Hast du ein bestimmtes Ziel? Oder einfach nur *da lang?*«

Rory wandte sich dem Mann zu, dessen Gesicht durch das Licht des Armaturenbretts unheimlich wirkte. »Ich will nach Westen. Weiß noch nicht, wohin genau. Vielleicht bleibe ich in Los Angeles oder San Francisco ... Wer weiß, vielleicht geht's sogar hoch bis nach Seattle.«

Der Fahrer nickte. »Es wartet also niemand auf dich?«

»Nicht wirklich.«

Der Mann nickte noch immer. »Ich frage ja nur, weil es bis zur nächsten Stadt noch vierzig Kilometer sind und ich fahre hier auf der Straße nur noch fünfundzwanzig Kilometer weit.«

Rory dachte nach. Wenn dieser Kerl ihn nicht aufgelesen hätte, dann wäre er die ganze Nacht durchmarschiert und vielleicht sogar erfroren. Und trotz dieser Mitfahrgelegenheit war er dann immer noch fünfzehn Kilometer von der nächsten Stadt entfernt. Er schüttelte den Kopf. Er hatte einfach kein Glück!

»Sieht so aus, als müsste ich dann noch ein bisschen laufen!«

»Sieht so aus«, sagte der Fahrer.

Im Innern des Wagens war es wieder ein paar Minuten still.

»Kriegst du viel Fickfleisch auf der Straße?«

Die Frage kam ohne jede Vorwarnung und Rory war sich nicht sicher, ob er auch richtig verstanden hatte: »Wie bitte?«

»Ich fragte, ob du viel Fickfleisch auf der Straße kriegst?«

Rory sah den Mann an und überlegte, was er von der Frage halten sollte. Es gab zahllose Möglichkeiten und die meisten liefen darauf hinaus, dass der Typ ein Perverser war, aber vielleicht war er auch nur ein einsamer alter Mann, der sich unterhalten wollte. Und wenn man schon über etwas redete, warum dann nicht über Sex? Als Thema war das genauso gut wie alles andere.

»Leider nicht«, gestand er schließlich und zuckte mit den Achseln. »In letzter Zeit hat es mir eigentlich an allem gefehlt – an Essen, sauberer Kleidung, Schlaf ... und an Frauen.«

Der Mann seufzte und lachte auf. »Ich habe davon genug«, sagte er. »Sogar mehr als genug. So viel ich will und sogar noch mehr.«

Rory wusste nicht, was er darauf erwidern sollte. Er hätte dem Mann am liebsten gesagt, das sei ihm völlig egal, aber dazu war es im Wagen doch zu warm und die Nacht draußen zu kalt. Er konnte es sich nicht leisten, unhöflich zu sein: »Hört sich gut an.«

»Ja, meine Frau ist ein echter Schatz«, sagte der Fahrer. Er nahm eine Hand vom Lenkrad, griff nach oben und zog ein Foto hinter der Sonnenblende hervor. Er warf einen Blick darauf, dann reichte er es Rory. »Und sie ist wirklich scharf.«

Rory beugte sich vor und drehte das Bild in den Händen bis das Licht von den Armaturen darauffiel. Es handelte sich um ein Farbfoto, eines von diesen Büsten-Portraits, wie man es immer in den Zeitungen sieht. *Eine ziemlich attraktive Frau,* dachte Rory. Sie hatte ein warmes, strahlendes Lächeln, langes dunkles Haar und große braune Augen, in die man leicht verborgene Leidenschaft hineinlesen konnte. Darunter war die Andeutung eines Dekolletés zwischen den runden prallen Ansätzen ihrer Brüste. Rory sah sich das lange Zeit an und überlegte, wie wohl der Rest von ihr aussehen mochte. »Sie sieht wirklich gut aus«, sagte er schließlich und reichte dem Mann das Foto zurück.

»Ja, sie ist schön«, sagte der Fahrer. »Aber sie kann nicht kochen und zur Hausarbeit taugt sie auch nicht.«

Unter anderen Umständen hätte sich Rory vielleicht über die Sprüche des Mannes aufgeregt und ihn als Macho, vielleicht sogar als üblen Sexisten beschimpft, aber im Augenblick war pragmatisches Denken angesagt und das bedeutete, alles zu tun, um im Wagen und in Richtung Westen unterwegs zu bleiben. »Nun, man kann nicht alles haben«, meinte er.

»Der einzige Ort, an dem sie was taugt, ist das Schlafzimmer.«

Rory wollte einfach nicht glauben, was er da hörte, und fragte sich, in was für eine Gegend er hier geraten war. »Was Sie nicht sagen.«

»Aber im Schlafzimmer ist sie eine richtige Schlampe. Ich kann sie jederzeit und in jeder beliebigen Stellung ficken: In den Mund, von hinten, auch in den Arsch, falls ich will. Sie tut nichts lieber, als mir zum Gefallen zu sein ... Man könnte fast sagen, sie ist eine verdammte Sexmaschine.«

»Sie sind ein glücklicher Mann«, seufzte Rory mit kalter, unbewegter Stimme.

»Vorgestern zum Beispiel. Wir haben zusammen ein Glas Wein

getrunken und dann habe ich ein paar Videos eingelegt – du weißt schon, damit man in Stimmung kommt.«

Rory nickte.

»Und bevor ich überhaupt wusste, wie mir geschah, da war sie schon zwischen meinen Beinen und lutschte an meinem Schwanz wie so'ne Göre an 'nem Stieleis. Und sie hat nicht eher aufgehört, als bis ich ihr die ganze Ladung in den Mund gespritzt habe.«

Rory war einerseits von dieser Geschichte abgestoßen, aber gleichzeitig erregte sie ihn auch. Sein Magen reagierte mit Abscheu, aber zwischen seinen Beinen schwoll etwas an.

»Den meisten Frauen hätte das wohl gereicht, aber ihr nicht. Sie hat mich einfach weiter bearbeitet – sie hat geküsst und geleckt und gesaugt – bis ich wieder bereit und hart war. Und dann hat sie mich ganz lieb gebeten, sie in die Pussy zu ficken.«

»Wow«, sagte Rory. Die verhaltene Ehrfurcht war sogar echt.

Der Fahrer schüttelte nur den Kopf. »Und dann kam die Krönung. Als ich mit ihrer Pussy fertig war, da hat sie mich praktisch angefleht, ihn ihr in den Arsch zu stecken. Kannst du dir das vorstellen?«

Rory konnte sich das kaum vorstellen, sein Unterleib hatte damit aber gar keine Probleme. Die Sprache des Mannes war obszön und drastisch und auch wenn Rory es gar nicht wollte, so spürte er doch, wie seine Erregung wuchs.

Der Mann fuhr schweigend weiter und lächelte. Nach ein paar Minuten setzte er wieder an: »Na ja, so geil sie auch ist ... ich muss zugeben, dass macht mich gar nicht mehr so an. Ich meine, wenn man sein Ding schon ein paar hundert Mal in jedes verfügbare Loch gesteckt hat, dann wird es irgendwann öde. Oder?«

Rory antwortete nicht.

»Oder?«

»Wahrscheinlich.«

Wieder ein paar Minuten des Schweigens.

»Hör mal zu«, sagte der Fahrer. Seine Stimme war sanft und leise. »In so einer Nacht kannst du doch nicht weiter bis in die Stadt laufen. Warum kommst du nicht mit zu uns, isst da zu Abend und nimmst ein richtiges Bad?« Er strich sich mit der Hand durch das Gesicht und leckte sich die Lippen. »Und danach kannst du dich dann mit der Alten befassen. Du weißt schon, du besorgst es ihr und sie hat mal ein bisschen Abwechslung.«

Rory starrte den Mann nur an und versuchte, seine Worte einzuschätzen. Er sah ihm direkt ins Gesicht, aber das wenige Licht vom Armaturenbrett verbarg jede Gefühlsregung, die sich dort zeigen mochte. Schließlich sagte er: »Sie meinen das ernst, oder?«

»Natürlich. Sie sehnt sich schon so lange nach etwas Neuem ...« Er sprach, als ginge es darum, Rory für ein paar Stunden einen Rasenmäher zu leihen. »Sie hat sich schon immer gefragt, wie das wohl sein würde, es mit jemandem zu machen, der so ist wie sie. Glaub mir, Kumpel, du tust mir einen Gefallen.«

Rory starrte aus dem Fenster und sah, wie die Welt an ihm vorbeizog, kalt, schwarz und endlos. Allein der Gedanke an die Temperaturen da draußen ließ ihn frösteln. Und demgegenüber – ein warmes Essen, eine heiße Dusche und eine Nacht in einem warmen Bett hörte sich toll an, auch wenn die Sache mit der Frau natürlich völliger Blödsinn war. »Sicher«, meinte er. »Warum nicht?«

Der Fahrer lächelte. »Danke, Kumpel. Du wirst meine Frau richtig glücklich machen. Und mach dir keine Sorgen. Sie weiß, wie man sich dankbar erweist.«

Rory hatte immer noch seine Zweifel, aber eine gewisse Erregung bei dem Gedanken konnte er nicht unterdrücken. Die Frau auf dem Bild war so schön und so sinnlich – falls an dem Gerede des Mannes irgendetwas dran war, dann würde er die Nacht im Himmel verbringen.

Falls da etwas dran war.

+++

Sie fuhren noch einige Kilometer, bis Rory in der Ferne die schwachen Lichter eines Bauernhauses erblickte. »Es muss hier ganz schön einsam sein«, sagte er und unterdrückte gerade noch den Rest des Gedankens –, *so im Nirgendwo.*

»Nicht wirklich«, sagte der Mann. »Wir können uns schon beschäftigen, weißt du ... wir haben unsere eigenen Methoden, die Zeit zu vertreiben.« Der Mann lachte und zwinkerte Rory zu.

Rory lächelte höflich und nickte.

Schließlich bog der Mann in eine Einfahrt ein, die von einer leichten Kurve in der Straße abzweigte. Der Briefkasten am Straßenrand war ein normaler Blechkasten. Der Anblick erinnerte Rory daran, dass er nicht einmal den Namen des Mannes kannte.

»Ach übrigens, mein Name ist Rory. Rory Graham.«

»Sehr erfreut, Rory«, sagte der Mann und streckte ihm die Hand hin, hielt jedoch die Augen weiter auf den schmalen Pfad gerichtet, der sich zwischen den Bäumen entlangschlängelte.

Rory schüttelte die Hand und wartete darauf, dass ihm der Mann ebenfalls seinen Namen nannte, aber das geschah nicht.

»Wir sind da.« Er hielt den Wagen an und schaltete den Motor aus. Das Motorengeräusch verstummte und plötzlich war die Nacht ebenso still wie dunkel.

Rory sah aus dem Wagenfenster auf das Haus. Es war ein altes Bauernhaus aus braunen Backsteinen, grau verputzt. Der Rasen ringsherum war gepflegt und geschnitten, aber rund um das Haus gab es weder Blumen noch Sträucher. Das ganze Haus wirkte farblos, ihm fehlte alles, was in Rorys Augen auf eine weibliche Hand hingedeutet hätte.

Als er einen Moment darüber nachdachte, spürte Rory plötzlich sein Herz heftig klopfen. »Ihre, äh ... ihre Frau liebt die Gartenarbeit?«, fragte er, als er vorsichtig aus dem Auto stieg.

»Nein. Sie kommt fast nie aus dem Haus.«

Die Worte beruhigten Rorys Nerven nur unwesentlich. Er stand stocksteif auf den Stufen zur Haustür und wartete, bis der Mann den Schlüssel im Schloss herumdrehte. Nachdem er die Tür geöffnet hatte, knipste er das Licht an und rief »Hallo« ins Innere des Hauses.

»Hi«, kam die Antwort. Die Stimme war weich und gedämpft und – was am wichtigsten war – zweifellos weiblich.

Rory spürte, wie die Anspannung von ihm abfloss wie Wasser aus einem Sieb. Er stieß ein verhaltenes Lachen hervor und wandte sich zur Tür.

Sobald er die Tür hinter ihm geschlossen hatte, hing der Mann

Rorys Jacke an die Garderobe und warf seinen Rucksack in eine Ecke. »Warum gehen wir nicht nach oben und sagen meiner besseren Hälfte guten Tag? Und danach sehen wir dann, wo wir dich unterbringen können.«

»Nach Ihnen«, sagte Rory.

Er folgte dem Mann eine knarrende, alte Treppe hinauf und dann in einen Flur, in dem das Licht brannte.

Schon auf dem Weg dorthin bemerkte Rory einen unangenehmen Geruch aus dem Zimmer. Es war ein scharfer Gestank und er brauchte einen Moment, um ihn einzuordnen.

Es roch nach vollen Windeln – nach Exkrementen.

»Hallo Liebes«, sagte der Mann, als er den Raum betrat und Rory im Flur zurückließ.

»Es tut mir leid. Ich konnte nicht mehr warten bis du zurückkommst«, sagte die Stimme der Frau.

Langsam trat Rory in das Zimmer.

Im Bett lag eine Frau auf dem Rücken, bedeckt mit einer Decke. Es war die Frau von der Fotografie, so schön wie auf dem Bild und nach dem, was die sich hebende und senkende Decke zeigte, die ihren Körper bedeckte, ebenso kurvenreich.

»Kein Problem, Liebling.« Der Mann ging zum Kopfende des Bettes und gab seiner Frau einen flüchtigen Kuss auf die Wange. »Du weißt, es macht mir nichts aus, dich sauber zu machen.«

Dann zog der Mann die Decke zurück ...

Und Rory erstarrte innerlich.

Die Frau in dem Bett hatte weder Arme noch Beine.

Und der Gestank ...

Der Geruch rührte daher, dass sie ins Bett gemacht hatte.

Rory stand nur da, blickte auf die Frau und konnte sich nicht rühren. Ihre Gliedmaßen wirkten wie abgehackt. Sie hatte nur vier kurze Stümpfe, jeder überzogen von einer knotigen Masse von rosafarbenem Narbengewebe.

Während Rory zusah, nahm der Mann ein Kosmetiktuch aus einer Schachtel auf dem Nachttisch und wischte den Po und den Anus der Frau sauber. Dann nahm er das Handtuch, das unter ihr gelegen hatte, und rollte es zu einem kleinen Ball zusammen.

»Entschuldige mich«, sagte er und steuerte mit dem

beschmutzten Handtuch an Rory vorbei, durch den Flur, dem Badezimmer entgegen.

Rory konnte sich immer noch nicht rühren und starrte unverwandt die Frau an, die sich gerade in eine bequemere Stellung hievte. Und während er so dastand, überdachte er noch einmal die Dinge, die ihm der Mann im Auto gesagt hatte.

Sie kann nicht kochen.

Sie kann das Haus nicht sauber halten.

Sie taugt nur was im Schlafzimmer.

Es ist wahr, dachte er. *Es stimmt alles.*

Und dann wohl auch ...

Sie sehnt sich schon so lange nach etwas Neuem ... hat sich schon immer gefragt, wie das wohl sein würde, es mit jemandem zu tun, der so ist wie sie.

Der so ist wie sie. Jemand ohne Arme und Beine.

»Werden Sie über Nacht bleiben?« Das sardonische kleine Lächeln auf ihrem Gesicht passte nicht zu der sanften Stimme.

»Nein, Ma'am«, sagte Rory. »Ich glaube, es ist das Beste, wenn ich mich wieder auf den Weg mache.«

Und dann drehte er sich um ...

Gerade noch rechtzeitig, um zu sehen, wie sich die Schneide einer Axt in seinen Schenkel fraß.

EINFACH NUR SEX

Michael Garrett

»Jetzt warte mal«, unterbrach John Franks, geschockt von dem, was er da meinte, gehört zu haben. Er wischte sich die Lippen mit einer Leinenserviette ab und starrte verblüfft seine Freundin Angel Peters an, die ihm gegenübersaß. Sie quittierte die Aufmerksamkeit mit einem mokanten Lächeln ohnc dic lciseste Spur von Verlegenheit, als sei ihr Vorschlag nicht mehr gewesen als die Einladung zu einer Lesung. »Entschuldige, wenn ich ein wenig verblüfft wirke«, fuhr John fort, »aber würdest du das bitte noch einmal sagen? Nur damit ich sicher bin, dass du auch wirklich von mir redest?«

Trotz der sie umgebenden Geräuschkulisse in dem voll besetzten Restaurant dämpfte sie ihre Stimme, als sie ihren Vorschlag wiederholte. Noch bevor sie zu Ende geredet hatte, bekam John einen merklichen Ständer.

Angel lachte und schüttelte leichtfertig den Kopf. Sie schien vollkommen ruhig und Herrin ihrer Sinne, und wie üblich war sie einfach atemberaubend. Schließlich beugte sie sich über den Tisch, um ihren Vorschlag noch einmal zusammenzufassen: »In Anbetracht der Tatsache, dass ich Schriftstellerin bin, habe ich manchmal bemerkenswerte Probleme, mich in Worten auszudrücken. Aber mir ist schon früher aufgefallen, wie du mich angesehen hast, John. Du hast dich immer schon zu mir hingezogen gefühlt, nicht wahr?« Sie kniff die Augen zusammen und musterte ihn herausfordernd. Ohne eine Antwort abzuwarten, fuhr sie fort: »Falls das stimmt, bietet sich uns als Autoren eine einzigartige Gelegenheit.« Sie hielt inne, um eine widerspenstige

Locke aus ihrer Stirn zu streichen. »Wir schreiben beide erotische Thriller, aber unser Privatleben ist relativ eintönig. Eine sexuelle Beziehung würde uns Erfahrungen vermitteln, die in unsere Arbeit einfließen könnten.«

John schluckte und versuchte krampfhaft zu verbergen, wie sehr sie ihn aus der Fassung gebracht hatte. Ja, er hatte sie beim ersten Mal richtig verstanden. Wunschträume konnten also tatsächlich Wirklichkeit werden!

Er hatte Angel vor drei Jahren bei einem Kurs für kreatives Schreiben kennengelernt und sie hatten sich auf Anhieb sehr gut verstanden, auf einer platonischen, rein beruflichen Ebene. Sie schrieben über ähnliche Themen, auch wenn sie das sehr viel ernster nahm als er, und sie hatten seither immer wieder ihre Ansichten über die jeweiligen Arbeiten des anderen ausgetauscht. Es war John immer schwer gefallen, sich nicht anmerken zu lassen, was für eine sexuelle Versuchung sie für ihn darstellte, wenn sie miteinander allein waren.

Er grinste in sich hinein und hoffte, dass er nicht rot geworden war. Er war seit fast fünfundzwanzig Jahren verheiratet. Obwohl Angel nur selten von ihrer eigenen Ehe sprach, war er davon ausgegangen, dass auch die glücklich verlief. Er lebte zwar in einer festen Beziehung, trotzdem hatte sich John gelegentlich Wunschträumen über seine attraktive Kollegin hingegeben. Er hatte sich jedoch nie irgendwelche Illusionen gemacht, dass es tatsächlich jemals zu so etwas kommen könnte. Er tupfte sich die Stirn mit seiner Serviette ab und nippte an seinem Eistee. »Ich ... ich glaube das einfach nicht«, murmelte er.

Angel atmete tief ein, was ihre Brüste gegen die enge Bluse presste, wo die Brustwarzen Eindrücke hinterließen, die nur langsam wieder aus dem Stoff verschwanden. Johns Erektion wurde immer heftiger.

»Hör zu, es tut mir leid, wenn ich dich in Verlegenheit gebracht habe«, entschuldigte sie sich. »Vielleicht hätte ich ein andermal damit anfangen sollen, nicht mitten in einem belebten Restaurant, aber, na ja, wir haben uns schon früher über Sex unterhalten. Ich habe dir Dinge über mich erzählt, die ich sonst niemandem verraten würde. Als Schriftstellerin will ich selbstverständlich dazulernen, und mir scheint die Idee nur logisch. Ich meine, es hätte ja nichts mit Gefühlen zu tun, oder so. Es geht einfach nur um Sex. Man könnte eine außergewöhnliche Charakterstudie daraus machen.«

Einfach nur Sex? Verdammt, das versprach der Fick seines Lebens zu werden. John sah sich im Restaurant um, um sicherzugehen, dass nicht jemand, den er kannte, etwas von ihrem Gespräch mitbekam. »Ja, also ... ich möchte die Idee ja nicht von vornherein verwerfen«. Seine Stimme war kaum mehr als ein Flüstern. »Ich muss die Überraschung nur erst verdauen, bevor ich mich rational damit auseinandersetzen kann.«

Die Kellnerin füllte ihre Teegläser wieder auf und räumte die leeren Teller ab. Angel starrte John mit abwesendem Blick an und spezifizierte dann: »Versteh mich nicht falsch. Ich habe nicht vor, dich deiner Frau wegzunehmen oder so etwas. Ich kenne sie nicht besonders gut und verständlicherweise würde ich es vorziehen, ihr nicht mehr zu begegnen, falls wir diese Sache durchziehen. Ich sehe das nur als eine kreative Herausforderung.«

John rieb sich die kahle Stelle auf seinem Schädel. Ja, da war natürlich noch Sheila, aber welcher Mann konnte bei so einem Angebot schon Nein sagen, egal, was er für seine Frau empfand? Er atmete aus und schluckte heftig. Er war immer noch aus dem Häuschen über Angels Vorschlag, aber ihre letzte Bemerkung hatte ihn auch etwas ernüchtert. Ihr ging es nur darum, ihre Schreibtechnik zu verbessern, während seine literarischen Ambitionen das Letzte waren, was er jetzt im Sinn hatte.

Er lächelte sie erneut an, konnte ihr aber nicht in die Augen sehen: »Was ist mit George?«

Angel lachte. »Er ist Fernfahrer, das weißt du doch. Er ist in der Woche nur selten zu Hause, und ich schätze, er hat unterwegs die eine oder andere Affäre.« Als sie das Thema wechselte und sich über den Tisch beugte, wogte eine Wolke ihres Parfüms in Johns Richtung. »Du hast mir doch erzählt, dass du und deine Frau schon im Sandkasten miteinander gespielt habt und dass du noch nie mit einer anderen Frau geschlafen hast.«

Eine klebrige Nässe breitete sich in Johns Schritt aus, während er Angels Dekolleté bewunderte. Es war Jahre her, seit er zum letzten Mal eine ungewollte Erektion gehabt hatte und jetzt verlor er, ein gesetzter Mann, Samenflüssigkeit beim bloßen Gedanken daran, mit Angel ins Bett zu gehen. Sie war mindestens zwanzig Jahre jünger als er und attraktiv genug, um mit den meisten Bademodenschönheiten mithalten zu können. Er schloss die Augen und rieb sich die Schläfen. »Das stimmt«, gab er zu. Die Möglichkeiten, die sich ihm eröffneten, waren so überwältigend, dass ihm die Worte fehlten.

Sie fuhr mit der Fingerspitze über den Rand ihres Glases. »Ich kann mir gar nicht vorstellen, wie es sein würde, einen Sexualpartner in deinem Alter zu haben ... Das soll nicht heißen, dass ich dich für alt halte oder so. Ich finde nur, wenn man so lange nur mit einem Menschen geschlafen hat, müsste eine neue Erfahrung umso reizvoller sein.« Sie nippte an ihrem Tee und fuhr dann fort. »Deswegen habe ich dich ausgewählt. Du bist der einzige männliche Autor, den ich kenne, und du hattest in deinem ganzen Leben mit nur einem Menschen Sex! Ich würde wirklich gerne wissen, wie es für dich ist, wenn du nach so vielen Jahren plötzlich Sex mit einem anderen Partner hast.«

John sah zu, wie ihre Augen blinzelten, weil sie von zufälligen Sonnenstrahlen geblendet wurde, die beim Öffnen und Schließen der Tür von der Scheibe reflektiert wurden. Angel war absolut umwerfend. Das dunkle Haar fiel auf ihre Schultern, und ihre Augen blitzten in der flackernden Helligkeit und gaben ihr etwas von Kathy Ireland und von Teri Hatcher. Ihre Wangen waren glatt und rosig, die Lippen voll und einladend, und in diesem Augenblick wollte John nichts mehr, als sie küssen. Sheila kam ihm wieder in den Sinn, aber der Gedanke an sie brachte ihn auch nicht von der unglaublichen Gelegenheit ab, die sich ihm hier bot.

Angel griff nach ihrer Geldbörse, um ihren Anteil am Essen zu bezahlen. Sie hatten immer getrennt bezahlt, wenn sie sich trafen, und heute war keine Ausnahme. John starrte sie verblüfft an. »Wir können jetzt doch noch nicht gehen«, beschwerte er sich. »Sollten wir nicht erst so etwas wie einen Plan machen?«

Sie setzte sich wieder und grinste ihn schelmisch an. »Wir müssen uns heute auf nichts festlegen. Wir haben alle Zeit der Welt.«

»Ich glaube das einfach nicht«, stöhnte John erneut und fuhr sich mit den Fingern durch das schwindende Haupthaar. »Nur noch ein paar Minuten. Bitte!« Seine Erektion quälte ihn, der Raum schien vor seinen Augen zu verschwimmen.

Angel lächelte. »Du bist doch immer so vernünftig, John. Ich bin überrascht, dass du nicht selbst auf diese Idee gekommen bist.« Sie betupfte sich die Lippen mit einer Serviette und blinzelte ihn schelmisch an. »Wir sind ein Schreibteam, seit wir zusammen den Bestatter interviewt haben, weißt du noch? Und es ist einfach eine logische Konsequenz, in mehr als einer Hinsicht. Wenigstens sehe ich das so.« Sie räusperte sich und nippte noch einmal an ihrem Tee. »George ist die meiste Zeit nicht zu Hause und biologisch gesehen bin ich in meiner sexuell aktivsten Phase. Ich habe ... körperliche Bedürfnisse ... und ich muss zugeben, ich bin ein paarmal fremdgegangen.«

Sie rollte mit den Augen und verzog peinlich berührt das Gesicht, weil ein Mann in der Nähe sie offenbar gehört hatte. Mit flüsternder Stimme fuhr sie fort. »Auch wenn das in erster Linie eine schriftstellerische Herausforderung ist, wäre es trotzdem ein sexueller Ausgleich für mich, und ich müsste mich nicht auf etwas mit einem Fremden einlassen.«

John war wie vom Donner gerührt.

»Du kennst mich doch nicht so gut wie du dachtest, was?« Angel lachte.

John atmete schwer aus. Er konnte die Erregung in seinem Gesicht nicht verbergen. Er fühlte sich wie eine Jungfrau vor dem ersten Mal. »Du überraschst mich immer wieder, Angel. Aber ich wüsste beim besten Willen nicht, wie du das hier noch toppen könntest.«

»Aber ich betone noch einmal, ich will nicht, dass das deine Ehe beeinträchtigt,« insistierte sie. »Als wir über Sex sprachen, hast du behauptet, Männer könnten Sex ohne emotionale Bindungen haben, und darauf vertraue ich. Es geht dabei nur um Recherchen und um nichts anderes, und ich will auch nicht, dass es unsere Freundschaft beeinflusst. Wenn wir uns vorsehen, dann können wir die gleiche Form von Abenteuer erleben, mit der auch unsere Protagonisten konfrontiert sind. Denk nur, um wie viel realistischer das unsere Werke macht.«

John kratzte sich am Kopf und bewunderte ihre Schönheit, die Art, wie jedes Haar an der rechten Stelle saß, die Art, wie das Make-up fehlerlos aufgetragen war, als sei sie soeben aus der Maske eines Filmstudios gekommen. Aber offensichtlich war er derjenige, der am meisten zu verlieren hatte. Sie schien nicht sonderlich besorgt um ihre Ehe, während er mit der seinen sehr zufrieden war.

Angel lächelte und winkte dem Kellner. Sie ließ das Trinkgeld auf dem Tisch zurück, griff nach der Rechnung und ging zur Kasse. John hatte Angst, sich zu erheben, weil er fürchtete, man würde seine Erektion bemerken.

Einige Wochen später wurde aus seinem Wunschtraum Realität. Nach einem Dinner bei Kerzenlicht hatten sie sich in Angels Schlafzimmer zurückgezogen, wo sie vorschlug, sie sollten zusammen duschen, um sich für die anstehenden sexuellen Ausschweifungen zu reinigen.

Sie hatte mit schummrigem Licht für die rechte Atmosphäre gesorgt. Dampfschwaden verhüllten zum Teil ihre nackte Gestalt, aber als John sie in der Enge der Duschkabine umarmte, da war die Reibung seines Schwanzes an ihrem seifigen Schamhügel fast mehr als er ertragen konnte. Er hielt sie fest umklammert und stöhnte, als er sich in ihre festen Hinterbacken verkrallte, während ein warmer Wasserschwall über seine Schultern und seine Stirn strömte.

»John?«, flüsterte sie durch das stetige Rauschen des Wassers. »Stimmt etwas nicht?«

Er war froh, dass sie in dem gedämpften Licht seine Verlegenheit nicht sehen konnte und gestand, dass er kurz davor war, zu kommen. »Dann lass uns den Ersten aus dem Weg schaffen«, erwiderte sie und rieb eine seifige Gleitschicht zwischen ihren Händen zusammen. Dann griff sie ihm zwischen die Beine und streichelte vorsichtig seinen Schwanz. Die Erfahrung war so intensiv und beglückend, dass er die Zähne zusammenbiss und sich an den Keramikfliesen der Wände abstützen musste. Innerhalb von Sekunden erstarrte er und bekleisterte ihre Hände mit milchiger Wärme Marke Eigenbau.

»Oh Gott, Angel«, keuchte er ihr ins Ohr, während er versuchte, wieder zu Atem zu kommen. »Das war wunderbar.«

Sie stellte sich auf die Zehenspitzen und gab ihm einen sanften Kuss. Die schwüle Luft in der Duschkabine ließ seine bereits erhöhte Körpertemperatur noch weiter ansteigen. »Das war nur der Anfang«, versprach sie.

Und das war es wirklich.

Der Abend war viel zu schnell zu Ende und Angel erwies sich als unersättlich. Selbst in seinen kühnsten Träumen hatte sich John keine so fordernde, allem aufgeschlossene Frau vorgestellt. Angel war eine mehr als willige Partnerin, die sich begierig Experimenten und Positionen hingab, die in Sheilas Augen pervers gewesen wären.

»John«, flüsterte Angel, als sie sich gerade mit schweißnassen Körpern von einem intensiven beiderseitigen Orgasmus erholten. Sie schmiegte sich an ihn, ihre Lippen waren nur wenige Zentimeter von den seinen entfernt und ihr Haar war immer noch feucht von der Dusche. »Erzähl mir alles. Detail für Detail.«

John lächelte, schloss die Augen und genoss das Gefühl ihrer Fingerspitzen, die mit seinem Schamhaar unter der Decke spielten. »Zuerst war ich nervös«, gab er zu. »Vor allem, weil ich im Bett eines anderen Mannes war und Sex mit seiner Frau hatte.«

Angel nickte: »Ich verstehe, aber ich habe es dir ja gesagt. Ich kenne Georges Terminplan, und der läuft ab wie ein Uhrwerk. Da gibt es keinen Grund zur Beunruhigung.«

John stieß einen Schwall zurückgehaltener Luft aus und fuhr fort: »Es war, als würde ich mein erstes Mal noch einmal erleben. Ich hätte nie gedacht, dass Sex mit einem neuen Partner so aufregend, so anders sein könnte.«

Angel knipste eine Nachttischlampe an und griff nach einem Notizblock und einem Stift. John legte seinen Arm um sie, zog sie an sich und küsste sie leicht auf die Stirn. »Vielleicht war es diesmal ja so gut, weil ich eine so schöne Frau an meiner Seite hatte und wir beide genau wussten, was zu tun war.«

Angel befreite sich aus seiner Umarmung, um Platz zum Schreiben zu haben.

Während er Frage um Frage beantwortete, musste sich John widerwillig eingestehen, dass Angel genau das gemeint hatte, was sie gesagt hatte, und dass ihre sexuellen Aktivitäten für sie nur eine Schreibübung waren, dass ihre erotischen Eskapaden nur gespielt waren, eine Versuchsanordnung, die die romantische Vereinigung von zwei verliebten Menschen simulieren sollte.

Schließlich entriss er ihr den Block und den Stift und warf sie auf den Boden. »Zu viele Fragen verderben die Stimmung. Wir verpassen noch einen wichtigen Teil des Abends.« Dann zog er sachte die Bettdecke weg und entblößte sie bis zur Taille. Seine Augen labten sich an dem Anblick, den ihre sich hebenden und senkenden Brüste boten, wenn sie atmete. Ihre aufgerichteten Brustwarzen ragten der Zimmerdecke entgegen.

Angel schmollte und sah auf die Uhr am Nachttisch. »Sagtest du nicht, du müsstest vor Sheila zu Hause sein?«

John schob sich widerwillig aus dem Bett und zog sich an, dann lehnte er sich zurück, um ihren Nacken zu liebkosen und Angel zu sagen, was für eine fantastische Liebhaberin sie gewesen sei, aber sie hatte sich schon wieder ihrer Schreibutensilien bemächtigt und kritzelte hastig Notizen auf den Block.

Offenbar war die Party vorbei.

Die folgenden Telefonate bestätigten Angels distanzierte Sicht auf das Ereignis. John sehnte sich nach einer Wiederholung – er musste immerzu an sie denken –, aber er musste gleichgültig erscheinen und nonchalant mit der Sache umgehen, um seine Chancen auf eine Verlängerung seiner Rolle zu wahren. Doch Angel umschiffte sorgsam jede Erwähnung der Angelegenheit. Es war zum Verrücktwerden!

An einem Ecktisch in der Bibliothek ein paar Tage später schnitt sie endlich das Thema an.

»Ich bin froh, dass wir das getan haben, John. Ich sehe bereits die Verbesserung in meiner Arbeit.« Sie tastete sich durch den Papierstapel vor sich. »Sieh dir nur mal die Sexszene an, die ich gestern geschrieben habe.«

John nahm ihren Vorabausdruck und wartete darauf, dass sie etwas über seine Leistung sagte, darüber, wie gut sie sich bei ihm gefühlt hatte, aber ihre Gedanken kreisten offenbar nur darum, wie sie ihre Idee verbessern konnte.

»Was meinst du dazu?«, fragte sie und griff nach seinem Arm. Johns Lächeln verebbte ganz schnell. »Ich habe mir überlegt, es mit einem Mann zu tun, der viele andere Frauen gehabt hat, ein wirklicher Casanova – jemand, der das genaue Gegenteil von dir ist. Fällt dir jemand ein, den du da empfehlen könntest? Du bekommst auch Einblick in meine Notizen, wenn du mir hilfst.«

John war völlig schockiert. Und er war auch nicht gerade erfreut darüber, dass sie ihn als das genaue Gegenteil eines Casanovas sah. »Aber Angel – was ist mit George? Was ist mit AIDS?« *Und was mit der verdammten Eifersucht, die mich auffrisst?*

Angel schüttelte den Kopf. »Ich weiß, es klingt schrecklich, aber mein Schreiben ist mir wichtiger als mein Mann. Meine Arbeit ist mein Leben. Außerdem weiß ich, wie man sich vorsieht. Und wie ich bereits sagte – es ist einfach nur Sex. Es hat nichts mit mir und George zu tun.«

»Aber verdammt, Angel ...«

»Wir reden später darüber«, unterbrach sie ihn.

John schüttelte den Kopf, während sie davonschlenderte. Das Wiegen ihrer Hüften verstärkte den Schmerz, den er bei dem Gedanken verspürte, sie mit jemand anderem teilen zu müssen. *Das ist also einfach nur Sex,* murmelte er vor sich hin. *Wenn sie nur halb so gut schreiben würde wie sie vögelt, dann stände sie ganz oben auf der Bestsellerliste.*

John starrte Angel über ihren Lieblingstisch bei Miguel hinweg an und konnte die Vorstellung ihrer perfekten Brüste einfach nicht verdrängen. Er wurde immer erregter, je mehr Angel ihm von ihren Experimenten mit dem ortsansässigen Männermaterial berichtete und ihm wurde klar, dass er sie nur über ihre Schriftstellerei wieder zu sich ins Bett bekommen würde. Er hatte sich bereits einen hervorragenden Plan zurechtgelegt.

»Erzähl mir von dieser Zusammenarbeit, die du da angedeutet hast«, regte Angel nach einem Schluck Kaffee an. Sie sah wieder einmal atemberaubend aus, in jeder Hinsicht perfekt.

John war mittlerweile so von ihr besessen, dass er seine Frau vernachlässigte und das Interesse an seiner eigenen Art vollkommen verloren hatte. Trotzdem musste er literarische Erfordernisse vorschieben, um seinen Plan bei ihr durchzusetzen: »Du schreibst die weibliche Rolle und ich schreibe aus dem männlichen Blickwinkel, basierend auf unseren realen Erfahrungen miteinander, während wir den Verlauf einer sich entwickelnden Beziehung nachvollziehen.«

Sie schien skeptisch, während er ihr die Idee unterbreitete, und John spielte die ganze Sache herunter, als sei ihm das sexuelle Element dabei genauso unwichtig wie offenbar ihr. »Wir könnten da wieder anfangen, wo wir aufgehört haben, und der körperlichen Beziehung ihren normalen Lauf lassen. Wir warten einfach nur ab, was passiert – und lassen die Geschichte sich selbst erzählen.« Er hielt inne, um ihre Reaktion abzuwarten. Es war deutlich, dass sie darüber nachdachte. »Du musst es dir nur einmal vorstellen«, erklärte er. »Wirkliche Liebhaber, wirkliche Ehegatten, echte Dreiecksbeziehungen. Unsere Geschichte wird so realistisch sein, dass unseren Lesern dabei einer abgeht.«

Angel atmete aus und schürzte die Lippen. »Ich weiß nicht, John«, seufzte sie misstrauisch. »Du hast in letzter Zeit überhaupt nicht geschrieben. Bist du sicher, dass du dir einen Roman zutraust?« Bevor er diese Frage beantworten konnte, fuhr sie bereits fort: »Und außerdem redest du hier von einer dauerhaften Beziehung und nicht nur einem One-Night-Stand. Bist du wirklich ehrlich zu mir? Bist du dir sicher, dass es dir nicht nur um den Sex geht?«

»Äh, nein, natürlich nicht.« John wurde rot. Plötzlich drückte sein Kragen. Er räusperte sich, sah sich nach der nächsten Kellnerin um und bedeutete ihr, noch zwei Kaffee zu bringen. »Es war einfach nur so ein Gedanke«, sagte er schließlich. »Vergiss es einfach. Wir überlegen uns etwas anderes.« Hoffentlich bemerkte sie seine Enttäuschung nicht.

Mit zusammengekniffenen Augen musterte sie ihn genau. »Außerdem arbeite ich immer mit einem Exposé. Ich weiß gar nicht, ob ich einen Roman schreiben könnte, ohne den Ausgang im Voraus zu kennen.«

John streckte die Hand über den Tisch aus und nahm ihre Hand.

Sie reagierte darauf, aber in der Berührung lag keine Wärme. Vollkommen geschäftsmäßig. »Aber darum geht es ja: Das wäre etwas ganz anderes als du es bisher geschrieben hast. Für so etwas gibt es keine Exposés. Das muss sich von selbst bis zu dem echten Schluss entwickeln. Und du wärst die weibliche Protagonistin. Du wärst Teil deines eigenen Buches – denk mal darüber nach!«

Er schien sie zu überzeugen.

»Du weißt doch, wie unsere Charaktere plötzlich ein Eigenleben entwickeln?«, drängte er weiter. »Nun, diesmal sind wir die Charaktere. Ich kann mir nichts vorstellen, das dem auch nur annähernd gleichkäme.«

Nach einer kurzen Diskussion über die möglichen Nachteile und einer letzten Anzweiflung seiner Motive willigte Angel ein.

Auch wenn sich die Intensität ihres ersten Mals nicht wiederholen ließ, genoss John die Versuche doch ungemein. Angel hatte die dichteste Schambehaarung, die er sich vorstellen konnte, und er liebte es, die Nase hineinzustecken. Der einzige Nachteil an ihren sexuellen Testreihen war Angels Pochen auf ihr langwieriges Frage-und-Antwort-Spiel nach den Treffen und er hasste es, wenn sie nach dem linierten Block auf dem Nachttisch griff. Nach drei Verabredungen, die zumindest für ihn orgasmisch gewesen waren, wurde sie offenkundig ungeduldig.

»John«, seufzte sie und ließ den Kopf zum Abschluss ihrer postkoitalen Pressekonferenz in das Kissen sinken. »Können wir nicht irgendetwas unternehmen, um die Dinge interessanter zu gestalten? Unser Plot ist bisher mehr als dünn. Wir brauchen mehr Substanz, wenn daraus ein verkaufbarer Roman werden soll.«

John war froh, dass die Dunkelheit seine Enttäuschung verbarg. »Na ja, ich schätze schon, wir könnten die nächste Phase beschleunigen«, gab er widerwillig zu. »Aber wenn wir uns zu sehr einmischen, dann geht die Spontanität verloren.«

Ihr Schweigen war wie ein verfrühter Kälteeinbruch. Er wusste, wie sie reagieren würde, noch bevor sie die Bettdecke von sich warf und nach ihrer Kleidung griff. »Du hast gar kein Interesse daran, diesen Roman zu schreiben«, fauchte sie. »Du bist nur am

Sex interessiert.« Sie griff sich ihren Büstenhalter und den Slip vom Boden und stürmte ins Badezimmer.

John wartete vor der Tür auf sie, als sie herauskam, aber sie entzog sich ihm. »Sieh mal«, sagte er, »ich bestreite ja gar nicht, dass ich den Sex genieße. Aber es stimmt auch, dass man manchmal einer Geschichte auf die Sprünge helfen muss. Beim Entwickeln des Plots kommt es leicht zu einer Schreibblockade. Vielleicht müssen wir der Sache etwas mehr Würze verleihen.« Noch während er das sagte, überlegte John, wie man den Sex ausgefallener gestalten könnte.

Sie wandte sich ihm in der Dunkelheit zu. »Wie viele Manuskriptseiten hast du schon zu Papier gebracht?«

Ach du Scheiße, dachte er. Schließlich log er: »So einige.«

»Gut, ich will sie sehen. Beim nächsten Mal vergleichen wir unsere Arbeit, bevor wir ins Schlafzimmer gehen.« Selbst im Dunkeln spürte John, wie misstrauisch sie ihn anblickte. »Ich muss wissen, dass es dir mit dieser Sache wirklich ernst ist, John. Ich mag es nicht, benutzt zu werden.«

Nachdem er Angels Zweifel mit einer eindeutigen Sexszene aus einem seiner unveröffentlichten Manuskripte zerstreut hatte, stieg John aus seiner Kleidung und schlüpfte unter die Bettdecke. Seit sie ihn an der Tür begrüßt hatte, war sie eisig gewesen, und es war offensichtlich, dass ihrer »Zusammenarbeit« ein schnelles Ende drohte. Schon bevor Angel mit Büstenhalter und Slip zu ihm ins Bett kletterte, war ihm klar geworden, dass er das Beste aus der Zeit machen musste, die ihm noch mit ihr verblieb.

»Hast du nicht etwas vergessen?«, ermunterte er sie spielerisch mit einem Zupfen am Gummizug ihrer Unterwäsche.

Sie wandte sich von ihm ab und wich seiner Berührung aus. »Ich bin böse auf dich, John. Du hast mich benutzt. Ich komme mir vor wie eine Hure.«

John versuchte sie zu beruhigen. »Das stimmt doch gar nicht. Und außerdem war das alles deine Idee, falls du das vergessen haben solltest.«

Sie seufzte und rückte weiter von ihm weg. John schüttelte gereizt den Kopf, dann versuchte er, sich etwas einfallen zu lassen, um die Situation zu seinem Vorteil zu wenden. »Vielleicht ist das ja das, was wir gebraucht haben. Wir haben einen Konfliktpunkt in der Geschichte erreicht. Das könnte den Plot voranbringen. Vielleicht ist das ein Wendepunkt in der Handlung!«

Sie nahm es ihm nicht ab; weitere Diskussionen schienen zwecklos. John sah auf die Uhr und stieß angewidert die Luft aus. »Na gut, ich glaube, wir sollten für heute Schluss machen und die Sache vertagen.«

Angel griff nach seinem Arm. »Nein warte. Wir müssen die Sache klarstellen, ein für alle Mal. Wenn wir uns nicht vertrauen können, dann müssen wir es beenden.«

John schluckte heftig. Er streckte die Hand aus, um ihr über das Haar zu streichen und dachte, dass ihr Verhalten immer sprunghafter wurde.

»Geht es dir gut?«, fragte er schließlich. »Du wirkst heute irgendwie anders.«

Angel machte sich von ihm los und verschwand wortlos im Badezimmer.

Das ist offenbar normal bei ihr, dachte John. *Sie wird wütend und schmollt dann im Badezimmer wie ein verzogenes kleines Kind. George hat dies wahrscheinlich schon Dutzende Male durchgemacht. Aber verdammt, für eine Frau wie Angel würde man fast alles in Kauf nehmen.*

Ein paar Sekunden später, als sie die Dusche anstellte, rief sie ihm durch die geschlossene Tür zu: »Ich bin enttäuscht von dir, John.«

Das war eine merkwürdige Bemerkung. »Ich ... ich verstehe nicht«, antwortete er und richtete das Ohr auf die Tür, um sie deutlicher durch das fließende Wasser hindurch zu hören.

»Ich dachte, wir wären Freunde. Ich dachte, wir würden uns gegenseitig helfen. Ich dachte, du würdest es mit dem Schreiben ernst meinen. Ich hätte nie geglaubt, dass du ... dass du mich ausnutzen würdest.«

John stieß die Bettdecke von sich. In der kühlen Nachtluft bekam er eine Gänsehaut. »Ich verwahre mich dagegen!«, protestierte er und ging auf die Badezimmertür zu. »Können wir uns nicht von Angesicht zu Angesicht darüber unterhalten?«

Sie lachte. »Ich bin nicht dämlich, John. Es wird dir diesmal nicht gelingen, dich da rauszureden. Vielleicht war ich zu leichtgläubig. Aber ich bin nicht dämlich.«

Was zum Teufel machte sie da? Die Dusche lief jetzt seit mehreren Minuten, aber am Klang ihrer Stimme erkannte er, dass sie den Duschvorhang nicht vorgezogen hatte. Wenn sie so sauer auf ihn war, warum hatte sie dann darauf bestanden, dass sie sich heute trafen? Verdammt, manchmal war es einfach unmöglich, Frauen zu verstehen. John lehnte sich an die Tür und presste das Ohr dagegen. Redete sie da mit jemand?

»Ich weiß, dass du da bist und mich belauschst, John«, sagte sie und der Sarkasmus in ihrer Stimme war auf diese kurze Distanz nicht zu überhören. »Hast du nicht mal den Anstand, mich auf der Toilette in Frieden zu lassen?«

John zuckte mit den Achseln. Vielleicht bildete er sich doch nur Dinge ein. Was erwartete er eigentlich? Eine versteckte Pistole im Toilettenkasten? Einen Dolch im Medizinschränkchen? Er grinste in sich hinein. Er fing schon an, in den Kategorien seiner Erotikthriller zu denken. Das hier war die Realität, keine Fiktion.

»Ich verstehe gar nicht, warum du dich so aufregst«, rief er, streckte sich und gähnte. »Ich habe alles getan, was du wolltest. Ich habe dir geholfen, eine Unmenge von Notizen anzuhäufen. Und ich bin immer noch hier und arbeite mit dir an diesem Roman, und du weißt das nicht im Geringsten zu schätzen. Was willst du denn noch?«

Sie lachte erneut. »Ich bin fest entschlossen, hieraus einen Roman zu machen, John, und eine verkäufliche Handlung würde dabei ungemein helfen. Das schuldest du mir.«

Sie öffnete die Tür und stand vor ihm in einem Notre-Dame T-Shirt und Höschen und hielt ein Handy in der Hand. Sie lehnte sich an den Türrahmen und klappte das Telefon zusammen. Eine Dampfwolke quoll aus dem Bad, während das Wasser weiter in die Duschwanne strömte. Sie hatte die Dusche offenbar nur angestellt, um ihr Telefonat zu kaschieren. »Ich glaube, du hattest recht damit, dass ein Autor der Handlung manchmal auf die Sprünge helfen muss. Das habe ich jetzt getan. Und wie du schon sagtest, die Geschichte ergibt sich dann von selbst, fast ohne weiteres Zutun.«

Irgendwas an ihrem Tonfall störte ihn. Sie sah verführerisch aus, benahm sich aber absolut nicht so. Und, verdammt, mit wem hatte sie da telefoniert? Plötzlich wurde er nervös. Er griff nach seiner Kleidung, die auf den Kraftsportgeräten ihres Mannes in der Ecke lag, und stieg gerade mit einem Fuß in die Unterhose, als er von unten das Garagentor hörte. Er erstarrte.

George!

»Angel?«, flüsterte er heftig mit verwirrtem Gesicht. »Hast du das gehört? Kann es sein, dass George heute vorzeitig nach Hause kommt?«

Keine Antwort. Es schien sie absolut nicht zu bekümmern.

John zwängte den anderen Fuß in seine Unterhose, verlor den Halt und landete auf dem Hintern. Im Fallen riss er den Nachttisch um und Manuskriptseiten flatterten durch das schwach erleuchtete Schlafzimmer.

Das Zuschlagen einer Autotür hallte durch das Haus.

John zuckte zusammen. Er bekam Panik.

»Angel!«, zischte er erneut. »Antworte!«

Er hantierte mit seiner Kleidung, war aber zu nervös und unkonzentriert, um sich anzuziehen. Unten öffnete sich die Küchentür und wurde wieder zugeschlagen. Eine Männerstimme brüllte: »Ich kann nur für dich hoffen, dass das ein schlechter Scherz ist, Angel. Ich bin nicht in der Stimmung für Spielchen!«

Und dann, mit wachsender Erkenntnis einer bevorstehenden Katastrophe, sah John zu den Hanteln in der Ecke, zu den Gewichtheber-Pokalen auf dem Regal und schließlich auf das Romanexposé, das vor seine Füße geflattert war. Es war jetzt nicht die Zeit, Angels Idee zu bewerten, aber plötzlich war ihm klar, wie sie den Handlungsverlauf anschieben wollte. Die letzte Zeile in dem unvollendeten Exposé lautete: *Ehemann kommt unerwartet nach Hause und stürzt sich auf (tötet?) Liebhaber ...*

John raffte den Rest seiner Kleidung zusammen und sah aus dem Fenster. Das Schlafzimmer befand sich im ersten Stock und Rosensträucher säumten die Hauswand unter dem Fenster. Kalter Schweiß brach ihm aus. Wie konnte sie das nur tun?

Bedeutete ihr die eigene Ehe so wenig, dass sie tatsächlich dafür sorgte, dass ihr Ehemann sie in flagranti ertappte? War sie wirklich so gefühllos?

Wuchtige Schritte dröhnten die Treppe hoch. Die Bilderrahmen vibrierten an der Wand. John stand kurz davor, sich in die Hose zu machen. Er sah zu Angel hinüber – sie war viel zu ruhig, zu sorglos. Vielleicht war das gar nicht George? Vielleicht hatte sie einen ihrer Deckhengste angeheuert, um die Rolle des Ehemanns zu spielen. Aber wie auch immer, die Katastrophe war vorprogrammiert.

»Das reicht jetzt, Angel. Wir können ab hier improvisieren. Wir müssen das nicht durchziehen!«

Konnte sie dem nicht ein Ende machen? Wollte sie das vielleicht gar nicht? Er fasste sie an den Schultern und schüttelte sie heftig. »Halt ihn auf!«, bettelte er. »Bitte! Lass uns wie vernünftige Menschen miteinander reden.«

Ein riesiger Klotz von einem Mann stürmte in das Schlafzimmer und riss mit der Wucht seines Eindringens die Tür teilweise aus den Angeln. Die Türklinke prallte so heftig gegen die Wand, dass sie den Putz durchschlug. Die Arme des Kolosses hatten Muskeln wie die von Popeye und er roch nach Tabak und Gin. Der tobende Ehemann keuchte heftig. Sein Gesicht war krebsrot vor Wut, während seine kleinen Schweinsäuglein zwischen John und Angel hin und her pendelten.

Johns Adamsapfel zuckte. Sein Schwanz schrumpelte zu Kindergröße zusammen. Seine Augen baten Angel flehentlich um Hilfe, aber sie war zu sehr damit beschäftigt, sich Notizen zu machen.

John Franks vergrub die Füße im Sand, damit er sich nicht einen Sonnenbrand auf den bleichen Knöcheln holte. Die tropische Sonne brannte unbarmherzig und das Meer leuchtete tiefblau, während er da unter einem schützenden Sonnenschirm lag, mit einem seiner Lieblingsbücher auf dem Schoß, einer Kühltasche neben sich und einem Cocktail in der Hand. Möwen warfen sich kreischend in die schaumige Brandung und der warme Wind peitschte die Troddeln an der Umrandung seines Sonnenschirms und warf schlangengleiche Schatten in den Sand.

John holte tief Luft und entspannte sich beim Klang der brechenden Wellen. Schließlich nahm er die Sonnenbrille ab, um einen besseren Ausblick auf die Bikini-Schönheiten zu haben, die in diesem Feriendomizil der Reichen und Berühmten vermögenden Anschluss suchten. Die gleißende Sonne brannte in seinen Augen.

Es ist schon merkwürdig, wie sich die Dinge manchmal entwickeln, dachte er. Angels vor Eifersucht durchgedrehter Ehemann hatte sich überraschend zuerst auf seine Frau gestürzt, und während er ihr das Genick gebrochen hatte, fand John gerade genug Zeit und Adrenalin, um eines der kleineren Gewichte aufzuheben und es mit voller Wucht auf den Schädel des gehörnten Ehemannes zu schmettern. Innerhalb weniger Augenblicke lag sich das treulose Ehepaar tot in den Armen. John war danach von allen Anklagen freigesprochen worden. Der Mord wurde als Totschlag in Notwehr eingestuft.

Er nuckelte an seiner Pina Colada und lächelte einen süßen Käfer in einem String-Tanga an. Sie wandte sich prompt ab und steuerte auf einen älteren Mann zu, der mit teurem Klunker übersät war. John zuckte die Achseln. Er hatte jetzt genug Geld, um sich alles zu kaufen, was er wollte – einschließlich weiblicher Gesellschaft.

Auch wenn seine Ehe an dem den Ereignissen folgenden Skandal zerbrochen war, konnte er sich über den Ausgang doch nicht beklagen. Der Vorschuss, den er für die Buchrechte an der Geschichte erhalten hatte, und die Option auf die Filmrechte hatten ihn auf Jahre hinaus saniert. Jetzt hatte er zum ersten Mal in seinem Leben tatsächlich Zeit zum Schreiben.

John gähnte und wusste, dass er eigentlich vor dem Rechner sitzen sollte. Aber so sehr er sich den Kopf nach einer vernünftigen Geschichte zerbrochen hatte, es war ihm doch nichts Originelles eingefallen. Er dachte immer nur an Angel. Keines der hochklassigen Mädchen, mit denen er seitdem etwas gehabt hatte, hatte es mit ihren sexuellen Fähigkeiten aufnehmen können.

John schüttelte den Kopf und erinnerte sich an die Schockwellen, die seine Glieder geschüttelt hatten, wenn sie ihn zum Orgasmus getrieben hatte: Einfach nur Sex, hatte sie gesagt. Ja –

so wie Steven Spielberg einfach nur ein Regisseur war. So wie Las Vegas einfach nur eine Wüstenstadt war. Nein, das war viel mehr als einfach nur Sex gewesen. Es war für ihn ein Erwachen gewesen, eine ganz neue Erfahrung, und er vermutete bedauernd, dass er das so auch nie wieder erfahren würde.

Angel hatte sich dem Wunschtraum hingegeben, aus ihrem Experiment einen Bestseller machen zu können, und John hatte ihr den Megaseller gewidmet, der daraus geworden war. Schließlich war der erste Entwurf mithilfe ihrer ausführlichen Notizen ein Kinderspiel gewesen. Aber jetzt hatte John keine Ahnung, wie er an seinen literarischen Erfolg anknüpfen sollte. Genau wie er es Angel versichert hatte, hatte sich ihre Geschichte von selbst erzählt und war damit zu mehr geworden als ihnen beiden eingefallen wäre. Etwas Fiktives zu schaffen stellte für ihn eine weit schwierigere Herausforderung dar.

Ein Schrei in der Brandung schreckte John gerade noch rechtzeitig auf, um eine große schwarze Rückenflosse in kurzer Entfernung zum Ufer untertauchen zu sehen. Ein Hai! Und dazu noch ein verdammt großer!

John registrierte die Spannung und die Angst in der Luft, als die Schwimmer in Panik aufs Trockene zurückdrängten. Einen Augenblick lang dachte er, aus dem Ereignis ließe sich vielleicht eine Geschichte machen, aber dann fiel ihm ein, dass die schon jemand anderes geschrieben hatte.

Gute Ideen für einen Roman findet man nicht einfach so an jeder Straßenecke.

UNTER DIE HAUT

Christa Faust

Freitag Nacht im Clit Club. Qualm, Schweiß und Musik, die im treibenden Beat des Herzschlags hämmerte, wie ein unermüdlicher Liebhaber, der schier endlos mühend weibliches Fleisch durchpflügt. Auf Plattformen über der Menge tanzten Gogo-Tänzerinnen und wanden sich wie zornige Göttinnen über einem Meer aus Körpern. Doch das hier waren keine Silikonklone, keine billigen Fantasiekonstrukte. Jede von ihnen war lebendig und einzigartig. Ein anorektisches, sehniges Mannweib ließ die androgynen Hüften kreisen, wobei der juwelenbesetzte Ring in der Höhlung ihres Nabels funkelte. Eine ausladende Schönheit mit schweren Brüsten, glänzender blauschwarzer Haut und stolzen nubischen Formen zuckte in animalischer Wildheit und schwenkte den ausdrucksvollen Arsch über dem anfeuernden weiblichen Publikum.

Darunter suchten Paare die schattigen Areale, zuckten Zungen und massierten gierige Finger gepiercte Brustwarzen. Auf einem abgewetzten, speckigen Billardtisch wurde ein hitziges Spiel ausgetragen, wobei das laute Klacken der Kugeln immer wieder von genervtem Fauchen oder triumphierendem Schnalzen gefolgt wurde. Vor der gegenüberliegenden Wand zeigte eine Gruppe von Fernsehschirmen ein Facettenbild von Bettie Page in multipler Ausfertigung, die auf unglaublichen Stilettos daherstöckelte und strahlend lächelte.

Der bläuliche Schein der Monitore fiel auf das kantige Gesicht eines drahtigen Punkgirls. Ihr Kopf war kahl rasiert, bis auf einen Streifen grüner und purpurner Dreadlocks, die ihr wie die Tentakel einer Seeanemone über ein Auge fielen. Sie sog mit trotziger Heftigkeit an einer filterlosen Zigarette.

»Hey, Flashita!«

Eine kurzatmige Latina stolperte auf goldplattierten High Heels auf sie zu und hielt dabei in jeder Hand einen überschwappenden Drink.

»Ich habe dir etwas Medizin mitgebracht.«

Sie reichte Flash eines der beiden Gläser. Das Glas war kühl und feucht, weil sich von außen bereits Kondenstropfen gebildet hatten.

»Danke, Mercedes«, sagte Flash, aber sie konnte sich nicht auf die Bewegungen der fuchsienroten Lippen ihrer Freundin und das damit einhergehende hohle Gerede konzentrieren. Ihre Augen musterten immer wieder die Menge auf der Suche nach etwas Bestimmtem ...

Mach dir doch nichts vor, ermahnte sie sich selbst und nahm einen tiefen Schluck von ihrem Drink, Wodka mit Cranberry, stark, aber bei Weitem nicht stark genug. *Du weißt genau, wieso du hier bist.*

Das trotzige Kinn, der Kleinmädchenmund. Wütend hochgezogene schwarze Augenbrauen und diese strahlenden grünen Augen. Grün wie die Eifersucht.

Inanna. Die Einzige, die ihr etwas bedeutete.

Jedes Mal, wenn sie eine Frau mit langen schwarzen Haaren sah, machte ihr Herz einen Sprung, und sie hatte plötzlich einen metallischen Geschmack in ihrem trockenen Mund.

Sie schüttete den Drink hinunter. Das dumpfe Brennen des Alkohols in ihrem Magen war kein Vergleich zu dem Schmerz in ihrer Seele. Der herbe Geschmack blieb in ihrer Kehle haften und beschwor Erinnerungen herauf.

Früher waren sie die Blutenden Babuschkas gewesen, damals, als die Dinge noch anders waren, als sie noch miteinander lachten. Damals, als sie sich in der S-Bahn eine Flasche Cranberry-Saft geteilt hatten, die sie zur Hälfte mit dem billigsten Wodka aufgefüllt hatten, der in dem Spirituosenladen um die Ecke von ihrem winzigen East-Village-Apartment zu haben war. Damals, als sie noch mit um die Taillen gelegten Armen durch die Stadt spazierten, mit all der Zuversicht von frisch Verliebten. Sie beide gegen den bösen Rest der Welt.

Aber das war tausend Jahre her, in einem anderen Leben, vor dem Verrat, vor den hysterischen Zankereien und der eisigen Leere, die darauf folgte. Vor den fürchterlich verkaterten Morgen, an denen Flash allein aufwachen musste.

Sie zündete sich eine neue Zigarette an der Glut der alten an und trat die Kippe dann unter dem Absatz ihres zerschrammten Motorradstiefels aus.

»Kopf hoch, Kleines«, meinte Mercedes und schnalzte mit der Zunge. »Es ist doch sinnlos, dieser eingebildeten Schlampe Inanna ewig hinterherzutrauern. Vergiss sie!« Sie schnippte mit den Fingern, an denen goldene Ringe aufblitzten. »Du musst dir ein nettes Mädchen suchen, eines, das dich mit dem Respekt behandelt, den du verdienst.«

Flash schüttelte den Kopf und brachte ein schwaches Lächeln zustande. »Ja, Mama.«

Sie hatte sich von Mercedes dazu überreden lassen, auszugehen. Die hatte versprochen, sie würde wirklich alles unternehmen, damit Flash sich mal wieder amüsierte. Obwohl sie sich mit Händen und Füßen gewehrt hatte, musste Flash zugeben, dass es ganz gut war, aus der Trauerhöhle herauszukommen, zu der ihre Wohnung geworden war.

Am Billardtisch beugte sich gerade eine niedliche Rothaarige in engen abgeschnittenen Jeans vor, um ihren Stoß zu machen. Sie hatte blasse Schenkel und die Muskeln an den mit einem weichen ingwerfarbenen Flaum bedeckten Waden traten deutlich hervor. Sie versenkte die 8er-Kugel, sah dann zu Flash auf und schenkte ihr ein schüchternes Lächeln.

»Na also, es geht doch«, feixte Mercedes und stieß Flash einen langen magentafarbenen Fingernagel in die Rippen. »Warum gehst du nicht rüber und sprichst sie an?«

»Ach, ich weiß nicht.« Flash fuhr sich mit der Hand über die Haarstoppeln. »Was, wenn sie eine Freundin hat?«

Mercedes grinste. »Und was, wenn nicht?«

Sie stieß Flash erneut an und ihre billigen Armreife klimperten.

»Los doch.«

Flash wich ihr lachend aus.

»Ich geh ja schon.«

Die zehn Schritte bis zum Billardtisch schienen ihr wie zehntausend, eine Ewigkeit von drängenden Adrenalinstößen und quälenden Selbstzweifeln. Sie sah zu, wie der Rotschopf den Kopf in den Nacken warf und über den Witz einer Freundin lachte. Sie trug ein schmales grünes Band um den blassen Hals. Flash stellte sich vor, dass die beiden über sie lachten, und wäre beinahe wieder umgekehrt. Aber da sah der Rotschopf sie bereits an, mit braunen Augen, aus denen der Schalk lachte.

»Spiel gefällig?«, fragte sie.

Sie kreidete das Ende ihres Queues neu, mit lasziv herausgestreckter Hüfte und hochgezogenem Mundwinkel.

Genau wie die zehn Schritte ihr viel weiter erschienen waren, zogen sich jetzt auch die Sekunden ewig lange hin, in denen die Einladung zwischen ihnen in der Luft hing. Flash konnte das Shampoo des Rotschopfs riechen, ihren Lavendelduft, und ganz gegen ihren Willen ertappte sie sich dabei, wie sie ihn mit dem geheimnisvollen Gemisch aus Nelken, Rosenblüten und Sandelholz verglich, der sich in den tintenschwarzen Tiefen von Inannas Haar verbarg. Wo Inanna nach Geheimnis roch, nach dunklen Dingen, die man besser nicht aussprach, duftete dieses Mädchen so unverfänglich wie ein Frühlingshauch. Mit plötzlichem Bedauern erkannte Flash, dass dieses unschuldig dreinblickende Mädchen mit seinen ehrlichen Augen und den breiten Arbeiterhänden Teil einer einfachen Alltagswelt war. Eine Welt, in die Flash einfach nicht hineingehörte. Die Einsamkeit schlang ihre kalten, vertrauten Flügel um ihr Herz.

»Nein, danke«, sagte sie.

Sie drehte sich um und ging davon, während ungeweinte Tränen in ihren Augen brannten.

Sie stürmte die Treppenstufen hoch, indem sie nur jede zweite nahm. Das Adrenalin fraß sich in ihren Bauch und polierte die Nervenenden blank. Sie verfluchte sich selbst als Feigling, stürzte sich aber trotzdem in die Menge und kämpfte sich dem Ausgang entgegen. Sie schaffte es beinahe.

Dann sah sie die Tänzerin.

Ein zierliches blondes Mädchen, das sie kannte, stieg von einer der Plattformen herunter und wischte sich mit einem T-Shirt das verschwitzte Gesicht ab. Die Frau, die ihren Platz einnehmen wollte, stand auf und überstrahlte alles andere.

Sie trug nur einen ledernen G-String, war muskulös wie eine Akrobatin, groß, mit kleinen Brüsten, einem kahl geschorenen Schädel und leuchtenden, undurchdringlichen blauen Augen, aber das alles war nebensächlich. Das, was Flashs Aufmerksamkeit gepackt hielt, wie die aller anderen im Raum, war die Tätowierung.

Es war eine durchgehende Arbeit, die sich wie ein lebendes Wesen über jeden Winkel ihres alabasternen Körpers zog. Kräftige schwarze Striche liefen in gezackten Spiralen über ihren Schädel. Feine Wellen und filigrane Muster verschmolzen miteinander auf den Waschbrettmuskeln ihres straffen Bauches. Muster wie die Netze leichtfüßiger Spinnen, wie vergessene Sprachen, wie Träume. Und unter diesem Grundgerüst zuckten Formen wie unfassbare Gesichter, wie die Überreste von Geistern aus der Kindheit.

Als sie tanzte, tanzten die Muster mit ihr, verschlungen, hypnotisch. Flash spürte, wie sie vom Strom der staunenden Körper mitgerissen wurde, immer näher heran, bis sie nur noch Zentimeter von diesem unerforschlichen Fleisch, diesen brennenden Augen entfernt war.

Die Tänzerin ließ die Hüften kreisen und warf die Arme über den Kopf. Sie war wie eine heidnische Göttin, die plötzlich zu einem wilden, leidenschaftlichen Leben erwacht war, wie eine unerreichbare, anbetungswürdige Königin, zu exotisch für diese profane Welt. Als diese bläulich flammenden Augen auf Flash hängen blieben, war ihr, als sei das Herz im Kerker ihrer Brust stehen geblieben.

Die Hitze dieses Blickkontakts war beinahe unerträglich, so intensiv wie eine intime Berührung zwischen ihren Beinen, und darin spürte sie eine unerklärliche Form von Verständnis. So, als sei diese Fremde mit ihrem geheimen Schmerz, ihrer Einsamkeit und ihrer Sehnsucht vertraut. Die Tänzerin streckte Flash ihre Hand entgegen und sie konnte gar nicht anders, sie musste sie nehmen.

Der Griff war fest und vertrauenspendend, die Haut ihrer Handfläche heiß und seidig. Überall um sie herum jubelten Frauen Flash zu. Frauen, die sie kannte, und Frauen, die sie noch nie gesehen hatte, hoben sie mit hundert Händen in die Höhe und hievten sie auf die winzige Plattform.

Aus der Nähe waren die Muster auf der milchweißen Haut der Tänzerin noch komplizierter und faszinierender. Es wäre so einfach für Flash, sich in diesen verschlungenen Windungen zu verlieren.

Die Tänzerin schlang ihre Arme um Flashs Taille. Die Kraft dieser Berührung übertrug sich auf sie und entzog Flashs leidendem Körper alle Schamhaftigkeit. Sie warf den Kopf zurück und ging ganz in der Musik auf. Ein hagerer Schenkel der Tänzerin glitt zwischen ihre Beine und sie stemmte sich dagegen, wobei die rhythmischen Bewegungen zu ausgesprochen erregenden Reibungseffekten führten. Der Geruch des schweißnassen Fleisches der Tänzerin, ihrer Achseln und ihrer lederverhüllten Scheide war betäubend, ein kräftiger, wilder Moschusgeruch, der gekonnt auf der hormonalen Tonleiter tief in Flashs Innerem spielte.

Das Blut dröhnte in ihren Adern. Sie kam sich vor wie eine Göttin, die Königin über all diejenigen, auf die sie jetzt hinunterblicken konnte; sie spürte, wie sehr jede Frau in dem Club sie beneidete. Sie fühlte sich auserwählt.

Als sie über die Menge hinwegsah, sah sie ein Meer von Anbetenden, die in Ehrfurcht und Lust pulsierten. Sie ließ sich von der Tänzerin das T-Shirt über den Kopf streifen und ertappte sich bei dem kindischen Gedanken, dass Inanna jetzt doch zusehen möge.

Aber dann schloss sich der Mund der Tänzerin um ihre Brustwarze und alle Gedanken zerstoben im Überschwang dieser unglaublichen Empfindung.

Tausend Jahre hätten vergehen können. Flash bemerkte nichts außer diesen rotierenden schwarzen Mustern, die sich in alle Ewigkeit dehnten, Zungen, Fingern, salziger Haut und heißem Atem.

Als die Tänzerin sich von ihr löste, war es, als würde man dem Schutz des Mutterleibes entrissen und unvorbereitet in die grausame Welt hinausgestoßen. Das Licht schien ihr zu grell, das Jubelgeschrei der Masse wie das unerträgliche, misstönende Gekreisch von Affen. Aber die kräftigen Hände der Tänzerin waren da, um ihr hinunterzuhelfen und sie vor der hungrigen Meute zu beschützen. Sie hielt ihr das verschwitzte T-Shirt entgegen und lächelte, nur ein kurzes Aufblitzen von Zähnen.

»Nimm mich mit zu dir nach Hause«, sagte sie.

Flash streifte sich das T-Shirt über den Kopf und schlang dann die Arme um ihren Körper. Der Schweiß auf ihrer Brust hatte sich abgekühlt, und sie fühlte sich verletzlich, trotz dieser überwältigenden rotierenden Spiralen und dieser starken, sanften Hände. Was hätte sie sonst tun können? Sie nickte und die Tänzerin lächelte erneut, diesmal ein wenig breiter.

+++

Es gab einen kurzen Moment in dem langen heruntergekommenen Flur mit dem durchdringenden vertrauten Geruch von abgestandenem Essen und frischem Insektenspray, in dem Flash vor der Tür zu ihrer Wohnung stand und Zweifel bekam. In ihrem Verstand tobten so viele Erinnerungen an Inanna, und das enge Apartment enthielt so viele Erinnerungsstücke an ihre verflossene Beziehung. Sie erinnerte sich an den Tag, als sie zum ersten Mal die Wohnung besichtigt hatte. Der schweigsame kreolische Hausmeister hatte sie hereingeführt und sie hatten vom ersten Moment an gewusst, dass es genau diese Wohnung sein musste. Inanna hatte sich in die schwere Badewanne mit den Klauenfüßen verliebt und in den merkwürdigen Grundriss der winzigen Räume. Die Gegend war zwar nicht sehr vertrauenerweckend und die Miete war höher als das selbst gesteckte Limit, aber sie waren sich einfach sicher gewesen.

Und jetzt war da die Tänzerin, die von hinten ihre warmen Arme um Flash schlang. Sie verstand, ohne dass man ihr erklären musste, und gab Halt, ohne zudringlich zu sein, und Flash schmolz einfach dahin. Ihre Hände zitterten nur ganz leicht, als sie die vielen Riegel öffnete und die schwere, vielfach überlackierte Tür aufstieß.

Sobald sie in der Wohnung waren, hatte Flash keine Zeit mehr für Nostalgie. Verweise auf Inanna lagen überall herum wie zuschnappende Bärenfallen: die Kiste mit den Death-Rock-Scheiben, bei der sie es nie übers Herz gebracht hatte, sie wegzuwerfen; das schwarz-rot gebatikte Tuch vor den Fenstern, das Inanna in der Badewanne gefärbt hatte. So viele heimtückische Erinnerungen, aber sie traten alle in den Hintergrund angesichts dieser merkwürdigen Kreatur, dieser lebensechten Göttin, die mit ihrem Mund und ihren Händen Dinge tat, bei denen Flash die Luft wegblieb, sich die Gedanken verhedderten und sich in den hypnotischen Mustern des Fleisches unter ihren Lippen auflösten.

Die Tänzerin entzog sich ihr. Sie atmete schnell und heftig und ihre Augen versprühten heißes blaues Feuer, während sie Flashs Kinn zwischen Daumen und Zeigefinger nahm.

»Ich will dich fesseln«, sagte sie.

Wortlos angesichts ihrer schmerzhaft pochenden Lust schluckte Flash nur heftig und nickte.

Die Tänzerin warf sie auf das ungemachte Bett und Flash leistete keinen Widerstand, als sie ihr die Jeans vom Körper streifte und ihre Handgelenke und Knöchel an das quietschende Bettgestell fesselte. Ihr Herzschlag pochte in ihrer Kehle und zwischen ihren Beinen. Ein eisiger Hauch der Angst und des Begehrens raste über ihre von einer Gänsehaut bedeckten Haut, als ihr die Tänzerin einen Knebel in den offenen Mund drückte und die Riemen in ihrem Nacken verschloss. Einen Moment drohte sie die Panik zu übermannen, bis sie sich an das Hindernis gewöhnt hatte und heftig durch die Nase weiteratmete.

Die Tänzerin trat einen Schritt zurück und starrte Flash mit schräg geneigtem Kopf an. Sie war so wunderschön, so faszinierend und doch so vollkommen undurchschaubar. Flash überlegte, ob sie ihr wohl wehtun würde, und musste sich eingestehen, dass sie sich sogar danach sehnte, dass sie es mit einer hemmungslosen Begierde wollte, die alle rationalen Erwägungen in den Hintergrund drängte. Ihre Haut prickelte vor Erwartung.

Sie hätte sich niemals vorstellen können, was als nächstes geschah, und als es geschah, glaubte sie zuerst an eine optische Täuschung.

Die tintenschwarzen Tentakel auf der Haut der Tänzerin begannen sich zu bewegen.

Zuerst schien es nur eine Illusion, wie das, was man erlebt, wenn man zu lange in eine Spirale hineinsieht. Aber die Zuckungen wurden stärker und reckten sich mit fließenden schlangengleichen Bewegungen in die Luft hinein.

Ihre Augen verdrehten sich, als das komplizierte Muster sich langsam auflöste. Es tastete sich blindlings vor, als würde es die Luft erforschen, und dann glitt es über den schartigen Holzfußboden voran und streckte sich nach dem Bett und Flashs daliegender wehrloser Gestalt aus.

Flash begann zu schreien und sich gegen ihre Fesseln zu stemmen, aber die Knoten waren fest geknüpft. Der Knebel füllte ihren Mund aus und dämpfte ihre Schreie. Alles, was sie hervorbrachte, waren hilflose Würgelaute.

Das Ding strich über ihre Fußsohlen, und unerträgliche Lustgefühle peitschten wie ein Blitzschlag durch ihre Furcht. Die Berührung war feucht und kräftig wie die einer Zunge, aber tausendmal intimer, als würde jede ihrer Poren penetriert, als würde jedes Nervenbündel von mikroskopisch kleinen Fingern liebkost. Es verströmte eine leise, einschmeichelnde Melodie, aber in einer Frequenz, die man eher fühlen als hören konnte. Als sich die schimmernden schwarzen Spiralen um ihre Schenkel legten, und dünne, forschende Finger sich nach ihren Schamlippen ausstreckten, verspürte sie ein anhaltendes betäubendes Verlangen, das durch ihr widerstrebendes Fleisch einsickerte. Ein einzelner Tentakel liebkoste ihre Klitoris, zuerst vorsichtig, dann immer bestimmter, in einem unnachgiebigen Rhythmus, der sie nach kurzer Zeit hilflos zuckend einen Orgasmus durchleben ließ, während sie die Zähne im weichen Fleisch ihrer Wange verbiss. Andere, dickere Tentakel schlängelten sich in ihre Vagina hinein und schwollen dort an, um sie ganz auszufüllen, während ein weiterer Ausläufer sich einen Weg in ihren Anus bahnte. Sie bäumte sich in den Hüften auf und wehrte sich mit aller Kraft gegen die Fesseln und die geschmeidige, besitzergreifende Umarmung.

Heftiger Schmerz mischte sich in das hitzige Begehren, als nadelspitze Tentakel die Haut durchbohrten und die Schwärze in sie einströmte und die Höhlung ihres Schädels und die Kammern ihres pochenden Herzens auszufüllen begannen. Sie versuchte, nach Luft zu schnappen, aber die Masse war in ihrer Nase und ihrer Kehle, ergoss sich in ihre Lungen, und sie stellte überrascht fest, dass es ihr nichts ausmachte. Sie wollte sich weiter und weiter öffnen, um diese unwiderstehliche Penetration tiefer in sich aufzunehmen. Leben und Liebe, Denken und Atmen, alles wurde vollkommen unbedeutend, löste sich auf in wirbelnde Lust, eine brennende Gier, die ihre Identität verschlang und sie auf die wahrhaftigste Form ihres Seins reduzierte.

Die Schwärze sang weiterhin in ihr, tonlos, ohne Worte. Sie erzählte ihr Geschichten von einer warmen flüssigen Welt, einer Welt ohne Schmerz, ohne Einsamkeit, in der sich spiralige Schönheit und nichtlineare Geometrie in einem endlosen Fluss befanden, wie ein dunkler Strom mit Tausenden von Zuflüssen. Sie lockte sie, flehte sie an, diese Welt gebrochener Versprechen und schmerzhafter Erinnerungen abzustreifen, in diesen betäubenden Ozean zu springen, die Muster ihrer Seele mit den Mustern einer Unzahl anderer Seelen verschmelzen zu lassen, den Seelen anderer einsamer Mädchen, die ihre trostlosen, bedeutungsleeren Leben gegen etwas eingetauscht hatten, das so etwas wie Zugehörigkeit verhieß.

Sie war jetzt im Fluss, frei von den Beschränkungen des Fleisches, ließ sich dahintreiben auf einem dunklen Strom, wie dem Dahinströmen von Blut, den Strömungen des Meeres, der Freiheit.

Ein Rettungssanitäter beugte sich ratlos über den nackten Körper des Mädchens. Ihre Atmung war langsam und gleichmäßig, ihr Herzschlag stark und rhythmisch, ihr Gesichtsausdruck friedlich, aber als er die Augenlider hochzog, waren die Augen vollkommen leer, die Pupillen verdreht wie bodenlose Löcher. Sie war wie ein Haus, in dem Strom und Wasser noch funktionieren, das von den Bewohnern aber längst verlassen worden ist. Er war seit sieben Jahren als Sanitäter unterwegs und war den zerstörten Wracks Tausender junger Leute begegnet, die den Drogen oder den Zwängen einer mitleidslosen Welt nicht gewachsen waren, aber in dieser leeren Hülle eines Mädchens war etwas, das ihn von Grund auf erschütterte. Einfach und pragmatisch wie er war, untersuchte er alle Lebenszeichen ein zweites Mal, auf der Suche nach einer Diagnose. Alles deutete auf einen schweren Fall von Katatonie hin, und damit auf psychologische und nicht physische Ursachen. Würde er in spirituellen Kategorien denken, hätte er vielleicht gesagt, ihr sei die Seele genommen worden, mit einer präzisen chirurgischen Operation, die den Körper unbeschädigt, aber als leere Hülle zurückgelassen hatte. Aber da er nicht so dachte, sagte er das auch nicht.

Sein Kollege versuchte in seiner üblichen barschen, aber gutgemeinten Art, die Freundin des Mädchens zu trösten.

»Wir bringen sie ins Bellevue.« Er reichte ihr eine weiße Karte mit einer in grün aufgedruckten Adresse. »Sie können sie wahrscheinlich schon bald besuchen. Wir werden uns gut um sie kümmern, verstehen Sie?«

Das Mädchen nickte. Ihre Augen waren trocken.

»Das bringt sowieso nichts«, sagte sie mit einem Kopfnicken zu der leblos daliegenden Gestalt.

Der Sanitäter blickte etwas beunruhigt, unsicher, was er davon halten sollte. Er wechselte das Thema.

»Sie haben da wirklich tolle Tätowierungen.« Er rollte seinen Ärmel hoch, und zeigte ihr einen sprungbereiten Panther mit roten Augen, einen grinsenden Schädel und eine Frau mit Fledermausflügeln. »Ich habe mir die hier machen lassen, als ich noch in der Army war.«

Das Mädchen lächelte dünn.

»Joey«, sprach ihn sein Kollege an, ohne den Blick zu heben. »Würde es dir etwas ausmachen, deinen Schwanz mal hintanzustellen und mir hier zu helfen?«

»Schon gut«, sagte der. »Und mit Ihnen ist wirklich alles in Ordnung?«

Das Mädchen nickte wieder. Ihre strahlend blauen Augen starrten ins Nichts, weit, weit weg. Joey legte ihr aufmunternd seine fleischige Hand auf die Schulter und sie zuckte zusammen.

»Nicht ...«, sagte sie.

»Noch frisch gestochen, was?« Er hielt ihr entschuldigend die Handflächen entgegen.

»Ja.« Sie lächelte und rieb an dem glänzenden schwarzen Flechtwerk auf ihrem Schulterblatt. Unter den filigranen Linien lag ein verborgenes Muster. Etwas wie die angedeuteten Linien eines Gesichts, teilweise verdeckt durch einen leichten Schleier aus Grün und Purpur.

SCHWEINISCHE FILME

Bruce Jones

»Ich habe deinen Rat mit der Affäre befolgt«, murmelte Karen.

Für Glenda klang sie weit weg, wie in einem Traum, hallend wie der Lincoln Tunnel und kaum hör- und schon gar nicht sichtbar. Sie tastete sich durch das dunkle Haus und stolperte hier über irgendetwas und dann wieder über etwas anderes im Wohnzimmer. Sie rief zurück durch den dunklen Schlund des Korridors: »Hey, wo zum Teufel bist du denn, Liebes?«

»Im Badezimmer. Taste dich einfach an der Wand entlang. Hast du das Beben gespürt?«

Gespürt? Es hatte sie in Panik versetzt. Glenda Hope, die zukünftige Konzernchefin, kommt nach überragenden geschäftlichen Erfolgen in der großen Stadt an die Stätten ihrer Kindheit zurück, und kaum steigt sie aus dem Flugzeug, kaum ist sie in der Gegend, wo ihre beste Freundin Karen wohnt, direkt in der Auffahrt zu ihrem Haus, was passiert da? Der Boden bebt, der Volvo gerät ins Schleudern, die Straßenlaternen gehen aus, und duster ist es. Es gab nicht mal eine kleine Solarleuchte auf der Veranda, an der man sich orientieren konnte. Solche Dinge fallen einem schon auf.

»Ob ich das gespürt habe? In der ganzen Gegend ist der Strom ausgefallen. Karen, wo ist die verdammte Tür?« Sie stieß sich andauernd die Schienbeine an irgendetwas.

»Du kommst immer näher.«

»Red weiter. Mir gefällt das hier nicht. Ich habe von dem Serienmörder gelesen, der bei euch umgeht. Bin ich noch richtig?«

»Du bist fast an der Tür.«

»Ist alles in Ordnung? Du klingst völlig verschlafen. Wo bist du denn? Hier drin ist es ja stockfinster.«

»In der Wanne. Komm her und setz dich auf den Toilettendeckel.«

»Ich sehe dich ja nicht mal!«

»Ist das nicht toll? Ich liebe die Dunkelheit. So sollten wir leben, wie die Höhlenmenschen. Wie war Frisco, hast du den Job?«

»Ja, habe ich. Wo ist Ed?« Glenda fand die Toilette, ließ den Deckel herunter und setzte sich. Sie war erledigt.

»Da er ja Bulle ist, schätze ich mal, dass er gerade wieder Fickfilme konfisziert.«

»Du klingst, als seist du nur halb da. Scheiße, wo bin ich denn da drangestoßen? War das Glas ...?«

»Johnnie Walker.«

»Karen! Du doch nicht! Seit wann? Und was für Fickfilme?«

»Habe ich dir nicht von seinen schweinischen Filmen erzählt? Er bekommt sie in seiner Abteilung. Die konfiszieren die irgendwo oder so. Er bringt sie abends mit nach Hause, damit wir uns die ansehen. Besser gesagt, damit er sie sich ansehen kann. Ich liege dann auf dem Bauch und schnappe nach Luft. Ihn macht das geil.«

»Er vögelt dich und sieht sich dabei Pornos an?«

»Und schwärmt mir in allen Einzelheiten von den abscheulichen Details der letzten Tat des Serienkillers vor. Je blutiger, desto besser. Warst du wirklich drei Monate lang weg? Ich habe dich vermisst.«

»Ist noch was zu trinken da?«

»Tut mir leid, ich weiß, es gehört sich nicht, aber ich habe alles ausgetrunken. Was glaubst du, war das ein schweres Erdbeben?«

Glenda kniff die Augen zusammen und versuchte, die geisterhaften Umrisse zu erkennen, bei denen es sich um die Badewanne der Sanfords handeln musste. »Es fühlte sich wenigstens so an. Wie war das mit der Affäre?«

»Was?«

»Du bist ja wirklich betrunken. Als ich hereinkam, sagtest du etwas von einer Affäre.«

»Ich hab es mir so richtig besorgen lassen, Glennie. Ich habe rumgevögelt wie eine läufige Hündin.«

Glenda zuckte in der Dunkelheit zusammen. Sie war solche Ausdrücke von der sanften, schüchternen Karen nicht gewohnt, und ganz bestimmt nicht mit dieser Beiläufigkeit, egal ob sie jetzt betrunken war oder nicht. »Wirklich? Mit wem?«

»Ich weiß nicht, wie er heißt.«

»Du weißt nicht, wie er heißt? Du hast eine Affäre und du kennst nicht einmal seinen Namen? Was weißt du denn überhaupt über ihn?«

»Ich kenne jeden Zentimeter seines Schwanzes. Und das sind, ehrlich gesagt, eine ganze Menge. Du hattest recht, ich hätte Ed schon seit Jahren betrügen sollen.«

Da war irgendetwas. Irgendwas an dem schrillen Ton dieser Jungmädchenstimme, der sich an den kalten Fliesen brach. Irgendwas stimmte nicht. Glenda musste ein Frösteln unterdrücken. Wann ging denn endlich das verdammte Licht wieder an? »Und wie hast du diesen Superhengst kennengelernt?«

»Du würdest es nicht glauben ... du würdest nicht ...«

»Hey! Du redest mit mir! Nicht einschlafen, du ertrinkst sonst noch! Und dann bin ich die neue Vorstandsvorsitzende von Lamb & Rector und habe eine ertrunkene beste Freundin.«

»Ich werde nicht ertrinken. Ich gehe nicht auf diese Art. Wo soll ich anfangen ...?«

Glenda hörte das schwache Gluckern von Badewasser.

»... na ja, am besten wohl mit Ed. Mit diesem fetten schlampigen Bullenschwein Ed, mit dem ich verheiratet bin, und seinen schweinischen Filmen. Jede Nacht die gleiche Tour, die gleiche Tour, die gleiche Tour ...«

»Du wiederholst dich, bleib wach.«

»... die gleiche Tour. Er kommt angetrunken nach Hause, wir essen zu Abend, er kramt seine Handschellen raus, fesselt mich ans Bett, legt einen von diesen ekelhaften Filmen ein und dann fickt er mich. Immer zur gleichen Zeit, am gleichen Ort, in der gleichen Stellung. Große Wampe, kleiner Schniedel, das ist mein Ed.«

»Er vögelt dich und sieht sich dabei Pornos an.«

»Und versorgt mich mit den neuesten Insiderberichten über

unseren Frauenmörder. Hast du schon von unserem Serienkiller gehört oder habe ich das schon gefragt?«

»Das steht auch in Frisco in den Zeitungen. Hast du sehr große Angst?« Glenda sah sich nach unsichtbaren Schatten um und schluckte heftig. »Ich hätte eine Todesangst. Wenn doch die verdammte Stromversorgung wieder funktionieren würde ...«

»Hatte ich nicht. Zu Beginn. Ich meine, ich hatte keine Angst. Erstmal fand ich das alles nur eklig. Er schneidet ihnen die Brustwarzen heraus, musst du wissen. Oh ja, Ed erzählt mir alles darüber. Er verstümmelt ihre Brüste und spritzt in ihre Haare ab. Ein gestörter Bastard.«

»Schon gut, es reicht – zurück zu deiner Affäre.«

»Ach ja, meine Affäre. Ich habe ihn im Einkaufscenter kennengelernt.«

»Karen, nicht doch.«

»Ich weiß, es klingt nicht sonderlich romantisch, aber du hättest ihn sehen sollen. Vergiss diese Dreamboys aus dem Fernsehen ... dieser Mann ... dieser Mann ...«

»Du verlierst schon wieder den Faden.«

»Entschuldige.«

»Wie viel hast du denn getrunken?«

»Karierte Hemden. Er trägt immer karierte Hemden. Wie ein Holzfäller ... ein Holzfäller mit einer großen, mächtigen Axt.«

»Gott, du bist ja völlig dicht.«

»Also ich sitze da in Olgas Café, trinke meinen Eistee, denke an nichts Böses und da sehe ich auf und merke, wie dieser Traumtyp mich anstarrt.«

»Er starrt dich an?«

»Ja, mich. Nicht die anderen, sondern mich. Und du kennst mich ja, Glennie. Ich werde rot, richtig knallrot. Das hat mich so wuschig gemacht, dass ich gehen musste.«

»Du bist gegangen?«

»Ich war so durcheinander, dass ich mich im nächsten Multiplex versteckt habe. Ich saß da in einer der hinteren Reihen und habe wirklich gezittert.«

»Den Kerl muss ich sehen. Hey, hast du vielleicht Kerzen? Wir könnten ...«

»Nein. Willst du die Geschichte nun hören?«

»Ich würde dich gern sehen, verdammt noch mal! Was ist nach dem Kino passiert?«

»Also ich sitze da, der Laden ist so gut wie leer, und bevor ich mich versehe, sitzt dieser Mann, dieser unglaublich gut aussehende Mann, direkt neben mir.«

»Wow.«

»Und dann – und wir hatten noch nicht einmal ein Wort gewechselt – liegt seine Hand plötzlich auf meinem Bein.«

»Nein.«

»Und dann hat er sie woanders.«

»Mein Gott! Was hast du getan!«

»Was ich getan habe? Ich bin gekommen. Doch noch. Nach all den Jahren. Ich glaube, ich habe geschrien.«

»Karen, das ist unglaublich.«

»Und dann sagt er, dieser Schrank von einem Kerl sagt: ›Ich will nicht reden. Ich will keine Adressen austauschen. Ich will nicht einmal deinen Namen wissen.‹ Und dann geht er.«

»Oh mein Gott. Und was hast du getan?«

»Ich glaube, ich bin im Kino ohnmächtig geworden. Es war unglaublich. Fantastisch. Wenigstens so lange bis Ed nach Hause kam und wieder mit den Handschellen und den Pornos anfing. Das war der Abend, an dem er mir zum ersten Mal erzählt hat, dass es einen Mörder in unserer Gegend gibt.«

Glenda hockte auf dem Toilettensitz und rieb sich die Arme. Die Klimaanlage funktionierte nicht, die Luft war stickig, aber ihr war kalt. »Aber dieser Killer, Karen – hattest du nicht ... du musst doch ...«

»Natürlich, ich meine, ich habe daran gedacht. Ich meine, auch wenn es ziemlich unwahrscheinlich war, es war trotzdem gefährlich, nicht wahr? Leichtsinnig. Ich glaube, das machte es so aufregend. Ich glaube, deswegen bin ich am nächsten Tag wieder in das Einkaufszentrum gegangen.«

»Und ...?«

»Er war da. Diesmal haben wir es auf der Damentoilette gemacht.«

»Wo???«

»Er kam hinter mir her. Ich saß in einer der Kabinen und erledigte mein Geschäft, und auf einmal war er da, zog die Tür auf und grinste mich an. Er schob mich gegen die Wand, zog meinen Rock hoch und los ging's. Ich ging ab wie eine Rakete.«

»Du machst Witze. In einer Toilette!«

»Ich schätze, ihm gefiel es so direkt und in der Öffentlichkeit. Wir haben es auch in Fahrstühlen gemacht. In Hotelfluren. Überall, wo es gefährlich und aufregend war. Draußen, manchmal im Park. Da, wo die warme Sonne auf seinen muskulösen weißen Arsch scheinen konnte. Und keiner von uns sagte ein Wort. Nur Stöhnen. Und Keuchen. Es war toll.«

»Karen, das ist krank.«

»Ja. Einen Nachmittag haben wir es zehnmal getan. Zehnmal. In allen möglichen Stellungen. Ich meine wirklich alle Stellungen und jede mögliche Körperöffnung. Ich war vollkommen zugesaut mit seinem Kleister. Es war unglaublich. Es war ... es war ...«

»Was? – Nein, nicht jetzt! Du darfst jetzt nicht wegdösen!«

»... es war ... es macht süchtig. Ich habe mich verliebt.«

»Du hast dich um den Verstand gevögelt. Ich kann gar nicht glauben, dass du das bist, die da redet.«

»Das ging wochenlang so. Tag für Tag. Ich war völlig wund. Und je schlimmer es wurde, desto mehr wollte ich. Eines Nachts war es so schlimm, dass ich die Regeln gebrochen habe. Ich hätte das nicht tun sollen ... ich durfte das nicht ... und von da an ging alles schief ...«

»Welche Regeln?«

»Die mit dem ›keine Adressen‹. Ich bin ihm zu seiner Wohnung gefolgt. Er wohnt drüben am anderen Ende der Stadt, nettes Haus, großer zweistöckiger Altbau. Ich bin ihm nachgefahren, habe gesehen, wie er hineinging, und habe dann gesehen, wie er wieder herauskam. Ich hätte nach Hause fahren sollen. Aber ich wollte ihn. Ich wollte ihn so sehr. Und zu Hause war nur Ed. Ich habe mich in sein Haus geschlichen ...«

»Oh mein Gott.«

»Ich habe im Erdgeschoss herumgeschnüffelt wie ein gewöhnlicher Einbrecher. Das war aufregend. Gefährlich. Je mehr Angst ich bekam, desto mehr gefiel es mir. Kannst du das verstehen?

Dann ging ich nach oben. Er hatte dieses unglaubliche Schlafzimmer, dieses riesige Himmelbett. Ich zog mich aus, legte mich auf die Satinbettdecke und erwartete meinen Prinzen.«

»Oh Gott, Karen, ich glaub es einfach nicht ... hattest du denn keine ...«

»Natürlich hatte ich Angst. Ich hörte unten Stimmen, dann auf der Treppe. Er war nicht allein. Ich versteckte mich im Kleiderschrank.«

»Mit deinen Kleidern, wie ich hoffe.«

»Er kam rein und bei ihm war diese unglaubliche Blondine, mit solchen Titten ... Ich habe durch einen Spalt in der Tür zugesehen. Plötzlich war es in dem Zimmer ganz hell, richtig strahlend hell. Glennie – das wird jetzt ziemlich unappetitlich ...«

»Komm mir jetzt nicht so ...«

»Sie stand da über das Bett gebeugt und er hatte seinen dicken Schwanz in ihr drin, und das machte mich an, Glennie, das machte mich ganz schrecklich an. Ich war nicht eifersüchtig, ich war nicht sauer, ich war nur furchtbar geil. Und dann ... und dann ... und dann ...«

»Was war dann?«

»Dann nahm er das Messer.«

»Nein.«

»Von der Kommode.«

»Nein.«

»Ich konnte mich nicht rühren, konnte nicht mehr atmen.«

»Oh nein, oh guter Gott, ich wusste es! Red nicht weiter, ich ertrage das nicht.«

»Er hat auf sie eingestochen, Glennie. Immer und immer wieder. Das Blut spritzte nur so.«

«Karen ...«

»Und dieser Mistkerl, er war immer noch in ihr drin. Und dann ... und dann ... Ich glaube, ich bin einfach ohnmächtig geworden!«

»Bitte, Karen, mir wird schlecht.«

»Als ich wieder wach wurde, war es dunkel im Zimmer. Das Haus war leer. Ich habe zugesehen, dass ich wegkam. Und zu Hause wartete Ed mit seinen Handschellen. Und mit der Nachricht, dass sie wieder ein Mädchen gefunden hatten. Ich habe fast die ganze Nacht auf dem Klo verbracht und mich übergeben. Ed habe ich gesagt, ich hätte die Grippe.«

»Oh Gott, oh mein Gott!« Glenda zitterte krampfhaft, sie bekam sich aber mit einer unglaublichen Willensanstrengung wieder in den Griff. »Du – mein Gott, du hast solches Glück gehabt, dass du noch am Leben bist! Haben sie den Kerl erwischt? Karen? Hey ... hey ...?«

»... was ist ...?«

»Wach auf! Hat man den Kerl erwischt?«

»Ich ... nein ... ich habe nichts gesagt ...«

»Was???«

»... du verstehst das nicht, Glennie ... du kannst das einfach nicht verstehen ... Ich sagte doch, ich war ihm verfallen ... ich war ... das war schlimmer als pervers ... ich lag des Nachts im Bett und sah das Messer und all das Blut vor mir ... und das Einzige, woran ich denken konnte, war der Wunsch, unter ihm zu liegen. Es war mir egal, verstehst du das nicht ... ich war bereit zu sterben, nur um ...«

»Karen, oh mein Gott, was ist nur mit dir passiert?«

»Er ist mir passiert. Er! Und ich konnte ihn nicht einfach aufgeben. Ich wollte ihn nicht aufgeben. Ich nahm ein Messer aus der Küche, nur als Rückversicherung, und trug es bei mir. Wir hatten da so eine Sache laufen, an den Dienstagabenden in diesem schmierigen Hotel. Ich glaube nicht, dass ich es wirklich benutzen wollte ... ich wollte einfach nicht glauben, dass er wirklich ...«

»Karen, nein – ich bekomme keine Luft mehr!«

»Ich geriet in Panik. Er stand da, nackt über mir, neben diesem schäbigen Bett – so groß, so gewaltig ... ich ... ich geriet in Panik. Und dann hatte ich das Messer nicht mehr in der Hand, sondern es steckte in ihm, ganz tief, und ich weiß nicht einmal, wie es dort hinkam ... und dann rannte ich ... und rannte ... und rannte ...«

Glenda kämpfte gegen die Übelkeit an, der Raum drehte sich um sie. »Karen? Hallo? Bist du noch da?«

Die Stimme war kaum noch hörbar, sie verlor langsam das Bewusstsein: »... da war gar nicht viel Blut, jedenfalls nicht an mir. Und dann war ich wieder zu Hause. Einfach so zu Hause. So, als sei das nie geschehen. Aber das war es. Das war es.«

»Du Arme ...«

»Nein, es geht noch weiter. Ich wusch mir das Gesicht, gab mir ein paar Minuten und ging dann ins Schlafzimmer. Und da war Ed und legte gerade eine Kassette in den verdammten Videorecorder und grinste mich auf seine perverse Art an: ›Das hier wird dir gefallen‹, sagte er, ›eines von diesen getürkten Snuff-Videos! Lauter Kunstblut und miserable Schauspieler!‹ Und dann hat er mich auf dem Bett, mit Handschellen und allem, und fuhrwerkt in mir rum, und ich ... ich ... ich sehe auf und sehe den Bildschirm ... und mein Herz ... ich glaub, das blieb einfach stehen ...«

»Was ...?

Nur ein Flüstern: »... das da ist er, Glennie, mein stummer Muskelmann, mein wunderschöner Holzfäller, da im Fernseher, und er vögelt diese üppige Blondine in seinem Schlafzimmer. Deswegen war das Licht so grell ... er drehte da Filme ... primitive, gestellte Snuff-Filme ...

Ed fand das wirklich komisch. ›Das da ist Sally Palmer‹, sagte er. ›Auf dem Revier nennen wir sie Sally das Gebläse. Sie arbeitet auf dem Straßenstrich an der Cimmarron und der Central Street. Da habe ich sie heute Abend sogar noch gesehen. Die dreht dauernd diesen Snuff-Müll.‹«

Glenda fuhr auf, wirbelte herum, wobei sie mit dem Knöchel irgendwo hängenblieb und ein stechender Schmerz ihr Bein hochschoss. Sie tastete nach dem Toilettendeckel und schaffte es gerade noch, dass ihr Abend- und wahrscheinlich auch noch das Mittagessen die helle Schüssel trafen.

Die Stimme aus der Wanne war jetzt so leise, so furchtbar leise: »... er war also gar nicht der Killer ... ich habe einen unschuldigen Menschen umgebracht ... einen ... unschuldigen ... Menschen ...«

Glenda hustete mit wundem Hals und sank auf die Knie. Sie rang nach Atem und lehnte die Stirn gegen das kühle Porzellan. Dann wollte sie sich vom Boden hochdrücken und rutschte weg. Beim nächsten Versuch war es genauso. Hatte sie die Schüssel doch nicht getroffen? Sie würde das sauber machen müssen. Der ganze Boden war rutschig, klebrig ...

»Karen? Du darfst nicht einschlafen. Karen, du ertrinkst in der Wanne ...«

Ihre eigene Stimme schien ihr ganz weit weg. Wahrscheinlich hatte sie auch das Kleid versaut, das neue Armani-Teil, das sie bei der Besprechung getragen hatte. »Karen ...?«

Als erstes sprang die Klimaanlage wieder an.

Dann sprangen nach kurzem blinkenden Zögern auch die Neonröhren an und färbten den Raum rosa, dann rot, dann noch dunkler.

Rot auf dem klebrigen Fußboden, Rot auf den Wänden, aber das meiste Rot war in der Wanne. Die ganze Wanne war voller Rot, die Seiten waren mit dunkelroten Rändern eingefasst. Und Karen lag leichenblass mittendrin.

Mit merkwürdiger Gefasstheit starrte Glenda auf den Körper ihrer Freundin hinunter: Die Brüste, das heruntergesackte Kinn, der mitten im Satz erstarrte Mund – Inseln in einem Meer von Blut, die Augen verquollen und ohne Leben. Der linke Arm war über den Rand gerutscht und hing in der Luft. Aus den tiefen Schnittwunden quoll immer noch Blut.

Auf dem klebrigen Fußboden fand Glendas Schuh das Rasiermesser und tippte dagegen. Sie starrte es mit schräg geneigtem Kopf neugierig an, ohne es wirklich zu sehen. In ihrem Kopf drehte sich alles ... und dann hob sie den Kopf und sah ihr lächerliches Abbild im Spiegel und lauschte der Stimme in ihrem Kopf, die ihr ganz sachlich zuredete: *Ich bin eine erfolgreiche Geschäftsfrau, ich lebe jetzt in Frisco, das hier geht mich alles gar nichts an, ich habe damit gar nichts zu tun ...*

DAS MÄDCHEN AM FENSTER

Ramsey Campbell

Als er endlich wieder in seinem Hotel am Rembrandtsplein war, wollte Woodcock nur noch die Stimme seiner Frau hören. Er schloss die Tür seines Zimmers auf, das von schreienden Neonreklamen in allen Tulpenfarben beleuchtet war. Als er das Licht einschaltete, wich der Lichtschein der Reklamen vor dem Fenster zurück, dafür traten dann aber die Tulpen auf den Tapeten des adretten kleinen Hotelzimmers in den Vordergrund. Tulpen gab es ebenfalls in gepresster Form unter dem Glas des Ankleidespiegels. Er richtete seine Krawatte vor dem Spiegel und bürstete sein schütter werdendes Haar, bevor er sich in den einzigen Stuhl fallen ließ und sich dabei mit einer Hand auf dem schweren blumengemusterten Bettüberwurf abstützte.

Das rosafarbene Telefon schien seine Natur verleugnen zu wollen, so dünn war der Hörer. Aber er hatte kaum seine eigene Nummer gewählt, als es in seinen Ohren schellte und die Stimme seiner Frau erklang. »Bitte bedien dich doch selbst«, sagte sie zu ihm und dann in den Hörer. »Brian und Belinda Woodcock.«

»Ich wusste gar nicht, dass du Besuch hast. Gibt es einen Grund?«

»Muss es einen geben?« Sie hatte in der Frage eine Zurechtweisung gehört. In solchen Fällen gab er sich mittlerweile gar nicht mehr die Mühe, das richtigzustellen. »Ich habe auch dann soziale Verpflichtungen, wenn du nicht da bist«, sagte sie, dann wurde ihre Stimme weicher. »Du kommst doch morgen nach Hause, oder? Hast du dir alles angesehen, was du dir ansehen wolltest?«

»Ich wollte mir gar nichts ansehen.«

»Wenn du das sagst, Brian. Ich glaube ja immer noch, ich hätte mitkommen sollen, damit du auch eine weibliche Sichtweise berücksichtigen kannst.«

»Ich habe heute Dinge gesehen, die keine anständige Frau je zu Gesicht bekommen sollte.«

»Du würdest dich wundern.« Bevor er Gelegenheit hatte, sich zu fragen, was sie damit meinen könnte, fuhr sie fort. »Egal, hier ist Stan Chataway. Er würde gern auch ein paar Worte mit dir reden.«

Kein Wunder, dass sie ihren Besuch an die Hausbar ließ, wenn es sich dabei um den stellvertretenden Bürgermeister handelte. Trotzdem konnte Woodcock sich den Gedanken nicht verkneifen, dass er selbst nicht einmal den Gratis-Champagner auf dem Hinflug angerührt hatte. Er streckte die Schultern nach vorn und nahm auf der Stuhlkante fast die Haltung eines Boxers ein, als er hörte, wie das Telefon weitergereicht wurde. »Was höre ich da von deiner besseren Hälfte, Brian?«, dröhnte ihm Chataway ins Ohr. »Du bist doch nicht wirklich in Amsterdam!«

»Jedenfalls nicht mehr lange.«

»Aber du hast dich doch geweigert, letzten Monat die Reise mit uns anderen zu machen.«

»Eine Menge meiner Wähler haben genau das gesagt, was ich damals auch dagegen vorgebracht habe, nämlich, dass sie nicht ihre Steuern bezahlen, damit wir auf Vergnügungsreise gehen. Und nach dem, was ich gehört habe, habt ihr auch nur das zu Gesicht bekommen, was ihr sehen solltet.«

»Ich frage mich, von wem du das gehört haben könntest.« Als er auf seine unterschwellige Drohung keine Antwort erhielt, seufzte Chataway auf. »Es ist an der Zeit, dass du damit aufhörst, dir immer Gedanken darüber zu machen, was wir tun.«

»Ich dachte, das sei unsere Aufgabe.«

»Ein Teil unserer Aufgabe besteht darin, Kontakte zu knüpfen, Brian, und die meisten der Leute, auf die es ankommt, sind offenbar der Meinung, dass eine Städtepartnerschaft zwischen Alton und Amsterdam für unsere Stadt ein Schritt in die richtige Richtung ist.«

»Vielleicht denken sie das nicht mehr, wenn sie hören, was ich auf der nächsten Sitzung des Stadtrats zu berichten habe.«

Chataways Lautstärke hatte bisher den Hörer in Schwingungen versetzt, aber als er jetzt weitersprach, war seine Stimme sehr viel leiser. »Vielleicht hatte deine Frau gar nicht so unrecht, mein Lieber.«

»Würdest du sie bitte aus dem Spiel lassen. Worauf willst du überhaupt hinaus?«

»Was meinst du wohl, wie die Zeitungen auf deine Reise reagieren werden. Schließlich bist du ganz allein in all diese Sex-Läden gegangen und wer weiß, wo du sonst noch warst. Wenn ich du wäre, würde ich erst einmal mit meiner besseren Hälfte reden, bevor ich den Mund aufmache.«

»Ich werde ausführlich mit meiner Frau sprechen, danke für den Hinweis, aber das wird unter vier Augen sein.« Woodcock war so wütend, dass er kaum Worte fand. »Bitte richte ihr aus, dass ich morgen Abend wieder zu Hause bin«, stieß er noch hervor und schmetterte den Hörer auf die Gabel, bevor der in seinem Griff zersplitterte.

Er schwitzte – er war sogar völlig durchgeschwitzt. Er fühlte sich jetzt noch schmutziger als nach seiner Inspektionstour, auch die Achseln seines Hemdes waren schweißdurchtränkt. Er sprang auf, riss sich das Hemd und den Rest seiner Kleidung vom Leib und stürmte ins Badezimmer. Als er in die Dusche kletterte, tropfte aus dem angeschwollenen Kopf der Brause ein Tropfen Flüssigkeit herunter, der auf seinem Handrücken zerplatzte. Er drehte den Hahn so weit auf bis er die Hitze und den Druck des Wasserstrahls kaum noch ertragen konnte, schob dann den Kopf und das Gesicht darunter. Es nutzte nicht viel; es reinigte nicht seine Gedanken.

Was hatte Belinda damit gemeint, dass er sich wundern würde? Wollte sie damit vielleicht andeuten, dass er seinen ehelichen Pflichten nicht mehr so nachkam, wie er das sollte? Sein Vollzug hatte sie doch bisher in den mehr als zwanzig Jahren ihrer Ehe nicht klagen lassen. Sex sollte ein Geheimnis sein, das man entweder für sich behielt oder nur mit dem Partner teilte, und er hatte immer gedacht, er täte beides, wenn er zuerst Belindas

Mund und dann ihre Brüste und schließlich ihren Bauchnabel küsste, in einem Ritual, das er sich manchmal als eine Form der Bekreuzigung vorstellte. War das in ihren Augen nicht verdorben genug? Reichte das als Vorspiel nicht aus? Was sollten sie denn ihrer Meinung nach machen? Sollten sie diese wöchentliche Gymnastik in einem Fenster mit geöffneten Vorhängen praktizieren?

Er wischte sich die brennenden Augen und tastete in der Ablage nach dem Shampoo. Sicher tat er ihr unrecht, sie konnte nicht von sich selbst geredet haben. Er fischte den Beutel hinter dem Plastikvorhang hervor, riss eine Ecke mit den Zähnen ab und versuchte den beißenden, seifigen Geschmack auszuspucken. Er drückte und eine weißliche Flüssigkeit rann in seine Handfläche. Ein wenig der Flüssigkeit lief an seinem Handgelenk entlang und er warf das Behältnis von sich und bespritzte die Fliesen oberhalb der Brause, als er aus der Wanne stolperte, um sich so heftig wie möglich abzurubbeln. Wenn er seinen Abscheu schon nicht wegwischen konnte, dann konnte er ihn wenigstens nutzbringend einsetzen. Er würde etwas finden, das Belinda davon überzeugen musste, dass er sie aus gutem Grund nicht mit an diesen Ort genommen hatte – etwas, bei dem ihm kein Journalist unterstellen konnte, er habe es des Vergnügens wegen getan – etwas, das den Stadtrat so entsetzen würde, dass jede Diskussion über eine partnerschaftliche Verbindung zwischen Alton und Amsterdam ein für alle Mal vom Tisch war.

Er war nicht auf den Abscheu vorbereitet, den er beim Anblick seiner über den Boden verstreuten Kleidungsstücke empfand, der Art von Spur, die in mindestens der Hälfte aller Fernsehfilme zu der unausweichlichen Schlafzimmerszene führte, oder – wie in dem Fernseher in diesem Zimmer – zu viel Schlimmerem, nach dem einzigen kurzen Blick auf die Großaufnahme nicht mehr verhüllten Fleisches zu urteilen, derer er ansichtig geworden war, bevor er den Apparat ausschaltete. Er stopfte die Kleidung in seinen Koffer, wo kein Zimmermädchen sie zu Gesicht bekommen würde. Nachdem er sich frisch angekleidet hatte, griff er sich den Schlüssel und löschte das Licht, wodurch der Raum sofort wieder in die Farben geschändeten, erregten Fleisches getaucht wurde.

Er zwang sich dazu, hinzusehen bis ihm übel wurde, denn solange der Abscheu noch frisch war, war er gegen jede Versuchung gefeit.

Er warf den Schlüssel dem blonden, blauäugigen jungen Mann an der Rezeption hin, bevor er seine Aggressivität unter Kontrolle bekam. »Ich gehe aus«, verriet er.

»Genießen Sie unsere Stadt.«

Woodcock zwang sich dazu, sich über den Tresen zu lehnen und die Stimme zu senken. »Ich suche etwas ... ich muss Ihnen ja bestimmt nicht sagen, was, wir sind ja beide Männer von Welt ... Sie wissen schon ... etwas Besonderes.«

»Mit Männern oder Frauen, Sir?«

Die unbewegten blauen Augen deuteten darauf hin, dass das nicht die einzigen Alternativen waren, und Woodcock musste das Verlangen unterdrücken, ihn mit dem Messingklöppel zu schlagen, der an seinem Zimmerschlüssel befestigt war. »Frauen, natürlich«, knurrte er und konnte kaum glauben, was er dann noch hinzufügte: »Ein Mädchen, das das Schlimmste tut, was Sie sich vorstellen können.«

»Und was wäre das in Ihren Augen?«

»Was glauben Sie eigentlich, was ...« Es durfte ihn nicht interessieren, was der Mann von ihm hielt, nicht, wenn es seiner Mission im Wege stand. Woodcock dachte nach. »Ein Mädchen, das alles tun würde«, murmelte er. »Einfach alles.«

Der Portier nickte, hielt Woodcocks Blick stand und sein Gesicht gab keinerlei Wertung wieder. »Ich empfehle Ihnen, zur Oude Kerk zu gehen. Wenn Sie wollen ...«

Woodcock wollte nicht, am allerwenigsten weitere Hilfe, die ihm der Portier anbieten konnte. »Vielen Dank«, sagte er mit zusammengebissenen Zähnen und wandte sich vom Tresen ab. Er griff nach den verschnörkelten Griffen der Doppeltür und verließ den sicheren Hafen des Hotels.

Das Übermaß an vielfarbigem Neon, die Schwüle der Julinacht und der Lärm der vielen Menschen, die über die Straßen spazierten und zu Dutzenden vor jedem Cafe saßen, waren wie ein leichter Schlag in sein Gesicht. Sich in einer solchen Menge zu verlieren, wo keiner eine Ahnung hatte, wonach er gerade gefragt hatte, war eine Wohltat, aber dann fiel ihm ein, dass er noch herausfinden musste, wie er den angegebenen Ort überhaupt finden konnte. Als er einen Mann sah, der in einigem Abstand von einem der Tische saß und einen Reiseführer in der einen Hand und ein sehr großes Pilsglas in der anderen hielt, stellte sich Woodcock neben ihn und deutete auf das Buch. »Entschuldigen Sie, können Sie mir sagen, ...« Er hätte beinahe ›wo‹ gesagt, aber das wäre zu sehr ein Eingeständnis gewesen. »... was die Oude Kerk ist?«

»Commez vouz?«

Er hatte einen Touristen erwischt, der ihn nicht verstand. Aber eine Gruppe von jungen blonden Mädchen am Tisch nebenan tat das: »Die alte Kirche? Am besten gehen Sie über die Amstel, und dann ...«

»Besten Dank«, fauchte Woodcock und schlenderte davon. Eine der Damen aus dem Stadtrat hatte ihm von der Kirche mitten im Rotlichtviertel erzählt – es hätte nicht viel gefehlt und sie hätte behauptet, dass ihre Existenz diese Örtlichkeit rehabilitierte oder sogar segnete. Es führte ihn weiter in die Gegend hinein als sich Woodcock bisher gewagt hatte. Er musste etwas finden, was seine Kollegen erzürnen würde, also stürzte er sich in das Nachtgeschehen, wo ihn wenigstens niemand kannte.

Eine kreischende Straßenbahn brachte ihn zum Muntplein, einer Kreuzung, wo die Ampeln mit den Neonreklamen um die Wette blinkten. Von da aus führte eine Haarnadelkurve zurück am Fluss entlang. Er war auf halbem Weg über eine Amstelbrücke, als eine Radfahrerin auf ihn zuschoss, eine langbeinige junge Frau in kurzen Jeans und einem T-Shirt mit dem Spruch MARY WANNA MARY JANE. Er verstand den Spruch nicht, genauso wenig wie er verstand, warum sie den Atem anhielt, nachdem sie einen tiefen Zug von einer selbstgedrehten Zigarette genommen hatte. Nicht bis sie auf gleicher Höhe mit ihm ausatmen musste und ihm einen Rauschschwall ins Gesicht blies. »'tschuldigung«, tönte sie und radelte weiter.

Vor Schreck hatte er eingeatmet und konnte vor lauter Husten nicht reagieren. Er griff nach ihr, um sie festzuhalten, aber als er dabei herumwirbelte, schien sich der Rauch, den er eingeatmet hatte, in seinem Schädel auszudehnen. Er hielt sich an der breiten

Steinbrüstung fest und sah zu, wie ihre langen nackten Beine und die festen Hinterbacken sie aus seiner Reichweite katapultierten. Der Anblick erinnerte ihn an seine Tochter, als sie noch zu Hause gewohnt hatte – und an sein Unbehagen ihr gegenüber, als sie sich zu einer jungen Frau entwickelte. Die Radfahrerin verschwand auf dem Muntplein und irgendwo auf der anderen Seite des Platzes stimmte eine Drehorgel ihr misstönendes Geplärre an. Die zuckenden Neonspiegelungen im Fluss schienen heller zu strahlen und einem gewollten Muster zu folgen, ein Schauspiel, das er widerwärtig fand, und seine Beine trugen ihn über die Brücke, noch bevor ihm deutlich wurde, dass er ihnen den Befehl dazu gegeben hatte.

Die gegenüberliegende Seite machte einen friedlicheren Eindruck. Der Kanal, an dem eine enge Gasse entlangführte, war weniger aufgewühlt als der Fluss und die hohen Häuser wurden nicht durch Leuchtreklamen verunstaltet. Nur wenige der Fenster, die in symmetrischen Dreiergruppen auf beiden Etagen aller Häuser gruppiert waren, hatten Vorhänge, nicht einmal Gardinen, und die Räume, in die er sehen konnte, hätten auch abgesperrte Ausstellungsräume in einem Museum sein können: Es war niemand in ihnen zu sehen und selbst wenn da jemand gewesen wäre, hätte doch niemand, der ihn vorbeigehen sah, wissen können, was sein Ziel war. Nur die kunstvoll geschnitzten weißen Giebel über den bescheidenen Hausfronten schienen ihm außer Kontrolle geraten, vor allem, als ihm auffiel, dass ihre Spiegelbilder im Wasser nicht so eindeutig waren wie er es gern gehabt hätte. Sie öffneten und schlossen ihre dreieckigen Lippen, die ihn immer stärker, je mehr er versuchte, nicht hinzusehen, an blasses, angeschwollenes Fleisch erinnerten. Ein offener Platz, über dem eine mittelalterliche Burg aufragte, beendete jäh den sichtbaren Verlauf des Kanals. Die Bäume vor diesem Gebäude rauschten, was für seinen Geschmack viel zu sehr dem Rascheln abgestreifter Kleidung ähnelte. Eine Brücke führte vom Platz weg und auf der anderen Seite sah er Fenster mit darin wartenden Gestalten.

Er musste sich auch das Schlimmste ansehen, ansonsten wäre seine Reise vergebens. Man könnte ihm dann sogar vorwerfen, er habe die Reise um des Vergnügens willen gemacht. Seine nervös zitternden Beine trugen ihn bereits über die Brücke. Seine Hand berührte das Geländer und zuckte zurück, denn der Stein fühlte sich warm und fleischig an, so als hätte das, was vor ihm lag, alles um sich herum infiziert. Selbst die Rundungen des Kopfsteinpflasters unter seinen Füßen schienen vage gewissen Entsprechungen nachempfunden. Aber da war er schon auf der anderen Seite der Brücke und dort waren vage Andeutungen überflüssig.

Jedes Erdgeschossfenster entlang der Gracht war erleuchtet, und jedes enthielt eine zur Schau gestellte Frau, wenn die nicht sogar schon, nur mit ihrer Unterwäsche bekleidet, im Hauseingang stand. Direkt neben der Brücke war ein Sexshop, der Bilder von Frauen feilbot, die ihre Röcke hoben oder ihren Hintern entblößten, um Bestrafungen verschiedenster Art zu empfangen. Und was noch schlimmer war – aus diesem Laden kam Händchen haltend ein junges Paar, und die junge Frau erinnerte Woodcock weit mehr als ihm lieb war an seine Tochter. Unverständlich grummelnd drängte er sich an ihnen vorbei zu der Straße, die zur alten Kirche führen musste.

Die Straße bediente verschiedenste Geschmäcker. Eine Frau, die in einem Fenster mit einem Vibrator hantierte, versuchte seine Aufmerksamkeit auf sich zu lenken, und eine Frau, die eine Reitpeitsche liebkoste, blinzelte ihm zu, aber er versuchte, starr geradeaus zu sehen und sich in der Mitte der Straße zu halten, weil ihn jeder Schritt nach rechts oder links in die Reichweite der Frauen in den Hauseingängen gebracht hätte. Sein Verstand hatte zur Melodie eines alten Kinderliedes eine Art Mantra angestimmt: »Was kostet die Frau da im Fenster?« Andere Männer schlenderten durch die Straße und begutachteten die Ware und er fühlte, dass sie ihn für einen Gleichgesinnten hielten, ungeachtet der Tatsache, dass er sie mit flammenden Blicken bedachte. Einer rempelte ihn an und als er versuchte, das Gleichgewicht zu halten, streifte er einen anderen Mann und fühlte sich plötzlich bedroht, in lüsternem Fleisch unterzugehen. Er wich zurück und bemerkte entsetzt, dass er direkt auf einen Hauseingang zusteuerte, der von einer Frau besetzt war, die fast vollständig in schwarzes Leder gekleidet war. Als sie auf ihn zuknarzte, wechselte er ganz schnell die Straßenseite, wo aber eine fette alte Frau, deren faltiger Bauch über ihr rotes Höschen und den Strapsgurt schlabberte, ihre teigigen Arme nach ihm ausstreckte. »Oude Kerk«, brabbelte er und stürzte an drei Matrosen vorbei, die stehen geblieben waren, um sich das Schauspiel anzusehen, das er bot. Vor sich, am anderen Ende eines Platzes auf der anderen Seite der Straße, konnte er die Kirche sehen.

Der Anblick gab ihm neue Zuversicht, bis er das nackte Fleisch in den Fenstern um die Kirche herum sah. Ein Hauch von Marihuana aus einer der offenen Türen verstärkte noch die Nachwirkungen des Rauches in seinem Kopf. Die Straße unter ihm war abschüssig und trieb ihn über das abgetretene Kopfsteinpflaster voran, bis er mitten auf dem Platz zu einem schwankenden Halt kam. Über ihm ragte der Kirchturm der Oude Kerk in einen schwarzen Himmel, der mit weißen Wolkenstreifen gesprenkelt war, von denen einer direkt aus der Turmspitze zu strömen schien. Die Gegend hatte alles, was sich in ihr befand, in Abbilder der Lust verwandelt, sogar die Kirche. Abscheu und Schwindel prallten in ihm aufeinander, aber er hatte nicht die Zeit, seinen Gefühlen nachzugeben. Er musste sehen, was sich hinter der Kirche befand.

Er holte so tief Luft, dass ihm davon der Kopf rauschte, und ging dann an der linken Ecke der Kirche entlang. Die Vorhänge vor den Fenstern auf dieser Seite des Platzes waren zugezogen, aber was für Aktivitäten mochten sich dahinter abspielen? Er hastete weiter und blieb dann mit dem Rücken zur Kirche stehen.

Nach den Maßstäben dieser Gegend war nichts Ungewöhnliches zu sehen. Einige der Fenster strahlten rosa wie Lippenstift und enthüllten Frauen, bei anderen waren die Vorhänge genau so lange zugezogen, wie sie es sein mussten. Woodcock wagte sich ein paar Schritte von der Kirche weg, als ein unaussprechlicher Verdacht ihn dazu bewegte, sich nach hinten umzusehen. Da war nur die Kirchenmauer und er ließ auf der Suche nach dem, was er aus dem Augenwinkel gesehen hatte, seinen Blick über die Häuser schweifen.

Es war nichts in einem der Fenster gewesen. Eine Lücke zwischen zwei Häusern fiel ihm auf. Die Öffnung war kaum breit genug, um ihn durchzulassen, aber am entgegengesetzten Ende, wo der Spalt wahrscheinlich wieder auf die nächste Querstraße mündete, erspähte er die Gestalt eines schlanken weiblichen Körpers, der an die Wand gespießt schien.

Er ging näher heran, hielt sich aber weiterhin in dem leicht anrüchigen vieldeutigen Schatten der Kirche. Jetzt konnte er ausmachen, dass alle ihre Gliedmaßen weit gespreizt waren und im Dämmerlicht, das dafür nicht dämmrig genug war, war nicht zu verkennen, dass sie nackt war. Ein weiterer widerstrebender Schritt und er sah das Glitzern von Handschellen an ihren Handgelenken und Knöcheln, und die Krümmung des Rades, an das sie gefesselt war. Ihr Gesicht war ein unkenntlicher Fleck.

Woodcock sah sich verstört um, verzweifelt auf der Suche nach jemandem, den er in ihrem Namen um Hilfe bitten konnte. Aber selbst wenn er einen Polizisten finden würde, was würde das nutzen? Woodcock hatte bereits Polizisten gesehen, dic das Viertel patrouillierten, als würde sie das alles gar nichts angehen. Der Gedanke verstärkte seinen Abscheu und befähigte ihn, den Spalt zwischen den Häusern zu betreten.

Dieser war viel breiter, als es ihm zunächst vorgekommen war und er musste die Vorstellung unterdrücken, er habe sich bei seiner Annäherung ausgedehnt. Er drückte die Arme an seinen Körper, sodass sich die Finger bei jedem Schritt an seinen Schenkeln rieben, aber das war der Möglichkeit vorzuziehen, feststellen zu müssen, dass sich die Hauswände so fleischig anfühlten wie die Brücke und das Kopfsteinpflaster. Doch diese Angst trat in den Hintergrund, sobald die Dunkelheit ihn umgab und er das Gesicht des Mädchens sehen konnte. Sie schien viel zu jung – so jung, wie seine Tochter gewesen war, als sie begann, nicht mehr auf ihn zu hören – und sich schrecklich vor ihm zu fürchten.

»Es ist alles in Ordnung«, versicherte er. »Ich will doch nur ...« Die warmen Wände drangen auf ihn ein, und konfrontierten ihn mit seiner Stimme, die viel schärfer klang als er das beabsichtigt hatte. Ihre Lippen verzogen sich zu einer Grimasse, als würden ihre Mundwinkel vor ihm zurückschrecken. Als er sich durch den Durchgang näherte und versuchte, durch seine Haltung zu zeigen, dass er keiner von denen war, die ihre Hilflosigkeit anlocken sollte, begannen ihre großen Augen von der Farbe des Nachthimmels zu zucken und in den Höhlen zu rollen. »Lass das«, sagte er in schärferem Tonfall. »Ich bin nicht so einer, merkst du das nicht?«

Vielleicht verstand sie kein Englisch, vielleicht konnte sie ihn durch die Glasscheibe auch nicht hören. Sie schüttelte den Kopf und warf ihr kurz geschnittenes Haar hin und her, das so dunkel leuchtete wie das Haarbüschel zwischen ihren Schenkeln. Er wusste, dass Teenager sich bemühen, dünn zu sein, aber sie wirkte fast verhungert. Hatte man ihr das angetan? Und was sonst noch alles? Er trat aus dem schmalen Durchgang heraus und streckte ihr seine hochgehaltenen Hände fast flehentlich entgegen.

Er konnte nicht feststellen, ob er sich auf einem Platz oder einer Straße befand, wenn überhaupt. Das einzige Licht fiel durch die feucht glänzenden Wände des Durchgangs hinter ihm und warf seinen Schatten über das angekettete Mädchen. Ihr Mund war jetzt weniger verzerrt, vielleicht, weil es zu schmerzhaft war, diese Grimasse für längere Zeit aufrechtzuerhalten, aber sie rollte immer noch mit den Augen. Erst als sie das auch weiter tat, wurde ihm klar, dass sie damit auf eine Tür links neben dem Fenster aufmerksam machen wollte. Auch ihre linke Hand versuchte in die Richtung zu deuten. Er zögerte und steuerte dann auf die schwere Holztür zu.

Er schloss die Hand um den mit einer Knospe versehenen Messingknauf und ertappte sich bei dem hoffnungsvollen Gedanken, die Tür möge verschlossen sein. Aber der Knauf drehte sich mühelos und die Tür zog ihn ins Innere. Dahinter war eine enge Kammer, die eigentlich der Eingang zu einer Zelle war, auch wenn sie ihn an seinen Werkzeugschuppen zu Hause erinnerte, weil an den Wänden metallene Gegenstände glitzerten. Da gab es eine überdimensionierte Kneifzange und etwas, was ein kleiner Schraubstock zu sein schien. Und andere Instrumente, deren Zweck er sich, trotz seines festen Willens, sich das Schlimmste anzusehen, nicht einmal vorstellen konnte. Er nahm die Zange aus der Halterung und schritt zu der Tür, die in die Kerkerzelle führte.

Im Widerspruch zu seinen Versuchen, beruhigend zu wirken, ließen die Dielenbretter des Fußbodens seine Schritte drohend erscheinen. Durch das Gitter in der Tür sah er, dass das Mädchen auf den Eingang starrte und sich bemühte, ihren Körper so weit wie möglich auf Abstand zu halten. Eine Bemühung, die ihre kleinen festen Brüste und den behaarten Schamhügel umso mehr hervorhob. »Das brauchst du nicht zu tun, du musst keine Angst haben«, murmelte Woodcock, so leise, als würde er mit sich selbst reden. Er griff nach dem Pendant des Türknaufs an der Haustür, drehte ihn und verschaffte sich Zugang zu der Zelle.

Die Tür kreischte wie ein hungriger Raubvogel, und das Mädchen versuchte, vor ihm zurückzuweichen und zerrte dabei so heftig an den Fesseln, dass sich die hölzerne Scheibe drehte, was ihre linke Hand anhob, als ob sie ihm winken wolle. Aber als sie dann die Zange sah, erstarrte ihr Körper wie eine Schaufensterpuppe und sie presste die Augen und die Lippen fest zu. »Das ist nicht das, wonach es aussieht. Ich meine, ich bin nicht so«, versuchte Woodcock sie zu beruhigen, während er die Zange hob und einen dröhnenden Schritt auf sie zu tat.

Die Schneide war wenige Zentimeter von ihrer linken Hand entfernt, als sie flattrig die Augen öffnete. Sie ballte die Hand zu der engsten Faust, die er je gesehen hatte. Ihre Knöchel wurden weiß bei dem verzweifelten Versuch, ihre Fingernägel vor ihm zu schützen. Aber es gab nicht viel, was sie tun konnte, und plötzlich wurde ihm das ganze Ausmaß ihrer Hilflosigkeit – und was noch viel schlimmer war, das Ausmaß des Effekts, den diese auf ihn hatte – bewusst. Die Zange zog seine Arme nach unten, als hätte sie, so wie das Ding in seinem Schritt, plötzlich an Gewicht gewonnen – als sei das eine nötig, um mit dem anderen fertig zu werden. »Tu das nicht«, stieß er hervor, ergriff die Zange mit beiden Händen und positionierte die Schneide hinter ihre Handfessel, wo diese im Holz der Scheibe verankert war.

Das Holz war so dick wie seine übereinandergelegten Hände. Als er mit aller Kraft Druck auf die Fessel ausübte, erwartete er nur geringe oder gar keine Auswirkungen beim ersten Versuch, vor allem, weil er dazu auf Zehenspitzen stehen musste. Aber das Holz splitterte und der Arm des Mädchens war plötzlich frei. Die

Fessel und der Metallbolzen, der sie im Holz verankert hatte, baumelten an ihrem Handgelenk. Die Kraft, die er aufgewendet hatte, oder die plötzliche Gewichtsverlagerung versetzten die Scheibe in Drehung. Bevor er es verhindern konnte, stand sie auf dem Kopf und streckte ihm ihren schutzlosen Schritt entgegen.

Er kam sich vor, als habe er einen solchen Anblick noch nie gesehen – die geheimen Lippen einer Frau, dick, rosa und angeschwollen, mit einem Ausdruck, der ihm in all seinem Geheimnis fast selbstgefällig erschien. »Das darf nicht sein«, schrie er auf, mit einer Stimme, die er kaum wiedererkannte, jünger als er sich überhaupt in Erinnerung hatte. Er griff nach dem Rad, um es zu drehen, bis ihr Gesicht wieder auf einer Höhe mit dem seinen war. Ihr Mund stand offen und ihre Augen waren weit aufgerissen und einladend. Als sie sich in die seinen bohrten, schlang sie ihren freien Arm um seinen Hals.

»Nein, nein. Das geht nicht«, stieß er hervor und klang jetzt wie sein eigener Vater. Er musste ihr Handgelenk direkt neben der Fessel ergreifen, um ihren Arm von sich zu lösen. Obwohl ihr Arm spindeldürr war, musste er fast so viel Kraft aufwenden, sich aus ihrem Griff zu befreien, wie es bedurft hatte, die Fessel aus dem Holz zu hebeln. Sie wandte ihre Augen keine Sekunde von ihm ab. Die Fessel klapperte gegen das Holz neben seiner Hüfte und er stieß sein Knie zwischen ihren Beinen gegen das Holz, um die Scheibe in Position zu halten, während er ihren anderen Arm befreite. Der Gedanke war ihm unerträglich, dass sie sich vor ihm wieder auf den Kopf drehen könnte. Er zwängte die Kiefer der Zange hinter die zweite Fessel, stemmte die Ellbogen auf beiden Seiten ihres Armes gegen das Holz und zerrte an den Griffen.

Er spürte, wie sich die Backen der Zange in das Holz bohrten. Das Holz knirschte, aber sonst geschah nichts. Sein Herz raste und die Griffe der Zange wurden unter seinen schweißnassen Händen rutschig. Er packte fester zu und zerrte heftig an der Fessel. Unvermittelt splitterte das Holz und die Fessel gab nach, so plötzlich, dass er den Halt an der Zange verlor, die polternd zu Boden fiel. Erst da wurde er sich der Aktivitäten in der Gegend seines Penis bewusst, der so unkontrolliert pochte, dass er mit aller Macht versucht hatte, das aus seinen Gedanken zu verbannen. Während er damit beschäftigt gewesen war, den zweiten Arm zu befreien, hatte das Mädchen seinen Gürtel geöffnet und den Reißverschluss aufgezogen. Als seine Hose an seinen Beinen hinunterglitt, schloss sich ihre Hand um seinen Penis und führte ihn beherzt in sich ein.

»Nein«, schrie Woodcock auf. »Was tust du – was glaubst du, was ich –«

Sie schlang ihre Arme wie ein Schraubstock um seine Taille. Das brauchte sie aber gar nicht; er war so stark erigiert wie schon seit Jahren nicht mehr, war in ihrer warmen Glitschigkeit so angeschwollen, dass er sich gar nicht wieder zurückziehen konnte. Einmal, zu Beginn seiner Ehe, war ihm so etwas mit Belinda passiert und es hatte ihn zu Tode erschreckt. Es gab nur einen Weg, sich wieder zu befreien. Er schloss die Augen, stieß ein unartikuliertes Gebet zwischen den Zähnen hervor und stieß krampfhaft mit den Hüften zu. Die Fesseln an ihren Fußknöcheln klirrten, ihr Körper wurde angehoben und ihre Arme um seine Hüften hoben ihn auf die Zehenspitzen hoch. Vielleicht war diese Gewichtsverlagerung Schuld daran, dass sich das Rad in Bewegung setzte.

Als er den Boden unter seinen Füßen verlor, verlor er auch die Kontrolle über sich. Er war wie ein Kind auf einer Achterbahnfahrt, das viel zu spät erkennt, dass es diese Fahrt auf keinen Fall mitmachen will. Als er versuchte, sich von dem Mädchen zu lösen, verstärkte die Bewegung den Schmerz entlang der ganzen Länge seines Penis und stieß ihn nur noch tiefer in sie hinein. Er tastete blindlings nach einem Halt, als die Drehung seinen Kopf nach unten schwang und dann wieder zurück, und bemerkte die gesplitterten Löcher, die die Fesseln hinterlassen hatten. Er pumpte mit den Hüften im verzweifelten Versuch, die Sache zu beenden und sich von ihr befreien zu können, aber die Empfindungen bei jedem Stoß straften seinen Widerstand Lügen, und er kniff fest die Augen zu, um verzweifelt zu leugnen, wo er war und was er da tat. Das Klirren der Ketten erfolgte jetzt im gleichen Rhythmus wie die Schreie des Mädchens und ihr Keuchen in sein Ohr. Das Rad drehte sich schneller und schneller und wirbelte ihn und seine Partnerin immer weiter herum, bis das einzige Gefühl von Stabilität um ihn herum sich auf seine Hüften und seinen Penis konzentrierte. Wurden die Schreie des Mädchens jetzt abgehackter und melodischer, oder war da das Scheppern einer Drehorgel, die eine Karnevalsweise spielte? Er hatte allen Kontakt zu dem verloren, was um ihn vorging, er wusste nur, dass die Empfindungen in seinem Penis immer stärkeren Raum einnahmen. Als er plötzlich den Rücken anspannte und einen Schrei ausstieß, der sowohl der Verzweiflung wie auch der Lust Ausdruck verlieh, blitzte Licht vor seinen Augen auf. Er war hilflos und stieß immer weiter zu, bis der Mahlstrom, in dem er hilflos herumgewirbelt wurde, sich durch seinen Penis ergoss, als würde er nie versiegen.

Aber zuletzt tat er das doch und die Arme des Mädchens sanken kraftlos an seinen Hüften herab, als sein Penis in ihr erschlaffte. Er hielt die Augen geschlossen und versuchte, seine Atmung unter Kontrolle zu bekommen, als das Rad unter ihm langsam zum Stillstand kam. Als er sicher war, dass er aufrecht stand, ließ er sich langsam hinunter, bis seine Zehenspitzen den Dielenboden berührten, dann ließ er die Löcher in der Holzplatte los, fummelte nach seiner Hose und zog sie wieder an. Seine Augen waren noch immer geschlossen – nach dem, was er hörte, war er sich nicht sicher, ob er ertragen könnte, was er sehen würde, wenn er sie wieder öffnete. Nach vielen tiefen, stählenden Atemzügen drehte er sich um und sah hinaus.

Der Fensterrahmen erstrahlte mit bunten Glühbirnen. Lautsprecher in jeder Ecke des Fensters plärrten das fröhliche Gewimmer einer Drehorgel hinaus. In der Straße, die jetzt von Scheinwerfern vor dem Fenster beleuchtet wurde, hatten sich Dutzende von Zuschauern eingefunden: Matrosen, junge Paare, einige, die erheblich älter waren, und sogar ein paar Polizisten in den hiesigen Uniformen. Woodcock starrte die Leute an, und mit besonderem Abscheu die Polizisten, dann stolzierte er aus der Zelle und riss dabei beide Türen so weit auf wie sich das nur bewerkstelligen ließ. Selbst hier konnte das, was ihm soeben angetan worden war, einfach nicht erlaubt sein, und er würde dafür sorgen, dass niemand auch nur auf den Gedanken kommen könnte, dass er etwas anderes sein könnte als ein Opfer.

Aber als die Zuschauer einschließlich der Polizisten ihm dann zu applaudieren begannen, da bahnte er sich seinen Weg zu der Lücke zwischen den Häusern und ergriff die Flucht. »Schlimm. Wirklich schlimm. Unerträglich«, hörte er sich deklamieren, ohne jedoch zu wissen, in welcher Lautstärke. Vom anderen Ende der Lücke aus sah er, wie das Mädchen ihre angeketteten Hände wieder in die Position hob, in der er sie zuerst gesehen hatte. Als die Lichter, die sie einrahmten, verblassten, griff er nach den Ecken der Mauern, als könne er den Spalt zwischen den Häusern zuziehen, dann stürzte er davon und hastete durch die Straßen voller sündigem Fleisch seinem Hotel entgegen.

Am Morgen wäre er beinahe zurückgegangen, nachdem er eine schlaflose Nacht damit verbracht hatte, zu grübeln, wie viel von dieser Begegnung wirklich passiert war. Er fühlte sich ausgeleert, seiner Manneskraft beraubt. Als der Suchscheinwerfer der Sonne über den Hausdächern emporstieg und die leuchtenden Neontulpen an den Wänden durch die auf den Tapeten ersetzt wurden, schlich er sich hinunter und aus dem Hotel hinaus, wobei er dem Mann am Empfang nicht ins Gesicht sehen konnte und der Totschläger aus Messing in seiner Tasche eher ein Rettungsanker als eine Waffe zur Selbstverteidigung war.

Er ließ das Kreischen der frühen Straßenbahnen und das Schrubben der Straßenreinigungsmaschinen hinter sich, als er den Fluss überquerte, über dem der Neon wie ein Ölfilm lag. Er folgte der Gracht bis zu der Straße, die zur Oude Kerk führte. Unter seiner Hand war das Brückengeländer so kalt und leblos wie das Kopfsteinpflaster unter seinen Füßen. Er schritt hastig an den besetzten Fenstern vorbei und blieb beim Anblick der Kirche stehen.

Er konnte die Lücke zwischen den Häusern sehen, aber ohne näher heranzugehen ließ sich nicht bestimmen, wie breit sie war. Er machte einen Schritt darauf zu, erstarrte dann aber. Es ging gar nicht darum, ob er diesem Mädchen begegnet war oder ob er sich einen Teil oder auch die ganze Begebenheit eingebildet hatte, sondern eher darum, welche der beiden Möglichkeiten die Schlimmere war. Die Möglichkeit, dass solche Dinge tatsächlich geschehen könnten, oder die, dass er in der Lage wäre, sich solche Dinge auszumalen?

Eine Bewegung neben der Kirche erregte seine Aufmerksamkeit. Eine Frau in einem der Fenster biss von einem Butterbrot ab und trank Tee aus einer Thermoskanne in ihrem Schoß. Drängendes Heimweh überkam ihn, aber wie konnte er jetzt noch nach Hause zurückkehren? Er wandte sich weg von der Kirche und stolperte der Gracht entgegen, ohne einen Gedanken daran zu verschwenden, wo er hinwollte oder wo er herkam.

Dann bekamen seine Schritte doch ein Ziel, ohne dass er wirklich wusste, warum. Da gab es etwas, an das er sich erinnern musste, etwas, das ihm jetzt helfen konnte. Das Gesicht von dem Mädchen auf dem Rad: nein, ihre Augen ... Hatte er nicht zumindest die Anzeichen all dieser Emotionen schon vorher gesehen, zu Hause? Es musste so sein, das konnte er sich nicht eingebildet haben. Vom Turm der Oude Kerk schallte ihm Glockengeläut entgegen und er beschleunigte seine Schritte, plötzlich entschlossen, sofort zu packen, auszuchecken und das nächste Flugzeug zu besteigen. Er konnte sich nicht entsinnen, es jemals so eilig gehabt zu haben, wieder nach Hause zu kommen.

ONLINE-SEX

John B. Rosenman

Rex Rammler: Hallo, Luder.

Lüsternes Luder: Hallo, Rex.

Rex Rammler: Ich habe seit unserem letzten Mal immer wieder an dich gedacht, Süße.

Lüsternes Luder: Ach ja?

Rex Rammler: Ich dachte, wir sollten mal etwas Neues versuchen.

Lüsternes Luder: Sollten wir das? Das klingt interessant. Soll ich diesmal oben liegen?

Rex Rammler: Ja. Ich bekomme schon beim Gedanken daran einen Ständer. Siehst du ihn?

Lüsternes Luder: Oh jaaa, Rex, er ist größer als ich ihn jemals zuvor gesehen habe. Und da, sieh mal, wie offen und nass ich für dich bin.

Rex Rammler: Ich sehe es. Du wartest nur darauf, nicht wahr? Jetzt lass uns doch in den privaten Raum hier gehen und ich lege mich einfach auf unser Bett und ...

Lüsternes Luder: Und ich lasse mich einfach auf dich hinunter, meine Beine sind über dir gespreizt und ich führe dich ein ...

Rex Rammler: Aaaahhh, das fühlt sich so gut an, Baby!

Lüsternes Luder: Gefällt dir meine enge nasse Fotze, Rex? Gefällt es dir, wie sie sich um deinen Schwanz schließt und dich in mir festhält?

Rex Rammler: Oh, Lüsternes Luder, das ist einfach ...

Arthur Gruber, alias Rex Rammler, hielt mit den Fingern über der Tastatur inne. Aus irgendeinem Grund hatte die Wirklichkeit ihn eingeholt und er war sich plötzlich der Tatsache bewusst, dass er nackt vor seinem Computer saß und imaginären Sex mit einer Frau heruntertippte, die er nur dreimal getroffen hatte, und das auch nur in dieser Chat-Group. Dies war ihre vierte Online-Begegnung, und obwohl es von Mal zu Mal heißer geworden war, war ihm jetzt plötzlich wieder eingefallen, dass das alles nur eine Lüge war – und eine gestörte, peinliche noch dazu.

Lüsternes Luder: Ist alles in Ordnung bei dir, Rex? Dein Schwanz in mir lässt plötzlich an Härte zu wünschen übrig.

Arthur Gruber schluckte und schob seine Brille zurecht. Er musste schnell reagieren und da wieder einsetzen, wo er aufgehört hatte

Lüsternes Luder: Rex, du machst mir doch nicht schlapp, oder?

Er schluckte und hob die Finger wieder zur Tastatur. *Nein, Süße, ich bin so hart wie immer und stehe schon in den Startlöchern. Kannst du spüren, wie ich zustoße? Da! Fühlt sich das an, als hätte mein Schwanz schlapp gemacht?*

Lüsternes Luder: Oh Gott, nein. Es reißt mich auseinander. Ich will meine schwellenden Brüste über deinem Gesicht baumeln lassen. Gefallen dir meine harten Nippel? Möchtest du daran saugen?

Rex Rammler: Ich lecke und sauge an ihnen beiden, ich nehme sie tief in den Mund, rolle sie über meine Zunge und schmecke deine Milch.

Lüsternes Luder: Deine Zunge fühlt sich so gut an. Beiß mir in die Nippel, Baby, tu mir ein bisschen weh.

Rex Rammler: Gefällt es dir, wie ich mit meinen Hüften nach oben stoße und dabei mein Gemächt tief in dir versenke?

Lüsternes Luder: Es reibt so hart an meiner Klitoris ...

Rex Rammler: Deinem süßen Liebesknopf ...

Lüsternes Luder: Pah. Der ist jetzt gar nicht mehr klein. Oh, schieb es mir rein, dein ganzes hartes, verschwitztes Fleisch! Ich komme gleich ...

Rex Rammler: Das tue ich auch, du ewig lüsternes Luder. Ich komme, die heiße weiße, pulsierende Springflut schießt hoch und direkt in dich hinein! OOOOhhh ...

Lüsternes Luder: Oh mein Gott, ich kann fühlen, wie du in mich hineinspritzt! Und spritzt und spritzt und wie du mich anfüllst und jetzt – jetzt komme ich auch. Ahhh ... ich ... ich explodiere!

Rex Rammler: Ah! Ah! Ah! Ah! Ah!

Lüsternes Luder: Lass es nur alles aus dir raus, Baby. Das hier soll nie aufhören!

Schließlich Stille. Arthur Gruber schluckte. Er nahm die Hand von seinem klebrigen schrumpfenden Penis und sah auf die Worte der Lust auf seinem Bildschirm. Hatte dieser Sex wirklich stattgefunden oder war das nur Einbildung? Es war eine Frage, die sich bei Online-Sex immer wieder stellte. Einige der Texte, die er dazu gelesen hatte, behaupteten nein, weil es keine körperliche Vereinigung, keinen Austausch wirklicher – im Gegensatz zu digitalen – Körperflüssigkeiten gab. Der Sexpartner konnte auch eine drei Zentner schwere, achtzig Jahre alte Tunte mit einem erheblich größeren Prügel als dem eigenen sein. Andererseits war dieser letzte Chat mit Lüsternes Luder erotischer und aufregender gewesen als alles, an das Gruber sich erinnern konnte, und er war in seiner Hand gekommen wie eine Rakete. Wenn die Frau am anderen Ende nicht simuliert hatte, wie könnte man dann behaupten, dass da kein wirklicher Sex stattgefunden hatte.

Er lächelte. *Vielleicht sollten wir uns jetzt beide eine Zigarette danach anstecken,* dachte er.

Augenblick, sie tippte schon wieder. Und das sah nicht so aus wie das »Tschüss, bis zum nächsten Mal«, das er erwartete. Nein diesmal ...

Lüsternes Luder: Ich will dich richtig kennenlernen, Rex. In echt. Was hältst du davon, Liebling?

Arthur Gruber rieb sich die Finger und legte sie auf die Tastatur. Dann rieb er sie erneut.

Er saß da und grübelte in den Monitor.

Es war Dezember und es war viel zu tun im Schöne-Welten-Reisebüro. Diesmal saß Gruber vor einem anderen Monitor und arrangierte eine Wochenendreise für einen gut aussehenden jungen Mann und seine Freundin an die Riviera. Für ihn gab es keinen Zweifel, dass das Mädchen scharf auf den Mann war. So wie sie ihn anlächelte, so wie ihre blauen Augen leuchteten ... Mit vor Neid zusammengepressten Lippen dachte Gruber an seine letzte Verabredung, die schon mehr als ein Jahr zurücklag. Das Mädchen hatte mindestens vierzig Pfund Übergewicht und mehr als nur den Ansatz eines Schnurrbarts gehabt. Und trotzdem hatte sie ihn wie einen Fußabtreter behandelt, als wäre er nicht einmal würdig, ihre Füße zu küssen. Schon bei der Erinnerung daran –

»Können Sie dafür sorgen, dass ich einen Fensterplatz bekomme? Ich möchte eine gute Aussicht haben.«

Er sah in die blauen Augen des Mädchens. Schlank und blond, eine wahre Schönheit. Warum konnte er nicht wenigstens einmal auch so ein Mädchen abbekommen?

»Natürlich, kein Problem.« Als sich seine Finger über die Tastatur bewegten, fragte er sich, wie das wohl wäre, wenn sie stattdessen über die nackte Haut des Mädchens glitten.

Als das Paar gegangen war, blickte er sich in dem Büro um und sah all die vertrauten Plakate von schönen Menschen an exotischen Orten. Mexiko, Spanien, die Bermudas. Hier war ein Paar wie aus einem Märchen, das Daiquiris auf einer breiten Terrasse über mondbeschienenen Wellen genoss. Da hielten sich schlanke, muskulöse, fast nackte Liebende an den Händen und warfen sich zusammen in die sonnengeküsste Brandung. Überall starrten ihm von allen vier Wänden Liebesgeschichten aus fremden Ländern entgegen. »Für Nerds verboten!«, schienen ihm die Plakate entgegenzurufen. »Bleib weg! Das ist nur was für gut aussehende Menschen!«

Ich will dich richtig kennenlernen, Rex Rammler. In echt.

Er schloss die Augen und ließ sich in seinen Stuhl zurücksinken.

Was hältst du davon, Liebling?

Er seufzte. Was er schließlich gesagt hatte, war ›vielleicht‹. Irgendwann. Er hatte sich gewunden wie ein Aal. Als er schließlich seine ungeheure Schüchternheit überwunden hatte, und sich in dieser Chatgroup angemeldet hatte, hatte man ihm zu verstehen gegeben, dass sich die Leute selten wirklich treffen wollten. Es war alles nur Fantasie – sicherer, anonymer Sex. Selbst wenn die User das Profil abfragten, erfuhren sie üblicherweise nur den Namen der Stadt, in der man lebte, und auch den musste man nicht angeben. Mit der einen Hand befummelte man die Tastatur, mit der anderen sich selbst. Weiter ging die Sache nicht.

Und jetzt wollte sie ihn kennenlernen.

Natürlich hätte er Nein sagen können. Warum hatte er das nicht getan? Aber dann hätte er es riskiert, sie zu verletzen und damit sie und seine ›Beziehung‹ zu ihr aufs Spiel zu setzen. Auf diesem Monitor war er nicht einfach nur ein eins siebzig großer, fünfundsechzig Kilogramm leichter Versager mit Brillengläsern wie Glasbausteine. Für Lüsternes Luder war er ein einen Meter neunzig großer, hundertzehn Kilo schwerer Hengst. Er war Rex Rammler, attraktiv, athletisch, männlich, immer bereit und unermüdlich. Was, wenn er kein anderes Mädchen mehr fand? Er hatte Geschichten von Männern gehört, die von Chatgroup zu Chatgroup wanderten und immer versuchten, eine Partnerin zu finden. Immer vergeblich. Nein, er wollte nicht das Risiko eingehen, dass er ihr querkam (wobei das ›Kommen‹ in diesem Fall eine unbeabsichtigte Doppeldeutigkeit war) und dass sie aus seinem Leben verschwand wie all die anderen Frauen im wirklichen Leben zuvor. Aber andererseits hatte er auch panische Angst davor, ihr tatsächlich zu begegnen, weil sie dann nur entäuscht sein konnte. Statt sich ihrem Spott auszusetzen, zog er es vor, ihr nur im Cyberspace zu begegnen, wo er sich hinter seinem Alter Ego verstecken konnte.

»Entschuldigen Sie?«

Gruber öffnete die Augen. Eine junge übergewichtige Frau stand vor seinem Schreibtisch und sah auf ihn herunter.

»Entschuldigung!« Er setzte sich auf. »Was kann ich für Sie tun?«

Aus irgendeinem Grund antwortete sie nicht, sondern starrte ihn nur an.

Er zwang sich zu einem Lächeln. »Was kann ich für Sie tun?«, wiederholte er.

Warum können wir uns nicht treffen, Rex? Es ist so geil, wenn wir hier zusammen sind. Stell dir doch nur einmal vor, wie viel geiler es sein würde, wenn wir es wirklich täten!

Gruber starrte auf die Buchstaben. Es war das dritte Mal, dass sie sich in *Eros' Zufluchtsort*, ihrem privaten Raum in der Chatgroup, getroffen hatten, seit sie begonnen hatte, sich mit ihm verabreden zu wollen. Es war auch das erste Mal, dass sie nicht intim miteinander geworden waren. Er hatte es in verbaler Hinsicht gerade erst gewagt, ihr die Hand auf den Schenkel zu legen, als sie ihm schon wieder mit ihrem Vorschlag auf die Nerven gegangen war, sich »in echt« zu treffen. Als sie ihn weiter drängte, war der Sex plötzlich nebensächlich geworden und es wurde viel wichtiger, ihr zu erklären, warum sie sich nicht treffen konnten, wenigstens jetzt noch nicht.

Aber warum sollte er sie eigentlich nicht treffen? Vielleicht wäre sie eine Frau, die von ihm nicht abgestoßen und enttäuscht wäre. Vielleicht würde sie ihn ja tatsächlich mögen. Aber instinktiv wusste er, dass selbst beim allerbesten möglichen Szenario sie ihn nicht halb so sehr mögen würde wie den unvergleichlichen Rex Rammler, der nicht einmal existierte.

Bist du noch da, Rex? Bitte sag doch etwas.

Was sollte er schon sagen? Wider besseres Wissen hämmerte er auf die Tasten ein.

Was ist, wenn ich dir nicht gefalle? Wenn du die Wahrheit wissen willst – ich bin nicht gerade so ein gut aussehender Traummann wie Rex Rammler.

Das ist mir egal. Ich will dich kennenlernen, das wirkliche dich. Bitte triff dich mit mir! Sag ja!

Er leckte sich die Lippen. In ein paar Wochen ...

Aber noch während er zögerte und sich die richtigen Worte überlegte, überfiel ihn ihre nächste Botschaft. *Ich weiß schon. Du willst mich gar nicht treffen. Ich bin dir nicht gut genug, stimmt's?*

Nicht gut genug? Er blinzelte den Monitor an. Das sollte er doch denken. Verwirrt begann er zu tippen, aber es war bereits zu spät.

Du meinst, ich sei nicht gut genug, aber ich werde dafür sorgen, dass du dich mit mir triffst. Falls du es vergessen hast: Ich wohne in Elizabeth City und von da sind es gerade mal siebzig Kilometer bis Virginia Beach. Und ich habe Wege, um HERAUSZUFINDEN, WER DU BIST!!!

Er schreckte auf und spürte eine eisige Kälte. Großbuchstaben! Sie klang ... gestört, besessen. Wie konnte sich jemand so sehr mit ein paar Zeilen auf einem Monitor identifizieren? Was wollte sie von dem armen unattraktiven Arthur Gruber? Es war undenkbar, dass ihm so etwas passieren konnte, dass eine Frau so viel für ihn empfand. Aber dann überlegte er, dass sie ja schließlich auch nicht Arthur Gruber wollte. Sie wollte den kantigen Rex Rammler, und der war ein sexueller Kraftprotz, dem keine Frau widerstehen konnte. Die Art Mann, dem jede Frau auch gegen jede Vernunft nachstellen würde.

Aber auch das ergab keinen Sinn. Er war ja nicht Rex Rammler. Der war nur ein Fantasieprodukt und das musste ihr auch klar sein.

Nun?, drängte sie und ihre Worte fraßen sich wie Säure über den Monitor. *Triffst du dich jetzt mit mir oder nicht? Sag ja, oder sei bereit, die Konsequenzen zu tragen.*

Konsequenzen? Er schluckte. Was für Konsequenzen? Es war ganz offensichtlich ein Fehler gewesen, so dumm zu sein und sich in dieser Chatgroup anzumelden. Und vielleicht war es auch ein Fehler gewesen, sich auf diese privaten Kommunikationen einzulassen, statt in den öffentlichen Räumen zu bleiben, wo jeder seine abgedrehtesten und schrägsten Fantasien auslebte. Aber für Gruppensex und diese Handschellen/Latex/SM-Sachen war er viel zu schüchtern. Plötzlich wollte er mit dem Cyberspace gar nichts mehr zu tun haben und er hatte eine Heidenangst davor.

Er sah auf seine Finger, die langsam zwei letzte Worte schrieben: *Leb wohl.*

Dann verließ er den Chat-Modus, ging auf die Admin-Ebene und kündigte seine Mitgliedschaft.

Als er zwei Tage später das Büro verließ, wurde ihm klar, dass seine Kündigung zu spät erfolgt war. Trotz des dichten Nebels bemerkte er, dass ihm jemand folgte. Sie hielt sich einen Block hinter ihm und jedes Mal, wenn er sich umdrehte, duckte sie sich in eine Ecke. Aber ganz sicher war er sich nicht. Vielleicht spielte ihm seine Fantasie auch einen Streich. So nervös wie er war, sah er überall Gespenster. Woher wusste er überhaupt, dass es sich um eine ›sie‹ handelte? Genauso gut konnte es sich auch um jemanden handeln, der nur seine Weihnachtseinkäufe erledigte.

Als er am Parkplatz ankam, blieb er neben seinem Auto stehen und sah sich um. Nichts. Aber wie konnte man das bei diesem Nebel mit Bestimmtheit behaupten? Der Nebel war in der Nacht aufgekommen und hatte die Stadt in eine surreale Landschaft verwandelt, in der vertraute Gebäude und Plätze plötzlich völlig fremd aussahen. Nichts war mehr so wie es schien. Im Schutz dieser weißen Masse war alles möglich.

Nervös stieg er in den Wagen und fuhr zum Einkaufszentrum von Lynnhaven. Er hatte das Gefühl, dass er Leute um sich brauchte, je mehr, desto besser. Auf dem Weg über die privatisierte Schnellstraße sah er immer wieder in den Rückspiegel und fühlte sich wie in einem Kriminal- oder Spionagefilm. Diese Schlampe hatte ihn wirklich nervös gemacht. Er schüttelte den Kopf und krallte sich fester ans Lenkrad. Er wusste, dass es das Vernünftigste wäre, nicht länger wegzulaufen, sondern sie zur Rede zu stellen. Aber er war schüchtern, hatte Angst und fühlte sich sowieso nie einer Situation gewachsen. Für gewöhnlich ging er Herausforderungen aus dem Weg, vor allem, wenn er es dabei mit Frauen zu tun hatte. Ja, sein Leben war einsam und bedeutungslos, aber war das nicht immer noch besser, als schon wieder gedemütigt und zurückgestoßen zu werden?

Er schluckte. Wie konnte es nur so weit kommen? Sie war ihm so stabil, so lebensfroh vorgekommen. Er hatte gedacht, sie wolle das Gleiche wie er. Und jetzt sah er überall weiße Mäuse und sah sich nach hinten um, als wäre der Nebel lebendig!

Hinter ihm im Rückspiegel tauchte plötzlich ein Polizeiwagen aus dem Nebel auf, wechselte die Fahrbahn und steuerte direkt auf ihn zu. Er hielt den Atem an, dann zwang er sich zur Ruhe. Was für einen Grund hatte er, sich vor der Polizei zu fürchten? Er warf einen Blick auf den Tacho, überzeugte sich, dass er nicht einmal vierzig fuhr, und sah zu, wie der Streifenwagen an ihm vorbeischoss, viel zu schnell bei diesen Sichtverhältnissen. Wenn der Polizist nicht vorsichtig war ...

Als er die Ausfahrt zum Einkaufszentrum nahm, zwang sich Gruber zu einem Lachen. Weswegen machte er sich so einen Kopf? Niemand war ihm gefolgt. Es war alles nur Einbil–

Plötzlich quäkte eine Hupe direkt hinter ihm. Er keuchte auf, kontrollierte den Spiegel und sah helle Scheinwerferlichter. Er wandte gerade noch rechtzeitig den Kopf, um einen Wagen ausscheren und an sich vorbeiziehen zu sehen. Als er das tat, streckte ihm der Fahrer einen Finger entgegen.

»Verpiss dich von der Straße, du lahme Ente.«

Dann war er verschwunden, und Gruber sackte vor Erleichterung in seinem Sitz zusammen. Er war dem Arschloch nur zu langsam gewesen und sollte schneller fahren. Zu anderer Zeit hätte ihn das auf die Palme gebracht, aber heute wischte er sich nur über das schwitzende Gesicht und grinste. Es war immer noch besser, langsam zu sein, als einen Unfall zu bauen.

Als er den Komplex erreichte, stellte er den Wagen ab und zwang sich dazu, nicht zurückzublicken, sobald er einen der Supermärkte betrat. Augenblicklich war er von Leuten umgeben, die ihre Weihnachtsgeschenke einkauften. Gott sei Dank! Für gewöhnlich waren ihm Menschenmengen unangenehm, aber heute konnte gar nicht genug Betrieb um ihn herum sein. Er kicherte und fühlte sich bar aller Sorgen. Vielleicht sollte er sich doch wieder in der Community anmelden und es diesmal mit einem der öffentlichen Chaträume probieren. Ja, er würde der König des Cyber-Sex werden. Er unterdrückte ein Lachen, weil die Leute ihn bereits merkwürdig ansahen, verließ das Geschäft und schlenderte durch die breite Arkade des Einkaufszentrums. Was war nur mit ihm los? Er schien sich zu verändern und von einem Gefühlsextrem ins nächste zu verfallen.

Statt ihn zu beruhigen, regte ihn das belebte Einkaufszentrum nur noch mehr auf. Sein Puls raste. Überall, wohin er sah, sah er Glanz und Glitter. Im Obergeschoss schienen die Geschäfte ihre Waren noch offensiver feilzubieten, als wollten sie ihn zum Kaufen drängen. Kleidung, Bücher, Spielsachen! Kaufen! Kaufen! Kaufen!

Mist, sein Schnürsenkel war aufgegangen. Er blieb vor einer Bank stehen und setzte sich, um ihn wieder zuzubinden. Als er das tat, sah er ein Schuhgeschäft ein paar Schritte weiter, und eine Frau, die hastig wieder hineinsprang. Sie!

Er fuhr hoch. In seinem Innern tobte es. Sie war hier – sie war ihm gefolgt! Er wirbelte herum und rannte beinahe zur Rolltreppe, die vor ihm zurückzuweichen schien, statt näher zu kommen.

Schließlich erreichte er sie doch und stieg hinauf, nur um sich vorzukommen, als stecke er in Gießharz fest. Zitternd begann er weiterzugehen und drängte sich dabei an verärgerten Kunden vorbei. Er ignorierte ihre Blicke und Beschwerden und schob sich weiter seinem Ziel entgegen.

Endlich kam er oben an und sah nach unten, wobei er sich an dem Geländer festhielt, das das offene Treppenhaus umgab. Er sah sie nirgendwo, aber dann beschlugen plötzlich seine Brillengläser, als habe er den Nebel mit in den Komplex gebracht. Er riss sich die Brille von der Nase und putzte sie hastig an seinem T-Shirt, nur um festzustellen, dass er alles nur noch schlimmer gemacht hatte, als er sie wieder aufsetzte.

Beweg dich! Verschwinde hier, sofort!

Er drehte sich um und rannte los, wobei er einen Zickzackkurs zwischen den Kunden hindurch beschrieb, um seinen Vorsprung auszubauen. Dann, als er einen Polizisten sah, zwang er sich, langsamer zu gehen. Er durfte nicht kontrolliert werden und genau das würde passieren, wenn er sich weiter wie ein Ladendieb verhielt. Er holte tief Luft und versuchte, seinen hämmernden Pulsschlag zu verlangsamen. Aber ein Blick nach hinten bestärkte seinen Fluchtinstinkt nur noch, als er eine Frau bemerkte, die ihm vor einem Schaufenster den Rücken zukehrte. Hah! Er ließ sich nicht täuschen!

Als er in einen neuen Gang einbog, stieß er beinahe mit einem fröhlichen Weihnachtsmann in einem roten Mantel zusammen: »Ho, ho, ho«, rief der Mann, schwang eine Glocke und hielt ihm einen Spendentopf entgegen. Heilsarmee! Und wer würde ihn retten?

Beruhig dich, verdammt, dachte er. *Niemand verfolgt dich, und selbst wenn, dann könnte man dir hier wohl kaum etwas antun. Außerdem war das nur ein Bluff von Lüsternes Luder. Wie hätte sie deinen Namen herausfinden sollen? Die Administration hat dir doch versichert, dass alle Daten vertraulich sind.*

Diese Erkenntnis ließ ihn schließlich zur Ruhe kommen. Er wurde langsamer und passte sich dem Tempo der anderen Besucher an. Er brachte es sogar über sich, mit einem Lächeln nach hinten zu sehen. Na also. Da war niemand. Es war alles nur ...

»Entschuldigen Sie bitte.«

Er blieb stehen. Direkt vor ihm stand eine fette Frau, die ihm irgendwie bekannt vorkam.

Er wischte sich mit dem Handrücken über den Mund: »Ja?«

Sie schluckte. »Sie erinnern sich wahrscheinlich nicht mehr an mich, aber Sie haben mir letzte Woche ein Flugticket nach Fort Lauderdale verkauft.«

»Und?«

Sie hob eine pummelige Hand und berührte zaghaft seinen Ärmel: »Ehrlich gesagt wollte ich das Ticket gar nicht. Ich arbeite in dem Backshop auf der anderen Straßenseite, und ich ... ich ... ich finde Sie attraktiv.«

Ihre Stimme versiegte und sie stand da und starrte ihn mit einem geschlagenen, verzweifelten Blick an, den er, wie er wusste, selbst viele Male zur Schau gestellt hatte. Ein Gesichtsausdruck, der sagte: *Ich weiß, ich verdiene es nicht, aber bitte mag mich.* Langsam hob er anklagend den Finger.

»Sie ... Sie sind mir gefolgt, nicht wahr?« Er zögerte und spürte, wie der Zorn in ihm aufwallte. »Wissen Sie eigentlich, dass Sie mich zu Tode erschreckt haben?«

Sie blickte peinlich berührt zu den vorbeilaufenden Kunden hinüber. »Ich ... es tut mir leid.«

Er beugte sich zu ihr vor und ein Teil von ihm wollte sie trösten, von Loser zu Loser. Aber die Wut, die in ihm loderte, behielt die Oberhand. »Lassen Sie mich in Ruhe«, sagte er. »Ich würde mit Ihnen nichts zu tun haben wollen, selbst wenn Sie die letzte Frau auf Erden wären.«

Er machte auf dem Absatz kehrt und stapfte davon.

Erst als er schon fast wieder zu Hause war, wurde ihm klar, dass es um zwei Frauen ging: Lüsternes Luder und diese dicke Frau.

Die Erkenntnis verblüffte ihn. Wie konnte ihm das nur entgangen sein? Und sobald er das einmal begriffen hatte, musste er noch etwas viel Wichtigeres akzeptieren: Er befand sich plötzlich in der vollkommen neuen Situation, dass ihm, der doch so vollkommen unattraktiv für das andere Geschlecht war, plötzlich unabhängig voneinander zwei verschiedene Frauen nachstellten.

Aber er fand es nicht sehr befriedigend, verfolgt zu werden. Ja, die dicke Frau mochte ihn und war harmlos. Wenn er mit ihr ausginge, gäbe es einen Menschen in seinem Leben und er wäre nicht mehr allein. Aber sie war alles andere als attraktiv. Was Lüsternes Luder anging, so wusste nur der Dunkle Herr des Cyberspace, wie sie aussehen mochte. Aber auf jeden Fall musste er bei ihr davon ausgehen, dass sie gefährlich war. Man musste schon ziemlich gestört sein, um sich so aufzuführen.

Er grübelte immer noch darüber nach, als er seine Wohnung betrat. Auch wenn sein altes Leben jetzt in Scherben lag, fehlte ihm das merkwürdigerweise gar nicht. Auch wenn es ihm nicht gefiel, sich so hilflos und fremdbestimmt vorzukommen, so mochte er sein altes, leeres, hoffnungsloses Leben noch weniger, vor allen Dingen weil ihm klar war, dass er in Kürze wieder dort landen würde.

Er betrat sein Schlafzimmer und entfernte die Krawatte und das Jackett im Halbdunkel. Was er jetzt brauchte, war ein kräftiger Drink ...

»Hallo, Rex.«

Er drehte sich um und sah eine Gestalt dem Kleiderschrank entsteigen. Das wenige Licht gab keine Einzelheiten preis.

»Was ist denn los?«, fragte eine sanfte Stimme. »Hast du deine Zunge verschluckt? Das ist wirklich bedauerlich. Im Netz redest du wie ein Wasserfall.«

Er öffnete die Lippen: »Wa... was machst du hier? Wie bist du hereingekommen?«

»Du hast mir nicht zugehört, oder?«, kam die Stimme aus der Dunkelheit. »Ich habe doch gesagt, ich würde zu dir kommen. Ich habe Beziehungen, Rex. Ein Freund, der sich mit so etwas auskennt, hat mir deine Adresse verschafft. Und was die Wohnung angeht ... na ja, sagen wir mal, ich kenne mich mit Schlössern aus.«

Er schluckte: »Was ... was willst du von mir?«

»Dich. Ich will dich, Rex. Und ich will dich jetzt.«

Seine Gedanken tobten. Er konnte keinen klaren Gedanken fassen. So etwas war unmöglich, so weit jenseits seiner Vorstellungskraft, dass es einfach nicht sein konnte. Aber irgendwie hörte er seine eigene Stimme antworten.

»Du musst verrückt sein. Ich bin nicht Rex Rammler. Mein Name ist Arthur Gruber.«

»Rex Rammler, Gruber, was spielt das schon für eine Rolle? Was bedeutet schon ein Name? Es zählt das, was du in der Hose hast. Das und die Frage, ob du mich so sehr willst wie ich dich. Ist es nicht so?«

Betäubt hob er abwehrend die Hand. »Hey, ich weiß nicht, wie du dazu kommst ...« Er hielt inne. »Das ... das geht einfach nicht. Wenn du darüber nachdenkst ...«

Plötzlich glitzerte eine Pistole in ihrer blassen Hand. »Du wirst mich nicht noch einmal zurückweisen, Rex. Nicht, nachdem ich all die Mühen auf mich genommen habe, um dich zu treffen. Nicht nach all dem, was wir zusammen erlebt haben, was wir miteinander geteilt haben.« Sie deutete mit der Pistole. »Zurück zum Bett«, befahl sie.

Er wich mit weichen Knien zurück und hielt inne, als er das Bett hinter sich spürte. Er überlegte kurz, davonzulaufen, aber da kam die Gestalt schon auf ihn zu. Er sah, wie sie in den schwachen Lichtstrahl trat, der durch die Rollläden hereinfiel. Er streifte ihren Scheitel, dann wurden ihre Augen sichtbar, ihre Nase, ihre Wangen, ihr Mund.

Er stand da und starrte auf eine Frau, die völlig unscheinbar war. Bis auf die Augen. Selbst im Halbdunkel glühten sie wie leuchtende Phosphorkugeln und schienen sein Gesicht zu verschlingen. Er zitterte. Was machte sie hier in seinem Schlafzimmer? Was wollte sie von ihm?

Katzengleich kam sie auf ihn zu und gab ihm einen Stoß vor die Brust, der ihn auf das Bett zurückwarf. Er schob sich verzweifelt bis zur oberen Bettkante hoch, indem er rückwärts auf Hacken und Ellbogen wegrobbte, aber sie lachte nur und sprang auf das Bett. Er konnte ihr nicht entkommen.

Die Mündung der Pistole berührte seine Schläfe. Sie war kalt. »Zieh den Rest deiner Klamotten aus, Rex. Bring deinen Striptease zu Ende.«

»Was?«

Die Waffe hob sich, traf brutal seine Stirn und bereitete ihm stechende Schmerzen. »Ich werde das nicht noch einmal sagen.«

Wie betäubt löste er seinen Gürtel und zerrte an seinem Hemd, während sie ihm ruckartig die Schuhe und die Socken von den Füßen riss. »Ich will dich nackt vor mir haben«, sagte sie. »Vollkommen nackt, nur für mich. Genau wie beim letzten Mal.«

Beim letzten Mal? Aber wir haben uns noch nie getroffen!, tobten seine Gedanken. Er beobachtete sie, wie sie sich rittlings auf ihn setzte und seinen Penis mit seidigen Fingern streichelte. »Ich habe mich noch nie bei jemandem so gefühlt wie bei dir«, sagte sie. »In meinem ganzen Leben noch nicht. Niemand wusste so gut, wie er mich zu nehmen hatte, oder was mir gefiel.« Sie blickte auf ihn herunter und verströmte Begierde mit jeder Faser. »Niemand macht dieses Luder so lüstern wie du, Rex. Du bist der einzige Mann für mich.«

Er wollte schreien, aber die Pistolenmündung an seiner Schläfe hielt ihn davon ab. »Heb die Hände«, befahl sie.

Er befeuchtete seine Lippen. »Warum?«

»Tu, was ich sage.«

Er gehorchte ihr, ganz langsam. Mit einer Hand fesselte sie seine Handgelenke zusammen an das Kopfteil und zog den Knoten fest. Er stöhnte und versuchte, die Hände zu bewegen. Keine Chance. Er war hilflos wie die Fliege im Spinnennetz.

»Das ist schon besser«, sagte sie mit heiserer Stimme. Ihre Augen glühten aus den Schatten. »Viel besser. Dann wollen wir mal dafür sorgen, dass du wirklich in Stimmung kommst.«

Geübte Finger lockten ihn, streichelten die Unterseite seines Schwanzes und liebkosten seine Eier. Zuvor hatte er die Idee, dass Gefahr einen Mann erregen könnte, dass man bei Lebensgefahr einen Mordsständer bekommen könnte, immer als Unsinn abgetan. Jetzt, wo ihre scharfen Fingernägel an seinem Schwanz auf- und abfuhren, stellte er fest, wie erregend Furcht war. Trotz klopfendem Herzen und schmerzender Brust bemerkte er, wie sich seine Männlichkeit unter ihren Händen aufrichtete und schmerzhaft pochte.

Er verabscheute seinen verräterischen Körper dafür und wollte gerade den Mund öffnen, um dagegen zu protestieren, aber da war sie schon in Bewegung und schob ihn in sich hinein. Er hatte kaum Zeit zu registrieren, dass sie unter ihrem Kleid keine

Unterwäsche trug, da drückte die Mündung der Pistole schon wieder gegen seine Schläfe. »Ich rate dir, deine Sache gut zu machen, Rex«, warnte sie. »Jedenfalls wenn du weißt, was gut für dich ist.«

Sie bewegte sich auf ihm und ihre enge feuchte Höhle umgab ihn wie ein Handschuh. Überrascht bemerkte er, dass er sich ebenfalls bewegte.

»Ist das nicht gut, Rex?«, stöhnte sie. »Das ist genauso, wie wir es bisher getan haben, weißt du noch? Das erste Mal, als ich dich um ein Treffen gebeten habe. Ich war oben und du bist unter mir fast explodiert.«

Sie tat etwas mit ihren Knöpfen und ihr Kleid schien sich zu teilen und rutschte zu beiden Seiten an ihr herunter. »Und da habe ich auch das hier getan«, sagte sie und senkte ihre Brüste seinen Lippen entgegen.

Er küsste sie und nahm die festen, erigierten Brustwarzen in den Mund. Eigentlich wollte er ihr sagen, dass sie ihn bei ihren virtuellen Begegnungen aber nie an ein Bett gefesselt hatte. Aber er spürte, dass könnte gefährlich sein, weil es die Fantasiewelt stören könnte, die sie sich zurechtgelegt hatte. Vielleicht würde sie dann vollkommen durchdrehen. Selbst jetzt gab es keine Garantie, dass das nicht trotzdem passieren würde. Schließlich hatte sie ihn schon gefesselt und hielt ihm eine Waffe an den Kopf. Wie konnte er sicher sein, dass sie nicht vorhatte, sie zu benutzen?

Plötzlich stellte er fest, dass seine rechte Hand etwas mehr Bewegungsfreiheit hatte als die linke – nicht viel, aber immerhin. Er stemmte sich gegen die Fessel und zerrte die Hand hin und her.

Sie mühte sich über ihm und hatte die Augen zur Decke gerichtet. »Oh, Rex,« seufzte sie und hielt ihm die Waffe an die Schläfe. »Niemand macht es mir so wie du.« Sie bäumte sich auf. Ihr Gesicht sah aus, als habe man ihr einen Blick in den Himmel erlaubt. »Ich bin fast soweit«, keuchte sie. »Bitte bring mich dorthin.«

»Das werde ich, Lüsternes Luder«, antwortete er, während er, von ihr unbemerkt, seinen Spielraum in dem Seil vergrößerte und in ihr auf und ab stieß. Er sah ihr Lächeln, als er ihren Nick benutzte, dann spürte er, wie sich das Sperma in ihm sammelte und in sie hineinströmte. Er spritzte tief in ihr ab, während sie zusammen mit ihm kam. Die Bettfedern quietschten und ein warmer Schweißfilm bedeckte ihrer beider Körper in einer Vereinigung, die er ebenso sehr herbeisehnte wie sie ihn anwiderte. Wieder und wieder erzitterten ihre Körper in gemeinsamer Ekstase, bis sie schließlich beide erschlafften.

Langsam glitt die Mündung der Pistole von seiner Schläfe auf das Kissen und ihr Körper sackte in sich zusammen, bis sie der Länge nach auf ihm lag und der weiche Haarschopf seine Wange berührte. Ihre Brüste hoben und senkten sich gegen seine Rippen. »Ich liebe dich, Rex«, flüsterte sie.

Er zerrte hin und her. Und schließlich gelang es ihm, die Hand aus der Schlinge zu ziehen. Er testete die Beweglichkeit seiner Finger und ein neues Gefühl regte sich in ihm, ein Hass auf diese Frau, der sogar noch stärker war als sein Ausbruch gegenüber der fetten Frau in dem Einkaufszentrum. Die Art, wie diese Schlampe ihn benutzt hatte ... wie sie es gewagt hatte, ihn zu demütigen! Damit durfte sie nicht durchkommen!

Er fletschte lautlos die Zähne und dann kam ihm ein Gedanke. Wie wäre das wohl, wenn er der Stalker und der aktive Part wäre? Wie würde sich das anfühlen, wenn er derjenige wäre, der die Macht hatte, der mit ihr spielte und sie erniedrigte?

Sein Atem ging schneller. War es möglich, dass das ein gutes Gefühl wäre? War das der Grund, warum sie es tat?

Er holte tief Luft und spannte die Muskeln an, dann stieß er sie von sich herunter, warf sich herum und schüttelte sie ab. Er richtete sich auf ein Knie auf und griff nach der Pistole, aber da spürte er schon ihre Hand auf seiner.

Sie kämpften um die Waffe, seine eine freie Hand gegen ihre zwei. Er wusste, trotz ihrer besseren Ausgangsposition konnte er die Oberhand gewinnen, wenn er nur etwas mehr Bewegungsfreiheit hatte. Aber seine andere Hand war noch an das Kopfteil des Bettes gefesselt.

»Lass los«, fauchte sie ihn an. »Gib her!«

Sein Knie hatte keinen festen Halt auf dem Bett und einen

Moment lang befürchtete er, er würde das Gleichgewicht verlieren und fallen. Dann wäre alles aus. Sie wäre dann ihm gegenüber im Vorteil und könnte ihn erledigen. Aber er drückte das Rückgrat durch und irgendwie gelang es ihm, aufrecht zu bleiben. Er kämpfte weiter mit ihr und wandte den Kopf ab, als sie versuchte, ihm mit den Fingern in die Augen zu stechen. Stattdessen hinterließ sie tiefe Kratzer quer durch das Gesicht. Er setzte sich heftig zur Wehr, sein Atem kam in pfeifenden Stößen durch seine Nasenlöcher und mischte sich mit ihrem fiebrigen Keuchen. Blut strömte ihm über das Gesicht und er schmeckte den warmen salzigen Geschmack auf seinen Lippen.

Dann, ganz langsam, spürte er, wie sich die Mündung der Waffe drehte und sich auf ihr Gesicht und auf den Wahnsinn in ihren Augen richtete. Ihr Blick brannte sich in ihn hinein, während er seine ganze Kraft auf seine grausam schmerzende Hand und das Handgelenk konzentrierte und die Waffe ganz langsam, Zentimeter um Zentimeter, weiter auf sie zudrehte, bis schließlich die Mündung direkt zwischen ihre Augen zeigte.

»Rex«, keuchte sie und ihr Atem stieß ihm heiß ins Gesicht. »Das wirst du doch nicht tun. Du empfindest doch mir gegenüber das gleiche wie ich für dich – das stimmt doch, oder? Wir beide sind füreinander bestimmt!«

Er starrte auf sie hinunter und trotz seiner Schmerzen spürte er, wie er wieder hart wurde, wie sein Penis an ihrem Körper erneut erigierte. Jetzt sah sie nicht mehr so selbstsicher aus, was? Nein, jetzt war er derjenige, der die Macht hatte, und er würde sie für ihre Anmaßung bestrafen, für jede Demütigung, die er durch sie erfahren hatte.

Er drängte sich gegen sie und saugte ihre Angst auf, und schmeckte den aromatischen, anregenden Duft ihrer Panik. Er schwoll weiter an, wurde hart wie Stahl und verspürte eine Lust wie noch nie zuvor in seinem Leben. Sie durchströmte seinen Körper, pulsierte in seinem Blut. Zum ersten Mal in seinem Leben fühlte er sich vollkommen eins mit sich selbst, unglaublich stark und selbstsicher.

»Rex«, stöhnte sie. Ihre Augen blickten voller Panik in die Mündung der Pistole. »Bitte!«

Er lächelte und sein Finger schloss sich um den Abzug. »Ich heiße nicht Rex!«, sagte er.

Als die Pistole losging, sprengte sie ihr den halben Hinterkopf weg. Er kam in nicht enden wollenden Spasmen wie noch nie zuvor in seinem Leben. Die Pistole entfiel seinen kraftlosen Fingern. Als er auf ihr blutverschmiertes Gesicht hinuntersah, schauderte ihn vor Ekstase und er streckte die Hand aus, um ihre nasse Wange zu liebkosen, um seine Finger in die Augenhöhlen zu tauchen.

König Arthur: Geh vor mir auf die Knie und nimm ihn in den Mund.

Sklavin der Leidenschaft: Aber er ist so groß und so hart, mein Gebieter. Ich kann ihn nicht zur Gänze in mir aufnehmen.

König Arthur: Du musst dich nur entspannen. Denk an die größte, saftigste Banane auf der ganzen Welt.

Sklavin der Leidenschaft: Ja, das ist besser. Ihr schmeckt so gut! Meine Lippen gleiten an Eurem Zepter hoch und wieder hinunter, und nehmen es ganz in meinen Mund auf, bis die Spitze hinten an meinen Rachen stößt.

König Arthur: Vorsicht! ... Du darfst nicht so fest saugen, sonst kommt dein König noch. Und jetzt steh auf und leg dich auf das Bett ...

Arthur Gruber, jetzt König Arthur, saß vor seinem Bildschirm und wartete darauf, dass seine neue Partnerin seinen Befehlen gehorchte. Nachdem die Polizei mit ihren unzähligen Fragen fertig war, war er wieder zur Arbeit gegangen und hatte die Kampfspuren wie Trophäen zur Schau getragen. Seltsamerweise war er sogar stolz auf sie und genoss das Medieninteresse. Als eine der ersten Sachen, nachdem der ganze Hype sich wieder beruhigt hatte, hatte er sich bei der Sex-Community wieder angemeldet.

Es hatte nur ein paar Tage gedauert, bis er eine neue Partnerin gefunden und eine Beziehung nach seinen Vorstellungen aufgebaut hatte.

Sklavin der Leidenschaft: Ist das so recht, Sir? Eure demütige Dienerin liegt hier in all ihrer Geilheit und Demut und wartet nur auf Euch.«

Aber er antwortete nicht, denn gerade erinnerte er sich wieder an den intensiven, alles überstrahlenden Orgasmus, den er gehabt hatte, als er den Abzug betätigt und zugesehen hatte, wie der Kopf der Frau auseinanderplatzte. Er hatte einen ganz neuen Mann in sich entdeckt, einen, den er dort nie auch nur vermutet hätte. Noch als der Schuss verhallte, war ihm klar gewesen, was er mit dem Rest seines Lebens anfangen würde und wie er die endlose Leere füllen konnte.

Mein Gebieter, seid Ihr noch da? Warum antwortet Ihr nicht?

Ja, dachte er, ohne die Worte auf dem Bildschirm zu beachten. Als er den Abzug betätigt hatte, hatte sich ihm eine völlig neue Welt eröffnet. Es war eine Welt, in der er die Macht hatte, in der er Schmerz und Lust gewährte. Er erinnerte sich an die fette Frau, die es gewagt hatte, ihn bis in das Einkaufszentrum zu verfolgen und er lächelte. Er würde schon dafür sorgen, dass ihr mit gleicher Münze zurückgezahlt würde. Sie würde dafür bezahlen, so wie Lüsternes Luder. Da sie in der Nähe seiner Arbeitsstätte arbeitete, würde er sich leicht mit ihr verabreden können. Er gluckste in sich hinein und stellte sich schon vor, wie es sein würde, die Schlampe nackt auszuziehen und sie an das Bett zu fesseln.

König Arthur, seid Ihr noch da?

Schließlich erinnerte sich Arthur Gruber wieder an die Frau, die nackt ausgestreckt vor ihm auf einem imaginären Bett lag. Er berührte die Wunden an seiner Wange und legte kurz mit einem Grinsen die Hand auf das Messer auf seinem Schreibtisch. Dann beugte er sich vor, um ihr zu antworten.

Dein König ist noch hier, tippte er. *Findest du nicht, es ist an der Zeit, dass wir uns mal wirklich treffen?*

DER JAJOUKA PENISKÄFER

Graham Masterton

Siebenundzwanzig Jahre nach dem Vorfall wurde er im Foyer des Hotel Splendid in Port-au-Prince von einem kleinen vogelartigen Schwarzen in einem schneeweißen Anzug und einer goldgefassten Brille angesprochen.

Der Mann lüftete seinen Hut und entblößte einen kahlen Schädel, von der Farbe einer auf Hochglanz polierten Haselnuss. Seine Schneidezähne waren alle mit Gold überkront.

»Habe ich die Ehre mit Dr. Donnelly?« Der Akzent des Mannes verwies ihn eher in den algerischen oder marokkanischen Sprachraum als nach Haiti.

»Ja, ich bin Grant Donnelly.«

»Ich brenne schon seit vielen Jahren darauf, Sie kennenzulernen, Sir. Ich bin ein großer Bewunderer Ihrer Arbeit.«

»Nun, das ist sehr freundlich von Ihnen, vielen Dank. Aber wenn Sie mich jetzt entschuldigen würden ...«

Grants Frau Petra wartete vor den Flügeltüren zum Garten auf ihn. Sie bemerkte ihn und hob nach Aufmerksamkeit heischend die Hand.

Grant wollte gehen, aber der Mann hielt ihn am Ärmel fest. »Dr. Donnelly – bitte, bevor Sie gehen. Ich habe all Ihre Bücher und all Ihre Aufsätze studiert, und die sind alle sehr genau und sehr umfassend. Aber es gibt immer eine bedeutende Auslassung.«

»Ach?«

»Wie kann ein ausgewiesener Experte *Systematik der Nordafrikanischen Insekten* schreiben, ohne dabei den Jajouka-Skarabäus zu erwähnen?«

Der Mann ließ Grants Ärmel los. Er lächelte, aber dem Lächeln fehlte jede Herzlichkeit. Das Sonnenlicht spiegelte sich auf seinen Brillengläsern, sodass er für einen Moment blind wirkte.

»Ich bin sehr vermögend, Dr. Donnelly. Es wäre mir einen großen Teil meines Vermögens wert, wenn ich Informationen bekäme, die mich zu einem Jajouka-Skarabäus führen.«

Grant schüttelte fast unmerklich den Kopf. Aber die Worte des Mannes hatten in seiner Vorstellung bereits wieder Flötenmusik, das aromatische Aroma von Kif und das Geräusch raschelnder Seide heraufbeschworen; Erinnerungen, die jeden verfolgen, der einmal am Rande der Sahara gereist ist.

»Ich garantiere Ihnen, ich werde Sie reich machen, Dr. Donnelly, wenn Sie mir sagen können, wo ich einen Jajouka-Skarabäus finde.«

»So etwas gibt es nicht«, sagte Grant mit einer leichten Heiserkeit in der Stimme.

Der Mann neigte den Kopf zur Seite und sah ihn mit spöttischem Unglauben an.

»Ach nein, Dr. Donnelly? Aber, aber!«

»Glauben Sie mir«, versicherte Grant, »das ist ein Mythos. Das ist eine Geschichte, die sich die marokkanischen *bouhanis* ausgedacht haben, um die Ausländer zu foppen. Es gibt diesen Käfer nicht. Wenn Ihnen jemand etwas anderes erzählt, dann will der Ihnen einen Bären aufbinden.«

»Es gibt keinen solchen Käfer, Herr«, sagte Hakim wegwerfend. »Was Euch da erzählt worden ist, ist nur ein Haufen Lügen.«

Grant schüttelte eine neue Casa-Sport-Zigarette aus der zerknüllten Packung. »Hakim, ich habe mit Professor Hemmer vom Institut für Naturkunde in Tanger gesprochen. Er wusste alles über diesen Käfer.«

»Dann hat man auch ihm Lügen erzählt.«

Es war Abend in der Altstadt, im Frühsommer 1967, und sie saßen in Fuentes Café im Socco, einem kleinen Souk gesäumt von Cafés und indischen Teppichhändlern und Juwelieren, die billige Schweizer Markenuhren unbestimmbarer Herkunft an schwedische Touristen verkauften. Sie tranken Pfefferminztee und aßen dick mit Puderzucker bestreute Donuts und Hakim rauchte Kif. Der süßlich aromatische Rauch waberte über die Plaza und verlor sich in der dunstigen, violetten Luft. Im Innern des hell erleuchteten Cafés lauschten alte Männer in gestreiften Djellabas Radio Cairo auf der Kurzwelle.

Suzanna sagte: »Professor Hemmer war sich sicher, dass es sich um einen sehr kleinen Käfer aus der Familie der Skarabäen handelt.«

Hakim sah sie mit dunklen, unergründlichen Augen an. »Professor Hemmer ist ein Deutscher. Er weiß nichts darüber, was es gibt und was es nicht gibt.«

Grant steckte sich die Zigarette zwischen die Lippen, zündete sie an und hustete. Der Tabak schmeckte, als sei er in Honig und Zimt und in der Sonne geschmolzenen Asphalt getaucht worden. »Es scheint dann, dass wir einen langen Weg umsonst zurückgelegt haben. Schade. Die Universität hat uns ein Budget zur Verfügung gestellt, das höher war, als unsere bisherigen Ausgaben, und wir hätten daher eigentlich noch etwas Spielraum gehabt.«

»Alle amerikanischen Dollars können nichts hervorzaubern, wo nichts ist«, sagte Hakim.

Grant ließ sich in seinen unbequemen Bugholzstuhl zurücksinken. Suzanna und er arbeiteten jetzt seit fast acht Monaten in Marokko, und er hatte sich an die Rätsel und die Ausflüchte gewöhnt, die hier zu jedem Geschäftsabschluss dazugehörten. Aber sie waren heute sehr lange unterwegs gewesen und er war müde, und Hakims hartnäckiges Leugnen ging ihm auf die Nerven.

Er hatte mit Suzanna all die Forschungsprojekte durchgeführt, die sie sich vorgenommen hatten, darunter auch eine bahnbrechende Studie über den Lebenszyklus des Mistkäfers und eine Untersuchung der Populationskurve während einer Rüsselkäferplage, die die marokkanische Regierung schon jetzt gewinnbringend nutzte, um die wirtschaftlichen Schäden durch Käferbefall in Getreidelagern und -verkaufsstätten zu vermindern.

Aber vor zwei Wochen hatten sie bei dem Abschiedsempfang zu ihren Ehren im Haus des Dekans der anthropologischen Fakultät in Kebir neben einem kettenrauchenden Franzosen namens Duvic gesessen, der seit fünfundvierzig Jahren im Maghreb lebte. Als er hörte, dass sie Entomologen waren und dabei speziell

Käfer erforschten, hatte er laut aufgelacht und ihnen erzählt, für ihn gäbe es nur einen Käfer, der es wert sei, studiert zu werden, und das sei der Jajouka Skarabäus, Scarabaeidae Jajoukae, der sogenannte Peniskäfer.

»Warum sollte man einen Käfer so nennen?«, hatte Suzanna gefragt und ihre grünen Augen hatten gefunkelt wie Glasscherben.

Duvic hatte kleine Bröckchen in sein Taschentuch gehustet. Eigentlich war sein Schnurrbart weiß, aber auf einer Seite hatte das Nikotin ihn senfgelb gefärbt. »Das sollten Sie eigentlich nicht fragen müssen. In den Ahl-Srif-Bergen hat man sie früher bei rituellen Paarungszeremonien verwendet – anstelle von Kif. Wenn man Kif raucht, dann betritt man eine fremde Welt und gesellt sich zu den *bouhani,* den heiligen Verrückten, denen alles möglich ist, die durch Wände gehen und sich mit den Toten über die aktuelle politische Lage unterhalten können. Aber es heißt, wenn man den Peniskäfer benutzt, dann entdeckt man sich selbst, das wirkliche Ich, mit einer solchen Deutlichkeit, dass man es kaum erträgt. Aimez-vous l'agonie?»

Er zögerte, hustete erneut, und fuhr dann fort. »Vor zwölf oder vielleicht auch dreizehn Jahren ist mir mal ein Jajouka-Skarabäus angeboten worden, in einem Bordell in Mascara. Ich habe abgelehnt. Ich muss zugeben, ich hatte zu viel Angst. Außerdem, auch wenn ich da noch über Geld verfügte, verlangten sie mehr als ich mir leisten konnte – über fünfzehntausend Franc. Jetzt wünschte ich ... na ja, jetzt spielt es keine Rolle mehr, was ich mir wünsche. Ich bin sowieso bald tot, und wer würde sich jetzt noch mit mir darauf einlassen?«

»Dieser Skarabäus – ist das ein richtiger Käfer?«, hatte Grant mit steigender Erregung gefragt. Er dachte bereits an die Artikel, die Buchbesprechungen, die Vortragsreisen. Er stellte sich vor, wie er vor dreihundert Gelehrten stand, sich räusperte und dann dozierte: »Niemand von Ihnen hat wahrscheinlich bisher von Scarabaeidae Jajoukae gehört, oder, wie er im südlichen Rif-Gebirge in Marokko umgangssprachlich genannt wird, dem Jajouka Peniskäfer.« Mit so einer Einleitung würde er ganz bestimmt ihre Aufmerksamkeit haben!

Aber der Franzose war betrunken gewesen. Er hatte dem algerischen Branntwein zu sehr zugesprochen und wurde plötzlich weinerlich. »Es tut mir so leid, dass ich Ihnen davon erzählt habe«, wiederholte er immer und immer wieder.

Eigentlich hätten Grant und Suzanna am darauffolgenden Tag in die Staaten zurückfliegen sollen, aber am frühen Morgen hatte Grant noch über die knisternde Telefonleitung mit Professor Hemmer in Tanger gesprochen, und der hatte gesagt: »Natürlich, der Jajouka Skarabäus. Ein sehr seltener Käfer, der sich vom Harz der Kifpflanze ernährt, dem, was wir Haschisch nennen. Ich habe Zeichnungen von dem Tier gesehen und Beschreibungen gelesen. Ich glaube, er wird auch in Quintinis *Die Insekten Afrikas* erwähnt. Aber soweit ich weiß, kommt er nur in den Kifwiesen von Ketama vor, im Rif-Gebirge.«

»Warum nennt man ihn den Peniskäfer?«

»Nun, mein Junge, das ist ganz einfach. Wenn der Käfer sich bedroht fühlt, gibt er einen starken chemischen Reizstoff ab. Es heißt, dass es bei einigen der Bergstämme üblich war, den Käfer vor dem Geschlechtsakt in die männliche Harnröhre einzuführen, um dadurch einen Lustgewinn zu erzielen. Ich weiß gar nicht, ob man heute noch einen der Käfer finden könnte. Wahrscheinlich sind sie durch Insektizide längst ausgerottet. Ich habe von einem Millionär gehört, der ein Vermögen für nur einen einzigen Käfer bezahlen will. Aber den muss man erst einmal finden. Und ganz abgesehen davon ist der Einsatz des Käfers strikt verboten, sowohl aus religiösen Gründen, weil Muslime an die absolute Reinheit des Körpers glauben, wie auch aus rechtlichen Gründen, da die Regierung befürchtet, das könne sich negativ auf den Tourismus auswirken. Sie will ganz bestimmt nicht, dass das Rif-Gebirge zu einem weiteren Bangkok wird und von Touristen auf der Suche nach sexuellen Exzessen überschwemmt wird. Es ist schon schlimm genug, dass meine Landsleute immer wieder versuchen, sich die kleinen Jungs am Strand mit glänzenden neuen Rennrädern gefügig zu machen.«

Professor Hemmer war in ein wieherndes Lachen ausgebrochen und Grant hatte den altmodischen Hörer eingehängt. Ihre schweinsledernen Koffer waren gepackt und warteten bereits in der schildpattgefliesten Eingangshalle des Hotel Africanus. Neun

Kisten mit Forschungsmaterial und drei Kisten mit Mustern waren bereits auf dem Weg nach Paris. Wäre es nach Suzanna gegangen, hätten sie Scarabaeidae Jajoukae einen guten Käfer sein lassen und wären sofort nach Boston zurückgekehrt. »Wir können nächstes Jahr danach suchen.« Aber Grant war klar, entweder sie würden ihn jetzt finden, oder gar nicht. Dies war ein Ort, an den man nie wieder zurückkam, wenn man ihn einmal verlassen hatte. Jedenfalls nicht als der gleiche Mensch. Selbst wenn man für den Rest seines Lebens Nacht für Nacht von Radio Cairo auf der Kurzwelle und dem klagenden, an die Nieren gehenden Klang der Rhaitas träumt. Wenn man dann zurückkommt, sind die Tore zum Foudouk versiegelt, die Medina ist verlassen und all die Geheimnisse des Souk sind einem für immer verschlossen. Man trinkt seinen Minztee dann als Tourist, nicht mehr als ein Bruder. Man ist nicht mehr jemand, der die geheimen Namen kennt.

Professor Hemmer gab ihnen Hakims Adresse, weil Hakim früher als Assistent für den exzentrischen englischen Botaniker Dr. Timothy Scudamore gearbeitet hatte, der fünf Jahre auf einem Hochplateau im Atlasgebirge zuerst die Flora, dann die Musik und schließlich die Schätze Marokkos studiert hatte, deren Verbleib nur den Soussi-Zauberern bekannt ist, die geheime Aufzeichnungen jeder Goldmünze haben, die jemals von jemandem versteckt worden ist. Wenn irgendjemand wusste, wo Scarabaeidae Jajoukae zu finden ist, dann war das Hakim.

Aber das tat er nicht, oder wenigstens behauptete er das, während er so dasaß mit seinem Minztee und der dünnen, mit Kif gefüllten Sebi-Pfeife, dünn und hager in seinem weißen Leinengewand, der weiten Leinenhose und den roten Seidenpantoffeln. Unter dem roten Fes war das Haar radikal kurz geschnitten und sein Gesicht war schmal und voller Falten wie ein kubistisches Gemälde, sodass er immer wieder anders aussah. Nur seine Augen blieben konstant und bewegungslos, was den Eindruck vermittelte, als könne er jederzeit aufstehen und weggehen und die Augen würden zurückbleiben, wie eine Fata Morgana in der Abendluft schweben und sie weiter beobachten.

Grant war sein genaues Gegenteil. Er hatte zwei Wochen zuvor seinen einunddreißigsten Geburtstag gefeiert, war grobknochig, leicht übergewichtig, mit sonnengebleichtem sandfarbenen Haar und einem Gesicht wie ein freundlicher Boxer: Blaue Augen, schiefe Nase und ein strahlendes offenes Lächeln. Er sah gar nicht aus wie einer der führenden Experten auf dem Gebiet der Interaktion von Käfern und Menschen. Nicht bis er seine runde Brille mit den Glasbausteinen aufsetzte. Dann sah er genauso aus wie sein verstorbener Vater, der Verfasser von *Donnellys Klassifizierung amerikanischer Insekten*.

Er und Suzanna Morrison hatten in ihrem letzten Forschungsjahr miteinander gearbeitet. Manchmal war die Beziehung intim gewesen, zu anderen Zeiten hatten sie sich gerade noch toleriert. Suzanna war hochgewachsen, mit breitem Gesicht, hoch angesetzten Wangenknochen und tief liegenden Augen. Sie war brünett und hatte üppiges, mehr als schulterlanges, glänzendes Haar, aber seit sie in Marokko waren, trug sie einen Schal über dem Gesicht, der nur die Augen freiließ. Sie achtete so die Gebräuche des Landes, und auch wenn die verschworene Gemeinschaft der Männer kein Wort darüber verlor, wussten sie das zu schätzen und respektierten sie deswegen. Sie gehörte nicht zu diesen Touristinnen oder Studentinnen, die das Gesicht nicht bedeckt hielten; sie benahm sich sogar geziemender als einige ihrer eigenen Frauen, die wegen jedem Kinkerlitzchen aus dem Haus rannten und sich dabei nur ein schmutziges Tuch vor das Gesicht hielten.

Dabei war sie weit weltoffener als diese Bruderschaft sich hätte vorstellen können. In ihrem Studium hatte sie ein Jahr Auszeit genommen, in dem sie nach La Jolla in Kalifornien getrampt war und dort in einer Kommune gelebt hatte, die sich ›Das Strahlende Auge‹ nannte, eine Gemeinschaft, in der das uneingeschränkte, öffentliche Ausleben sexueller Lust notwendiger Bestandteil einer Philosophie war, die sie als Öffnung bezeichneten. »Man muss körperlich und geistig für alles offen sein.« Mittlerweile lebte sie das nicht mehr so deutlich aus, aber in sexueller Hinsicht schüchterte sie Grant immer noch ein. Ihre sexuelle Aura war so stark, dass er sie manchmal zu hören meinte: nackte Schenkel, die sich aneinander reiben, Lippen, die sich öffnen, Augenlider, die flattern, und das seidige Rascheln ihres Haares wie der Sand, der im Mondlicht über den Großen Erg der Sahara geweht wird.

Als sie sich das erste Mal geliebt hatten (in Paris, in der Rue Chalgrin, in ihrem Schlafzimmer im Hotel La Residence du Bois), hatte Suzanna ihm ganz beiläufig erzählt, dass sie einmal Sex mit fünf Männern gleichzeitig gehabt hatte. Damals hatte er gedacht, das sei ein Witz gewesen, weil er sich gar nicht vorstellen konnte, wie das funktionieren sollte. Aber als sie ihm das dann sorgfältig und ganz ernsthaft erklärt hatte, hatte es ihm für den Rest des Tages die Sprache verschlagen. Er war gleichzeitig aufs Heftigste erregt und zutiefst verstört.

An diesem Abend trug Suzanna einen indigoblauen Schal und ein weites djellabaartiges Gewand aus makellos weißer Baumwolle. Nichtsdestotrotz wusste Grant, dass sie nichts darunter trug, und als sie sich vorbeugte, um Hakim anzusprechen, konnte er das schwere Schaukeln ihrer Brüste sehen.

Zu dieser Zeit war ihr Verhältnis nicht immer freundschaftlich und selbst wenn es so war, bedeutete das noch nicht, dass sie sexuell miteinander verkehrten. Sie hatten sich während der vergangenen siebeneinhalb Monate immer wieder gestritten, manchmal auch sehr heftig. Sie hatten auch über den Jajouka Skarabäus gestritten und darüber, ob sie nicht besser nach Boston zurückfahren und die ganze Sache vergessen sollten. Aber jetzt, da sie hier waren, waren sie sich wieder nähergekommen, und reagierten auf alles, was der andere sagte, oder sagen wollte, oder auch nur dachte. Grant genoss es, wenn die Dinge so zwischen ihnen standen. Das gab einem das Gefühl, zu wissen, wo man war, emotional und geographisch. Besorgt und umsorgt, 35,4 Grad nördlicher Breite, 1,1 Grad östlicher Länge.

Suzanna sagte zu Hakim: »Was, wenn wir versichern, niemandem zu sagen, was wir gefunden haben? Würden Sie uns dann den Käfer zeigen?«

Hakim blickte zu Grant: »Spricht die Frau für Euch, Herr?«

Grant blies ungeduldig Zigarettenrauch in die Luft. »Ja. Sie spricht für mich. Manchmal spricht sie sogar für sich selbst.«

»Es gibt keinen Käfer«, antwortete Hakim.

»Soll das heißen, er ist ausgestorben?«, wollte Suzanna wissen.

Hakims Augen zuckten unsicher nach unten. »Es gibt keinen Käfer, solange ich das will.«

»Es gibt also einen Käfer, aber Sie wollen uns nicht zeigen, wo?«

»Solange ich das will.«

»Und was würde Ihren Willen beeinflussen?«

Hakim zog an seinem Kif. Kaffeebecher klapperten, Grillen zirpten. Das Radioprogramm lärmte durch die warme Nachtluft. Es klang wie die Verkündung von Fußballergebnissen. Osiris 1860 gegen Borussia Weißer Nil? Schließlich sprach Hakim: »Greencard. Das beeinflusst den Willen.«

Suzanna starrte ihn an, dann brach sie in Gelächter aus: »Sie wollen eine Greencard? Soll das ein Witz sein?«

»Greencard«, sagte Hakim ärgerlich. »Dr. Scoodamor hat mir immer versprochen, ich würde ihn begleiten und in Amerika für ihn arbeiten. Dann zog er los und suchte nach den Soussi-Zauberern und kam nie zurück. Nach all den Jahren Treue und Fleiß, Herr, ist mir nichts geblieben. Nur ganz wenig Geld, weil Dr. Scoodamor zwar immer Geld versprochen hat, aber, wenn er bezahlt hat, dann mit Papier.«

»Na ja, wenigstens hat er bezahlt«, sagte Grant.

»Was nutzt einem schon Papier? Wir können Geld nicht auf die Bank bringen, weil Banken sündig sind, aber wenn wir unser Papiergeld verstecken, dann fressen es die Mäuse. Das ganze Geld, das Dr. Scoodamor mir gegeben hat, habe ich im Keller versteckt, aber als ich es dann wieder herausholen wollte, war da nur noch Mäusedreck und buntes Konfetti.«

Suzanna warf Grant einen hastigen Blick zu und drückte seine Hand auf dem blaulackierten Metalltisch. »Wir könnten Hakim doch unterstützen, nicht wahr Grant? Es würde doch bestimmt nutzen, wenn wir der Einwanderungsbehörde sagen, dass er entscheidenden Anteil an unserer Arbeit über den Skarabäus hatte.«

Grant lächelte und nickte. *Wirklich clever, Suzanna.*

»Sie werden mir also helfen?«, fragte Hakim.

»Das wissen wir noch nicht,« sagte Grant. »Wenn die Geschichten über den Käfer nur Lügen sind, dann nicht. Aber wenn es ihn doch gibt ...«

Hakim stopfte seine lange Pfeife. Die Nacht um sie herum war die Verkörperung Afrikas. »Es gibt den Käfer.«

Am nächsten Morgen bestiegen sie den Zug in dem weißgetünchten Bahnhof von Fes. Es war halb zwölf und die Sonne schien allem die Farbe zu rauben, außer den wuchernden magentafarbenen Blüten der Bougainvillea. Der Himmel hatte die Farbe von Textmarkerblau.

Der Zug schob sich gleichmäßig die Berge hinauf. Vor ihnen tauchten die Frühlingsblumen jeden Berg in eine Grundfarbe; gelb und rot und blau. Hinter ihnen waren die Täler überwuchert mit weißem Knöterich, ein süßlich riechendes Blütenmeer. Der Duft der Blumen war so stark und so süßlich, dass Grant befürchtete, sie würden ihn betäuben. Dann würde er einschlafen und von *bouhanis* träumen, die mit den Toten über Politik diskutierten.

Er döste ein, war sich aber immer noch des Ruckelns und des Quietschens des Zuges bewusst und hörte immer noch das Dröhnen der Dieselmotoren.

Als er die Augen wieder öffnete, saß Hakim ihm gegenüber und pellte mit langen, nicht übermäßig reinlichen Fingernägeln eine Orange. Er sagte: »Ich lebe zwar in der Stadt, aber eigentlich bin ich immer hier, in den Ahl-Srif-Bergen.

Grant nickte verstehend, erkannte dann aber, dass Hakim mit sich selbst sprach.

Dann fügte der Araber aber doch noch eine Erklärung hinzu: »Es gibt Orte, an denen sich Geheimnisse von selbst erschließen. Das hier ist so einer.«

»Es ist sehr schön«, sagte Suzanna. Die Hügel um sie herum waren smaragdgrün und übersät mit kleinen weißen Blumen. An einigen der Abhänge waren Schafherden zu sehen. »Es ist wie in einem Traum.«

Hakim bot ihr die Orange an, die er wie eine Blume geöffnet hatte, aber sie schüttelte den Kopf. Er bot sie Grant an, der aus Höflichkeit ein Stück nahm.

»Erzählen Sie mir mehr von dem Skarabäus.«

»Es stimmt, Herr. Es gibt ihn.«

»Aber werden wir auch einen finden?«

»Alles, was es gibt, kann man finden. Vielleicht müssen wir zu einem Zauberer gehen, aber finden werden wir ihn.«

Jajouka war gleichzeitig idyllisch wie eine Postkarte und geheimnisvoll; eine zusammengewürfelte Ansammlung strahlend weiß getünchter kleiner Häuser auf einem malerischen Hügel, umgeben von Olivenhainen und Kaktusfeigenhecken. Als der Dieselzug davongerattert war, blieben sie in sonnenverbackener Stille zurück. Hakim geleitete sie über die Gemeindewiese, auf der eine angebundene Ziege graste und die kleine Glocke um ihren Hals bimmeln ließ. Sie durchquerten einen niedrigen Durchgang und fanden sich in einem schattigen Innenhof wieder, wo eine junge Frau in einem dunkelroten Kleid die Glut eines qualmenden Lehmofens neu anfachte. Ein Hahn mit messingglänzenden Federn stolzierte an ihr vorbei.

»Ich suche deinen Onkel Hassan«, sagte Hakim. Die Sonnenstrahlen wurden durch den Qualm abgelenkt.

Die Frau nickte mit wippenden Ohrringen zum Innern des Hauses hin. Hakim bedeutete Suzanna und Grant, ihm zu folgen, und dann waren sie plötzlich in einem kühlen, kahlen Raum, in dem zwei ältere Männer mit schneeweißen Turbanen und dicken wollenen Djellabas auf Kissen ruhten, Tee tranken und Kif rauchten.

Es folgte die rituelle Vorstellung. Hakim erkundigte sich nach der Gesundheit von Onkel Hassans Brüdern, seinen Cousins, seinen Ziegen, seinen Feldern und seinen Frauen. Hassan hatte eine lange Hakennase und tief verhangene Augen und während der ganzen Zeit, die er sprach, rollte er eine kleine Kugel aus grauem Wachs zwischen den Fingern hin und her. Der andere Mann war ölig und fett. Er war durch das Kif so benommen, dass Grant kein Wort von dem verstand, was er sagte.

»Mein Herr sucht nach einem Skarabäus«, sagte Hakim schließlich. »Er ist ein viel gerühmter Mann von hoher Gelehrsamkeit, der sein Wissen über alle Insekten vervollständigen will. Er kann euch sehr großzügig belohnen.«

Hassan überlegte einen Augenblick und antwortete dann sehr schnell und leise und äußerst ausführlich. Mit seinem Küchenarabisch konnte Grant ihm nicht folgen, aber er verstand die Worte »Jeep« und »Cousin«.

»Was hat er gesagt?«, fragte er Hakim, als es so aussah, als sei Hassans Wortschwall versiegt.

»Er sagt, er weiß, wo man die Käfer finden kann. Sie werden, gar nicht weit von hier, von wandernden Bergbewohnern – Nazarenern – von den Kif-Pflanzen gepflückt und dann an die Bordellbetreiber in Tanger und Marrakesch verkauft. Er wird euch mit den Bergbewohnern bekannt machen und dafür sorgen, dass Sie zwei oder drei von den Käfern erwerben können. Er selbst will keine Belohnung, weil es ihm an nichts mangelt. Es gibt hier keinen elektrischen Strom und kein fließendes Wasser, weil das Bou Jeloud, den Vater der Furcht, erschrecken würde, der die Schafe beschützt. Er ist zufrieden mit der Pacht, die er für seine Felder bekommt, seinem Kif und seiner Musik.

Aber er hat einen Cousin Ahmed in Kebir, der sich sehnlichst einen neuen Jeep wünscht. Wenn sich das machen lässt, dann bringt er Sie zu den Nazarenern, die von den Käfern leben.«

»Was kostet ein Jeep?«, flüsterte Suzanna.

»Nichts, im Vergleich zu einem dieser Käfer.«

»Dann mach das Geschäft. Ich halte es hier nicht mehr lange aus. Von dem ganzen Kif-Qualm bekomme ich Halluzinationen.«

Hassan sagte etwas mit leiser Stimme und rasend schnell. Grant verstand zwar nicht jedes Wort, wohl aber die Bedeutung. »Ist das ein Mann, der eine Frau für sich reden lässt?«

Auf arabisch antwortete er: »In unserem Land werden die Meinungen von Frauen mit dem gleichen Respekt gehört wie die von Männern.«

Hassan, nickte, lächelte dann und antwortete auf englisch: »Diejenigen, die den Jajouka Skarabäus benutzen, respektieren weder Mann noch Frau und sie haben auch keine Meinungen.«

»Was meint er damit?«

»Er meint, Herr, dass diejenigen, die Erfahrungen mit dem Käfer machen, keine Zeit mehr für eine eigene Meinung haben. Sie interessiert nur noch eines: Wann können sie diese Erfahrung wieder machen?«

+++

Es war bereits nach Mitternacht, als sie sich ihren Weg durch die klebrig-warmen Hanffelder zum augenblicklichen Lager der

Nazarener bahnten. Der Himmel war rötlich-schwarz, von der Farbe altmodischer Schreibmaschinenfarbbänder, und der Mond hing am Himmel wie ein riesiger Spiegel. Die Ahl-el-beit, die Männer der Zelte, glaubten früher, der Mond sei ein Spiegelbild der Sahara, eine im Himmel aufgehängte Landkarte.

Ein Nebel von Kif-Rauch lag über den Zelten. Sie hörten Stimmen und heisere Flötenklänge. Grant nahm Suzannas Hand und drückte sie beruhigend, vielleicht wollte er aber auch nur sich selbst aufmuntern. Hakim und Hassan gingen ein Stück vor ihnen, völlig eingehüllt in ihre Turbane und ihre Djellabas. Mit jedem Schritt zertraten sie Blüten unter ihren sandalenbeschuhten Füßen, und Grant roch Tau und das süßlich-modrige Aroma verwelkter Blumen.

Es ist wie in einem Traum.

Sie öffneten das Größte der Zelte. Darin saßen acht oder neun wild aussehende Nomaden in zerlumpten Djellabas und Hemden. Ein grauhaariger Mann um die Fünfzig mit Augen wie Kieselsteinen; drei oder vier junge Männer mit schmutzigen Gesichtern und unwirschen Mienen; ein sudanesischer Junge von vielleicht sechzehn oder siebzehn Jahren, der nur ein gegürtetes Hemd trug, sodass sein langer Penis nackt an seinem Schenkel lag; eine ältere Frau mit verschleiertem Gesicht; und zwei unverschleierte junge Mädchen in dünnen Baumwollkleidern.

Onkel Hassan setzte sich neben den grauhaarigen Mann und flüsterte ihm etwas ins Ohr, wobei er seine Rede dann und wann dadurch unterstrich, dass er sich mit zwei Fingern in die Handfläche tippte. Der grauhaarige Mann nickte, nickte erneut und dann noch einmal. Hakim flüsterte in Grants Ohr, wobei sein Atem deutlich nach Orangen roch: »Hassan bittet um die Rückzahlung eines Gefallens. Im letzten Jahr hat man die Nazarener dabei ertappt, wie sie sich unbefugt in den Feldern der Zauberer herumgetrieben haben, und nur Hassans Eingreifen hat sie vor der sicheren Bestrafung bewahrt.«

Nach einem zwanzig Minuten währenden Gemurmel und Genicke machte der grauhaarige Mann eine Geste zu einem der jungen Männer, der daraufhin das Zelt verließ und nach zwei Minuten zurückkam. Er gab dem grauhaarigen Mann zwei kleine, mit Silber ausgelegte Kästchen aus Olivenholz. Hassan ergriff Grants Ärmel und sagte: »In diesen Kästchen hat der Nazarener zwei Skarabäen. In Tanger bekommt er dafür zehntausend Dollar, damit sind seine Leute für ein Jahr versorgt.«

Der grauhaarige Mann öffnete den Deckel von einer der Schachteln und reichte sie Grant, um hineinzusehen. Der Boden des Kästchens war durchgängig mit Hanfharz bedeckt, das einen kräftigen, unmissverständlichen Duft verströmte. Auf dem Harz rannte nervös ein winziger schwarzer Käfer von einer Seite zur anderen. Der Käfer ähnelte einem Mistkäfer, war jedoch sehr viel kleiner.

Grant und Suzanna beobachteten ihn fasziniert: »Können Sie sich vorstellen, wie mir jetzt zumute ist?«, sagte Grant zu Hassan. »Es ist so, als würde man gerade die Quellen des Nils entdecken, nur viel intensiver.«

Der grauhaarige Mann beugte sich zu Onkel Hassan hinüber und murmelte ihm etwas ins Ohr. Diesmal war es an Hassan, zu nicken.

»Er fragt, ob Sie Wert auf eine Demonstration der Benutzung des Käfers legen.«

»Ich verstehe nicht.«

Hassan deutete auf eines der Mädchen, dann auf einen der jungen Männer. »Sie werden es vorführen, wenn Sie das wollen.«

»Was meinst du?«, fragte Grant Suzanna. »Willst du sehen, was die mit dem Ding anstellen, oder nicht?«

Suzanna ergriff seinen Arm. »Dazu sind wir doch hergekommen, oder?«

Grant überlegte einen Augenblick, dann drehte er sich um und nickte. Die gasbetriebene Lampe zischte, Motten flogen dagegen und fielen verbrannt auf die Decken am Boden.

Der grauhaarige Mann sprach. Eines der Mädchen widersprach, aber er fuhr sie barsch an: »Tais-toi!«

Sie stand auf und hob ihre Djellaba über den Kopf. Das Kleidungsstück fiel auf die Kissen. Sie hatte schwarze Haare und ihre Haut hatte die Farbe frischer Datteln. Ihre Augen waren schräg gestellt und blickten trotzig drein. Sie war klein, nur wenig über ein Meter fünfzig, aber gut genährt. Ihre Brüste waren gewaltig; zwei enorme Halbkugeln mit Warzenhöfen vom Durchmesser der Öffnung eines Weinglases. Ihr Bauchnabel war tief in ihren rundlichen Bauch eingesunken, aber mit einem goldenen Ring durchstochen. Ihre Beine waren fleischig, und zwischen ihren Schenkeln trat ihr haarloser Schamhügel hervor wie eine reife, gekerbte Frucht. Obwohl diese Leute Nazarener waren, Hassans abfälliger Ausdruck für Christen, folgten sie der muslimischen Tradition, alle Körperhaare abzurasieren, sodass sie glatt und unbehaart war.

Das Mädchen kniete auf den Decken nieder. Sie strich sich das schwarze Haar mit den Händen nach hinten und ihre Brüste wippten. Ihr Schamhügel öffnete sich wie eine klebrige Kif-Blüte und Grant konnte die Klitoris und die inneren Schamlippen in einer mikroskopischen Klarheit erkennen, als würde er mit einem Teleskop darauf starren.

Der grauhaarige Mann ergriff erneut das Wort und einer der jungen Männer stand auf und entledigte sich seiner Kleidung. Er war kraushaarig, sehr hager und hatte eine viel hellere Haut als das Mädchen. Auch bei ihm war die Körperbehaarung völlig abrasiert, was seinen Penis noch länger erscheinen ließ als er es schon war. Er richtete sich langsam auf und der keilförmige beschnittene Kopf schwoll mit jedem Herzschlag weiter an, die entblößten Hoden zogen sich immer weiter zusammen. Als er vor dem Mädchen niederkniete, war sein Penis schon komplett erigiert, eine erstarrte Skulptur aus Adern und seidig schimmernder Haut. Ein einzelner Tropfen Flüssigkeit erschien an der Öffnung der Harnröhre, wie bei dem Zaubertrick eines Magiers, der einen Diamanten in der leeren Hand auftauchen lässt, und hing dort zitternd in der Luft.

Der grauhaarige Mann reichte dem Mädchen eines der Olivenholzkästchen. Dann schnippte er mit den Fingern und einer seiner Helfer reichte ihm ein dünnes lackiertes Röhrchen, weit schmaler als eine Sebi-Pfeife, und auch die reichte er dem Mädchen.

Der nackte Junge legte den Kopf zurück und schloss die Augen. Er nahm seine Hoden in die Hand und quetschte sie so hart, dass sein Penis noch weiter hervortrat. Das Mädchen nahm das Röhrchen in den Mund und begann, sachte zu saugen. Sie steckte das andere Ende in das Holzkästchen und saugte weiter, bis sie den kleinen Käfer am Ende des Röhrchens eingefangen hatte.

»Sehen Sie genau hin«, wies Hakim Grant und Suzanna an. »So bereitet man Lust mit dem Jajouka-Käfer.«

Das Mädchen nahm das Röhrchen aus dem Mund und verschloss es mit einem Finger, sodass der Käfer durch den Unterdruck am anderen Ende festgehalten wurde. Dann ergriff sie mit der linken Hand den erigierten Penis des Jungen, spreizte die Öffnung der Harnröhre mit Daumen und Zeigefinger und schob das Röhrchen in den Penis hinein. Der Junge biss die Zähne zusammen und krallte sich mit den Fingern in den Decken fest, gab aber keinen Laut von sich. Das Mädchen stieß das Röhrchen so tief hinein, dass nur noch wenige Millimeter aus dem Penis herausragten. Dann nahm sie ihren Daumen von der Öffnung, was den Käfer direkt hinter der Prostata freisetzte, wo das Sperma sich in den letzten paar Sekunden vor der Ejakulation sammelt.

Sie zog das Röhrchen wieder heraus und dabei auch ein paar Tropfen Blut. Sie beugte sich vor bis ihre erigierten Brustwarzen über die Wolldecken streiften und leckte die Blutstropfen auf.

Der grauhaarige Mann setzte zu einer langen gestenreichen Erklärung an, die von Hakim übersetzt wurde: »Der Käfer ist jetzt im Körper des Jungen. Dort bleibt er bis zur Ejakulation. Wenn es so weit ist, wird das Sperma ihn bis zur Spitze des Penis hochspülen, aber er reagiert aggressiv auf weibliche Körperflüssigkeiten. Er wird sich in der Öffnung des Penis festklammern und sofort einen Reizstoff freisetzen, der sowohl dem Mann wie auch der Frau ungeheure Lust und ungeheuren Schmerz bereitet.«

Hakim sagte: »Ich habe es nie selbst versucht, Herr. Vielleicht bin ich ein Feigling. Aber ich kenne viele Leute, die es getan haben, und sie alle sagen, dass dieses Gefühl gleichzeitig Himmel und Hölle ist.«

Der grauhaarige Mann klatschte ungeduldig in die Hände. Der nackte Junge legte sich auf den Rücken und hielt seinen erigierten Penis in der Hand. Das Mädchen stieg mit weit gespreizten Beinen auf ihn. »Wir sind soweit«, sagte der grauhaarige Mann. Er beugte sich vor und öffnete die Schamlippen des Mädchens mit den Fingern. Grant sah saftiges rosa Fleisch wie bei einem frisch aufgeschnittenen Granatapfel. Der Mann griff nach dem Penis des Jungen und wichste ihn ein- oder zweimal. Dann platzierte er ihn zwischen den inneren Schamlippen. Das Mädchen setzte sich darauf und der pflaumenförmige Kopf verschwand tief in ihr, bis sich das glatte haarlose Fleisch ihres Schamhügels gegen die glatte haarlose Haut der männlichen Schwanzwurzel rieb.

Suzanna streckte den Arm aus und ergriff Grants Hand. In ihren Augen sah er Angst, gleichzeitig aber auch Erregung. Diese Art unverfrorener sexueller Zurschaustellung war dazu angetan, bei jedem den Drang zu erwecken, den nächsten ungestörten Ort aufzusuchen und sich dort die Seele aus dem Leib zu vögeln.

Üblicherweise waren die Ahl-Srif-Berge mit Musik erfüllt. Flöten, Trommeln, Rhaitas. Aber alles, was jetzt zu hören war, war das feuchte Zusammentreffen einer weichen Vulva mit einer bretthaarten Erektion, und das konspirative Zischen einer Gaslampe. Jeder sah fasziniert zu, wie das Mädchen und der Junge das Tempo ihrer Stöße steigerten. Das Mädchen setzte sich aufrechter, krallte die Hände in ihre verschwitzten, weichen Brüste und begann sie zu kneten, wobei die dunklen Nippel zwischen ihren Fingern hervorragten. Alle sahen zu, wie der Hodensack des Jungen faltig wurde und sich zusammenzog und wie die Säfte des Mädchens die dunkle Spalte zwischen seinen Hoden hinunterliefen zu seinem haarlosen, runzligen Anus. Jeder hielt den Atem an, gebannt von dem schlürfenden Geräusch des Schwanzes, der tief in die glitschige Vagina eindrang; die Gedanken wurden schmutziger und schmutziger, die Fantasien wilder und wilder; und die ganze Zeit über steckte der Käfer tief in dem Penisschaft, genau da, wo Samen und Sperma aufeinandertreffen und dann durch die Kontraktionen der Prostata unaufhaltsam in den weiblichen Körper gepumpt werden.

Grant war sich gar nicht bewusst, wie fest sich seine Finger um Suzannas Hand geschlossen hatten, und sie sich ebenso wenig. Aber dann verkrampfte sich der Junge, erstarrte, und schrie auf. Auch das Mädchen schrie. Zuerst nur ahnungsvoll, denn sie musste wissen, was auf sie zukam. Aber dann waren die beiden ineinander verkrallt und rollten von einer Seite der Decken auf die andere. Sie schrien und schrien und strampelten mit den Füßen, aber sie ließen einander nicht los. Wenn das überhaupt noch möglich war, dann drängten sie sich näher aneinander; sie fickten und brüllten mit glasigen Augen und zusammengebissenen Zähnen.

Sie verhielten sich wie *bouhani;* wie Hunde, die den Mond anheulen. Sie waren wie Klageweiber oder wie die Assaioua, die Sufi-Tänzer, die in Trance Schlangen küssen und lebende Schafe in die Luft werfen, die sie zerreißen und verschlingen, noch bevor die wieder den Boden erreichen. Grant dachte einen Moment lang, sie lägen im Todeskampf.

»Mein Gott«, flüsterte Suzanna. »Was würde Kinsey dazu sagen!«

Es dauerte mehr als fünf Minuten bis die Zuckungen des Paares aufhörten und ihre Orgasmen nachließen. Zuletzt sanken sie erschöpft auf die Decken zurück, keuchend, mit geschlossenen Augen und schweißbedeckten Körpern. Sperma tropfte aus der offenen Vagina, aber die Männer beachteten das Mädchen gar nicht, als sei sie nur eine Ziege, deren Melkzeitpunkt überschritten war und die deswegen tropfte. Der grauhaarige Nazarener kniete neben dem Jungen, ergriff seinen schlaffen Penis und stocherte mit dem schmalen Röhrchen in der Öffnung herum. Schließlich lächelte er und hob den Käfer heraus, den er sorgfältig wieder in dem Holzkästchen verstaute.

Er sagte etwas zu Hakim und der übersetzte: »Diese beiden werden jetzt drei oder vier Stunden lang schlafen. Wenn sie wieder aufwachen, werden sie das hier wiederholen wollen, und der Drang, das zu tun, wird immer stärker werden. Der Käfer macht weit schneller süchtig als Kif. Wenn man das einmal erfahren hat, will man es immer wieder tun. Aber vielleicht ist das ja auch der Grund, warum ihr hierher gekommen seid.«

Er lächelte. »Ihr könnt zwei der Käfer haben. Es sind beides Männchen, sie werden sich daher nicht vermehren, aber auch sonst paaren sich diese Skarabäen nur hier in den Kif-Feldern.«

Er reichte die beiden Olivenholzkästchen Onkel Hassan, der sie in seiner Djellaba verschwinden ließ.

»Noch eine Warnung«, sagte er. »Stecken Sie nie zwei männliche Käfer in die gleiche Schachtel und versuchen Sie nie, mehr als einen Käfer in Ihren Penis einzuführen. Die männlichen Käfer sind zwar klein, aber aggressiver als Skorpione. Sie bekämpfen sich bis zum Tode.«

Onkel Hassan legte die Hand auf die Schulter des Nazareners. »Mektoub. So soll es sein.«

Sie kehrten mit dem gleichen Zug nach Fes zurück, der sich diesmal die Berge hinunterschlängelte. Der Morgen war bedeckt und die Blumen rochen noch süßlicher nach Fäulnis als zuvor. Grant war ruhelos und aufgeregt und hatte bereits Unmengen von Notizen zu Scarabaeidae Jajoukae auf einem Notizblock festgehalten, den er auf den Knien balancierte, aber Suzanna schien merkwürdig still und müde und sah wie eine Schlafwandlerin auf die Berge hinaus, die sich vor dem Fenster aneinander reihten. Hakim hatte in der vergangenen Nacht zu viel Kif geraucht. Der Kopf war ihm auf die Schulter gesackt und er schlief.

Kaum waren sie wieder in ihrem Hotelzimmer, waren ihre ersten Worte: »Ich finde, wir sollten es ausprobieren.«

»Was?«, fragte Grant. Er öffnete eine Flasche Oasis Gazeuse.

Sie kam zu ihm und rückte ganz dicht an ihn heran, ohne ihn jedoch zu berühren. »Ich meine, wir sollten es ausprobieren. Den Käfer. Es macht keinen Sinn, darüber Vorträge zu halten, wenn man gar nicht weiß, wovon man redet.«

»Du redest von dir und mir?«

Sie nickte. Diesen Blick in ihren Augen hatte er zum ersten Mal bei ihr gesehen, als sie ihm erzählte, wie sie mit fünf Männern gleichzeitig Sex gehabt hatte, danach jedoch nur noch sehr selten. Ihm wurde plötzlich bewusst, dass ihre weiße Djellaba offen stand und die Wölbung ihrer Brust enthüllte und er war sich sicher, die Wärme zu fühlen, die ihr Körper ausstrahlte.

Er trank salzig schmeckendes Mineralwasser direkt aus der Flasche. »Und du hast keine Angst?«

Sie schüttelte den Kopf. »Vor Leidenschaft hatte ich noch nie Angst. Du etwa?«

»Manchmal schon. Aber das hier ist chemisch induzierte Leidenschaft und nichts Natürliches. Ich vermute mal, der Käfer reagiert auf den Proteingehalt des männlichen Spermas, indem er ein Reizgift wie bei Lytta Vesicatoria, der Spanischen Fliege, freisetzt.«

»Wir können ja Proben nehmen«, schlug Suzanna vor und ihr Lächeln deutete darauf hin, dass ihre Motive ganz bestimmt nicht wissenschaftlicher Natur waren.

Grant schritt über den gefliesten Fußboden und blieb vor den sich bauschenden Vorhängen stehen und sah auf den Hof und den blau gestrichenen Springbrunnen hinunter. Ein einäugiger Mann stand in einer Ecke und hielt in jeder Hand eine große lebende Kröte.

»Ich weiß nicht. Unsere ganze Ausrüstung ist bereits verpackt.«

Sie trat wieder an ihn heran und diesmal streichelte sie die sonnenverblichene Locke hinter seinem Ohr. »Du hast Angst«, stellte sie fest.

Er drehte sich um und blickte ihr direkt in die Augen. Ja, er hatte Angst. Aber er wusste nicht, was ihm mehr Angst machte: Der winzige Käfer in der Olivenholzkiste oder Suzanna.

Sie duschten und seiften sich in dem hallenden Badezimmer mit den antiquierten Armaturen gründlich ein. Als sie dann ihre Lenden mit einer dicken Seifenschicht bedeckt hatten, rasierten sie sich mit Grants Rasierapparat die Schamhaare ab. Grant stand da und trocknete sich ab, während Suzanna sich mit parfümiertem Öl einrieb, das sie im Souk gekauft hatte. Sie hatte ihr Haar mit einem Handtuch zu einem Turban hochgebunden. Ihre Brüste waren hoch angesetzt, rund und sehr fest, mit knotig emporgereckten Knospen. Sie war sehr schmal gebaut, mit schmaler Taille und sehr langen Beinen. Ihr Schamhügel hatte klar definierte, geschlossene Lippen, als sei das an sich schon ein Geheimnis.

Grant kam aus dem Badezimmer und sein Herz schlug in einem langsamen, regelmäßigen Rhythmus, wie die Musik der Sufi-Derwische, die dazu tanzen und herumwirbeln und sich Tongefäße auf dem Kopf zerschlagen, bis sie blutüberströmt sind.

»Was meinst du, sollten wir Musik anmachen?«, fragte Suzanna.

Er ging zum Radio und suchte nach einem algerischen Musiksender. Suzanna kletterte auf die rot-grün gestreifte Baumwolldecke, die das Bett bedeckte, und setzte sich dort mit überkreuzten Beinen. Ihre Hände lagen auf den Knien. Grant ging zur Kommode und griff nach einem der Holzkistchen und dem schmalen lackierten Röhrchen. Sein haarloser Penis befand sich in einem Zustand teilweiser Erektion und Suzanna lächelte ihn mit diesem gar nicht wissenschaftlichen Lächeln an. »Du siehst aus wie Michelangelos David.«

Er stieg auf das Bett ihr gegenüber, reichte ihr das Röhrchen und öffnete dann vorsichtig die Holzkiste. Der Käfer hockte bewegungslos in einer Ecke.

»Der ist doch nicht tot, oder?«, meinte Suzanna zweifelnd.

»Wohl eher vollkommen zugedröhnt«, meinte Grant. »In dem Kästchen ist genügend Harz, um einen Menschen für einen Monat auszuknocken.«

Suzanna beugte sich vor und stieß den Käfer mit der Spitze des Röhrchens an. Grant beobachtete, wie ihre Brüste sich dabei bewegten und wie sich ihre Vulva öffnete, als solle ihr Geheimnis in Kürze enthüllt werden. Er fühlte sich erhitzt, fast fiebrig. Aus dem Radio drang klagende, nicht enden wollende Musik. Die Vorhänge bauschten sich im Luftzug und ihr durchscheinender Schatten fiel über Suzannas Gesicht, als wolle er Grant beweisen, dass sie jemand ganz anderes sei. Ihre Nippel von der Farbe einer sonnenverblichenen Rosenblüte streiften ihre sonnengebräunten Schenkel. Er sah, wie ihre Klitoris wie ein kleiner rosa Vogelschnabel zwischen den Schamlippen hervorlugte.

Sachte saugte sie an dem Röhrchen. Zuerst krallte sich der Käfer in das Harz und wehrte sich gegen ihr sanft beharrliches Saugen. Aber dann hing er doch am Ende des Röhrchen und sie konnte ihn mit Hilfe des winzigen Vakuums, das sie erzeugt hatte, aus der Schachtel heben. Sie hob ihre Augen. »Du weißt, du musst das nicht tun.«

»Ich weiß ... aber wie du schon sagtest, wie können wir behaupten, wir wüssten, wovon wir reden, wenn wir es nicht selbst ausprobieren?«

Suzanna nahm seinen schwach erigierten Penis in die linke Hand und massierte ihn, bis er steif wurde und anschwoll. Sie hatten sich vorher noch nie so geliebt, nicht auf eine so ritualisierte Weise. In den meisten Fällen waren sie betrunken, glücklich, erschöpft oder einfach nur geil gewesen. An diesem Morgen wirkte alles wie in Zeitlupe, wie durch einen Haschischnebel.

Grant sah mit distanzierter Faszination zu, wie Suzanna seine breite purpurne Eichel zusammendrückte und dadurch die Öffnung erweiterte. Ohne den Kopf zu heben, sorgsam wie eine Näherin oder ein Chirurg, schob sie das lackierte Röhrchen in seine Harnröhre, bis ganz tief nach unten. Es brannte ungemein. Es war, als würde sie kochendes Öl in seine Harnröhre schütten. Er zuckte zusammen, aber Suzanna ergriff seine Schulter, um ihn ruhig zu halten und schob die Röhre auch noch den letzten Zentimeter bis hinter die Prostata. Dann nahm sie den Daumen von der Spitze und zog den Stab wieder heraus. Blut quoll aus der Öffnung der Eichel und lief zwischen seine Beine.

»Verdammt, tut das weh.«

Sie gab ihm sachte einen Kuss und rieb ihm sanft den Rücken. »Das tut vielleicht weh, aber jetzt ist der Käfer in dir drin. Jetzt werden wir sehen, wie sich das anfühlt.«

Sie gab ihm einen Schubs, und er fiel zurück auf die Bettdecke. Er spürte den grob gewebten Stoff an seinem nackten Rücken. Sie stieg auf ihn wie ein haarloses Tier. Sie küsste sein Gesicht, streifte spielerisch seine Lippen mit den Zähnen und knabberte an seinen Ohren. Sein Penis brannte wie Feuer, da sie die zarten Membranen der Harnröhre verletzt hatte, aber er spürte auch noch etwas anderes. Ein Jucken, eine Reizung tief zwischen seinen Beinen, wie ein Funke, den man ins Auge bekommt. Die Blutung aus seinem Penis versiegte und wurde durch farblose Samenflüssigkeit ersetzt. Es war viel mehr als er je zuvor ausgeschieden hatte, und schimmerte hell an seiner Schwanzspitze. Sie massierte seinen Hodensack und nahm den Schaft in die Hand und er hatte das Gefühl, dass jeden Moment etwas Schreckliches mit ihm passieren musste.

Zuletzt setzte sie sich rittlings auf ihn und spreizte die Beine dabei weiter als er bei einer Frau für möglich gehalten hätte. Er konnte direkt in sie hineinsehen; eine glänzende Höhle. Sie ergriff seine Erektion mit beiden Händen und führte sie zwischen ihren haarlosen Schamlippen ein. Er schloss die Augen. Er hörte einen lang gezogenen Klagegesang, Musik. Er hörte streitende

Stimmen und Gebete. Er hatte das Gefühl, als sauge einer der Feuerfresser aus dem Socco Chico an seinem Schwanz. Dann ließ sie sich langsam auf ihn nieder und er glitt in ihre warme Feuchte hinein, bis zu dem Moment, als nackte Haut auf nackte Haut traf.

Zuerst liebten sie sich ganz langsam. Er hielt die Augen geschlossen. Er spürte immer noch diese Reizung zwischen seinen Beinen. Dann ritt sie schneller und schneller auf ihm, kreiste mit den Hüften und ihrem breiten Becken, ihre Brüste pendelten von einer Seite zur anderen. Ihre Säfte erzeugten ein lüstern schmatzendes Geräusch auf den rasierten Hautpartien. Suzanna klammerte sich an ihn und Grant hielt sie am Rücken fest. Sie waren draußen in der Wüste, wo der Sand ein ewiges Glissando auf den Dünen spielt. Sie waren draußen in der Wüste, allein, im Großen Erg der nördlichen Sahara, unter einer Düne, die keinen Schatten warf. Die mittägliche Sonne brannte über ihren Köpfen wie eine federleichte Überdecke aus azurblauer Seide.

Grant spürte, wie sich seine Muskeln verkrampften, weil sein Höhepunkt kurz bevorstand. Aber dies war mehr als nur ein normaler Höhepunkt. Das Blut begann, in seinem Schädel zu hämmern wie die Trommeln der Schwarzen Bruderschaft. Er begann zu keuchen. Die Reizung wurde beinahe unerträglich. Es war, als hätte jemand Stacheldraht in seine Harnröhre eingeführt und zöge den jetzt langsam heraus.

Und dann – eine überraschende Explosion. Er schrie auf, oder er bildete sich ein, dass er schrie. Sein ganzer Penis brannte der Länge nach in weißglühendem Schmerz und unverstellbarer Ekstase. Es war, als hätte er ihn in flüssigen Stahl getaucht. Er stieß seine Hüften nach oben, um das Feuer mit Suzannas Säften zu löschen, aber es ließ sich nicht ersticken. Sie schrie ebenfalls und sie beide waren ineinander verschlungen und durchlebten Spasmen um Spasmen.

Es war mehr als er ertragen konnte. Sein ganzes Leben entströmte seinem Penis. Er stürmte durch Türen und Wände, durch Wände und Straßen und heruntergekommene Bazare. Er strömte durch Hinterhöfe und floss mäandernde Flure entlang. Er donnerte mit Geheul durch den Schrein von Sidi Bou Galeb, wo die Wahnsinnigen angekettet sind. Er erhob sich über der Wüste, wo die Hitze flimmert und die Stimmen rufen »Houwa! Houwa! Houwa!«

Zuletzt zerstob er wie eine Wasserstoffbombe zwanzig Kilometer über Sidi Ben Hassid und blendete jeden, der ihn sah.

Suzanna berührte seine Wange. Er öffnete die Augen und war überrascht, dass es dämmerte. Der Himmel hatte die Farbe ausgewaschener Tinte. Eine warme Brise blies vom Hof herein und er roch das Wasser des Springbrunnens.

»Was ist passiert?«, fragte er. »Bin ich tot?«

Ihre Stimme war gedämpft und zittrig und lüstern wie die Panflöten aus den Ahl-Srif-Bergen.

Sie hob seinen feuchten geröteten Penis an und stocherte in seiner Harnröhre nach dem Käfer. »Scarabaeidae Jajoukae«, hauchte sie. »Das ist passiert.«

Sie aßen zum Abendessen scharf gewürztes Lammkebap in einem kleinen Restaurant gegenüber dem Hotel. Motten prallten gegen die Glühbirnen. Sie waren kaum in der Lage, miteinander zu reden. Sie fühlten sich beide, als sei ihren Seelen alle Kraft entzogen worden. Sie sahen sich nicht an, aber sie verschränkten immer wieder die Finger ineinander und dachten an die Käfer in ihren Olivenholzkästchen. Der grauhaarige Mann hatte recht gehabt: *Wenn ihr es einmal erfahren habt, dann wollt ihr immer mehr davon.*

Sie saßen immer noch bei ihrem Mahl, als eine unerwartete Gestalt aus der Dunkelheit auftauchte.

»Hakim«, sagte Grant. »Was tun Sie denn in Kebir?«

Hakim zog sich einen Stuhl heran und sie bestellten noch mehr Tee. »Ich dachte, ich könnte ihm widerstehen«, sagte er. Grant bot ihm eine Casa Sport an, die er mit geübten Fingern ausleerte und mit pelzigem grünen Marihuana neu stopfte.

»Sie dachten, Sie könnten was widerstehen?«, fragte Suzanna, die spürte, dass er etwas von ihr wollte.

»Ich habe den Käfer vor vielen Jahren benutzt, Herr. Ich habe es nie vergessen.«

»Aha ... und was schlägst du daher vor?«

Hakims Augen glänzten. »Sie haben es bereits selbst ausprobiert, ist es nicht so? Ich wusste es, als die Eisenbahngesellschaft mich anrief, um zu fragen, wo Sie bleiben. Niemand verpasst den Zug in die Heimat wegen Kifs oder einer anderen Droge. Aber für den Jajouka-Käfer schon. Ist es nicht so, Herr? Für den Jajouka-Käfer würden Sie auch den Weltuntergang verpassen.«

Grant und Suzanna schwiegen, aber ihre Finger sprachen eine deutliche Sprache. Hakim beobachtete sie und wusste, dass er sich nicht geirrt hatte.

»Sie halten mich vielleicht nicht für einen würdigen Mann«, sagte er, »aber mein Vater und meine Mutter stammen aus ehrenwerten Geschlechtern und ich bin immer dem rechten Weg gefolgt.«

Er zog ein Streichholz hervor, ein brauner, in Schwefel getauchter Papierstreifen, und riss ihn an der Seite der Schachtel an. Er entzündete den Joint. Der Geruch von Erbsensuppe lag in der nordafrikanischen Abendluft. *Und jetzt, Bruder?*

»Nun, Sie haben recht«, gab Grant zu. »Wir haben den Käfer ausprobiert.«

»Und Sie wünschen mehr davon?«

Beide nickten.

»Darf ich dann um die Gunst bitten, mich Ihnen anschließen zu dürfen?«

»Ein Dreier?«, fragte Grant aggressiv.

Aber Suzanna drückte seine Hand. »Warum nicht? Es ist unsere letzte Nacht in Marokko. Morgen sitzen wir in der Maschine der Air France, trinken Champagner und können uns wie ehrbare Forscher benehmen. Übermorgen können wir im besten Restaurant von New York zu Abend essen. Aber heute Nacht ... warum nicht?«

»Ich habe keine Krankheiten, Herr«, versicherte Hakim. »Ich bin immer ein achtsamer Mann gewesen.«

Grant sah ihn an, wie er da saß, mit seinem eckigen kubistischen Gesicht und den Augen, die in der Nachtluft zu schweben schienen, und er war eifersüchtig und die Sache widerstrebte ihm. Aber in ihrem Hotelzimmer befanden sich Jajouka-Käfer, die sich von zähem Haschischharz ernährten. Und er erinnerte sich immer noch daran, wie es sich anfühlte, in alle Einzelteile zu zerplatzen.

Hakim erschien nackt an der Tür des Hotelzimmers. Der Raum war dunkel bis auf das Licht einer kleinen Schwimmlampe, in der ein Öldocht hin und her trieb. Hakim war sehr hager und muskulös und seine Brustwarzen waren geformt wie Mandeln. Er verfügte über keinerlei Körperbehaarung mehr, da er sie aus religiösen Gründen vollkommen abrasiert hatte. Sein Penis war beschnitten und sehr lang, mit einer Eichel, die dem Schädel einer Kobra glich.

Grant und Suzanna warteten auf dem zerknüllten Bett auf ihn und waren ebenfalls bereits nackt. Zwischen ihnen standen nebeneinander die beiden Holzkästchen mit den Käfern. Gegen seinen Willen spürte Grant seinen Penis anschwellen, als Hakim auftauchte, und als Hakim höflich auf die Bettdecke neben ihnen kletterte und Suzanna Hakims Penis in ihre linke Hand nahm und an ihm hoch und herunter fuhr, reckte sich Grants Erektion höher als je zuvor.

»Hier ...«, sagte Suzanna, nahm Grants Hand und zog sie zwischen Hakims Beine. Plötzlich drückte und massierte Grant Hakims olivenfarbigen Penis und tastete nach dessen haarlosen Hoden unter seinen Fingern. Er hatte nie zuvor einen anderen Mann auf diese Art berührt und es erregte ihn so sehr, dass ihm der Atem stockte.

Suzanna öffnete die erste Olivenholzkiste und benutzte das lackierte Stäbchen, um den ersten Käfer anzusaugen.

»Für dich, Hakim,«, sagte sie und nahm seine Erektion fest in die Hand. Grant sah, wie sein flacher Bauch zuckte, als Suzanna das Röhrchen in seinen Penis stieß und dann den Daumen wegnahm, wodurch der Käfer tief in seinem Innern freigesetzt wurde. Hakim blutete und Suzanna beugte sich vor, um die Tropfen aufzulecken. Grant wartete eifersüchtig und mit wachsender Erregung.

Suzanna schob den zweiten Käfer in Grants Penis. Es war das zweite Mal an diesem Tag, dass seine Harnröhre penetriert wurde, und es schmerzte fürchterlich. Seine Hände krallten sich fest in die Bettdecke und er hätte normalerweise aufgeschrien, beherrschte sich aber. Er wollte sich vor Hakim keine Blöße geben.

Musik von Radio Cairo waberte durch den Raum. Die Lampe warf ein Muster von schwarzen Schatten an die Zimmerdecke. Suzanna drückte Hakim auf den Rücken zurück und dann legte sie sich auf ihn, mit ihrem Rücken an seiner Brust. Sie drehte den Kopf, sodass sie ihn liebkosen und küssen konnte.

Sie griff zwischen ihre Beine, ergriff seinen keilförmigen Penis und positionierte ihn zwischen ihren Hinterbacken. Dann – sie wand sich und drückte und keuchte erheblich - zwängte sie sich auf ihn hinunter, tiefer und tiefer, bis Hakims Erektion komplett in ihr verschwunden war, bis zu seinem mokkafarbenen Hodensack.

Aus Suzannas Vagina floss der Saft wie Honig aus einer herausgebrochenen Bienenwabe. Sie musste Grant gar nicht erst sagen, dass dies der Zeitpunkt war, an dem er sie besteigen musste, sie beide besteigen musste. Er fand noch eine Stelle, wo er in dem Gewirr der vier Beine niederknien konnte, und dann ließ er seine schmerzende Erektion in Suzannas Vagina gleiten. Seine Hoden stießen gegen Hakims Hoden und Suzanna konnte es sich nicht verkneifen, zwischen ihre Schenkel zu greifen und die beiden Hodensäcke mit einer Hand zu greifen und sie zusammen zu massieren, als würde sie von einem doppelschwänzigen Monster mit vier Hoden gefickt.

Die beiden Männer stießen immer heftiger zu. Sie schwitzten und sie keuchten und die Musik aus dem Radio jaulte und stachelte sie weiter an. Zuerst bereitete ihr Hakims Penis noch heftige Schmerzen, aber dann entspannte sich ihre Rektalmuskulatur und er konnte tiefer und tiefer in sie eindringen. Grant spürte glitschige Brüste und drängende Schenkel und seine Eier, die gegen Hakims Hoden trommelten wie Kirchenglocken. Er spürte Hakims Schwanz durch die dünne elastische Membran, die ihre Vagina und ihr Rektum trennte und sie bekämpften einander, Christenschwanz gegen Moslemschwanz, und nur eine dünne dehnbare Haut trennte sie.

Irgendwann kam Suzanna und erzitterte und zuckte wie das Erdbeben von Agadir. Die Hoden der Männer waren mit ihren Säften überzogen. Aber sie stießen immer weiter, bis Hakim schließlich kam und dann kam Grant und sie alle drei waren in einem endlosen Orgasmus vereint, pumpten und stießen und (vielleicht) schreiend oder (vielleicht) auch stumm. Es war eine Welt in einer Welt in einer Welt.

Aber die Käfer waren beides Männchen. Sowohl der, der sich in der Spitze von Grants Penis festgeklammert hatte, wie auch der, der in Hakims Penis steckte. Sie waren nicht einmal einen Zentimeter voneinander entfernt. Und sie bemerkten die Anwesenheit des anderen nicht durch den Geruch oder die Laute, die sie abgaben, sondern durch die hohen Vibrationen ihrer Flügeldecken, als sie ihre stimulierenden Reizstoffe abgaben. Und die männlichen Käfer dieser Art liefern sich tödliche Revierkämpfe.

Grant stieß immer wieder zu und dünkte sich im Himmel. Und auch Hakim stieß zu und träumte von arabischen Tänzen und Flötenklängen und der Sonne über der Wüste. Sie durchlebten Höhepunkt um Höhepunkt. Und während der ganzen Zeit bohrten sich die Käfer in rasender Wut auf der Suche nacheinander durch Suzannas Fleisch, und gaben dabei immer weiter ihre Stimulanzien ab.

Suzanna hatte einen weiteren heftigen Orgasmus, als sich die Käfer durch ihre Scheidenwände fraßen und sich gegenseitig angriffen. Blut strömte aus ihrer Scheide auf die Bettdecke, aber weder sie noch Grant oder Hakim bemerkten, was vor sich ging. Je heftiger die Käfer sich bekämpften, desto mehr von den Chemikalien gaben sie ab und die drei zuckten und stießen und tobten auf dem Bett, gefangen in der Umklammerung eines endlosen Orgasmus.

Die Käfer bekriegten sich Stunde um Stunde und bohrten sich dabei durch Gebärmutter, Nieren und Gedärm. Sie fraßen sich durch Adern, sie zerfetzten Muskelgewebe, sie kratzen sich durch Leber und Lungengewebe. Blut lief in immer stärkerem Maße in die Körperhöhlungen. Suzanna kam ein letztes Mal, und dann wurde sie sich plötzlich der Schmerzen bewusst. Ihr Magen und ihr Bauch brannten, als hätte sie einen Liter Benzin getrunken und es dann angezündet. Jedes Nervenende, jedes Ganglion kreischte.

Suzanna schrie ebenfalls, aber noch während des Schreis kam sie erneut.

Die Käfer waren nur winzig, aber sie bekämpften sich mit der Wildheit der Wüste, dem Wahnsinn des Überlebenskampfes. Das

Bett wurde immer nasser und glitschiger von all dem Blut, während sich Grant und Hakim für Nuklearexplosionen hielten.

Suzannas Arme zappelten noch ein wenig und allmählich erstarrten ihre Beine.

Der Betreiber des Hotel Africanus öffnete die Tür und zeigte Captain Hamid, was passiert war. Es sah aus, als hätte jemand einen ganzen Eimer voll Blut aus dem nahegelegenen Schlachthof geholt und ihn über der Bettdecke und den drei Gestalten, die wie tot darauf lagen, ausgeschüttet. Das Mädchen war leichenblass und tatsächlich tot. Die beiden Männer waren über und über mit Blut beschmiert, aber sie schliefen nur, mit vor Verzückung verzerrten Gesichtern. Der Vorhang bauschte sich in der Morgenbrise.

Captain Hamid berührte den Knöchel des Mädchens. Ihre Haut war kalt. Das Blut war bereits getrocknet. Er hob eines der offenen Olivenholzkästchen an die Nase und roch daran, dann reichte er es seinem Assistenten, der ebenfalls daran schnüffelte.

Er nickte: »Haschisch.«

Später, auf dem Polizeirevier unter einem sich ohne Unterlass drehenden Ventilator, öffnete Captain Hamid vorsichtig das Olivenholzkästchen und stellte es vor sich auf den Tisch.

»Das stimmt – das war eines der Kästchen, in denen sich die Käfer befanden«, sagte Grant. »Scarabaeidae Jajoukae. Professor Hemmer vom Naturwissenschaftlichen Institut in Tanger wird Ihnen das bestätigen.«

Captain Hamid hatte einen sehr sorgfältig gestutzten Schnurrbart. Er erinnerte Grant an eine kleine Hecke, die er in den Gärten der Koutoubia Moschee in Marrakesch gesehen hatte. »Ich bedauere, aber es gibt weder einen solchen Professor noch eine solche Institution.«

»Ich verstehe Sie nicht. Wir waren in Jajouka, in den Ahl-Srif-Bergen.«

»Jajouka? Ich bedauere, aber einen solchen Ort gibt es nicht.«

»Aber wir waren da. Wir haben die Käfer entdeckt und sie mit zurückgebracht.«

»Ich bedauere, aber solche Tiere gibt es nicht.«

»Aber ich habe sie doch mit eigenen Augen gesehen. Sie haben Suzanna getötet, verdammt noch mal!«

Captain Hamid schob ihm eine Schachtel mit Casa-Sports-Zigaretten und eine Schachtel mit braunen Papierstreichhölzern über den Tisch zu. »Ihre Freundin ist an inneren Blutungen infolge zu heftigen Analverkehrs gestorben. Ein Käfer, mein Freund? So etwas gibt es nichts. Jemand hat Ihnen Lügen erzählt.«

Der Mann in dem weißen Anzug setzte seinen Hut wieder auf. Er hatte offenbar die Schatten bemerkt, die über Grants Gesicht hinweggezogen waren, wie Wolken über die Sahara.

»Ich entschuldige mich für meine Unhöflichkeit, Dr. Donnelly.«

»Aber nicht doch«, sagte Grant. »Sie müssen sich nicht entschuldigen. Hier ...« fügte er hinzu und reichte ihm seine Visitenkarte.

Der Mann nahm die Karte und hielt sie unsicher zwischen Daumen und Zeigefinger. »Sie wünschen, dass ich Sie anrufe, wenn Sie wieder in Boston sind?«

»Ich möchte, dass Sie mit mir in Verbindung bleiben. Nur für den Fall, dass Sie finden, was Sie suchen.«

Er warf dem Mann noch einen letzten scharfen Blick zu. Dann ging er durch die glänzend geflieste Lobby des Hotel Splendid zu seiner Frau. Das Begehren war so stark, dass er kaum atmen konnte.

ERSTENS KOMMT ES ANDERS ...

Tom Piccirilli

Der Regen peitschte und die Reifen quietschten heftig, als der 48-Tonner am Ende der abschüssigen Strecke nach links wegrutschte und mit fast hundert Stundenkilometern durch die überflutete Senke des Highways bretterte. Der Fahrer versuchte, den Truck wieder in seine Gewalt zu bringen, als der Wagen auf die gebogene Ausfahrtrampe zuschlitterte, direkt auf das Neonschild von *Louie's Letzte Mahlzeit* zu. Aber im letzten Moment bekam der Fahrer das Ungetüm wieder in den Griff, scherte zurück auf die Fahrspur und fuhr weiter in die stockfinstere Nacht, ohne auch nur einmal die Bremsen berührt zu haben.

»Verdammt«, murmelte Cole. »Der verrückte Bastard muss am Steuer eingeschlafen sein.«

Beth nickte, ohne aufzusehen. Rote Lichter spiegelten sich in den Milchglas-Fenstern, neben denen sie mit ihrem Kaffee saß. Da draußen, wo es nichts gab, außer der Interstate 90, die tausendfünfhundert Kilometer weit direkt nach New York führte, sah man schreckliche Dinge auf der Straße. Ausländische Wagen, die sich an der Mittellinie zerlegt hatten, überfahrene Tiere allerorten. Vor zwölf Stunden waren sie an einem umgekippten Pferdeanhänger vorbeigekommen. Zwei verstümmelte Pferde lagen wiehernd am Straßenrand. »Sind wir hier sicher?«, fragte sie.

Er griff über den Tisch und nahm ihre Hand. »Es ist alles in Ordnung. Wir bleiben heute Nacht hier in der Stadt und fahren morgen in aller Frühe weiter.«

Eine junge Serviererin kam an ihren Tisch und füllte Beths

Kaffeetasse auf. Sie beugte sich schweigend vor, lächelte aber, als hätte sie etwas Komisches gesagt. Cole sah auf die Uhr, dann griff er noch einmal nach der Speisekarte.

»Es gibt nicht mehr viel, was Sie jetzt noch bekommen könnten«, sagte die Kellnerin. »Normalerweise schließen wir zwischen halb drei und drei.«

»Nicht mal mehr einen Burger?« fragte Cole gewinnend und spielte das leichte Lispeln in seiner Stimme aus.

»Ich sehe mal nach«, sagte das Mädchen und ließ ihre Augen über seinen solariumgebräunten Körper wandern. Er machte sich nicht die Mühe, ihr einen gleichermaßen anzüglichen Blick zu gönnen. Sie warf sich ein bisschen mehr in die Brust und kniff den Hintern ein paar Zentimeter zusammen, um ihre Figur zu betonen. Kein BH, zu enge Jeans – sie gab sich alle Mühe, eine gute Figur zu machen. Wahrscheinlich würde sie aus dem Leim gehen, noch bevor sie fünfundzwanzig war. Sie kam zurück: »Das geht in Ordnung. Solly hat den Grill noch nicht ausgemacht.«

»Solly? Wo ist denn Louie?«

Das Mädchen grinste. »Louie ist tot.« Sie sagte das, als wäre es die Pointe eines Witzes, den sie schon tausendmal gehört hatte. Er sah Beth an und dachte: *Irgendwo hier ist die Grenze. Nebraska oder Iowa, irgendwo im absoluten Nichts. Wird sie mir jemals vertrauen?*

Die einzigen anderen Kunden von *Louie's* saßen ganz hinten an einem Tisch: Zwei Farmer, offensichtlich Vater und Sohn. Der Mann war klein und muskulös, mit kurz geschorenen Haaren. Der Junge war nicht älter als fünfzehn, aber ein Riese, mindestens zwei Meter groß. Er heulte in seinen Overall und plapperte vor sich hin wie die Cartoonfigur Baby Huey, aber die Worte gingen in seinem Schluchzen unter. Cole überlegte, dass alle Vorurteile, die er je über Bauern aus dem Mittleren Westen gehört hatte, wahrscheinlich den Tatsachen entsprachen.

Er tat sein Bestes, Beth einen aufmunternden Blick zu schenken. Reden half nicht, tausendfünfhundert Kilometer halfen nicht. »Bei diesem Tempo sind wir morgen Abend in Seattle.«

Beth setzte zu einer Antwort an, aber die Worte kamen einfach nicht aus ihr heraus. Sie räusperte sich. »Es ist ja nur ...«

»Du brauchst mir nichts zu erklären. Wir werden es schaffen, wir fangen ein neues Leben an.« Das hörte sich so pathetisch an, dass er eine Grimasse nicht unterdrücken konnte.

Der Burger kam und war nicht richtig durch, er war grau und pappig: *Solly, der Koch, hat es wohl eilig, nach Hause zu kommen,* dachte Cole, nahm zwei Bissen und gab dann auf. Beth linste auf seinen Teller und er schob ihn zu ihr hinüber. *Was hat dieser Mistkerl ihr nur angetan? Was hat sie bei Danford nur zu essen bekommen?*

Die Farmer sprachen lebhaft miteinander, der hünenhafte Junge heulte wie ein Schlosshund. Die Leute hätten sich wieder über ihn lustig gemacht, sagte er. Sein Vater streckte die Hand aus, um sie seinem Sohn auf die Schulter zu legen, aber Baby Huey war zu groß. Stattdessen tätschelte er nur den Arm des Jungen.

Cole war so müde, dass er das schon gar nicht mehr spürte. Sie waren zwanzig Stunden durchgefahren und bis vor ein paar Minuten hatte er nichts mehr gewollt, als etwas zu essen und schlafen. Louie's Laden hatte seine Meinung geändert; jetzt wollte er nur noch einen Quickie auf der Rückbank, um wieder wach zu werden, und dann sofort weiter nach Seattle. Beth verzehrte den Burger mit gesenkten Augen. Ihr Gesicht war von tiefen Falten durchzogen, von denen er hoffte, dass sie in den Wäldern im Norden zurückgehen würden. Sie hatte auch nicht geschlafen und sah noch zerbrechlicher aus als zu dem Zeitpunkt, als sie ihre Reisetasche in seinen Kofferraum geworfen und ihm gesagt hatte, er solle losfahren.

Die Klingel an der Tür läutete, während sich der Bauernbursche schnäuzte und dabei seine Serviette um Längen verfehlte.

Cole blickte auf, sah Danfords Grinsen und dachte, *Verdammte Scheiße!* Er hatte keine Zeit etwas zu unternehmen oder Beth zu warnen, während Danford sich ihnen näherte, die linke Hand in der Tasche seines Burberry-Regenmantels, die rechte auf Hüfthöhe. Sie hielt die stupsnasige .38er, von der Beth befürchtet hatte, sie würde einmal ihr Ende sein. Wie hatte er sie nur gefunden?

Beth starrte auf den Parkplatz hinaus, seufzte und fuhr zusammen, als sie Danfords Cadillac Coup de Ville bemerkte. Ihre Augen traten aus den Höhlen. »Cole? Oh mein Gott, wir ...«

Danford kam näher. Das Lächeln auf seinem bleichen, hageren Gesicht war wie festgetackert. Cole hatte Richard Danford nur zweimal aus der Ferne gesehen, und bei beiden Gelegenheiten hatte er genauso gelächelt, so ungemein selbstzufrieden. Weiße Haarbüschel wuchsen hinter seinen Ohren. Auf dem ansonsten kahlen Kopf schlängelten sich Adern wie Tausendfüßler unter der Haut. Cole war klar, er hätte Danford bereits ganz am Anfang töten sollen. Entweder selbst, oder indem er jemanden dafür engagierte. Wegzulaufen war dumm gewesen. Er hätte ihm die Kehle durchschneiden oder ihn vergiften sollen; alles, nur nicht weglaufen.

Cole entschloss sich zur Vorwärtsverteidigung, er hatte keine Wahl. »Was für eine Überraschung, dich hier zu sehen, Ronnie.«

Danford schoss ihm ins linke Knie.

Coles Geschrei lockte die Kellnerin und den Koch aus der Küche. Der Farmer sprang auf, aber der Junge drehte sich nicht einmal um, sondern schnäuzte sich erneut. Beth kreischte, verstummte aber sofort wieder, als habe sie eingesehen, wie nutzlos das war.

Danford machte Anstalten, an dem Tisch Platz zu nehmen, hielt dann aber inne und sah zu, wie Cole sich auf dem Boden hin und her warf und versuchte, sein Bein festzuhalten, es aber nicht über sich brachte, das Knie mit der zersplitterten Kniescheibe zu berühren, aus dem der verletzte Knorpel heraushing. Blut spritzte bei jeder Bewegung über den Boden.

»Sie haben gerade den ersten Schritt zu Ihrer Erlösung getan, Mr Winter«, erklärte Danford. Dann schoss er Cole durch das andere Knie, wie um zu beweisen, dass er auch keinen weiteren Schritt mehr tun würde.

Er schwamm in der Dunkelheit und hörte aus weiter Ferne Beths Flehen. Cole reckte sich zweimal dem Licht entgegen, wurde aber von der Dunkelheit wieder zurückgesaugt. Beim dritten Mal gelang es ihm, die Oberfläche zu durchbrechen und bei Bewusstsein zu bleiben, obwohl der Schmerz in seinem Schädel brannte und sein Blut bereits eine erschreckend große Lache um ihn herum gebildet hatte.

Er blickte sich um, verlor erneut das Bewusstsein, schreckte aber sofort wieder auf: Danford hatte Beth mit Handschellen an den Tisch gefesselt. Ihre Arme und Beine waren weit gespreizt und an die Tischbeine gebunden, sodass sie auf beiden Seiten tief herunterhingen. Sie wehrte sich ohne große Anstrengung, sie zerrte nur sachte an den Fesseln und erzeugte ein Klirren von Metall auf Metall. Er hatte ihr das Höschen genommen, ihr aber den Rock gelassen, außerdem hatte er ihre Bluse und den Verschluss des Büstenhalter geöffnet, dessen Enden jetzt lose hinter ihren Schultern hingen. Die alten und die frischen Narben auf ihrem Körper glitzerten schweißnass.

»Sind Sie wieder bei uns, Mr Winter?« fragte Danford. »Gut. Dann sehen Sie mal zu.«

»Ronnie«, bettelte sie, »bitte tu's nicht.« Ihre Stimme war tonlos, nur ein verängstigtes Flüstern. Cole hätte ihr am liebsten geraten, nichts mehr zu sagen, das erregte ihren Ehemann nur.

»Du hast deine Versprechen mir gegenüber bereits gebrochen, meine Liebe«, erwiderte Danford liebenswürdig und strich ihr sanft mit seiner .38er über die Wange.

Sie schluckte und Cole konnte sehen, dass sie – beinahe – erleichtert war, weil der Augenblick endlich gekommen war, auf den sie schon seit mehr als tausend Kilometern gewartet hatte. Sie hatte sich vor seinem Zorn gefürchtet und seine glänzenden Zähne gehasst. Und trotzdem hatte sie auf diesen Augenblick gewartet wie eine werdende Mutter. »Es tut mir leid ... oh Gott, Ronnie ... ich tue, was immer du willst ...«

»Ja?«

»... aber bitte ...«

»Hmm? Du tust was?«

Sie fügte sich schneller in die Rolle des Opfers als Cole es für möglich gehalten hätte; sie schlüpfte in sie hinein wie in bequeme, gut eingelaufene Schuhe. Die braunen, runzligen Narben über ihren Rippen schienen sich in vorauseilendem Gehorsam zusammenzuziehen. »Ich werde ein braves Mädchen sein. Aber bitte tu mir nicht weh. Ich werde alles tun. Ich werde wieder dein braves Mädchen sein.«

»Du überzeugst mich nicht, Bethany.«

Nichts würde ihn überzeugen können, dachte Cole. Danford ließ jetzt nicht nur seinem Sadismus freie Bahn, er sah sich dabei auch noch auf der gerechten Seite. Er hatte die untreue Ehefrau in flagranti dabei ertappt, wie sie mit ihrem Liebhaber durchbrennen wollte. Danford hatte sich tausendfünfhundert Kilometer lang in seinen Hass hineinsteigern können, und alles sprach für ihn.

Cole wimmerte und biss die Zähne zusammen. Die Kellnerin kam mit Geschirrtüchern, um die Blutung zu stoppen, während Danford sie genau im Auge behielt. Sie bewegte sich hastig, unsicher und hatte offenkundig Angst, sie könnte eine Kugel in den Rücken bekommen. Sie verarztete Coles Knie so gut sie nur konnte, konnte aber nicht verhindern, dass der Schmerz sich wie ein wildes Tier in ihm festfraß, als sie versuchte, die Blutung der zerschmetterten Kniescheiben abzubinden. Er zitterte unkontrolliert, übergab sich und fiel in sein eigenes Erbrochenes zurück. Sein ganzer Körper war von kaltem Schweiß bedeckt.

Danford lehnte sich an den Tisch und zündete sich eine Zigarette an, dann blies er den Rauch aus den Nasenlöchern über seine Frau. Die neueren Brandnarben auf Beths Brüsten schimmerten.

»Nein, Ronnie«, bettelte sie.

»Ich würde doch nicht im Traum daran denken, dir wehzutun, Bethany.« Er fügte ein hohles Lachen hinzu – ein einstudierter Effekt, wie Cole glaubte. Wahrscheinlich hatte er das Kilometer um Kilometer geübt und die ganze Zeit, während er sie verfolgte, mit sich selbst geredet. Woher hatte er gewusst, dass sie diese Strecke nehmen würden? War er die ganze Zeit hinter ihnen gewesen, fast in Sichtweite?

Solly sah aus wie seine Hamburger – grau, schmierig und nur halb durch. Er wusste nicht, worum es bei dieser Schießerei ging und es interessierte ihn auch nicht sonderlich, das konnte man ihm ansehen. Solange ihm nichts passierte und sein Laden keinen ernsthaften Schaden nahm, würde er ganz bestimmt keine Anstalten machen, etwas zu unternehmen oder die Polizei zu rufen. Der Farmer andererseits war sich unschlüssig, was er tun sollte. Er stand da und man sah, wie es in ihm kochte, aber er traute sich nicht, etwas zu unternehmen, weil er dann seinen Sohn allein lassen musste. Der Junge verstand gar nicht, was da vorging. Spuren eines Stirnrunzelns spielten über seinen wulstigen Brauen. Er hatte den Kopf zur Seite gelegt und starrte verständnislos vor sich hin.

»Du da.« Danford deutete auf den zurückgebliebenen Jungen. »Junger Mann, kommen Sie doch mal her.«

»Jetzt hören Sie mal zu, Mister ...«, begann der Farmer.

Wie beiläufig schwenkte Danford die Waffe auf die Brust des Mannes. Solly wurde nervös, weil er begriff, dass er vielleicht doch nicht so sicher war, wie er gedacht hatte. Danford hob freundlich die Augenbrauen und schmeichelte sanft, als würde er mit einem Hündchen reden. Er lockte mit seinen Händen.

»Na komm, mein Junge. Es ist alles in Ordnung. Komm zu mir.«

Der Junge hielt sich an seiner Serviette fest, sah zu seinem Vater auf und blinzelte heftig. »Pa ...«

»Komm, komm«, drängelte Danford.

Unsicher erhob sich der Junge langsam. Er wartete immer noch darauf, dass sein Vater ihm sagte, was zu tun sei.

Dessen Knöchel knackten, als er die Fäuste ballte. »Rühren Sie meinen Sohn nicht an.«

»Wie Sie wollen«, sagte Danford. »Aber wenn Sie es Ihrem Sohn nicht gestatten, zu mir zu kommen, dann verpasse ich dem Kretin eine Kugel in seinen missgestalteten Schädel.« Er zog an seiner Zigarette bis die Spitze aufglühte, dann schwenkte er sie für einen Moment über den Brüsten seiner Frau, woraufhin er sie dann gegen ihre linke Brustwarze drückte. Beth heulte auf und zerrte an ihren Fesseln, während die Haut zischte. Die neben Cole kniende Kellnerin zuckte zusammen und stöhnte. Verzweifelt konzentrierte sie sich darauf das Blut aufzuwischen. Sie traute sich nicht hinzusehen, traute sich aber ebenso wenig, das nicht zu tun.

»Zum letzen Mal«, sagte Danford freundlich. »Komm zu mir, mein Junge.«

Der Farmer bedeutete seinem Sohn, aufzustehen, und der

Junge richtete sich zu seiner vollen Größe auf und ging ein paar Schritte auf Danford zu.

»Ja, so ist gut. Komm zu mir.«

Vorsichtig folgte der Farmer seinem Sohn. »Tun Sie ihm nichts«, bat er.

Danford machte eine beschwichtigende Geste. »Ich tue ihm einen Gefallen. Ich vermute, dass Ihr Sohn noch jungfräulich ist. Habe ich recht? Ja, natürlich. Ich glaube, angesichts dieser Tatsache sollte er sie nehmen. Höchstwahrscheinlich wird er nie wieder eine Frau finden, die so ... so empfänglich für ihn ist.«

»Pa, die Frau liegt auf dem Tisch.« Der Junge verzog das Gesicht. »Warum liegt die Frau auf dem Tisch?«

»Das muss dir nicht peinlich sein.« Danford streckte seinen Arm aus, um den Jungen unter seinen Schutz zu nehmen. »Was bist du doch für ein großer Junge. Das wird ein Spaß.«

»Cole!«, schrie Beth auf. Gnädigerweise fügte sie kein *hilf mir* hinzu, was im Hinblick auf seine merkwürdig abgewinkelten, verletzten Beine auch nicht recht möglich schien.

Sein Blut quoll weiter auf den Boden. »Baby ...«

Der Farmer knurrte mit wölfisch gebleckten Zähnen. Cole verfluchte Solly dafür, dass er sich hinter der Ecke seines Tresens versteckte. Wenn er da hervorkäme, und sei es nur, um den Anschein zu erwecken, er wolle zusehen, wenn er Danford nur für einen Sekundenbruchteil ablenken würde, dann wüsste der Farmer, was zu tun sei. Dicke Schweißperlen blendeten ihn. Er bewegte die Hand und tippte der Kellnerin ans Bein. Sie quietschte auf und versuchte plötzlich gar nicht mehr, die Brust herauszustrecken. Ihre Nippel waren erigiert.

Der Farmer schob sich vorwärts. Danford sprach, als würden sie gemütlich über einem Bier die Sportnachrichten austauschen. »Denken Sie gut nach. Ich werde Ihnen ins Herz schießen und was wird dann aus Ihrem Sohn? So ohne einen Vater, wie wird er da zurechtkommen in einer grausamen Welt, die kein Herz für Behinderte hat.«

»Pa ...?«

Der Farmer biss sich so hart auf die Unterlippe, dass es blutete: »Hören Sie, Mister. Ich habe nichts gegen Sie, wirklich nicht.

Soweit ich das sehe, haben Sie jedes Recht, Ihre Frau und den Mann da zu erschießen und sie dann irgendwo im Wald zu verbuddeln. Wenn ich Sie wäre, dann würde ich es meiner Frau ganz sicher heimzahlen. Ich will mich darüber gar nicht mit Ihnen streiten. Aber das hier ist mein Junge, und es gibt gar keinen Grund, warum ...«

Danford hatte ihm zugehört und zustimmend genickt und seine Haarbüschel wackelten lustig. »Es gibt einen sehr guten Grund«, unterbrach er, »warum Ihr Sohn mir bei meinem Rachefeldzug behilflich sein sollte. Gerechtigkeit. Poetische Gerechtigkeit. Die wollen Sie mir doch nicht absprechen, oder? Und außerdem schätze ich, dass es ihr Schmerzen bereiten wird. Und gerade in diesem Augenblick will ich nichts mehr, als sie zu verletzen und zu demütigen. Und ich glaube, Ihr Sohn wird dabei mein Werkzeug sein. Vielleicht auch nicht. Wir werden sehen.«

Der Farmer biss sich auf die Zunge, weil es nichts anderes gab, worauf er beißen konnte. Er sah zum Fenster hinaus auf den Highway, auf die gelegentlichen Scheinwerfer, die durch den Regen rauschten. »Mister, ich ... ich werde es tun. Bitte, lassen Sie mich das an seiner Stelle tun. Ich tue alles, was Sie wollen.« Er wirkte noch viel irrer als Danford, wie er da stand und bereit war, sich die Pulsadern aufzuschneiden, sich die Augen herauszureißen, alles, um diese Situation nicht ertragen zu müssen. Cole fluchte und versuchte voranzurobben, was unerträgliche Schmerzwellen durch seinen Körper schickte, während er zusehen musste, wie der Farmer seine Hose öffnete, sie fallen ließ und die Unterhose herunterstreifte.

Danford seufzte: »Das genügt nicht. Es tut mir leid, mein Freund, aber offenbar hat es Gott nicht gefallen, Ihnen eine entsprechende Ausstattung mit auf den Weg zu geben. Sehen wir mal, was der Junge zu bieten hat. Und wenn Sie noch einmal Nein sagen, stirbt er.«

Jetzt ging es ans Eingemachte. Beth flüsterte ruhig wie eine Geliebte und Ehefrau: »Bitte nicht, Ronnie. Bitte nicht ihn. Lass ihn zufrieden. Lass sie alle zufrieden. Lass Cole gehen. Du sollst es tun. Komm und tu es. Komm schon.« Und dann lachte sie zu Coles Überraschung laut auf. »Du mit deinem erbsengroßen Pimmel.«

Das reichte. Danford drehte sich zu ihr um und schlug mit dem Kolben der Pistole nach ihr, und versetzte ihr einen tiefen Kratzer quer über den Bauch. Cole liebte sie in diesem Augenblick mehr als je zuvor. *Perfektes Timing. Gutes Mädchen.* Der Farmer hatte seine Gelegenheit, Solly, die Kellnerin, selbst der schwachsinnige Junge hätte Danford in diesem Augenblick den kahlen Schädel von den Schultern reißen und ihn ihm in den parfümierten Hintern schieben können. Cole brüllte: »Jetzt.«

Der Farmer stand noch mit heruntergelassener Hose da und konnte in den paar Sekunden, die er hatte, nicht schnell genug reagieren. Er zögerte ein bisschen zu lange, als er sich bückte, um die Hose hochzuziehen. Solly stand da und blickte wie ein harter Junge drein, der sich nicht entscheiden konnte, mit wem er sich anlegen sollte, auf wessen Seite er stehen sollte, wenn er ja vielleicht die Gelegenheit bekommen könnte, Beth als nächster zu ficken. Der Junge blickte auf die Wunde auf Beths Bauch und kam unsicher einen Schritt näher.

Danford wirbelte herum und grinste Cole an, der hilflos mit den Fäusten auf den Boden trommelte und einen Wutschrei unterdrücken musste. *Gottverflucht, was für ein Haufen nichtsnutziger, zurückgebliebener, grenzdebiler Idioten.*

»Ja, junger Mann«, sagte Danford. »Nur nicht so schüchtern. Sie hat mir gesagt, dass sie dich für einen sehr hübschen Jungen hält. Danford streichelte Beths nasse Schenkel in kleinen langsamen Kreisen, und tastete sich so mit seinen Fingern in den Schambereich vor, wo er ihre Lippen öffnete und spreizte, bis sie vor Schmerzen aufschrie, was ihn aber nur anstachelte: »Sehen wir doch mal, ob dein Vater seinen Fluch an dich vererbt hat.«

»Pa ...?«

»Lass die Hose runter, Harney«, sagte sein Vater.

»Pa, was tut er da? Die Frau blutet ...«

»Tu, was ich sage, Harney.«

Zuerst hatte der Junge Schwierigkeiten mit seinem Gürtel, aber sein Vater ging ihm zur Hand. Harney ließ die Hose herunter. Er trug schmutzige Boxershorts und sein Ständer ragte aus dem Eingriff heraus.

»Ein Schwanz wie ein Hengst!«, lachte Danford. »Sieh mal an!

Was für eine Verschwendung bisher, nicht wahr? Aber nicht heute Nacht.«

Danford nahm Harney bei der Hand und führte ihn zu Beth. Dann stellte er den zurückgebliebenen Jungen direkt vor sie, sodass die Spitze seiner Erektion beinahe ihre Scham berührte. Danford stellte sich hinter Harney und gab ihm einen heftigen Schubs, der den Ständer des Jungen schmerzhaft tief in Beth versenkte. Sie kreischte. Ein verwirrter Ausdruck breitete sich auf dem Gesicht des Jungen aus, und sein Kopf legte sich noch mehr zur Seite als sonst. Er sah sich um, als sei er nicht wirklich Teil der Lust, die er fühlte; dann grunzte er und richtete sich auf. Er war sich jetzt klar, was er da tat, und beugte sich hinunter, bis Beths Blut sein Kinn verschmierte. Er pumpte härter und versuchte, tiefer in sie einzudringen, indem er ihre Beine hochriss. Da sie angekettet war, knackten ihre Ellbogen und Knie verdächtig und sie schrie wieder auf und schluchzte, während der Speichel des Jungen auf sie heruntertropfte. Sie warf heftig den Kopf hin und her.

Danford lachte: »Mr Winter, sehen Sie zu?«

Cole sah zu. Der Schmerz und die Hilflosigkeit setzten ihm mindestens so sehr zu wie der Junge Beth. Danford bedeutete Schmierlapp Solly, näher zu kommen, und als der Koch hinter dem Tresen hervorkam und bereits mit schmierigem Grinsen an seinem Gürtel hantierte, schoss er ihm eine Kugel in den Kopf. Der Farmer wirbelte herum und wollte sich ducken, aber es gab keine Deckung. Danford schoss ihm zweimal in den Rücken. Die Kellnerin kreischte und eine Kugel erwischte sie von hinten in den Nacken und riss ihr die Kehle heraus.

Cole hätte damit rechnen müssen. Danford rannte zu ihm herüber, zielte sorgfältig aus nächster Nähe, sagte »Danke«, und verspritzte Coles Hirnmasse über den Leichnam der Kellnerin.

Harney bekam von all dem nichts mit und war nur mit sich selbst beschäftigt. Er stöhnte, stieß seine Hüften vor, rammelte weiter und kratzte die Haut von Beths Rücken, als sie versuchte, sich unter seinem Gewicht aufzubäumen. Danford lud nach und setzte die Waffe hinter Harneys Ohr auf. Er wartete geduldig, bis der Junge kam. Er sah zu, wie die Bewegungen rhythmischer wurden, das Stöhnen lauter, die Stöße schneller. Er sabberte. Beth kreischte. Harney stieß sich mit aller Kraft in sie hinein, streifte mit seinem Gesicht ihre Brüste, nicht mit den Lippen, sondern mit seiner laufenden Nase, jaulte so wie er es getan hatte, als er geweint hatte, und riss in seiner Verzückung fast die Tischplatte von den Beinen ab. Und in seinem letzten Augenblick, als er kam, sich aufrichtete und aus dem Fenster in den Regen hinausstarrte, da heulte er auf und lachte und Danford betätigte den Abzug.

Der Regen peitschte und die Reifen quietschten heftig und der Coup de Ville schoss aus Louie's Parkplatz heraus, schleuderte die nasse Rampe hinunter und steuerte nach Osten, dem Sonnenaufgang entgegen.

»Hat es dir gefallen, Liebling?«, fragte er.

Sie schmiegte sich in seinen Arm, wieder einmal befriedigt, zumindest für den Augenblick. »Es war wunderbar.«

GESTRANDET

Wendy Rathbone

Es gibt Zeiten, da lauscht Cecily dem Wind vor ihrem Schlafzimmerfenster und stellt sich vor, er habe die Farbe von Goldstaub und tauche die Welt in strahlenden Glanz. Sie kann die Jahreszeiten am Geruch unterscheiden: der Pfirsichduft des Sommers, die herbstliche Mixtur aus Laub und Moder, Winter wie die Tränen eines Mannes und der bienenfleißige Honigfrühling. Sie kann sich kaum daran erinnern, wie die Welt dort draußen wirklich ist, und trotzdem fehlt sie ihr. Ihre Bücher verraten ihr, was dort draußen vorgeht, wie die Wellen der Ozeane ebenmäßige Furchen in den Sand ziehen, wie die Wälder im Herbst auflodern, wie silberne Wolken sich zu kleinen Nebelbänken zerteilen, gerade bevor ein Unwetter hereinbricht. Manchmal sind in den Büchern auch Bilder. Dann starrt sie minutenlang eine Szene an und sieht dann auf und schaut aus dem Fenster. Aber alles, was sie da sehen kann, sind die obersten Äste eines uralten Apfelbaumes und ein Dreieck Himmel, das die Farbe wechselt: von Schwarz zu Purpur zu Blau zu Grau.

Das Bild, das sie gerade anstarrt, ist das Titelbild eines neuen Buches, das ihre Mutter ihr mitgebracht hat. Ein Mann mit langen dunklen Haaren hält eine Frau in den Armen, die sich so weit zurücklehnt, dass sie nach hinten fallen müsste, würde er sie nicht festhalten. Er hat ein kantiges Kinn und volle rosafarbene Lippen. Seine Augen strahlen in einem leuchtenden Saphirblau. Ein zerrissenes weißes Hemd enthüllt muskulöse dunkle Arme, mit denen er die Frau, die blond und schlank ist, umschlungen hält, weil sie sonst zu Boden sinken würde. Das Haar, das der

Frau bis zur Hüfte reicht, macht fast die Hälfte des Titelbildes aus. Es weht im Wind und bläht sich genau richtig, um so etwas wie ein Cape um sie zu bilden. Er lächelt. Sie tut das nicht, aber ihre im Profil wiedergegebenen Augen bohren sich sehnsüchtig in die seinen.

Das Buch ist von Domina Dupree und der Titel verspricht *Wilde Leidenschaft*.

Liebesromane hat sie am liebsten ...

Cecily stellt sich vor, dass es solche Leute wirklich gibt und dass es die glücklichsten Menschen auf der Welt sein müssen. Sie sind schön. Sie werden begehrt und sie lieben. Sie sind frei.

Cecily legt das Buch zur Seite und tätschelt es mit der linken Hand, als könne sie die Wärme seiner Geheimnisse ertasten, und ein leises Kribbeln breitet sich in ihrem Körper aus, eine Vorfreude darauf, sich in diesen fünfhundert weichen rechteckigen Seiten zu verlieren. Sie weiß bereits, der Name der Heldin ist Priscilla, abgekürzt Pris. Der Mann heißt Damian Knight.

Unter ihr ist das Bett weich und durchgelegen. Gerade bevor sie die Augen schließt, um die Vorfreude länger auszukosten, fällt ihr Blick auf ihren Körper, der halb unter der Bettdecke verborgen ist. Ein Gebirge aus Hügeln und Erhebungen. Die Hitze im Zimmer – es ist ein schwüler Tag im August, dem Monat, den sie am meisten hasst – ist fast unerträglich, und außer dem Bettlaken trägt sie nichts. Ihre Brüste sind riesige Fleischberge, gekrönt von rosafarbenen Brustwarzen in der Größe einer Faust. Ihr Eigengewicht lässt sie zur Seite rutschen und gibt so ein Tal frei, durch das sie ihren Bauch sehen kann, enorm, aufgedunsen und weiß; ein aufgequollener Ball auf dem schweißnassen Bettlaken – bis auf die Stellen, wo sich kleine Vertiefungen ergeben, weil sich die Speckrollen übereinanderlegen. Über ihren Bauch kann sie zwar nicht hinwegsehen, aber sie weiß, dass sich dahinter, versteckt in dem Fleischberg, ihre überreifen Genitalien befinden, jungfräulich, unberührt, obwohl sie bereits dreißig Jahre alt sind. Sie verströmen eine allzu menschliche Begierde, obwohl sie schon vor langer Zeit aufgehört hat, sich als menschliches Wesen zu sehen. Ihre Beine sind massige Stümpfe, und das Fett an ihnen ist so überdimensioniert, dass es an ihnen herunterhängt, wodurch ihre Unterschenkel den Eindruck von Säcken machen, aus denen die Füße herausgewachsen sind.

Cecily weiß nicht, wie viel sie wiegt. Keine Waage würde ihr Gewicht aushalten, außer vielleicht die LKW-Waage an der Autowerkstatt. Sie kann nicht mehr gehen. Mutter, die alt und grau ist, aber ihr Cecily-Schätzchen von ganzem Herzen liebt, kann nichts mehr für sie tun, außer ihr Bücher und Essen und die Bettpfanne zu bringen. Es ist hoffnungslos. Cecily ist hier seit zwei Jahren gefangen.

Sie begann kurz nach ihrem Schulabschluss zuzunehmen. Fünf Jahre später hörte sie auf, aus dem Haus zu gehen, weil das Gehen oder auch nur normale Bewegungen zu mühsam wurden. Bis zu ihrem achtundzwanzigsten Lebensjahr war sie noch in der Lage, allein ins Badezimmer zu gehen, dann ging auch das nicht mehr. Jetzt ist ihr Körper für sie zu einem Gefängnis geworden, obwohl sie sich nichts hat zu Schulden kommen lassen.

Sie schließt die Augen und versucht den Anblick ihrer schwabbeligen Masse zu verdrängen. Dieser Koloss ist nicht die wahre Cecily. Er gibt nicht das wieder, was sie ist. Cecily ist das, was sie denkt, was sie sich vorstellt, und was sie ersehnt. Nichts anderes spielt eine Rolle.

Sie lässt sich in die Kissen zurücksinken. Ein Ventilator, den ihre Mutter ins Zimmer gestellt hat, bläst kühle Luft über ihre feuchte Haut. Sie träumt.

Der Held aus *Wilde Leidenschaft*, Damian Knight, hat sie gefunden und wird sie mit seinem Kuss von diesem Leben erlösen, den bösen Zauber brechen und sie mit in seine Villa in Italien nehmen. Sie wird sich das Haar wachsen lassen, bis es sie wie ein Cape umgibt. Bis es so lang und schön und dicht ist, dass es im Wind weht. Damian wird sie in seinen Armen halten. Die Wellen werden da, wo sie ihre Flitterwochen verbringen, ebenmäßige Furchen in den Sand ziehen.

Cecilys Arme werden von dicken Fleischmassen nach unten gezogen, aber sie kann sie immer noch ausstrecken, wenn sie sich wirklich Mühe gibt, an ihrer Flanke entlang und über den Schenkel hinweg, zu dem Teil von ihr, der noch menschlich ist, der dampft und drängt. Sie kann sich da auf die rechte Weise berühren und sich vorstellen, das sei Damian und sein dunkler Kopf befände sich zwischen ihren Beinen und seine vollen Lippen wüssten genau, was sie zu tun haben. Ihre linke Hand liegt auf dem Buch, mit der rechten stimuliert und öffnet sie ihre geschwollene Vulva. So fühlt es sich an, wenn man geliebt wird, redet sie sich ein. Wenn man genommen wird. Gewürdigt.

Das Gefühl der Lust ist, abgesehen vom Essen, alles, was ihr auf der Welt noch geblieben ist. Nur dadurch kann sie Abstand von dem gewinnen, was aus ihr geworden ist. Die Bücher helfen ihr, die Welt zu erschaffen, aber Cecily macht den Rest. Sie wird wiedergeboren. Die neue Person, die sie dann ist, kann rennen, schwimmen und Berge erklettern.

Ihr Orgasmus besprenkelt sie mit kleinen heißen und kalten Schweißtropfen, Hinweise darauf, dass es noch Hoffnung gibt. Hoffnung auf eine schlankere, blondere Cecily, die ungebunden und frei ist.

Mutter bringt ihr Kartoffelpüree mit Soße, ein Steak, das in Barbecueketchup schwimmt, genau wie sie es mag, drei warme Brötchen in einem mit einem Handtuch bedeckten Korb, einen Streifen Butter und eine Schüssel mit frisch gemachtem Schokoladenpudding. »Die Sorte, die man noch kochen muss«, erklärt sie stolz. »Dieses Instantzeug ist doch nichts für mein Schätzchen.«

Cecily isst alles auf. Dieses Völlegefühl in ihrem Bauch verleiht ihr das Gefühl von Sicherheit und Befriedigung. Sie denkt, auch das ist eine Form von Liebe. Diese Form, und das, was sie aus ihren Liebesromanen herausliest, ist alle Liebe, die sie je bekommen hat. Daran hält sie sich fest. Sie kann nicht anders, auch wenn sie es hasst.

Cecily liebt ihre Mutter, aber gleichzeitig tut sie ihr leid. Mutter trägt seit vielen Jahren immer die gleichen alten Kleidungsstücke, karierte Röcke mit pastellfarbenen rosa oder blauen Blusen. Ihr ganzes Leben findet hier im Haus statt, wo sie sich auch noch um ihren Mann, Cecilys Stiefvater, in einem Zimmer im Erdgeschoss kümmert. Ron, den Mutter geheiratet hat, als Cecily sechzehn war, hatte vor einigen Jahren einen

Schlaganfall. Cecily hat ihn seitdem nicht mehr gesehen. Sie fragt sich, ob er jetzt auch ein Fleischklumpen ist, der sich nach einer anderen Welt sehnt, nach einem neuen Körper, nach einem weiblichen Damian, um ihn an einen anderen Ort zu bringen.

Als Mutter mit dem leeren Tablett gehen will, von dem all das schmackhafte Essen verschwunden ist, das sie gekocht hat, hält Cecily sie auf. »Mutter, warte.« Ihre Stimme ist leise und keuchend. Sie hat manchmal Probleme mit dem Atmen, besonders wenn es so heiß ist wie heute. Vielleicht sind ihr Mund, ihre Zunge, die Wangen und die Kehle mittlerweile zu fett geworden, um Luft passieren zu lassen. Als würden die Lungen unter dem ganzen Gewicht und durch die eigene Ausdehnung zusammengequetscht.

»Ja?« Mutter dreht sich um. Ihre Augen sind grau, aber vielleicht, so überlegt Cecily, waren sie einst saphirblau. Und sie war jung und da war ein Mann, der sie liebte, und der sich bereitfand, sie in ein fremdes Land zu bringen. Aber sie traut sich nicht, zu fragen.

Stattdessen fragt sie: »Träumst du manchmal davon, von hier wegzugehen?«

Mutters Augenbrauen bilden eine tiefe Falte über ihrer Nase. Um ihren Mund haben sich so viele Falten gebildet, dass es sie schmerzen muss. »Wie kann ich das? Ich habe Verantwortung.«

»Aber träumst du denn nie?«

»Es ist nicht gut, wenn man träumt.« Sie scheint wirklich verwirrt.

Vielleicht hat Mutter Angst davor zu träumen, denkt Cecily. Weil man aus Träumen immer aufwacht. Cecily weiß das und sie weint häufig, wenn sie allein ist und ihr die Inspirationen für die eigenen Wunschträume ausgegangen sind. Es ist ein äußerst beängstigendes Gefühl, wenn man sich immer wieder eingestehen muss, dass man unglücklich ist und dass sich daran nie etwas ändern wird.

Cecily denkt oft daran, etwas zu ändern. Sie denkt daran, die Dinge, die Mutter ihr bringt, nicht zu essen. Sie denkt daran, zu hungern und zu hungern, bis sie so dünn ist wie die Mädchen in den Büchern, die Bikinis am Strand oder am Pool tragen und die nie einen Gedanken daran verschwenden, dass sie dick werden könnten. Aber sie kann das nicht. Das Essen ist so beruhigend. Sie ist nicht stark genug, um darauf zu verzichten.

Es macht sie wütend.

Plötzlich ist Cecily wütend auf ihre Mutter. Ihre Mutter, die nicht träumt. Mutter, die sie niemals anschreit und die ihr nie etwas verbietet; Mutter, die immer nur das tut, was sie getan hat, seit Cecily zu fett geworden ist, um das Haus zu verlassen.

Brennende Tränen sammeln sich in Cecilys Augen. »Warum bringst du mir nur immer so viel zu essen?« Ihre Stimme zittert, aber trotzdem ist die Anklage unverkennbar.

»Was ist denn das für eine Frage? Du musst doch essen. Ich muss schließlich für dich sorgen, oder? Du solltest mir dankbar sein.«

»Sieh mich doch an, Mutter! Ich muss nicht essen!«

»Aber du tust es doch so gerne.« Sind das Tränen in diesen grauen, alten, müden Augen? In diesen Tiefen, in denen sich Cecily nie verlieren konnte, nicht einmal als kleines Mädchen? »Es gibt doch so wenig, was dir noch Freude bereitet. Was kann ich denn sonst tun?«

Cecily kann nicht darauf hoffen, ihre eigenen Gelüste, ihre Bedürfnisse im Zaum zu halten, wenn Mutter ihr dabei nicht helfen will. Es ist sinnlos.

Cecily wendet den Kopf ab. Die alte Tapete an der Wand ihres Schlafzimmers mit den Hyazinthen und den kleinen Schlüsselblumen wirkt erdrückend. Sie ist hässlich. Verblichen. Verbraucht und zerschlissen. Sie sieht nach unten und sieht Strähnen stumpfen Haars auf dem Kissen. Ihr eigenes Haar, das einst golden war und jetzt mausbraun ist und vor lauter Dreck den Glanz verloren hat.

Mutter sagt: »Ich liebe dich, mein Schatz. Ich tue für dich alles, was ich kann. Das weißt du doch.«

»Ja, Mutter«, antwortet Cecily. Tränen laufen über ihre Schläfen in ihr Haar.

Zum Abendessen bringt Mutter ihr Lasagne, in Butter getränktes Brot und den Rest des Schokoladenpuddings, den sie gekocht hat. Cecily isst alles auf.

Nach dem Essen liest sie mehrere Kapitel von *Wilde Leidenschaft*, bevor sie in einen feuchten, schwülen Schlaf fällt.

Sie wacht mitten in der Nacht auf. Ein Windhauch streicht zum Fenster herein und duftet nach Apfelblüte. Sie hört ein Geräusch auf der Treppe, ein Knarren. Mutter muss wohl wieder länger auf sein, weil sie mal wieder nicht schlafen kann.

Cecily seufzt und versucht, sich im Bett in eine bequemere Stellung zu drehen. Das ist nahezu aussichtslos. Wenn sie auf der Seite liegt, hat sie Atemprobleme. Manchmal legt sie sich so hin, rollt dann aber schnell wieder auf den Rücken zurück. Weil es so schwierig ist, sich anders hinzulegen, ist ihr Rücken meistens wund gelegen. Sie beugt die Knie auseinander und lässt die Beine aufklaffen. Da sie die Decke nach unten geschoben hat, wird sie von dem Windhauch an intimen Stellen geküsst.

Sie schließt die Augen und stellt sich vor, sie wäre leicht und luftig und würde auf dem Wind schweben wie eine winzige Kreatur aus Gaze und Seide. Sie hört einen vorbeifahrenden LKW auf dem Highway einen halben Block entfernt. Einen Highway, den sie schon seit mehr als fünf Jahren nicht mehr gesehen hat.

Wieder knarrt es auf der Treppe.

Sie hört ein Stöhnen. Oder vielleicht ist das auch nur Rons Schnarchen. Bei Nacht tragen Geräusche sehr weit.

Irgendetwas scharrt unten. Das Geräusch ist ungewohnt. Im Halbschlaf überlegt Cecily, was Mutter da wohl macht. Plant sie da etwas, um ihr eine Freude zu machen? Was tut Mutter überhaupt in ihrer freien Zeit? Hat sie freie Zeit?

Als es keine neuen Geräusche mehr gibt, über die sie sich Gedanken machen kann, döst Cecily träge weg. Der Wind an ihrem Körper ist wie Magie. Sie träumt, dass ein Mann mit dunklem Haar und muskulösen Schultern neben ihrem Bett steht. Er starrt sie erstaunt an, mitleidig, ehrfürchtig. Seine Hand mit langen Fingern und abgebrochenen Fingernägeln mit dreckigen Rändern streckt sich nach ihr aus und berührt die gewaltige Wölbung ihres Bauches. Die Hand fühlt sich warm und ungewohnt an.

Cecily, die gelernt hat, sich nur in ihren Träumen gehen zu

lassen, lässt die Berührung zu. Es gefällt ihr nicht, dass sie in diesem Traum fett ist, aber das spielt keine Rolle. Nur der Mann ist wichtig. Sie will ihn.

Langsam bewegt sich die Hand des Mannes nach oben, bis sie auf der enormen purpurroten Brustwarze ihrer rechten Brust liegt. Die Brust ist zur Seite gesackt und er hebt sie an und schiebt sie mehr in die Mitte ihres Körpers. Seine Handfläche ist glatt, wärmer als der Rest seiner Hand und ihr Nippel wird hart.

»Oh«, sagt der Mann. Seine Stimme ist gedämpft, ehrfürchtig. »Mein Gott.«

Er streckt auch die freie Hand aus und berührt ihre andere Brust. Er muss sich über ihren gesamten Körper hinweg strecken, um das zu tun. Dadurch kommt er ihr näher und Cecily kann ihn riechen. Getriebeöl. Gras. Schweiß.

Mann.

Sie will ihn an sich ziehen, aber ihre Arme sind schwer. Selbst in dem Traum ist die Anstrengung zu groß für sie.

Der Mann tätschelt ein paar Minuten lang ihre Brüste. Die Spitzen sind erigiert. In ihren Genitalien lodert ein Feuer.

Gerade als sie denkt, sie kann es nicht länger aushalten, bewegt er seine Hand über ihren Bauch, fährt daran hoch und darüber hinweg, und dann den langen Abhang und die Falten ihres Unterbauchs entlang bis zu der Stelle, die zwischen ihren Beinen glüht und schmerzt. Er berührt sie da, betastet sie, spreizt sie, und sein eigener Atem kommt jetzt in kurzen hastigen Stößen.

Er verströmt sommerliche Hitze. Er spricht erneut und seine Stimme klingt verzweifelt, voll unterdrückter Erregung. »Oh Gott, ich glaube es einfach nicht ...«

Cecily rührt sich nicht, aber in Gedanken lächelt sie. Sie hat die Prüfung bestanden. Und er will sie.

Sie hört das Klicken und das schleifende Geräusch, als er seinen Gürtel öffnet, das Ratschen eines aufgezogenen Reißverschlusses. Er steigt auf das Bett und sie kann durch das Halbdunkel des Sternenlichts sehen, dass er neben ihrer Hüfte kniet. Er hebt ein Bein über ihr elefantöses Bein und sie sieht den Umriss seiner Erektion, die dunkel und massiv aufragt. Seine Hoden streifen ihr

Bein und dann hebt er das andere Bein über sie hinweg. Er befindet sich jetzt zwischen ihren Beinen und mit einem Grunzen drängt er sich gegen sie, wobei er die Hände auf ihrem Bauch abstützt. Die Eichel seines Penis' streift die Öffnung ihres Körpers. Sie weiß es. Es kann kein anderes Gefühl geben, das man damit verwechseln könnte. Er ist heiß und drängt sich gegen sie. Da gibt etwas nach und sie spürt die Bewegung. Er ist in ihr. Sie hat ihn akzeptiert. Ihn in sich aufgenommen. Seine Stöße sind flüssiges Feuer, die sie zu einer wahren Frau zusammenschmelzen, einem menschlichen Wesen, das Gefühle hat, Bedürfnisse.

Es hält nicht lange an. Er stößt einen Schrei aus und fällt gegen sie. Sie kommt und geht davon aus, dass der Traum damit zu Ende ist.

Aber das ist er nicht. Denn er wiederholt sich. Wieder und wieder, bis sie wund ist und ihr alles wehtut.

Aber das stört sie nicht. Doch als die Dämmerung kommt, und das Dreieck Himmel, das sie sehen kann, so purpurn aufleuchtet wie ihre geschwollenen runden Nippel, ist sie erschöpft. Sie fällt in einen lautstarken, schnarchenden Schlaf.

Es ist spät, als Cecily erwacht, und die Hitze ist grausam, unerträglich. Sie hat ins Bett gemacht und versucht, von dem feuchten Fleck auf dem Laken wegzurücken. Es gelingt ihr nur, sich auf die Seite zu rollen, wobei sich Fleischkaskaden neu arrangieren, übereinander lagern und hinter ihr her schleifen wie parasitäre Anhängsel. Sofort beginnt ihre Schulter zu schmerzen, die jetzt das ganze Gewicht ihres Oberkörpers tragen muss.

Auf dem Nachttisch steht eine kleine Uhr. Die zeigt 10:47 Uhr an. Schon spät am Morgen. Cecily fragt sich, warum Mutter ihr noch nicht das Frühstück gebracht hat. Vielleicht hat das Gespräch von gestern Abend sie stärker getroffen, als sie es sich anmerken ließ. Vielleicht hat Mutter ihren Rat befolgt und ist gegangen, um einem Traum hinterherzujagen.

Eine Stunde lang liegt Cecily im Bett und wartet. Sie ruft nicht. Wie ein braves Mädchen wartet sie, dass Mutter, die weiß, was am besten für sie ist, kommt, wenn sie es für richtig hält. Cecily ist zu schüchtern, um laut zu werden. Geduld und Zeit sind Dinge, die sie im Überfluss besitzt. Sie käme nie auf den Gedanken, nach Mutter zu rufen.

Außerdem konnte Mutter vielleicht nicht einschlafen und war den größten Teil der Nacht wach. Wahrscheinlich schläft sie jetzt noch, erschöpft, weil sie zwei Menschen pflegen muss, erschöpft von ihrem Alter, von der Mutterschaft, die in Cecilys Augen die größte Last ist, die einem Menschen aufgebürdet werden kann.

Cecily hat sich einmal gefragt, in früheren Jahren, als sie noch zur Schule ging, ob sie wohl eine gute Mutter sein würde. Sie hatte sich sogar Namen für ihre Kinder überlegt. Holland für einen Jungen, Devon für ein Mädchen. Jetzt ist so ein Gedanke vollkommen abwegig.

Der Raum heizt sich schnell auf, während die Augustschwüle an den Fenstern, auf den Wänden und zwischen den Falten ihres Fleisches kondensiert. Die Luft ist stickig. Sie riecht nach Gülle, die den Apfelduft überlagert. Die Hitze scheint im Zimmer zu flirren. Das Dreieck Himmel, das Cecily sehen kann, wirkt wie geschmolzenes weißes Glas.

Sie rollt sich auf den Rücken zurück und die offenen Stellen brennen, als sie auf das feuchte Laken treffen. Sie spürt die Stelle nicht mehr, wo sie ins Bett gemacht hat. Alles ist feucht und alles riecht ranzig.

Cecily döst vor sich hin. Sie versucht *Wilde Leidenschaft* zu lesen, aber die Buchstaben verschwimmen vor ihren Augen und sie kann sich nicht konzentrieren, weil sie Hunger hat. Sie fiebert mit Damian und Pris, die Komplotte auf internationaler Ebene aushecken, während sie an italienischen Stränden in der Sonne liegen, aber der Reiz ihrer Damian-Fantasie reicht nicht aus, um ihr wachsendes körperliches Unwohlsein aufzuwiegen. Wo ist ihr Frühstück? Oder ihr Mittagessen?

Als die Zeiger ihrer Uhr sich 17:00 Uhr nähern, ist ihre Geduld am Ende. Schließlich findet sie doch die Kraft, zu rufen, wenn auch zu Beginn nur sehr zaghaft: »Mutter.«

Keine Antwort.

»Mutter, bist du da?«

Stille.

»Mutter!« Sie wird lauter. Ihre Stimme ist volltönend und

kräftig, aber in ihr zittert die Angst. Ihre Pulsfrequenz steigt an. Ihr Herz hämmert wie kleine Detonationen in ihrer überdehnten Brust, wie eine Hand, die von innen gegen den Brustkorb trommelt, um herausgelassen zu werden. Alles will frei sein. Sogar Cecilys Herz. Sie atmet schwer. Die Luft bringt noch mehr Hitze und noch mehr Schweiß mit sich. Tränen sammeln sich in ihren Augen.

Cecily beginnt, mit dem Schlimmsten zu rechnen, aber noch ist sie nicht bereit zu akzeptieren, was die Vernunft ihr einflüstert. Vielleicht schläft Mutter ja immer noch. Vielleicht ist sie einkaufen gegangen oder sie unterhält sich mit einem Nachbarn. Vielleicht ging es Ron plötzlich erheblich schlechter und sie musste ihn ins Krankenhaus bringen. Das ist alles möglich. Aber eigentlich weiß Cecily, dass all diese Szenarien nicht der Wahrheit entsprechen. Tief in ihr ist da eine Stimme, die ihr sagt, dass Mutter diejenige ist, die krank ist oder im Sterben liegt, dass Mutter ihr nichts zu essen gebracht hat, weil Mutter nicht mehr kommen kann.

Sie weiß, was sie tun muss. Und es wird sie unglaubliche Kraft kosten. Cecily lehnt sich in die Kissen zurück und bereitet sich in Gedanken auf das vor, was ihr bevorsteht.

Als sie ihre Aufregung bezwungen und ihre Atmung unter Kontrolle gebracht hat, nachdem ihre Tränen getrocknet sind und sie wieder klar denken kann, setzt sie sich in Bewegung. Ihre Masse schwabbelt, bebt und zuckt, als sie sich wieder auf die Seite rollt. Die wunden Stellen kleben am Laken fest und ein Teil der Haut löst sich, als sie sich an den Rand des Bettes wuchtet.

Jetzt kommt der schwierige Teil. Sie versucht, sich aufzusetzen, aber es gelingt ihr nur, sich auf den Ellbogen zu stützen, der sofort schmerzhaft gegen die Überlastung protestiert. Sie beugt die fetten Beine und schiebt sie über die Bettkante, bis ihre Füße über das durchgelegene Ende der Matratze hinausragen. Wenn es ihr gelingt, die Beine unter ihren Körper zu hieven, dann besteht die Möglichkeit, dass die Muskeln noch ausreichend arbeiten, um sie aufzufangen und ihren Fall, um den kein Weg herumführt, teilweise abzufedern. Sie streckt die Beine weiter aus, spürt, wie sich die Gewichtsverhältnisse verlagern, aber zur gleichen Zeit merkt sie auch, wie ihre Hüfte von der Kante der Matratze weg-rutscht, die durch ihr Gewicht beinahe platt gequetscht ist.

Sie fällt.

Der Boden besteht aus Holzbohlen und das Geräusch, als ihr ganzer Körper auf den Boden klatscht, ist übelkeiterregend. Sie landet auf dem linken Arm, zum Teil auf der Seite, zum Teil auf dem Bauch. Der Aufprall erschüttert ihren ganzen Körper. Sie stöhnt auf und versucht Luft zu holen, um den Schmerz zu betäuben. Ihr Arm ist vielleicht gebrochen, das kann sie nicht beurteilen. Es tut an viel zu vielen Stellen weh, da kann sie nicht jedem Schmerz einzeln Beachtung schenken. Ihre Knie schmerzen. Ihre Hüfte pocht. Die offenen Stellen auf ihrem Rücken brennen wie frisch entzündete Feuer. Der Arm, auf dem sie gelandet ist, und die gesamte Schulter fühlen sich völlig zerschlagen an.

Cecily zwingt sich dazu, sich zu bewegen, bis sie auf dem Bauch auf dem Fußboden liegt. Mit viel Mühe gelingt es ihr schließlich, den eingeklemmten Arm zu befreien. Er fällt zur Seite und das Handgelenk ist auf merkwürdige Art abgeknickt. Sie kann ihn nicht benutzen.

Eine Zeit lang liegt sie auf dem Bauch und weint mit großen bebenden Schluchzern. Da einer ihrer Arme nutzlos ist, muss sie mit dem anderen und ihren Beinen auskommen. Das gebrochene Handgelenk wird ihr Vorwärtskommen behindern, aber sie ist nicht bereit, aufzugeben.

Nachdem sie ausgeruht und neue Kräfte geschöpft hat, schiebt sie sich mithilfe ihrer Füße über den Fußboden. Ihr klammer Körper klebt an den Holzbohlen, aber es gelingt ihr, sich ein paar mühselige Zentimeter vorwärtszuschieben. Sie stemmt sich mit ihrer gesunden Hand hoch, schiebt mit beiden Beinen, bewegt sich wieder ein Stückchen voran und klatscht dann auf den Boden zurück. Es ist ein sehr beschwerliches Vorankommen. Zuerst fühlt sie sich nackt und ausgeliefert, aber als sie nach ein paar Stunden an der Tür angelangt ist, hat sich alle Scham verflüchtigt. Wenn sie zu einem Telefon gelangen kann, kann sie Hilfe herbeiholen. Sie weiß, oben an der Treppe steht ein Apparat auf einer kleinen Kommode, und unten gibt es noch zwei Anschlüsse, einen in der Küche und einen auf dem Beistelltisch im Wohnzimmer.

Cecily stemmt sich hoch, schiebt, fällt zurück und wiederholt das Ganze wieder und wieder. Sie ist ein Fisch außerhalb des Wassers. Ein Engel ohne Flügel. Sie ist erschöpft. Ihre Lunge brennt wie ein lodernder Feuerball in ihrer Brust. Jeder Atemzug sticht.

Im Korridor vor ihrem Zimmer hat Cecily nicht viel mehr im Blickfeld als den Läufer mit dem braunen Schottenkaro-Muster.

Draußen ist es wieder dunkel, die Nacht durchzieht das Haus wie etwas Heimliches und Böses. Sie umfasst sie mit heißen schleimigen Händen. Sie erinnert sie daran, dass dieser Gefängniszauber stark ist, zu stark, um einfach so durchbrochen zu werden.

Durch die Schatten am anderen Ende des Korridors sieht sie das Telefonschränkchen. Es ist ungefähr vier Meter weit entfernt. Für sie ist das so viel wie vier Kilometer.

Cecily hält nur an, um auszuruhen, wenn es gar nicht anders geht, und fällt dann in einen unruhigen Halbschlaf, nur um plötzlich hochzuschrecken und mit ihrer Routine von vorn zu beginnen. Der Läufer scheuert an ihrem Bauch und sie spürt, wie die Haut an ihren Brüsten, ihren Beinen, ihren Knien und ihren Zehen aufgescheuert wird. Sie ignoriert den Schmerz. Sie muss das Telefon erreichen.

Sie hat jedes Zeitgefühl verloren. Als sie an dem kleinen Schrank am Treppenabsatz ankommt, ist es noch dunkel. Sie stöhnt auf, aber in den Schmerzenslaut mischt sich der Triumph, ein Ziel erreicht zu haben. Sie streckt den Arm mit der nutzlosen Hand von ihrem Körper weg, um das Gleichgewicht zu halten und stößt dann einen Schmerzenslaut aus, als sie sich auf den Ellbogen hochstemmt, wobei ein Großteil des Gewichts immer noch auf dem gebrochenen Handgelenk liegt. Aber so kann sie ihr Ziel erreichen. Sie greift nach dem Telefon und zieht es zu sich herunter. Es poltert gegen ihren Rücken und ihren Nacken und fällt dann mit leisem Klingeln zu Boden.

Halb lachend, halb weinend benutzt Cecily die gesunde Hand, um den Hörer ans Ohr zu heben. Sie bekommt kein Freizeichen. Sie kontrolliert das Gerät und drückt die Gabel hinunter, aber immer noch kein Ton. Sie kontrolliert den Anschluss. Er ist in Ordnung. Aber immer noch kein Freizeichen.

»Mutter?«, ruft sie. »Mutter?«

Jetzt weint sie, heftige unregelmäßige Schluchzer, in denen sich der Schmerz und das Gefühl der Verlassenheit Ausdruck verschaffen. Ihr Magen knurrt vor Hunger. Ihr verfilztes Haar fällt ihr strähnig in die Augen. Ihre Blase entleert sich.

Das Telefon, das sie verraten hat, dient ihr als Kissen, während sie erneut ausruht.

Als sie erwacht, ist das Haus in weiches goldenes Licht getaucht. Das Glitzern der Welt dort draußen. Die Verlockung. Im ersten Augenblick glaubt sie, sie befindet sich noch in ihrem Bett. Sie erinnert sich an den Damian-Traum und daran, wie er sie berührt hat, und an die Vereinigung von seinem Körper mit dem ihren. Allein der Gedanke daran versetzt sie in Erregung. Dann fällt ihr ihre nächtliche Odyssee wieder ein. Das nutzlose Telefon. Ihr bohrender Hunger.

Ihr Körper stinkt. Sie hat noch nie zuvor einen solchen Gestank wahrgenommen und fragt sich, ob die offenen Stellen wohl vereitert sind. Außerdem ist sie verdreckt. Sie ist seit zwei Jahren nur mit einem Schwamm gewaschen worden, und selbst da kann sie sich schon gar nicht mehr erinnern, wann das das letzte Mal geschehen ist.

Sie versucht, nicht an diese Dinge zu denken. Das würde ihren einsamen Verstand überfordern. Wenn sie doch nur irgendwo in einer fremden Stadt am Strand liegen könnte, Damian an ihrer Seite und die Seeluft auf ihrer makellosen sonnengebräunten Haut.

Cecily rafft sich auf und schiebt sich wieder voran, der Treppe entgegen. Sie muss sich die beste Stellung überlegen, wie sie ins darunterliegende Stockwerk gelangen kann. Trotz des goldenen Lichtscheins sind die Treppe und der Flur unten noch in tiefe Schatten getaucht. Als es ihr gelingt, den Kopf über den Treppenabsatz hinauszustrecken, sieht sie unten kaum etwas. Blinzelnd schiebt sie sich weiter voran. Unten am Ende der Treppe ist ein Fleck, der dunkler ist als der Rest der Schatten. Zentimeter für Zentimeter tastet sie sich weiter vor, die abschüssige Treppe hinunter. Da ihr Kopf nach unten hängt, strömt das ganze Blut hinein. Ihre Ohren klingeln. Ihr wird schwindlig. Der einzige

Vorteil an dieser Lage ist der, dass sie die Schwerkraft zu ihrem Vorteil nutzen kann. So kommt sie schneller voran.

Sie stellt sich vor, dass ihr Körper über makellosen weißen Sand gleitet. In Gedanken hört sie beinahe schon die Brandung und riecht ihre salzige Gischt.

Als sie sich dem Fuß der Treppe nähert, gewinnt der Schatten dort immer mehr an Gestalt, aber sie hat einen Schleier vor Augen. Vom Geruch ihres eigenen Schweißes wird ihr übel. Vor ihren Augen tanzen kleine Punkte und Muster aus weißem Licht. Das sind die Wellen, denkt sie verzweifelt, der Strand.

Mit letzter Kraft stellt sie sich ein blaugrünes Meer vor, Dünen aus pulvriger Seide, der Himmel in der Farbe von Damians Augen.

Cecily hat einen galligen Geschmack im Hals. Das Bittere lenkt sie ab und gefährdet ihre Fantasien. Zum ersten Mal, seit sie am gestrigen Morgen erwacht ist, hat sie keinen Hunger. Doch dieses neue Gefühl der Übelkeit ist weit schlimmer.

Als sie zum Ende der Treppe kommt, stößt sie gegen etwas Weiches, Pelziges. Wie ein Tier. Sie streckt ihre gesunde Hand aus und tastet danach, dann zuckt sie zurück. Ein Schrei entfährt ihren schorfigen Lippen.

Haut. Sie hat Haut ertastet. Und auf der Haut etwas Klebriges.

Cecily kämpft gegen den Brechreiz an. Nein. Nein. Nein.

Das ist nur Tang, redet sie sich ein. Nur Müll, der an den Strand geschwemmt worden ist.

Sie streckt die Hand erneut aus und versucht, nicht einzuatmen, denn der Geruch ähnelt jetzt fauligen Kartoffeln und ihr ist so übel, dass sie sich kaum regen kann.

Als ihre Hand weitertastet, erkennt sie sofort Mutters sprödes Haar, die antiquierten Ohrclips, die sie immer trägt, das silberne Kreuz. Mutter ist so wie immer, bis auf die Tatsache, dass sie sich nicht rührt, und dass Cecily weiß, dass es sich bei dem Klebrigen an Mutters Kopf, Gesicht und Hals um Blut handelt. Auch überall auf der Treppe klebt es.

Sie hat nicht mehr die Kraft für Tränen, aber ihr Wimmern zieht sich durch das Haus, trocken, heiser, untröstlich. Zum ersten Mal in ihrem Leben versucht Cecily zu schreien.

»Hilfe!« Ihre Stimme lässt die Treppe erbeben. Die Luft strömt durch ihre gewaltigen Stimmbänder. »Hilfe!« Sie ruft wieder und wieder. Der Speichel rinnt ihr über die Lippen, an ihrem Kinn hinunter in das zerzauste Haar von Mutter.

Stunden vergehen. Ihre Rufe sind verstummt. Als es im Haus wieder dunkel wird, scheint der Gestank nicht mehr so schlimm – vielleicht hat sie sich auch nur daran gewöhnt. Sie denkt nicht länger darüber nach, genauso wenig wie über alles andere. Es ist, als sei ihr Verstand stehen geblieben, als sei er erstarrt und habe sich in sich selbst verkrochen, klein und scharfkantig und eisig. Sie ist nur noch ein Gegenstand, der zwischen anderen Gegenständen liegt, die sich auch nicht bewegen. Sie ist eine Muschel an einem tropischen Strand, die darauf wartet, gefunden zu werden, an jemandes Ohr oder vor jemandes Augen gebracht zu werden und damit ihren Sinn zu erfüllen.

Der Hunger kehrt allmählich zurück und das Cecily-Ding öffnet den Mund, saugt die Luft ein und kaut auf Haarsträhnen herum, die zwischen ihren Zähnen kleben. Ihre Augen sind feucht und verquollen, Tangfetzen in einem qualligen Gesicht. Sie sehen nichts.

Ein Knacken tönt durch das Haus und erschreckt sie. Es ist nur das Dach, das sich wie jeden Abend an die Temperaturunterschiede anpasst, aber daran kann sie sich nicht erinnern. Ihre Augen blinzeln. Ihre Sicht kehrt langsam zurück und Schatten tanzen um sie herum wie Menschen in einem Kreis. Tanzende Menschen. Die schmerzende Hand streckt sich ihnen entgegen und versucht, einen von ihnen zu berühren. Sie meint, sie kann das Plätschern der Wellen hören, die gegeneinander anbranden.

»Damian?«

Sie zieht sich mit den Händen vorwärts und ignoriert den Schmerz. Ihre Füße schieben. Ihr fleischiger Körper rutscht über Mutter hinweg, presst sie gegen die Treppe und wird dabei wieder feucht und klebrig. Sie spürt oder bemerkt es auch nicht. Sie sieht jetzt wieder besser und versucht, nicht auf das viele Rot zu achten, das an ihren Händen und ihrem Körper kleben bleibt. Was bedeutet es, wenn sich das Meer blutrot färbt? Es muss Sonnenuntergang sein, die Zeit, wenn alles von der Sonne rot eingefärbt wird. Die Farbe ist überall.

Als sie versucht, sich die schmierigen Haarsträhnen aus dem Gesicht zu streichen, werden die ebenfalls rot und die Farbe verteilt sich auch auf ihrem Gesicht. Sie kann es auf ihren Lippen schmecken. Salz. Fäulnis. Meer.

Wo ist Damian jetzt?

Nachdem sie die klebrige Stelle überwunden hat, findet sie sich flach auf dem Boden vor einer Tür wieder. Wo kann die nur hinführen, diese Tür mitten auf dem Strand? Wo hat es so etwas schon einmal gegeben?

Sie lächelt. Wenn sie die Tür öffnet, was wird sie dann finden? Sie schmeckt die Freiheit bereits. Der wirkliche Strand mit der Sonne, den Leuten und den hohen Wellen ist auf der anderen Seite. Verglichen damit hat sie sich bisher nur in einem winzigen Teich aufgehalten.

Ihr Körper schmatzt und schlurft über den Boden und erzeugt saugende Geräusche, während sie sich Zentimeter um Zentimeter voranrobbt. Das Rot ist angetrocknet und bildet jetzt rote Ringe unter ihren Finger- und Zehennägeln. Sie schaudert vor der Wirklichkeit zurück. Ihr Verstand schottet sich wieder ab, aber sie kriecht unbeirrt voran.

Der Strand wartet auf sie. Er glänzt seidig – das ist der vom Wind geformte Sand. Sie werden außerhalb der Wellen in der frischen Brise liegen, die ihre Haut streichelt. Die Gischt wird ihre Lippen netzen. Damian wird in den Wellen herumtollen, sein muskulöser braun gebrannter Körper wirft sich ihnen entgegen und glänzt in der strahlenden Sonne. Sie hört die brechenden Wellen, das Gekreisch einer Möwe. Tang streift ihre Füße.

Es ist schwierig, die Tür zu öffnen. Um mit der Hand die Klinke zu erreichen, muss sie ihre Masse vor die Tür bugsieren, aber dann kann sie sie nicht mehr öffnen. Schließlich gelingt es ihr, sie einen Spalt aufzuzwängen, zurückzurutschen und sie dann weiter zu öffnen. Sie ist breiter als die Türöffnung, aber wenn sie sich auf die Seite legt, passt sie hindurch. Es tut weh, als sie sich auf die Seite rollt. Aber als sie sich Zentimeter um Zentimeter über die Schwelle schiebt, verwandelt sich ihr Körper und ändert die Form. Das ganze Fett schmilzt ab. Eine schlanke Cecily tritt auf eine Veranda hinaus, die zu einer neuen Welt führt: ein strahlend blauer Himmel, süß duftende Luft, Stimmen und Menschen und dieser wundervolle Sonnenschein!

Damian ist bei ihr. Sie liegen Seite an Seite. Seine Hände streichen über ihre Brüste.

Die Veranda knarrt. Sie ist staubig und der Staub klebt an ihr und erzeugt einen schorfigen Schmierfilm auf ihrer Haut. Ihrer makellosen Haut. Ihrer sonnengebräunten, weichen, faltenlosen Haut. Damian ist so sehr angetan von ihr. »Es ist alles in Ordnung«, sagt er wieder und wieder. Sie weiß, das bedeutet »du bist wunderschön« im Mund eines Mannes. Sie erinnert sich an ihren Traum, in dem er wie ein Held zu ihr in ihr düsteres klammes Zimmer gekommen ist. Wie er sie berührt hat, wie er in ihr zuckte, als sie noch fett war. Weil er ein Gentleman ist, hat er sich nicht abfällig über ihr Gewicht geäußert, aber sie merkt, wie glücklich er darüber ist, dass sie jetzt schlank ist.

Cecily lässt sich die Verandastufen hinunterrollen. In Damians Arme hinein.

Auf dem Strand wächst karges feuchtes Gras. Weiche sandgepeitschte Grashalme. Sie biegen sich unter ihrem perfekten, makellosen Körper. Sie streckt die Arme aus, um Damian zu umfangen.

Menschen sammeln sich um sie herum. »Oh mein Gott«, sagen sie. Sie sind unverkennbar eifersüchtig.

Einige rennen die Veranda hinauf zu der Tür ohne Wiederkehr. Von der anderen Seite der Tür hört sie Rufe wie »Mord«, »Vergewaltigung«, »Raub«. Es ist gut, dass sie hier ist, am Strand, sicher auf der anderen Seite. Obwohl Damian keine saphirblauen Augen hat – sie sind braun – und seine Kleidung ein wenig zu förmlich für den Strand ist – polizeiblau mit glänzenden Orden an Brust und Kragen – stört sie das nicht. Er riecht wie Damian, kühler Schweiß, Sonne, Bleiche und Salz. Er ist sanft und in seiner Stimme liegt das Versprechen von Sand und Brandung.

»Ganz ruhig liegen«, sagt er. »Sie sind in Sicherheit.«

Cecily lächelt und fährt sich mit der Hand verführerisch durch ihr langes blondes, windzerzaustes Haar. Ja, denkt sie. In Sicherheit. Und endlich frei.

AUSGEBOOTET

Brinke Stevens

Piep!, verkündete der Computer pflichtschuldig.

Guy Lauber zuckte zusammen und sah auf. Er legte die neue ›Sex-Toy‹-Anzeige zur Seite, die er gerade ausgedruckt hatte. In der Menüzeile oben auf dem Rechner blinkte eine Botschaft: *SIE HABEN NEUE POST.*

Mit unvermittelt klopfendem Herzen stellte sich Guy auf die Situation ein. Dieses Reklameblatt zum Ausdrucken war zwar ganz amüsant – auf eine kranke, perverse Art – aber er hatte jetzt Wichtigeres zu tun. Er hoffte, dass die Mail nicht dienstlich war.

Vielleicht stammte sie von Miranda.

Unglücklich blickte er auf den dicken Stapel von Ausdrucken neben dem Computer – Kopien der E-Mails, die sie sich geschrieben hatten. In der letzten Woche hatte er sie alle noch einmal gelesen und nach einer Lösung gesucht, wie er die Dinge wieder ins Lot bringen konnte. Er sah erneut auf das blinkende Icon auf dem Monitor. Es war wie ein Leuchtfeuer, das seine Aufmerksamkeit auf sich zog.

Guy biss sich grübelnd auf die Lippen. *Vielleicht schickt dich Miranda ja doch nicht sofort in die Wüste ...*

Du bist pervers ...! Waren das nicht genau die Worte, die sie benutzt hatte? Aber wenigstens war er noch nicht so weit gesunken, sich *Megabyte Meg* zu kaufen, das neueste Sexspielzeug aus der Anzeige, die er gerade gelesen hatte. »Computergesteuerte Befriedigung, vollkommen anonym und mit Zufriedenheitsgarantie«, behauptete der Text. Das Bild zeigte eine futuristische, sprachgesteuerte Virtual-Reality-Ausrüstung mit einem hochgerüsteten Mikroprozessor, einem Projektionshelm mit Datenvisier, Datenhandschuhen – und einem verdammt merkwürdigen Apparat, einer ›künstlichen Vagina‹.

Guy zog eine Grimasse. Das war ein weiter Schritt weg von den Pornospielchen auf CD-Rom, mit denen er sich seit einigen Jahren vergnügte. Fantasien waren eine Sache, das hier war echt. Wenn auch auf virtuelle Art.

Vielleicht haben die Leute gar nicht so unrecht, wenn sie glauben, der Computer mache sie überflüssig. Seine innere Stimme war manchmal ein furchtbarer Klugscheißer, meistens hatte sie aber vollkommen recht.

»Lassen Sie sich von *Megabyte Meg* verführen«, lockte die Anzeige. »Die neueste Entwicklung im Bereich künstlicher erotischer Realitäten. Ihr Wunsch ist Meg Befehl. Personalisiert, privat, anonym und mit Zufriedenheitsgarantie.«

»Und mich hat sie pervers genannt!« Guy schüttelte den Kopf über die Ungerechtigkeit der Welt.

Mit Zufriedenheitsgarantie ... die schwarz gedruckten Worte auf dem weißen Papier zogen seine Aufmerksamkeit wieder auf sich. Tausende von Jahren technischen Fortschritts, die dann in mikroprozessorgesteuerten Sexspielzeugen mündeten. Wer hätte das gedacht?

Andererseits ließ sich ein Computerspiel – selbst so eines wie das hier – schnell durchschauen. Nicht so wie wirkliche Frauen. Nicht so wie Miranda. Guy befeuchtete seine Lippen und sah erneut auf das blinkende Icon. Seine Finger machten keine Anstalten, das Keyboard oder die Maus zu berühren.

Er gehörte zu den Leuten, die mit Computern besser zurechtkamen als mit Menschen. Logik war ihm sehr viel weniger fremd als das andere Geschlecht. Vielleicht war diese *Megabyte Meg* sogar eine gute Alternative für Verlierertypen wie ihn.

Guy hatte sogar Schwierigkeiten, sich mit Mädchen zu unterhalten – mit ›Frauen‹, wie ihn seine anerzogenen Antidiskriminierungssensoren korrigierten. Wenn er das tat, hatte er einen Kloß in der Kehle und plapperte dummes Zeug. Er hatte ein echtes Talent dafür, genau den Spruch zu bringen, der eine Frau so kränkte, dass sie ihn nie wieder eines Blickes würdigte.

SIE HABEN NEUE POST, verkündete der Monitor weiterhin geduldig. Er trommelte mit seinen abgekauten Fingernägeln auf der Tischplatte. Was, wenn sie ihm keine weitere Chance geben wollte? Guy wusste genau, dass er das, was er Miranda da geschrieben hatte, gar nicht so gemeint hatte. Na ja, vielleicht doch schon, aber irgendwie klang das im Nachhinein alles so missverständlich.

Guy war Software-Designer bei *Imaginarium*, einer der angesagtesten Softwareschmieden von Los Angeles. Auf seinen Namen liefen Dutzende von Patenten. Er besaß eine Eigentumswohnung, einen Sportwagen und bezog ein beträchtliches Gehalt. Für einen Computerprogrammierer kleidete er sich sehr gut. Nein, er sah nicht gut aus oder so, aber er war schon der Meinung, er hätte einiges zu bieten.

Ja. Alles außer Aussehen und Persönlichkeit. Du bist eher der Typ für Megabyte Meg, *meinst du nicht?*

Es musste mehr im Leben geben als nur die teuren Kinkerlitzchen aus dem Designerkatalog. Guy wollte mehr. Er wollte eine Frau, eine Beziehung. Erfüllung. Miranda hätte diese Chance für ihn sein können.

Das E-Mail-Icon blinkte ihn weiter an. Was würde dahinter stecken? Stammte diese Mail von Miranda? Er hatte ein bisschen Angst, dass es so war. Und genauso viel Angst, dass sie nicht von ihr sein könnte.

Während des Studiums hatte er den Spitznamen Maschinenmönch. Guy war jetzt dreißig Jahre alt und seine letzte sexuelle Erfahrung mit einer Frau lag zehn Jahre zurück. Und das war das erste Mal überhaupt gewesen, dass er Sex hatte.

Falsch, verbesserte er sich. *Das einzige Mal mit einem anderen Menschen, willst du sagen. Da hast du dann aber die unzähligen Male nicht mitgezählt, bei denen du Aktfotos mit einer Hand hochgehalten oder den Computer angestarrt hast.*

Guy blickte auf seine schwitzigen Hände hinunter. Er war ein wenig angewidert von seinem Selbstmitleid. Wenn man so viel Zeit allein verbrachte, dann war es nur natürlich, wenn man ein paar Fantasien entwickelte. Man wurde vielleicht sogar ein bisschen seltsam. Oder auch ziemlich merkwürdig, wie Miranda in ihrem letzten Brief behauptet hatte.

Aber wenigstens hatte er keine Affären mit Mikrochips und Plastik, beruhigte sich Guy. So was war wirklich abartig.

Das blinkende Icon funkelte ihn hypnotisierend vom Bildschirm aus an. Würde Miranda ihm eine zweite Chance geben? Er fuhr sich nervös mit den Fingern durch das, was von seinem braunen Haar übrig war.

Miranda Jones – wobei er natürlich nicht sicher sein konnte, dass das ihr richtiger Name war – er hatte diese Frau im Internet kennengelernt. Auf einer Kontaktbörse für Computerfreaks. Guy war Miranda zuerst in einem Forum für Liebhaber von Horrorfilmen begegnet. Da sie ein gemeinsames Hobby hatten, hatten sie begonnen, sich gegenseitig E-Mails zu schicken, hatten zusammen über den neuesten drittklassigen Horrorfilm gelästert und über alberne Schlagzeilen oder dumme Fernsehsendungen gelacht. Die E-Mails waren voll von cleveren Formulierungen und Wortspielereien. Für Guy war das eine ganz neue Erfahrung. Die sich entwickelnde Freundschaft über das Internet lockerte seine langen Arbeitstage in den grauen Arbeitszellen bei *Imaginarium* auf, die mühseligen Fahrten zur Arbeit an versmogten Morgen und auch die Abende in seiner leeren Wohnung. Alles ließ sich plötzlich viel leichter ertragen. Seine Sammlung von Hochglanzmagazinen und Fetisch-Videos verlor immer mehr an Wichtigkeit und ihre idealisierten Frauen kamen ihm gar nicht mehr so anziehend vor.

Guy hatte eine bestimmte Vorstellung von Miranda Jones entwickelt. In seinen Augen war sie schlank, mit langen dunklen Haaren und noch dunkleren Augen. Ein verschmitztes, freundliches Lächeln. Sexy und klug. Guy stellte sich ihre Stimme als ruhig und tief vor. Miranda war intelligent und witzig und hatte Interessen, die sich gar nicht so sehr von seinen unterschieden.

Na ja, wenigstens hatten sie einige gemeinsame Interessen. Ihm fiel wieder der Tonfall ihrer letzten wütenden Nachricht ein. Guy hoffte, sie würde jetzt doch noch seine Entschuldigung akzeptieren. Vielleicht war es noch nicht zu spät.

Du und dein krankes Mundwerk. Guy verabscheute sich selbst aus tiefstem Herzen, hielt aber seine Ängste und seinen Zorn unter seinem schütteren Haar im Zaum. Er musste so viel von sich verborgen halten, so vieles verstecken.

Vielleicht war Miranda ja eine wirkliche Sahneschnitte, na ja, sah vielleicht wenigstens einigermaßen aus. Er hielt sich ja auch nicht gerade für einen Hauptgewinn. Aber er hoffte immer noch. Sehr sogar. Guy musste an die Diskussion denken, die sie über diesen Werwolf-Film mit Jack Nicholson geführt hatten, und begann zu lächeln. Miranda hatte geschrieben, man hätte stattdessen Kevin Costner nehmen sollen, dann hätte man den Film *Der mit dem Werwolf tanzt* nennen können. In vielen ihrer Mails war eine spielerische Doppeldeutigkeit enthalten, die ihm Mut machte. Es kam ihm fast vor, als flirte sie mit ihm.

Wahrscheinlich ist sie nur knapp über einen Meter groß und sieht aus wie ein Troll, spottete der gehässige Teil seines Gehirns. Aber aus irgendeinem Grund war sich Guy sicher, dass Miranda nicht so aussah. Er holte tief Luft und riss sich zusammen. Er startete sein E-Mail-Programm. Die Festplatte surrte los und rief die Informationen ab.

SIE HABEN EINE NEUE NACHRICHT, erklärte sein Bildschirm. Guy öffnete die Mail mit einem Doppelklick. Das Fenster öffnete sich und Worte formten sich auf dem Monitor.

Er schürzte die Lippen, als sich die Mail über den Bildschirm scrollte. Sie stammte von Miranda. Aber sie war nicht das, was er erhofft hatte.

Weiß Gott nicht.

An Guy: Ich dachte, ich hätte mich klar ausgedrückt. Du hast mich mit deiner E-Mail letzte Woche wirklich verletzt. Ich bin nicht so eine.
Ich habe dir daraufhin geschrieben und dir mitgeteilt, dass ich nichts mehr von dir hören will und dass du aufhören sollst, mir E-Mails zu schreiben. Wenn du das nicht machst, dann wende ich mich an den Systemadministrator und dann wirst du für die Foren gesperrt. Ich bin sicher, du willst nicht, dass es dazu kommt.
Versteh mich nicht falsch. Ich weiß, du bist kein schlechter Mensch. Deine Vorlieben sind deine Sache, aber es sind nicht meine Vorlieben. Es tut mir

leid, wenn sich das jetzt grob anhört, aber Guy, ich glaube, du brauchst psychologische Hilfe.
Schick mir keine E-Mails mehr, sonst wende ich mich an den Systemadministrator.
Es gibt Regeln für solche Dinge.
Miranda

Scheiße.

Er atmete nervös aus. *Ich bin also kein schlechter Mensch. Ja sicher. Deswegen hast du ja auch vorgeschlagen, Miranda ans Bett zu fesseln, dich auf sie zu setzen, sie mit deinem harten Schwanz zu knebeln und dann ...*

Guy blendete den Rest dieser Erinnerung aus. Vielleicht war er zu schnell vorgeprescht. Aber er wusste, an seinen Fantasien war nichts auszusetzen. Viele Leute standen auf Fessel- und Dominanz-Spielchen. Und es war nicht fair, dass Miranda den Stab über ihn brach. Er hatte solche Dinge nie getan. Außer in seiner Fantasie.

Aber Mirandas Drohung war ernst zu nehmen. Falls sie sich bei den Moderatoren beschwerte, konnte sein Zugang zu den Chatcommunitys eingeschränkt werden. Wenn er nicht aufhörte, konnte sie ihn sogar wegen sexueller Belästigung verklagen. Dabei wollte er sich doch nur entschuldigen und ihr beweisen, dass er nicht einer von diesen richtig Perversen in einem digitalen Regenmantel war.

Zu spät. Zwischen ihnen war es aus.

Er hämmerte mit der Faust auf die Tischplatte und sah zu, wie die Maus hochfederte. Er wusste, er hatte die Sache wieder mal vergeigt. Er konnte nicht einmal elektronisch mit einer Frau kommunizieren, ohne etwas Falsches zu sagen.

Versager.

Die Wut kochte in ihm und brachte sein Innerstes zum Brodeln. Er arbeitete hart, hatte er da nicht eine Belohnung verdient? Er tippte auf die Escape-Taste und blendete Mirandas Nachricht aus. Dann nahm er den Stapel mit den E-Mail-Ausdrucken und ging in die Küche. Er zerknüllte die Briefe einen nach dem anderen und stopfte sie in die Müllpresse. Tränen der Verlegenheit traten ihm in die Augen.

Ich kriege es mit einer Frau nicht mal über das Internet hin, tobte er. Er biss sich auf die Lippen. All der Spott aus seiner ganzen Schulzeit kam plötzlich wieder hoch: *Weichei. Streber. Computerfuzzi.*

Er nahm eine Cola aus dem Kühlschrank, riss die Lasche auf und leerte die Hälfte der Dose in einem Schluck. Die Kombination von Zucker und Koffein besserte seine Laune etwas. Er rülpste und trank die Dose aus. Sie folgte den Ausdrucken in die Müllpresse. Ein Teil von ihm genoss die mahlenden Geräusche der Maschine. Er stellte sich gewaltige Zähne von der Größe von Mühlsteinen vor und wünschte sich, Miranda wäre da drin, zusammen mit all ihren verlogenen E-Mails.

Das ist aber nun wirklich ziemlich gestört, spottete seine innere Stimme.

Guy wusste, er war eigentlich ganz normal, trotz der Fantasien, die ihm im Kopf herumspukten. Er ging schließlich nicht zu Prostituierten, oder? Sicher, er sah sich Pornofilme an und las auch dann und wann einschlägige Magazine und durchforstete die vielen Hardcore-Seiten im Internet, wo er auch die Reklame für *Megabyte Meg* gefunden hatte. Vielleicht hatte er auch ein paar abseitige Fantasien entwickelt. Aber verdammt noch mal, er wurde auch nur von Hormonen gesteuert.

Der Ärger und die Verlegenheit kochten in ihm hoch. Wie kam Miranda überhaupt dazu, über ihn zu urteilen? Sie waren sich ja nicht mal begegnet.

Er ging zurück an seinen Schreibtisch und ließ sich schwer auf den Stuhl fallen. Der Monitor flackerte, ein bequemer und vertrauter Teil seines Lebens. Er tätschelte die Oberfläche.

»Braves Mädchen«, sagte er. »Du wirst immer für mich da sein, nicht wahr?« Die Wut und die Einsamkeit, die Guy verspürte, waren wie hungrige Raubtiere, die mit ihm zusammen im Zimmer eingesperrt waren. Und auf der Lauer lagen ...

Die Reklame für *Megabyte Meg* fiel ihm wieder ins Auge. Der Ausdruck lag noch neben der Tastatur und die Worte und die Bilder zogen seine Blicke auf sich.

»Auf die persönlichen Bedürfnisse zugeschnitten«, lockte die Anzeige.

»Anonym«, flüsterte sie.

»Mit Zufriedenheitsgarantie«, versprach sie.

»Warum nicht?«, fragte er laut. Schließlich war das auch nur ein weiteres Computerprogramm. Was konnte das schon schaden?

Mit einem bitteren Geschmack im Mund suchte Guy seine Kreditkarte heraus und legte sie neben die Anzeige. Es gab eine gebührenfreie Telefonnummer für die bequeme Bestellabwicklung. Er nahm den Hörer ab und tippte aggressiv die Nummer ein.

Die Verbindung kam sofort nach dem ersten Klingeln zustande. Ein Klicken und dann ein leeres Geräusch, wie der Wind in Starkstromleitungen. Es klang weit entfernt und einsam. Unheimlich.

Dann klickte es noch einmal und wieder gab es eine Pause. Guy schauderte. Eine neutrale elektronische Stimme bat ihn, seine Bestellung mit Bestellnummer, Zahlungsweise und Adresse zu bestätigen. Es war alles ziemlich unpersönlich, wahrscheinlich elektronisch generiert. Effizient, aber etwas unwirklich. An der ganzen Transaktion war nichts im Geringsten schmierig, er hätte genauso gut eine Pizza bestellen können. Der Kaufpreis war hoch, aber schließlich ... es gab ja die Zufriedenheitsgarantie.

Spontan zahlte er noch zwanzig Dollar zusätzlich für eine Expresslieferung.

Am nächsten Tag fühlte er sich etwas besser. Er fühlte sich im Recht und selbstsicherer. Im Einklang mit sich selbst. Wie konnte Miranda es wagen, ihn zu verurteilen? Was er in seinen eigenen vier Wänden tat, ging nur ihn selbst etwas an. Er ließ sich von niemandem seine Gedanken vorschreiben. Vielleicht war die Cyberporno-Ausrüstung, die er sich da bestellt hatte, sogar eine Art Unabhängigkeitserklärung.

Wie versprochen wartete die Lieferung schon am Abend vor der Tür seiner Eigentumswohnung. Er war ein wenig erschöpft von dem langen Heimweg und hob das sperrige Paket erst einmal auf und schleppte es in die Wohnung. Die rechteckige Verpackung war zusätzlich in neutrales braunes Packpapier eingeschlagen. Unspezifisch und unverdächtig, das Paket konnte alles Mögliche enthalten.

Guy trug die Sendung zum Arbeitstisch und setzte sie mit

einem Ächzen ab. Er schlitzte das Klebeband mit einem Küchenmesser auf und wühlte sich dann vorsichtig durch die Schaumstoffchips, die den Inhalt schützten. Er hob eine glänzende schwarze Kiste aus der Verpackung und stellte sie neben seinen Rechner. Als er weiterwühlte, fand er noch mehrere Kabel und Verbindungsteile, alles Standardanschlüsse. Kurz darauf hatte er auch den schwarzen Datenhelm mit all seinen Kabeln und Anschlüssen ausgepackt. Im Innern des Helmes befand sich ein Kabelsalat aus Drähten und Elektroden. Dann fand er die Datenhandschuhe, die aussahen wie unhandliche Fäustlinge, von denen dicke Kabel abzweigten.

Seine Hand fand auch noch etwas anderes zwischen den Schaumstoffchips. Etwas Kaltes, Nachgiebiges. Langsam hob Guy die künstliche Vagina hoch und wischte statisch geladene Styroporstückchen davon ab. Misstrauisch sah er sich das Ding an. Es war viel größer als er erwartet hatte. Irgendwie beängstigend.

Guy wusste, die ganze Situation war irgendwie bizarr, aber er fühlte sich seiner Kreditkarte verpflichtet. Er war jetzt schon so weit gegangen ...

Das Teil war ein klobiger Zylinder, der mit Anschlüssen und Kabelbuchsen übersät war. Dunkle Kontrolllämpchen zogen sich an den Seiten entlang. Klettverschlüsse und Nylonschlaufen waren offenkundig dazu da, den Zylinder am Körper des Konsumenten zu befestigen. An einem Ende des Objekts befand sich eine vertikale Gummiöffnung. Guy tippte vorsichtig mit der Fingerspitze dagegen. Sie war sehr weich und kühl.

Versuchsweise fuhr er mit dem Finger über die Innenseite der Öffnung. Sie teilte sich mit einem feucht-saugenden Geräusch bei seiner Berührung. Erschreckt zuckte er zurück.

Also wenn das jetzt nicht pervers ist, frotzelte die Stimme in seinem Kopf.

Das Handbuch war dünn und sachlich. Keine anzüglichen Kommentare, keine schweinischen Zeichnungen. Geschäftsmäßig und professionell. Auf dem Umschlag stand *Megabyte Meg* und die Anweisungen waren knapp und gut verständlich. Er ignorierte alles, was nicht zur Inbetriebnahme des Gerätes notwendig war. *Bedienungsanleitungen sind die Verzweiflungsschreie der technisch Unbedarften,* dachte er besserwisserisch. Guy konnte gut mit Maschinen umgehen und erwartete auch mit dieser Apparatur keine Probleme. Außerdem funktionierte das Programm in erster Linie über Stimmaktivierung. Es arbeitete also mehr oder weniger eigenständig. Man musste sich nur einstöpseln!

Guy folgte der Installationsanleitung Schritt für Schritt. Es dauerte nicht lange und alles war schon fertig. Die Drähte passten alle genau in farbig gekennzeichnete Klemmen. Die Kabelanschlüsse ließen sich mühelos auf die mehrpoligen Buchsen stecken. Ein Glasfaserkabel rastete mit zufriedenstellendem Klicken in den Adapter an der künstlichen Vagina ein.

Guy holte einmal tief Luft und schaltete den Apparat ein. Eine Vielzahl winziger grüner Lichter blinkte auf der schwarzen Konsole auf. Das Gerät war betriebsbereit.

Guy befeuchtete seine Lippen. Plötzlich war er nervös. Er fühlte sich beobachtet und schüttelte sich. Dann schloss er die Vorhänge und schaltete das Licht aus. Das zusammengebaute Gerät wartete und summte vor sich hin.

Jetzt gibt es kein Zurück mehr, hallte es in seinem Kopf. *Vielleicht hätte man das etwas feierlicher gestalten sollen.*

»Kneifen gilt nicht«, sagte Guy laut. Also los. Er zog sich aus und schnallte sich umständlich den großen Zylinder um die Hüften und an die Beine. Mit einem Gefühl der Nervosität und der Scham schob er die Gummiöffnung mit zwei Fingern auseinander und stopfte seinen schlaffen Penis hinein. Das Gerät umfing ihn in einem klammen Griff.

Eine ganz normale Betätigung für einen ganz gewöhnlichen Freitagabend!

Guy streifte die beiden Datenhandschuhe über, die bis zu den Ellbogen eng anlagen. Er beugte sich vor, um den VR-Helm aufzusetzen und erhaschte dabei eine Bewegung im Augenwinkel. Der Bildschirmschoner seines Rechners hatte den Monitor ausgeschaltet und Guy sah sein Spiegelbild auf der blanken Oberfläche. Es sah unglaublich albern aus, wie er so dastand, nackt mit einem dildoartigen Apparat zwischen den Beinen und langen Latexhandschuhen bis rauf zu den Unterarmen. Er holte tief Luft.

Dann setzte er den Helm auf, der sein Gesicht und die Ohren

vollkommen bedeckte. Darin war es stockdunkel. Er schwankte für einen Augenblick und fühlte sich orientierungslos. Schließlich tastete er hinter sich nach dem Schreibtischstuhl, was mit den Handschuhen gar nicht so einfach war. Er ließ sich auf den Stuhl fallen und die Sitzfläche presste sich kalt an seinen nackten Hintern. Er verspürte einen Druck auf den Händen und dem Kopf und eine klamme Kälte um seine Genitalien herum. Das ganze Simulationsprogramm war laut Anleitung sprachgesteuert. Er musste jetzt nur etwas sagen.

Na komm, sag den Zauberspruch, großer Meister ...

»Programm ein«, sagte er heiser mit zittrigen Fingern.

In seinen Ohren erklang ein Pfeifen, das zu einem Crescendo anschwoll. Zur gleichen Zeit begann der Apparat, um seine Genitalien zu vibrieren. Es war ein merkwürdiges Gefühl, aber nicht unangenehm. Das weiche Gummi, das ihn umschloss, schien wärmer und weicher zu werden.

Jetzt komme ich mir aber wirklich vor wie ein Perverser, dachte er.

Die Schwärze in dem Helm wich einem grellen weißen Licht. Es blendete wie strahlender Sonnenschein auf einer Wasseroberfläche. Er blinzelte und seine Augen passten sich langsam an. Aus dem grellen Licht schälte sich allmählich etwas heraus ... ein Zimmer.

Der Gesamteindruck war sehr realistisch.

Der Raum war überraschend geräumig. Er sah sich um und die Drehung seines Kopfes änderte seine Blickrichtung. Er sah zur glatten Zimmerdecke hoch und dann auf den mit Teppich ausgelegten Fußboden. Guy wusste, dass der Rechner seine Bewegungen erfasste und das Bild auf seiner Netzhaut modulierte, um es einem computergenerierten Abbild eines Schlafzimmers anzugleichen. Trotz dieses Wissens schien ihm der Raum echt und bis in die Einzelheiten hinein realistisch.

Es gab zugezogene Fenster, aber keine Türen. Ein schwaches Licht kam aus versenkten Leuchten in der Decke. Ein großes Himmelbett war mit weißen Satinlaken bezogen. Kerzen flackerten auf Beistelltischen und ein Hauch von Weihrauch stieg ihm in die Nase. Der Raum war totenstill und verströmte eine gespannte Erwartung.

Als würde etwas Kaltes, Unmenschliches geduldig abwarten.

Guy schauderte es bei dem dummen Gedanken. Er sah nach unten und sah sich selbst – nackt. Er spürte wieder die Verlegenheit in sich aufsteigen, obwohl es dafür keinen rationalen Grund gab. Er spürte im Hintergrund noch den Druck des Stuhls an seinem nackten Hintern, aber das war ganz weit weg. Die wirkliche Welt war zu einem Traum verblasst.

»Hallo?«, rief er und kam sich dabei albern vor. Seine Worte schienen in dem stillen Raum widerzuhallen. Guy zappelte herum, weil er nicht wusste, was er tun sollte.

»Initialisierung beginnt«, erklärte eine monotone elektronische Stimme, so wie die, die seine Kreditkartenbestellung angenommen hatte. »Bitte konzentrieren Sie sich auf Ihr letztes sexuelles Erlebnis.«

Ja, bitte, wenn es dir Spaß macht. Guys Verstand durchforschte seine Erinnerungen. *Da ist nicht viel zu holen,* dachte er säuerlich.

Es war zehn Jahre her, während seines Studiums an der UCLA. Eine Studentenparty mit viel Alkohol und eine junge Frau namens Kathy, die ihm erzählte, sie sei vor Kurzem verlassen worden. Sie hatte zu viele Long Island Eistees getrunken. Kathy wollte sich auf diese Weise an ihrem Ex-Freund, einem Footballspieler, rächen, was Guy aber zu dem Zeitpunkt nicht wissen konnte.

Er hatte sich die Leute durch seinen Bierkrug hindurch angesehen. Plötzlich war sie auf ihn zugekommen, eine gelbliche Erscheinung durch die Brühe. Sein getrübter Blick blieb an ihren Netzstrümpfen und dem kurzen schwarzen Rock mit dem Reißverschluss im Schritt hängen. Kathy kam schwankend auf ihn zu und sah ihn herausfordernd an.

Da er sein Glück gar nicht fassen konnte, hatte er auch bestimmt keine Lust gehabt, es zu hinterfragen. Kathy hatte gar nichts sagen müssen. Selbst ein absolutes Kellergewächs wie er wusste, worauf sie aus war. Was sie wollte.

Guy erinnerte sich an jede prickelnde Einzelheit dieser Nacht. Kathy hatte ihn kichernd mit auf ihr Zimmer genommen. Das Gefummel mit seinem Hemd und seiner Hose. Das Kribbeln auf seiner Haut, als ihre Hand über seine Brust fuhr. Das Mysterium, wie man einer Frau aus der Kleidung hilft. Die unglaubliche

Erfahrung, als sie ihm mit dem Mund ein Kondom übergestreift hatte. Durch das viele Bier und seine Nervosität war die Erfahrung nur unzusammenhängend und surreal in seiner Erinnerung geblieben. Er hatte versucht, mit ihr zu reden, aber sie brachte ihn hastig zum Schweigen und begann, ihn zu bearbeiten. Haut glitt über Haut, eine gewisse drängende Feuchtigkeit, das Gefühl ihrer Zunge in seinem Mund und auf seinem Körper. Die ungewohnten Empfindungen und die aufwallende Hitze hatten für den Augenblick alles andere in den Hintergrund gedrängt.

Am nächsten Morgen warf Kathy ihn völlig unerwartet aus ihrem Zimmer – und sprach nie wieder ein Wort mit ihm. Noch heute erzeugte der Gedanke daran in ihm Wut und das Gefühl, benutzt worden zu sein. Dabei fiel ihm jedes Mal wieder das Getuschel in den Seminaren, die sie gemeinsam besuchten, und das schmutzige Grinsen in der überfüllten Cafeteria ein.

Er hatte das dringende Bedürfnis gehabt, sich an ihr zu rächen, aber nie die Gelegenheit dazu bekommen. Er wollte Kathy bestrafen. Sie sollte Angst vor ihm haben statt ihn zu verachten. Vielleicht hätte er ihr dankbar sein sollen, dass sie ihm zu seinem ersten Sex verholfen hatte, aber er konnte nicht vergessen, dass er sich danach wie ein gebrauchtes Papiertaschentuch vorgekommen war. Guy spürte, wie sich auch jetzt noch seine Fäuste bei der Erinnerung ballten. Nach all der Zeit schmerzte es immer noch.

Ja, ja, die sentimentalen Erinnerungen an die Schulzeit, spottete seine innere Stimme.

»Anpassung läuft«, tönte das Computerprogramm.

Guy stellte fest, dass er in dem Zimmer umhergehen konnte. Er wusste, in Wirklichkeit saß er vor seinem Schreibtisch, wo Kabel und Drähte von dem Helm und den Handschuhen und diesem – diesem anderen Ding – in die kalte schwarze Konsole des VR-Simulators führten. Aber trotzdem, es fühlte sich an, als könne er hin und her gehen. Der weiche Teppich kitzelte an seinen Fußsohlen.

Hervorragende Arbeit, begeisterte sich ein Teil seines Gehirns, der die Programmierleistung bewunderte, die notwendig war, um so eine Art computerinduzierter Halluzination zu erzeugen. Er verbat sich, darüber nachzudenken. Er wollte sich nur auf die

Erfahrung konzentrieren. Laut Bedienungsanleitung wurde es so sehr viel realistischer und detailgetreuer.

Er wollte etwas ausprobieren und ging zu einem der Tische und hob eine Kerze auf. Die Flamme flackerte und folgte dem Luftzug, als er sie bewegte. Der Geruch von heißem Wachs stach ihm in die Nase. Beiläufig überlegte er, ob ihm diese virtuelle Flamme wohl die Finger verbrennen könnte. Vorsichtig streckte er den Zeigefinger nach der lockenden Flamme aus – und jaulte laut auf. Es schmerzte höllisch ... faszinierend. Er stellte die Kerze wieder ab und nuckelte an seinem verletzten Finger.

Seine andere Hand zog eine der Schubladen des Nachttischchens auf. Ein metallisches Glänzen blinkte ihm entgegen. Guy beugte sich vor und starrte in die Schublade: Handschellen, aber von innen gepolstert. Ein rosiger Vibrator mit Noppen und einem stumpfen Ende. Eine Reitgerte mit einem vergoldeten Griff. Zwei silbrige Kugeln in einem Samtkästchen. Mehrere Ringe, die aussahen, als seien sie aus Elfenbein geschnitzt. Bänder mit sehr großen Perlen. Fläschchen mit Duftölen. Federn. Dünne Seidenschnüre. Und andere Dinge, deren Funktion sich Guy nicht auf den ersten Blick erschloss. Es war das erotische Pendant einer Waffenkammer, alles, was er aus seinen Pornomagazinen kannte.

»Anpassung abgeschlossen«, verkündete die Stimme von überall um ihn herum.

Hinter Guy erklang ein murmelndes Seufzen. Plötzlich roch er ihr Parfüm, schwer und moschusartig. Voller sinnlicher Versprechungen. Ein wenig nervös richtete er sich auf und drehte sich um.

»Hallo, Liebling. Ich bin Meg.« Es war eine wirklich umwerfende Frau, die da provokant mitten im Schlafzimmer stand. Ihre Stimme war tief und kehlig ... und er spürte sie sein Rückgrat hinauf- und hinuntergleiten und tief in seinem Bauch vibrieren. Nur wenn er Meg ansah, blieb ihm schon die Luft weg. Ein kalter Schauer ließ ihn erbeben. Seine Zunge war ein empfindungsloser Klumpen in seinem Mund. Er hatte in seinem ganzen Leben keine schönere Frau gesehen.

Sie war mittelgroß und so perfekt, dass es schon fast wehtat. Kein Makel und keine Blessur verunstaltete ihre Haut oder ihren Körper. Langes blondes Haar fiel ihr in weichen Locken über die

Schultern. Übermütige Augen sahen hierhin und dorthin, von einem blassen Blau, das farblich zu ihrer knappen Unterwäsche passte. Sie hatte eine umwerfende Figur, und die wenigen Zentimeter Spitze, die sie trug, verstärkten diese Tatsache nur noch. Sie posierte einen Moment lang vor ihm, drückte die Brust heraus und zeigte ihm das Muskelspiel ihrer Oberschenkel und Waden.

Er schnappte nach Luft wie ein gestrandeter Karpfen.

Sie lächelte über seine Reaktion. »Nun, es gefällt einem Mädchen immer, wenn man seine Qualitäten zu schätzen weiß! Trotzdem wäre ein Sich-bekannt-machen ganz angebracht.« Sie verschränkte die Arme vor ihrer üppigen Brust. Guy konnte die Augen nicht von ihren langen schlanken Fingern mit den karmesinroten Nägeln losreißen. Er stellte sich vor, wie sie langsam über seinen Körper fuhren, und reagierte mit einem erregten Schaudern.

»Ich ... ich bin Guy«, krächzte er. Er kam sich nicht mehr vor wie dreißig. Eher wie zwölf.

Meg kam zwei Schritte auf ihn zu und streckte ihm elegant die Hand entgegen. »Freut mich, deine Bekanntschaft zu machen.«

Wie bei einem Roboter bewegte sich Guys Hand nach vorn und schloss sich um die Finger der Frau. Er spürte die Wärme und die Weichheit ihrer Haut. Ein Teil seines Hirns wusste, dass es sich hierbei nur um die Programmierung künstlicher Intelligenz, um Rückkopplungen und Hirnstimulation handelte. Aber trotzdem lächelte er sie ehrfürchtig an. Egal, wie sie entstanden war, Meg war perfekt.

Sie lächelte zurück und Guy sah glänzende, perlweiße Zähne. Sie drückte seine Hand sachte und Guy grunzte, als habe er einen Faustschlag in den Bauch bekommen.

»Ich bin deine Traumfrau, Guy«, flüsterte sie und zog ihn zum Bett.

»Aber ...«, brachte er gerade noch zwischen tauben Lippen hervor.

»Psst.« Ein geisterhafter Finger berührte seine Lippen. »Lass deiner Fantasie freien Lauf.« Ihre Augen schienen sich in seine hineinzubohren. »Ich gehöre dir,« hauchte sie. »Und du gehörst mir. Konzentrier dich auf alles, was du willst.«

Guy begann, von all den Dingen zu fantasieren, die er mit ihr tun konnte. Die sie zusammen tun konnten. Bilder schossen ihm durch den Kopf, von Dingen, über die er gelesen hatte. Dinge, die er nicht einmal auszusprechen wagte, geschweige denn zu tun. Dinge, für die er die Sachen brauchte, die er bereits im Nachttisch gesehen hatte. Und noch viel mehr. Dinge, die seine Vorschläge an Miranda läppisch erscheinen ließen. Ein ungeduldiges Summen lag in der Luft, wie von einem aufgeschreckten Bienenschwarm. Seine Gedanken wurden vage, Bilder willigen Fleisches zogen durch seinen Kopf.

Er war so hart, dass es schmerzte.

»So ist es recht, Geliebter«, lobte Meg. Sie griff zu und streichelte seine Erektion. Guy stöhnte, so nahe kam das körperlichem Schmerz. »Ich werde alles tun, was du willst«, gurrte sie. Guy sah den Hauch einer Zungenspitze, die über perfekte Lippen fuhr.

»Alles?«, stammelte er fasziniert.

Meg nickte. Bei der lasziven Verheißung in ihrem Lächeln bekam Guy weiche Knie. Sie führte ihn zum Bett und streichelte seine Brust und seine Schultern. Ihn schauderte. Die Satinlaken unter ihm waren kühl und glatt.

»Oh, Baby«, säuselte sie schließlich. »Du hast ja keine Ahnung.«

Ihr Kopf glitt über seinen Bauch, ihre Lippen zogen eine Spur eisigen Feuers über die Haut. Meg bedeckte seine Hüften mit seidigem blondem Haar. Guy stöhnte leise auf, als sie ihn in den Mund nahm, unglaublich tief. Er starrte die weiße Decke an. Sie schien sich zu drehen und zu kreisen wie Tiefseeströmungen. Die bleiche See erhob sich und rollte über ihn hinweg und trug ihn an fremde Gestade, an denen er noch nie gewesen war.

Und so begann es ...

Nach dieser ersten Nacht brauchte er geraume Zeit, um das schwammartige schwarze Gebilde zu reinigen, das seine schmerzenden Genitalien eingeschlossen hatte. Er hatte sich an drei verschiedenen Stellen wundgescheuert. Er dachte an Geschlechtskrankheiten und lachte dann über sich selbst. Darüber brauchte er sich bei Cybersex nun wirklich keine Gedanken machen. Man konnte sich bei einem Computerprogramm ja wohl nichts einfangen, oder?

Guy schlief in dieser Nacht wie ein Toter. Falls er träumte, dann konnte er sich später nicht mehr daran erinnern.

Irgendwie erschienen ihm die Tage bei *Imaginarium* wie in einem Nebel, während die Woche voranschritt. Guy war in Gedanken immer schon bei dem, was ihn zu Hause erwartete, und versäumte so wichtige Besprechungen und Abgabetermine. Sie waren ihm nicht so wichtig wie die allzeit willige Meg. Sie stand ihm jederzeit zur Verfügung für ...

... *alles.*

Guy wusste, dass diese Höllenmaschine seinen Verstand anregte und seine Vorstellungskraft förderte. Sie lernte aus seinen Fantasien. Die Empfindungen wurden mit jedem Gebrauch intensiver und stärker. Er konnte nicht mehr klar denken, wenn er an *Megabyte Meg* angeschlossen war. Nacht für Nacht streifte sich Guy die Ausrüstung über und aktivierte das Programm. Meg war immer da und wartete auf ihn. Sie lächelte ihm mit feuchten Lippen entgegen. Sie war so willig. Und jedes Mal schien sie ihn besser zu kennen, intimer. Er stellte keine Fragen. Er verlor sich in einem Labyrinth weicher Brüste und williger roter Lippen, drängender Bedürfnisse und kehliger Stoßseufzer. Meg inspirierte ihn zu immer neuen Experimenten, die er sich nie zuvor vorgestellt hatte, nicht einmal in seinen geheimsten Fantasien.

Es hätte genug sein sollen.

Aber nach zwei verschwitzten Wochen stellte Guy fest, dass ihm normaler Sex mit Meg nicht mehr reichte. Seine Bedürfnisse schienen in ihm zu wachsen, wie ein bösartiges Krebsgeschwulst in der Seele, das seinen Verstand zerfraß. Die Handschellen und die Reitgerte erregten ihn. Er biss Meg brutal in die Brustwarzen, peitschte sie, schlug ihr ins Gesicht. Ein Teil von ihm ergötzte sich an ihrem mitleiderregenden Wimmern und Wehklagen. Guy kam wie noch nie zuvor, als sie sich ihm unter Tränen unterwarf, gewaltsam mit seidenen Schnüren an das Bett gefesselt. Allmählich ging Megs frivole Art immer mehr verloren und sie wurde mehr und mehr zu einem Opfer.

Guy stellte fest, dass ihn solche Rollenspiele ganz besonders erregten. Dieser flehende Blick auf ihrem Gesicht war einfach unbezahlbar, wenn sie nackt auf dem Bett kniete, mit einem roten Ball als Knebel im Mund und auf dem Rücken gefesselten Händen, und er sie brutal in den Arsch fickte. Während er sich mehr und mehr seinen Gewaltfantasien hingab, redete er sich gleichzeitig immer wieder ein, dass es sich ja nur um ein Computerprogramm handelte. Es spielte gar keine Rolle, wie er sie benutzte. Ihre Meinungen und Bedürfnisse waren irrelevant. Meg war wirklich seine eigene, ganz persönliche Traumfrau.

Bis zu diesem Freitagabend.

Guy warf die Tür seiner Wohnung ins Schloss und unterdrückte einen Fluch.

Was, wenn sie mich in der Firma wirklich rausschmeißen? Übers Wochenende würde er über einiges nachdenken müssen. Unwillkürlich suchten sich seine Augen den Weg durch den Raum dahin, wo die VR-Maschine lockte. Er löste seine Krawatte und knöpfte das Hemd auf, noch während er auf den Schreibtisch zuging. Das war mittlerweile eine ganz normale Reaktion für ihn, sobald er durch die Tür kam.

Guy hatte an diesem Nachmittag seine zweite Abmahnung erhalten. Sein Vorgesetzter hatte ihm erklärt, dass man seine Leistungen mit Sorge betrachte, weil sie weit unter dem Soll lagen. Es war aufgefallen, dass Guy in den letzten Wochen immer mehr abmagerte und sich dunkle Ringe unter den Augen bildeten, und das hatte man dann zu seinen schlechten Arbeitsergebnissen in Bezug gesetzt. Sein Abteilungsleiter war sogar so weit gegangen und hatte ihn verdächtigt, Drogen zu nehmen. Guy hatte ihm ins Gesicht gelacht.

Er wusste, was sein Wohlbefinden wiederherstellen würde.

Das abendliche Ritual begann. Es lief immer nach dem gleichen Muster ab. Das Hemd wurde sorgfältig auf einen Bügel gehängt. Die Krawatte wurde zusammengerollt. Der Gürtel wurde verstaut und die Hose so zusammengelegt, dass die Bügelfalten exakt übereinander lagen. Dann wurden die Schuhe parallel zueinander zur Seite gestellt und die Socken danebengelegt. Die Unterwäsche kam in den Wäschekorb.

Mit klammen Fingern griff sich Guy die künstliche Vagina und schnallte sie um.

Die Datenhandschuhe schmiegten sich an seine Arme und er stülpte sich den Helm über den Kopf. Wut und Erwartung stauten sich in ihm auf. Er bekam bereits eine Erektion.

»Jemand wird dafür bezahlen«, murmelte er. Er schaltete den Apparat ein und sprach den magischen Spruch. Guy wusste schon, wer für diesen Ärger bezahlen würde.

Meg krümmte sich auf dem Bett zusammen, als das grelle Leuchten im Innern des Helms abebbte. In ihren Augen spiegelten sich Furcht und Widerstreben. Guy fühlte sich ein wenig schuldig, weil sie nicht mehr der aufreizende kleine Kobold war, als der sie zu Anfang aufgetreten war. Aber sie befriedigte jetzt andere, drängendere Bedürfnisse.

Und außerdem ist sie nur ein Computerprogramm. Sie ist ja keine echte Person.

»Steh auf«, schnauzte er sie an.

Langsam stand sie auf, nackt wie sie war, und bedeckte den üppigen Körper mit den Händen. Dieses verschüchterte Schauspiel war ... *aufreizend.* Meg hielt den Blick gesenkt und ihre demütige Haltung erregte ihn. Guy trat einen Schritt vor. Mit bösartigem Lächeln gab er ihr eine Ohrfeige. Das Klatschen hallte in seinen Ohren wieder. Seine Hand brannte nach dem Schlag. Meg sah ihn an. In ihren Augen loderte der blanke Hass.

Das war neu ...

»Sieh mich nicht so an«, zischte er. Er ballte die Hand zur Faust. »Du musst lernen, mich zu respektieren.«

»Miranda hatte recht«, sagte Meg regungslos.

»Was?« Er war wie vor den Kopf geschlagen.

»Du hast mich schon verstanden.« Sie machte einen Schritt auf ihn zu. Reflexartig trat er einen Schritt zurück. »Sie hatten alle recht. Du bist ein perverser Schlappschwanz.«

Eine Zornesfalte bildete sich zwischen seinen Augen. »Halt's Maul, du Schlampe!«

Meg lachte, ein hässliches Geräusch. »Du bringst es im Bett nicht. Darum hat Kathy dich doch rausgeschmissen, willst du das etwa bestreiten?«

Er spürte, wie er vor Wut rot anlief. Er stellte sich vor, wie seine Fäuste auf Meg eindroschen, wie ihre Augen unter seinen Schlägen zuschwollen und er ihr die Nase brach. Ihr Blut würde spritzen und die weißen Seidenlaken beflecken. Er stellte sich vor, wie sich seine Hände mit weiß hervortretenden Knöcheln um ihre Kehle schlossen.

Man kann ein Computerprogramm nicht umbringen, dachte Guy. Dann lächelte er. *Oder vielleicht doch. Immer und immer wieder.*

Seine Hände schossen vor und griffen nach Megs langem, milchweißen Hals. Er drückte zu und knurrte wie ein wildes Tier. Meg blickte ihm ruhig und ohne zu blinzeln in die Augen.

»Was bist du doch für ein Held«, sagte sie. Sie erstickte ganz offensichtlich nicht.

Guy ließ los. Seine Wut war schlagartig verloschen.

Irgendwas stimmte bei all dem hier nicht. Es wurde Zeit, die Sache zu beenden.

»Programm Ende«, knurrte er.

Nichts passierte. Meg stand immer noch vor ihm, nackt und perfekt. Ein leises Lächeln spielte auf ihrem Gesicht. Sie strich ihr Haar zurück und warf ihm spöttisch eine Kusshand zu.

Sie ist nur ein Programm, dachte Guy. *Sie ist nicht real. Das hört gleich auf.*

Die merkwürdige VR-Projektion mit den weißen Wänden, den weißen Vorhängen und dem kalten weißen Licht blieb bestehen. Das Himmelbett hinter Meg behielt seine Konsistenz, sogar die zerknüllten Bettlaken blieben wie sie waren. Jede Sinnesempfindung blieb so konkret wie zuvor, vom Geruch des Liebesspiels bis hin zu dem kalten Luftzug, der eine Gänsehaut auf seinen Armen hervorrief. Aber deutlicher als alles andere war das eisige Funkeln in Megs gletscherblauen Augen.

Er war irritiert. Brauchte das Programm ein paar Augenblicke, um sich abzuspeichern und dann herunterzufahren? Das war bei vielen interaktiven Spielen so. Aber eigentlich hätte sich der Computer unmittelbar nach seinem akustischen Befehl ausschalten müssen. Dann wären der Raum und sein Inhalt augenblicklich verschwunden.

»So einfach kannst du es dir nicht machen.« Sie grinste und klimperte mit den Wimpern. Es war keine Verführung, es war die Parodie einer Verführung.

»Programm aus«, rief er. Ein kalter Klumpen Angst breitete sich drückend in seinem Magen aus.

Die Frau und der Raum blieben bestehen. Er atmete ein und aus und schüttelte den Kopf.

»Ich zerfließe beinahe, wenn du so – männlich bist«, höhnte Meg ihm entgegen. Ihre Stimme war reine Verachtung. Sie streckte die Hand aus und kniff ihn hart in eine Brustwarze. In ihrem Gesicht zeigte sich nicht die geringste Spur von Begehren, es war das reglose Gesicht einer Schlange, die ihr Opfer fixiert. Der heftige Schmerz schien etwas in ihm auszulösen. Ein schrilles Klingeln dröhnte in seinen Ohren.

Das ist nur ein Spiel, verdammt noch mal.

Warum hatte sich das Programm nicht ausgeschaltet? Da war wohl ein Fehler in dem Stimmerkennungsprogramm, das war alles. Aber ihm war auch klar, dass er das Programm jetzt besser beenden sollte. Sofort!

Meg räusperte sich und Guy ertappte sich dabei, dass er sie unwillkürlich wieder ansah. Er konnte es nicht unterdrücken. Eine perfekte Figur und ein vollkommenes Gesicht, ganz ohne Frage.

»Oh, Guy ...« Megs Lächeln war nur ein kaum merkliches Zusammenziehen der Lippen. »Hat es dir gefallen, als du mich geschlagen hast? Als du versucht hast, mich zu würgen? Hat dich das erregt?«

Guy wurde plötzlich heiß. »So einer bin ich nicht«, begann er.

»Ich bin in deinem Kopf, Guy. Ich weiß, was für einer du bist. Willst du es nicht noch mal machen?« Ihre Stimme griff mit eisigen Tentakeln nach seinem Herzen. »Nur so kriegst du ihn doch hoch, ist es nicht so?«

Guy wurde klar, dass das jetzt weit über gute Programmierarbeit hinausging. Es war wie eine eisige Dusche und er fragte sich, wer *Megabyte Meg* wohl konstruiert hatte und warum. Beiläufig fiel ihm ein alter Witz wieder ein: Erotisch ist eine Feder, pervers ist es, wenn das Huhn noch daran hängt. Hier hatte er es mit einem ganzen Hühnerstall zu tun.

Er schluckte und hatte einen schalen Geschmack im Mund.

»Was ist los, Guy? Bist du plötzlich nicht mehr Manns genug?«

Sie ließ elegant eine Hand an der Rundung einer perfekten Brust entlanggleiten. Seine Augen folgten der Bewegung gegen seinen Willen. Sie zog seine Aufmerksamkeit zu den geheimen Stellen, wo er sich in einem roten Nebel aus Lust und Wut verloren hatte.

Er spürte, wie sein Körper reagierte; seine Fäuste ballten sich und seine Erektion schwoll an. Guy verbarg ein Schaudern und unterdrückte die Reaktion mit aller Willensanstrengung. *Es reicht.* Das hier hatte nichts mehr mit Sex zu tun. Es ging um etwas Älteres und erheblich Animalischeres.

Er biss sich auf die Lippen. Egal wie bizarr die Situation auch geworden war, ein Teil seines Gehirns dachte immer noch in den Kategorien des Hackers. Wenn das Programm nicht mehr auf die Stimme reagiert, dann muss man den direkten Weg gehen.

Sobald er den Helm abgesetzt hatte, würde das Programm nicht mehr seine abartigen Finger in sein Gehirn bohren können. Das Programm tat ihm das alles an, irgendwie verdrehte es die Dinge in seinem Hirn. Ruckartig griff er mit beiden Händen nach dem Helm, um die Verbindung zum Computer ein für alle Mal zu kappen.

Genauso schnell griff Meg zu und hielt seine Handgelenke fest.

Er konnte die Arme nicht mehr bewegen. Einen Augenblick lang war ihm gar nicht bewusst, dass dies unmöglich war.

Verstört und überrascht versuchte Guy, die Arme hochzurecken, aber sie rührten sich nicht. Er zerrte nach oben und unten und nach links und rechts, aber er konnte sich nicht aus Megs Griff befreien. Ihre Hände umklammerten ihn wie Stahlfesseln.

Guy starrte auf Megs schmale Finger hinunter, die sich um seine Handgelenke schlossen. Er spürte den Druck, unverrückbar und hart. Die Hände drückten fester zu und Guy musste ein schmerzhaftes Stöhnen unterdrücken.

Megs Lachen schrillte grausam in seinen Ohren. Die Furcht sammelte sich wieder wie scharfkantige Eissplitter in seinem Bauch.

Verdammt gute Programmierung, meldete sich eine sarkastische Stimme in seinem Hinterkopf.

Es gab keine auf künstlicher Intelligenz basierenden Programme, die so realistisch waren. Das hier war etwas ganz anderes. Etwas Bösartiges.

Megs Augen waren leere blaue Tümpel, die ihn genauso fesselten wie ihre Hände seine Handgelenke. Er fühlte, wie er in ihren Tiefen versank. Ein langer, langsamer, blauer Fall in die Hölle.

»Wir sind noch nicht miteinander fertig.« Sie gluckste und drückte fester zu. Er sah, wie seine Hände in ihrem Griff weiß wurden.

Ein Teil seines Verstandes kreischte: *Das kann alles nicht wahr sein!*

»Das ist das Spannende an interaktiven Realitäten«, flüsterte sie und berührte ihn sacht und spielerisch mit der Zungenspitze am Ohrläppchen. »Sie funktionieren nach beiden Seiten. Du glaubst, du kannst dich nicht bewegen, weil ich dich festhalte, und – oh Wunder der Wissenschaft – du kannst es wirklich nicht.« Meg zog ihn zu sich heran und ihr Gesicht war direkt vor dem seinen.

Sie lachte wieder, rauchig und unbestreitbar sexy. »Nein, wir sind noch nicht fertig. Ganz bestimmt nicht, Baby.« Ihre Worte hatten eine Schärfe, mit der es kein Rasiermesser aufnehmen konnte.

Guy fand es unglaublich, wie weiß ihre Zähne waren, wie strahlend hell und spitz. Und es war ebenso unglaublich, wie viele davon in diesem raubtierhaften Lächeln aufblitzten.

Er schrie erschreckt auf, als Meg ihn mühelos hochhob und auf das Bett warf. Bevor er sich rühren konnte, machte sie sich mit unglaublicher Geschwindigkeit an seinen Händen und Füßen zu schaffen. Guy hörte ein metallisches Klicken und spürte eine einschnürende Kälte um seine Hand- und Fußgelenke. Er lag flach auf dem Rücken und blickte sich panisch um.

Meg hatte ihn an die vier Bettpfosten gefesselt. Guy konnte weder Arme noch Beine bewegen. Er war vollkommen fixiert. Mit ausgestreckten Gliedmaßen wie ein Frosch auf dem Seziertablett in der Biologiestunde.

Wenn er nur den Helm loswerden könnte, dann wäre auch die Verbindung unterbrochen. Mit neuer Hoffnung begann Guy, den Kopf hin- und herzuwerfen. Wenn er heftig genug den Kopf schüttelte, dann würde der Helm irgendwann von seinem halluzinierenden Schädel fliegen.

Die Decke des künstlichen Schlafzimmers schien an Kontur zu verlieren, als er den Kopf hin- und herschleuderte. Die Szenerie begann zu verschwimmen und sich aufzulösen. *Ja,* dachte er, *das klappt,* und verstärkte seine Anstrengungen.

Er fühlte einen heftigen Schmerz mitten im Gesicht. Instinktiv schloss er die Augen und keuchte auf. Er spürte, wie brutal an einem seiner Ohrläppchen gezogen wurde, bis er die Augen wieder öffnete.

Guy sah auf und erkannte Meg, die ihn grimmig anblickte. Sie saß auf seinem Bauch und hielt ihm die geballte Faust so dicht vor die Nase, dass er schielen musste, um sie zu sehen. Vage wurde ihm klar, dass sie ihm gerade die Nase gebrochen hatte.

»Was für ein unartiger Junge. Du musst stillhalten, bis Meg mit dir fertig ist.« Sie streckte einen Finger aus und stieß damit gegen seine Nase. Er schrie auf bei dem schrecklichen Gefühl von zerschmettertem, gegeneinander schabendem Knorpel. Tränen und Blut strömten ihm über das Gesicht, und als er schluckte, schmeckte es salzig und nach Kupfer.

»Und bis es so weit ist, wird es noch sehr lange dauern.« Sie studierte ihren blutbeschmierten Finger. Die Farbe war identisch mit der Farbe ihres Nagellacks. Er konnte nicht unterscheiden, wo das eine aufhörte und das andere anfing. Sie sah Guy direkt in die Augen und leckte dann langsam und genussvoll das Blut von ihrem Finger.

Sein Blut. *Das ist unmöglich ...*

Fast beiläufig schob Meg ihn an den Rand des Bettes und wühlte in dem Nachttischchen. Guy vermied es sorgsam, sich zu bewegen. Der pochende Schmerz in seiner Nase hatte ihn Vorsicht gelehrt.

Ich muss irgendwie einen Ausweg finden. Ich darf nicht die Nerven verlieren. Seine Gedanken rasten auf der Suche nach einer Idee.

Meg kam in sein Blickfeld zurück und wedelte ihm mit einer Zigarettenpackung vor der Nase herum. Sie schüttelte eine Zigarette aus der Packung und fischte sie mit ihren weißen Zähnen heraus. Von irgendwoher tauchte ein Feuerzeug in ihrer anderen

Hand auf und sie zündete die Zigarette an. Das Feuerzeug verschwand ebenso schnell wieder wie es aufgetaucht war. Für einige Momente rauchte Meg schweigend.

Der ungeheure Detailreichtum der ganzen Situation erstaunte immer noch einen unbeteiligten Teil seines Verstandes.

Das kannst du später bewundern, erinnerte er sich. *Wenn du den Helm endlich los bist.*

»Meg?«, brachte er schließlich heraus, in einem beinahe gefassten Tonfall. Er wusste, er musste mit ihr reden, um ein paar Hinweise zu erhalten. Um sich aus diesem Schlamassel zu befreien. Mit den richtigen Worten würde sich das Programm sicherlich ausschalten lassen.

»Ja?«, erwiderte sie nach ein paar Sekunden und blies eine dünne Rauchwolke in die Luft.

»Was willst du?«, fragte Guy.

Meg beugte sich vor und ihr heißer Atem traf sein Gesicht. Seine gebrochene Nase schmerzte. »Ich will, dass du weißt, wie sich das anfühlt.«

»Das verstehe ich nicht«, murmelte Guy. Er roch ihren Moschusduft und spürte, wie ihr langes seidiges Haar über seine Brust strich.

»Ich will, dass du weißt, wie es sich anfühlt, ein Spielzeug zu sein. Wie es ist, wenn man sich leer und missbraucht vorkommt.« Megs Augen wurden durchdringend, ihre schönen Gesichtszüge kalt und fern wie der Mond.

Nach einem Augenblick seufzte sie und lehnte sich vor, ganz nah an sein Gesicht heran. Sie ließ die Lippen sachte an seiner Wange entlanggleiten bis zu seinem Ohrläppchen und nahm es spielerisch zwischen die Zähne. »Es reicht nicht, dir das zu erzählen«, hauchte sie. »Ich will es dir zeigen.«

Und dann biss sie zu. Heftig.

Guy schrie vor Schmerzen.

Ich muss einen Ausweg finden, bibberte sein Verstand. *Es kann sein, dass ich hier stundenlang, tagelang gefangen bin, bis mich jemand vermisst.* Wenn er die Verbindung zu dem VR-Simulator nicht selbst unterbrechen konnte, dann würde jemand in die Wohnung kommen und das für ihn tun müssen.

Wie lange würde das wohl dauern?

Sie wartete geduldig und sog in langen Zügen an ihrer Zigarette. Meg sah immer noch umwerfend aus, trotz allem, was sie ihm angetan hatte. Ihre Augen glitten besitzergreifend über seinen gefesselten Körper.

Stunden? Der Gedanke legte sich wie ein nasser Lappen auf seinen Verstand.

»Deine erste Lektion hat soeben begonnen, mein Geliebter. Jetzt werde ich dich lehren. Schließlich warst du auch mein Lehrer.«

Tage? Guy bedauerte plötzlich, dass er die Bedienungsanleitung weggeworfen hatte. Hatte er vielleicht einen wichtigen Warnhinweis übersehen?

Meg blickte auf ihre glühende Zigarettenspitze hinunter. Dann auf seinen nackten Körper. Guy blinzelte durch Tränen hindurch und sah, wie auf ihrem Gesicht ein Lächeln aufstrahlte.

»Nein«, bettelte er.

Ihr Lächeln wurde breiter. Und ihre Hand senkte sich langsam seinem Körper entgegen.

»Aber ja doch.« Sie drückte die Zigarette auf seiner Brust aus.

Er unterdrückte einen Aufschrei.

Wie lange wird es dauern, bis mich jemand findet? Wir haben heute erst Freitag und ich muss erst am Montag wieder zur Arbeit.

Meg öffnete erneut die Schublade. Sie zog einen glänzenden schwarzen Elektroschocker hervor, den er da noch nie gesehen hatte. Schweigend musterte sie ihn einige Augenblicke lang. Dann drückte sie auf einen Schalter an dem Gerät und ein greller, blauweißer Funke zuckte von einer unangenehm spitzen Elektrode zur anderen. Der Geruch von Ozon breitete sich aus.

Wie lange?

Guy holte tief Luft, um etwas zu sagen, um sie umzustimmen, um zu schreien. Um irgendetwas zu tun, dass diesem Wahnsinn ein Ende bereitete, irgendetwas, bevor es zu spät war. Aber da hatte Meg ihm bereits einen Hartgummiball in den Mund geschoben und seine Lippen mit Klebeband verschlossen.

DER MANN FÜR ALLE GELEGENHEITEN

Lucy Taylor

»Er sollte selbstverständlich jung sein, braun gebrannt, lange Haare, blond, mit blauen oder grünen Augen«, sagte Beth Dobbs und blickte auf die Anzeige in ihrer Hand, während sie mit der misstrauisch klingenden Frau sprach, die ihren Anruf entgegengenommen hatte. »Keine Brustbehaarung, muskulöse Figur und natürlich entsprechend ausgestattet. Ja, ich glaub Ihnen ja, dass sie das alle sind. Was ist also? Haben Sie jemanden, der blond ist, blaue Augen und einen großen Schwanz hat? Wie heißt er? Corky? Ja, er scheint brauchbar zu sein. Ja, ich warte.«

Es gab eine Unterbrechung, weil die Dame am Telefon mit jemandem Zwiesprache hielt. Beth spürte fast die Spannung, die sich über die Leitung übertrug. Die guten Leutchen bei *Der Mann für alle Gelegenheiten* hatten Angst, sie könne von der Sitte sein. Das war auch gar nicht so abwegig. Wie viele Frauen rufen schon bei einem männlichen Callboy-Dienst an, selbst in einem durchgeknallten, abgefuckten, schwanzlutschenden Kaff wie Las Vegas?

Die Telefonistin war wieder in der Leitung. Ob Beth sich auch wirklich darüber im Klaren sei, was sie da kaufe?

»Ja, ich weiß, die offerierte Dienstleistung beschränkt sich nur auf Striptease. Kein Sex, nur die Show. Der Striptease kostet einen Hunderter, alles andere muss ich mit dem Darsteller direkt abklären. Ja, ich verstehe. Es handelt sich nicht um die Vermittlung sexueller Dienstleistungen.«

Natürlich nicht. Wer würde so etwas schon erwarten? Und in Caesar's Palace gibt es keine Glücksspielautomaten.

Beth hinerließ ihren Vornamen, den Namen des Motels und die Zimmernummer. Die genaue Adresse wollten die gar nicht wissen – wahrscheinlich schickten sie andauernd ihre »Stripper« dorthin. Sie legte auf und begann zu lachen, bis das Lachen umschlug und sie von trockenen lautlosen Schluchzern geschüttelt wurde, bis ihre Brust schmerzte, als hätte eine ganze Balletttruppe sie als Unterlage für das Can-Can-Training benutzt.

»Corky«, murmelte sie, »blonder, braun gebrannter Corky, ich glaube, du wirst mir wirklich gefallen.«

Beth warf einen Blick auf die *Der Mann für alle Gelegenheiten*-Anzeige, die sie aus einer Ausgabe von *Nightline* herausgerissen hatte, einem schmierigen Anzeigenblatt im Zeitungsformat, dessen Zielgruppe die Las-Vegas-Klientel war, die eher mit dem Schwanz als mit Dollars spielte. Der Name ›Corky‹ war mit Kugelschreiber an den Rand einer Anzeige gekritzelt, die einen anabolikagestärkten blonden Mann mit einem schiefen Johnny-Depp-Grinsen und einem zerrissenen T-Shirt zeigte, das eine Männerbrust mit einer erigierten Brustwarze entblößte, die der Wunschtraum eines jeden Babys sein müsste. Oder der eines erwachsenen Mannes.

Oder der einer nervösen verheirateten Frau in den Dreißigern, die in einer heißen Las-Vegas-Nacht nach einem Abenteuer suchte.

Beth warf einen Blick auf ihre Piaget-Uhr. Anderthalb Stunden, hatte die Frau am Telefon gesagt. Viel Verkehr am Samstagabend. Nutten, die ihre Freier bedienten; Transsexuelle in Strapsen und Wonderbras, die mit ihren Schwänzen unter engen Lederröcken wackelten; und Strichjungen, die sich mit perversen, zweifelhaften Damen in schmierigen Absteigen trafen. Na ja, mindestens eine perverse zweifelhafte Dame.

Beth Dobbs trocknete ihre Tränen und machte sich daran, das schäbige Motelzimmer vorzubereiten, dessen Nüchternheit, bar jeder dekorativen Bemühung, sie an die Krankenhauszimmer erinnerte, in denen sie in ihren Schwesterntagen gearbeitet hatte; graue Zimmer, in denen der einzige Farbton meistens von Blut herrührte. Sie wollte, dass alles in diesem Zimmer perfekt aussah, es sollte genau richtig sein. So wie es Corky erwarten würde.

Sie dachte an ihn und leckte sich die Lippen.

Corky.

Zu bezahlen, um von einem gut aussehenden Mann gevögelt zu werden, hatte nicht immer zu Beth Dobbs Fantasien gehört. Es war noch gar nicht so lange her, vor ihrer ersten Begegnung mit Charlie, dass ihre Vorstellung von einer Romanze ziemlich prüde gewesen und hauptsächlich vom schwülstigen Stil der Kitschromane gespeist worden war – in ihren Tagträumen machte man Liebe mit ihr, sie wurde erobert, verführt oder genommen, aber nicht gefickt, geritten, genagelt oder durchgezogen. Und da war sie auch immer nur sie selbst, Beth Conners (damals noch), nicht irgendein kostümiertes Klischee aus einem schmutzigen Film – ein Pornostar, ein Schulmädchen, eine strenge Lehrerin oder eine Hure.

Nicht, dass sich Charlies sexuelle Neigungen auf Rollenspiele beschränkten. Er liebte eine Menge einfallsreicher Demütigungen. Manchmal zwang er sie, sein Sperma zu trinken (aus einem Schälchen, dekoriert mit einer Kirsche – er nannte das einen original Sperma-Cocktail, nicht das billige Imitat, das man in jeder Bar bekam). Zurzeit gefiel es ihm, wenn sie die Prostituierte gab. Sie trafen sich dann anonym in schmierigen Hotels, solchen wie dem, in dem sie sich gerade befand.

Charlie hätte Porno-Produzent werden sollen, dachte sie, als sie frische Laken – die goldfarbenen, die sie von zu Hause mitgebracht hatte – auf die fleckige Matratze aufzog. Stattdessen hatte er eine andere Berufung gefunden – er war der Finanzguru der Leichtgläubigen und Gierigen, die einfach nicht begriffen, dass die Finanzmakler auf den Werbekanälen im Fernsehen wirklich wussten, wie man ein Vermögen macht: Nicht, indem man in Immobilien investiert, sondern indem man die Trottel dazu bringt, 500 Dollar für ein *»Wie mache ich eine Million«*-Seminar auszugeben, zu dem man dann natürlich noch die Motivations-CDs braucht und selbstverständlich auch das Jahresabo des monatlichen Dobbs-Reports für sechzig Dollar.

Und war sie selbst nicht genauso gierig, genauso dumm und genauso naiv gewesen wie all die anderen? Sie hatte einen Job als Assistenzschwester am Existenzminimum aufgegeben, um Mrs Charles R. Dobbs zu werden und all das zu genießen, was Charlies Reichtum ihr bieten konnte – zwölf Jahre mit den neuesten Sportwagen, den edelsten Designer-Garderoben, den teuersten Wellness-Wochenenden. Aber auch zwölf Jahre, in denen sie nur ein Teil mehr in der Sammlung von Charlies Besitzständen gewesen war; zwölf Jahre, in denen ihr Selbstvertrauen verschwunden und ihr Respekt vor sich selbst vernichtet worden war. Ganz zu schweigen von den zahllosen blauen Augen und den aufgeplatzten Lippen.

Zwölf Jahre, in denen sie gelernt hatte, welcher Art von Vergnügen Charlie Dobbs nachging, wenn er gerade nicht in Luxuslimousinen vor Nobelhotels vorfuhr, sein Schwiegerjungen-Lächeln grinste, mit gekünstelter Herzlichkeit die Elfenbeinkronen seiner Zähne zeigte und das getönte Haar genau so gekämmt trug, dass man gerade nicht mehr die Nähte von der letzten Haartransplantation sehen konnte. Tatsächlich waren seine schlauen Äuglein aber immer nach innen gerichtet, planten, intrigierten und geilten sich an seinen zwei persönlichen Götzen auf: Dollars und Sex. Und als sie sich dann von ihm scheiden lassen wollte und dachte, sie könne ihm sein Geld abnehmen, oder wenigstens einen beträchtlichen Teil davon, da hatte Charlie ihr erklärt, sie würde nicht einmal die Zeit haben, sich einen Anwalt aus dem Telefonbuch zu suchen. Er würde sie lange vorher umbringen lassen.

»Es gibt eine Menge Leute, die ohne Skrupel töten, wenn der Preis stimmt«, hatte Charlie gesagt. »Man muss nur den richtigen finden.«

Zu schade, dass sie nie einen von diesen Leuten gefunden hatte. Sie hätte bestimmt allen Grund gehabt, sich seiner Dienste zu bedienen.

Zum einen waren da die anderen Frauen. Die meisten waren Prostituierte, weil gekaufter Sex Charlie erregte. Und es gefiel ihm, kleine Erinnerungsstücke an seine sexuellen Eskapaden zu behalten – was so weit ging, dass Beth sich fragte, ob er irgendwann einmal eine pornografische Autobiografie verfassen wollte.

Bei Charlies Ego war alles möglich. Sie hatte Übung darin bekommen, die zärtlichen Liebesbriefe, Hotelabrechnungen und sogar die schmutzigen Fotos von Charlie und seinen Gespielinnen zu finden, die er in dem Rattenloch versteckt hatte, das er als sein Büro ausgab. Das einzig Positive an der ganzen Sache war, dass Charlie sich offenbar nie wirklich in eine von ihnen verliebte und dass er auch nie in größerem Maße Zeit oder Geld an eine seiner Schlampen verschwendete. Er kam immer wieder zu ihr zurück. Sie hatte also nie einen Gedanken daran verschwendet, ersetzt zu werden. Bis ...

»Es geht um Macht«, hatte Charlie ihr eines Tages erklärt, als sie schon ein paar Jahre verheiratet waren, und sie ihn mit einer koreanischen Nutte und einem kleinen Jungen, der behauptete, der kleine Bruder der Frau zu sein, in einem Doppelbett im Hyatt in Chicago erwischt hatte. »Man mietet sich einen Mund oder einen Arsch oder eine Fotze für eine vorher festgelegte Zeitspanne, benutzt sie, wie es einem gefällt, und schert sich nicht einen Deut darum, was die von dir denken, ob du dir an dem Morgen die Zähne geputzt hast oder ob du einen fahren lässt, wenn du dich hinunterbeugst, um dir die Schuhe zuzubinden oder sonst etwas. Das ist ein Gefühl der Macht, wie du es dir einfach nicht vorstellen kannst.«

Wirklich nicht, Charlie?

Wir werden ja sehen!

Sie würde herausfinden, wie sich diese Art Macht anfühlte, wie das war, wenn man die Regeln vorgab, die Fäden zog, die Richtung bestimmte. Sie würde es sehr bald herausfinden.

+++

»Sind Sie Bess?«

Der junge Mann aus der *Mann für alle Gelegenheiten*-Reklame stand vor der Tür, mit rapunzelblonden Haaren und einer gleichmäßigen Teakholz-Bräune. Wäre sie ihm in der Stadt begegnet, hätte sie ihn für den typischen Profi-Surfer gehalten, der den Rest des Jahres im Kraftstudio verbrachte. Calvins, die den Schritt betonten, ein weites blaues Seidenhemd, bei dem die obersten

Knöpfe geöffnet waren und einen perfekten Solarplexus freilegten. An beiden Händen funkelten diamantbesetzte Ringe.

Sie setzte an, um ihn wegen des Namens zu korrigieren, überlegte sich dann aber, dass es ganz gut war, wenn er ihren Vornamen falsch verstanden hatte.

In dem schmucklosen Hotelzimmer schien er den ganzen Raum auszufüllen. Seine Energie, hundert Prozent angespannte Muskeln und Testosteron, brachte die Luft um sie herum zum Kochen und umgab ihn mit einer Aura von Hormonen und Hitze.

Und Geilheit. Ihrer Geilheit.

Beth hatte nicht gedacht, dass es so erregend sein würde. Vielleicht hatte Charlie recht gehabt mit dem gekauften Sex. Oder vielleicht waren es auch nur die Umstände, unter denen sie den Sex gekauft hatte ... jedenfalls spürte sie, wie ihre Klitoris pochend zu einem erbsengroßen Ständer angeschwollen war und wie ihre Brustwarzen unter dem Top hart und kugelrund wurden. Ihre Brüste, die schon vor so vielen Jahren vergrößert worden waren, dass sie ganz vergessen hatte, dass sie irgendwann einmal durchschnittlich gewesen waren, reckten sich in all ihrer G-Körbchen-Pracht. Ihr Haar, das sie für das neue Image, das sie jetzt verkörpern wollte, erst an diesem Morgen von blond nach kastanienrot umgefärbt hatte, fiel ihr voll und lockig über die Schultern. Sie hatte Make-up aufgelegt und trug gefärbte Kontaktlinsen, die ihre azurblauen Augen rauchgrau färbten.

Ob Corky schwul oder bi oder nur ein normaler Callboy war, war ihr egal. Sie wollte, dass er sie wollte. Das wäre ein weiterer kleiner Triumph über Charlie.

»Das macht hundert Dollar für den Strip«, sagte er. Er hatte eine leichte Whiskeyfahne und Augen in der Farbe von Eiswasser. Sein Gebaren war rein geschäftsmäßig.

Beth reichte ihm den Geldschein, dann zählte sie drei weitere ab.

In seinen Augen kämpfte die Gier gegen das Misstrauen an. »Wofür sind die?«

»Man hat mir gesagt, wir könnten uns – na ja, auf mehr als nur den Strip einigen. Es gibt da noch ein paar andere Sachen, die ich gern tun würde. Sachen, die mein Mann mit mir macht, die ich aber auch mal ausprobieren will.«

»Und Ihr Ehemann, wo ist der gerade?«

»Keine Angst«, sagte Beth. »Er versteckt sich nicht im Kleiderschrank, um zuzusehen, falls Sie das meinen.«

»Schon okay, wenn er das tut«, sagte Corky und glitt mit der Eleganz eines Panthers zum Kleiderschrank, um nachzusehen. »Das kostet dann nur extra.«

Als sie sah, wie er zwischen die Bügel spähte, schlug Beths Nervosität in Ärger um. Er sollte nicht herumschnüffeln. Sie wollte zur Sache kommen.

»Wenn ich also genug bezahle, dann tun Sie alles, was ich will?«

»Schätzchen, so viel Geld haben Sie gar nicht.«

Sie lächelte. »An Ihrer Stelle würde ich darauf nicht wetten.«

Sie zog eine Rolle mit Geldscheinen aus der Tasche, schälte zwei weitere Hunderter heraus und drückte sie ihm in die Hand.

»Meinetwegen«, sagte er. »Wenn der Preis stimmt, machen wir alles, was Sie aufgeilt. Sagen Sie mir einfach, was Sie wollen.«

Das tat sie – zumindest ansatzweise. Ein seltsamer Ausdruck aus Abscheu und belustigter Befremdung zeigte sich auf seinem Gesicht. Dafür wollte er dann noch dreihundert Dollar mehr haben.

Beth zahlte. Schließlich war es Charlies Geld.

+++

Ein paar Sekunden später lag Corkys Kleidung in einem Haufen auf dem Fußboden.

Beth trat einen Schritt zurück und begutachtete die Ware. Deutlich modulierte Brustmuskeln, ein Bizeps von der Größe einer Grapefruit und der Schwanz war auch in nicht erigiertem Zustand gute zwanzig Zentimeter lang. Es war offensichtlich, warum jede Frau – und jeder Mann, wenn er solche Neigungen verspürte – von ihm entzückt sein musste. Trotzdem waren ihre Handflächen verschwitzt, als käme sie gerade aus dem Dampfbad, und ihr Herz vollführte irre Pirouetten in ihrer Brust.

War sie wirklich fähig, das durchzuziehen?

Verdammt, wieso nicht? Sie war bereits so weit gekommen. Seit sie Charlie kennengelernt hatte, hatte sie schon so viele Dinge getan, die sie sich niemals zugetraut hätte.

Er sah sie an und wartete auf weitere Anweisungen. »Und jetzt?«

Beth griff unter die Matratze und holte das Jagdmesser hervor, das sie dort versteckt hatte. Sie sah, wie Corkys Blick kurzzeitig erstarrte. Sie ergriff das Messer an der Klinge und reichte es ihm.

»Schneiden Sie mir die Kleider vom Leib.«

»Wie belieben.«

Sie schloss die Augen und spürte, wie die Klinge durch den dünnen Stoff ihres T-Shirts und des kurzen Wickelrocks sirrte. Und dann der etwas festere Druck, als auch ihr BH und der Slip der Klinge zum Opfer fielen und zu Boden sanken.

»Ich hoffe, Sie haben Kleidung zum Wechseln dabei«, sagte er und musterte sie von oben bis unten. Er mochte ja auf Männer stehen, aber seine Hetero-Neigungen waren stark genug, um seinen Schwanz auf die Größe einer preiswürdigen Zucchini anschwellen zu lassen.

»Ich habe Ersatz dabei«, sagte Beth und deutete auf die Einkaufstasche in der Ecke.

»Welche Stellung soll es sein?«

»Doggie.«

»Schön.«

Er wartete darauf, dass sie sich in Position brachte.

»Nicht ich, Süßer. Du.«

Sie lächelte.

Du hattest recht, Charlie, es macht Spaß, wenn man die Regeln bestimmen kann.

Er begab sich auf das Bett und reckte den knackigen Hintern in die Höhe.

Während er in dieser unvorteilhaften Stellung wartete, schnallte sie sich das Objekt um, mit dem sie seit ihrem Besuch bei *My Mistress's Toys – Leder und Latex für den Schwulen, der schon alles hat* geübt hatte. Ein Gummiphallus, den sie sich mithilfe eines Gurtes um die Hüften zwischen die Beine schnallte.

»Schön festhalten, Süßer, das wird jetzt ein Ritt!»

Das hätte auch von Charlie kommen können. Man musste aufpassen, dass man sich nicht daran gewöhnte.

Vorher, im stillen Kämmerlein, hatte sie sich noch gefragt, ob sie das wirklich tun könnte, aber es stellte sich heraus – wie bei so vielen anderen Dingen –, dass die Grenze zwischen Ficker und Gefickter zu überschreiten, weit einfacher war als vermutet.

Sie fasste Corky an den Hüften und kniete sich in Position, dann stellte sie sich vor, wie Charlie das tun würde, und stieß zu.

Corkys Rosette war offenkundig kampferprobt – es war schwerer, den Strohhalm durch den Plastikdeckel eines Softdrinks zu stecken. Er grunzte und steckte es weg wie ein Profi.

»Ich weiß, dass das wehtut«, sagte sie mit mitleidig sarkastischem Unterton, »aber denk nur an all das viele Geld, das du so verdienst. Denk daran, was du dir alles damit kaufen kannst. Das tue ich jedenfalls, wenn mein Mann mich so nimmt. Ich schließe die Augen und denke an Ferragamo-Pumps für dreihundert Dollar das Paar, und Wochenenden im Broadmoor mit zweistündigen Shiatzu-Massagen. Ich halte mir vor Augen, was ich alles mit dem Geld machen kann.«

Während sie sprach, kopierte sie Charlie – sie passte den Rhythmus ihrer Stöße den Silben an, sodass die Worte wie Rap-Gesang klangen. Sex-Rap zu einem atonalen akustischen Hintergrund aus billig quietschenden Bettfedern und Corkys gelegentlichem gepeinigten Grunzen.

»Weißt du, was mein Mann sonst noch gerne tut?»

Als er nicht antwortete, riss sie seinen Kopf an den Haaren zurück und schlang ihm den Gürtel, den sie aus seiner Hose gezogen hatte, um den Hals.

»Du genießt das doch, oder? Dir gefällt doch jede Minute, gib's zu!«

Er quetschte unverständliche zustimmende Laute hervor. Augen zu und durch, wie es so schön heißt. Sie war selbst so jemand.

»Bin ich die Beste, Corky? Bin ich die verfickt noch mal Beste?«

»Ja.»

»Sag es. Lauter. Besorg ich es dir besser als jeder andere, oder nicht?»

»Ja! Ja, du bist besser als alle anderen.»

Sie fand jetzt einen Rhythmus und erkannte die saugenden Geräusche, wenn sie zustieß und sich wieder zurückzog. Sie hörte Corky tonlos vor sich hin fluchen.

War es das, was Charlie so anmachte? War es so, weil er wusste, dass ihre Beziehung auch nur eine finanzielle Transaktion war, dass er sie gekauft und bezahlt hatte? Und kam er überhaupt auf die Idee, dass sie, obwohl sie ihn gar nicht mehr liebte, trotzdem noch seine Brieftasche, seine Schränke und Schubladen durchsuchte, wenn er nicht zu Hause war, getrieben von dem Gedanken, dass er jemanden finden könnte, der hübscher war als sie, besser im Bett, jemand, der sie beim Ausgeben all des Geldes ersetzen könnte?

Sie zog sich aus ihm zurück und beäugte Corkys hochgereckten Arsch. Ihr kam ein Gedanke.

»Wie gelenkig bis du?«

»Wieso?«

»Hast du jemals eine Yoga-Stellung namens ›Der Pflug‹ gesehen?«

Hatte er nicht, also erklärte sie es ihm. »Mit einem Schwanz so lang wie deiner dürfte das kein Problem sein.«

Er runzelte irritiert die Stirn, legte sich dann aber auf den Rücken, schwang die Hüften zu einer Kerze hoch, wie sie es ihm erklärt hatte, und ließ dann die Beine und Füße hinter seinen Kopf fallen. Sein Schwanz hing jetzt direkt über seinem Mund.

»Noch ein bisschen mehr, na komm, du schaffst das!«

Er kniff die Arschbacken zusammen, zog den Bauch ein und nahm die Spitze seines eigenen Penis in den Mund und leckte ihn fachmännisch.

Beth klatschte entzückt in die Hände.

»Das ist toll, Corky. Und jetzt kommt das Beste überhaupt.«

Sie suchte in ihrer Einkaufstasche und kramte einen billigen Scherzartikel heraus, eine Tasse in der Form einer weiblichen Brust. Corky setzte sich im Bett auf. Sie reichte ihm die Tasse.

»Ich will, dass du da rein abspritzt.«

»Ich soll was?«

»Du sollst in die Tasse abspritzen. Ich will sehen, wie du dein Sperma trinkst.«

Er lächelte sie säuerlich an. »Du bist wirklich durchgeknallt.«

»Dafür wirst du auch verdammt gut bezahlt, oder?«

»Nicht für kranken Scheiß wie das hier.«

Sie lächelte und griff nach ihrer Geldbörse. »Mach den Mund weit auf, Schätzchen.«

Er tat es. Sie stopfte drei Hundert-Dollar-Scheine hinein.

Als er sie herausnahm, war er anscheinend erheblich durstiger.

»Und dein Mann verlangt solche Sachen von dir?«

»Das und weit Schlimmeres.«

»Aber er hat eine Menge Geld?«

»Massen.«

»Klingt wie jemand, ohne den die Welt besser dran wäre.«

»Amen«, sagte Beth.

Während er masturbierte, lehnte Beth hinter ihm, ließ seinen Kopf auf ihren Brüsten ruhen und knetete seine Brust, während sie mit den Zähnen an seinem Ohr spielte.

Als er kam, nahm sie die Tasse mit ihrem milchig weißen, charakteristisch würzigen Bodensatz, hob sie an die Lippen und tat so, als würde sie daran nippen. »Der Rest ist für dich«, sagte sie, »aber weil du so ein guter Junge warst, füge ich noch etwas Aroma hinzu.«

Sie ging ins Badezimmer, wo sie das Ejakulat mit einem Mischgetränk aus Bananensaft und Rum versetzte, das sie im Spirituosenladen ein paar Häuser weiter gekauft hatte, und verrührte alles.

»Hier«, sagte sie, reichte Corky den Drink und erinnerte sich dabei an all die Male, als Charlie dieses Spiel mit ihr gespielt hatte.

Er nahm einen Schluck. »Wow, da ist so viel Rum drin, da schmeckt man gar nicht ... da schmeckt man den Rest nicht mehr.«

»Stell dir einfach vor, das ist ein Sperma-Cocktail. Das Original, nicht das billige Imitat, das man in jeder Bar bekommt.«

Er hob fragend eine Augenbraue, als er den Rest ausgetrunken hatte. »Sonst noch etwas, was ich tun soll?«

»Nichts Schwieriges. Einfach nur ein bisschen reden.«

»Ach ja? Worüber?«

»Das sind hübsche Ringe, die du da trägst.«

Er lächelte und war offenkundig geschmeichelt, dass sie seinen Schmuck bemerkt hatte. »Die sind sogar echt. Und das ist noch gar nichts – ich habe auch noch Armreifen, Halsketten, sogar einen neuen Jaguar.«

»Einer deiner Kunden?«

»Ja. Er findet, ich bin was ganz Besonderes.«

»Das ist schön.« Beth streckte die Hand aus und streichelte seine blonde Mähne. »Aber wieso musst du dann noch arbeiten? Das klingt, als hättest du ausgesorgt.«

»Oh, das wird noch, ganz bestimmt«, sagte Corky. »Aber erst muss er ...«

»... seine Frau loswerden?«

Corky wurde plötzlich grün im Gesicht. »Wie viel Rum war da eigentlich in dem Zeug?«

»Nur ein oder zwei Schuss. Der Rest war ...»

Er versuchte sich aufzusetzen, fiel aber nach hinten und starrte mit einem albernen betrunkenen Gesicht zu ihr hoch.

»... Chloralhydrat. Das kenne ich noch aus meiner Zeit als Krankenschwester. Es ...«

Seine Augen schlossen sich.

»... setzt die Leute sehr schnell außer Gefecht ... vor allem, wenn es mit Alkohol gemischt wird.«

Beth wurde jetzt hektisch. Sie suchte ihre zerschnittene Kleidung zusammen und stopfte sie in die Einkaufstasche, dann zog sie die Jeans und den Pullover an, die sie mitgebracht hatte. Sie kniete sich neben das Bett und zerrte den blutverschmierten Leichnam ihres Ehemanns hervor, den sie dort ein paar Stunden früher versteckt hatte.

Sie benutzte einen Kissenbezug, um das Jagdmesser vom Boden aufzuheben und es auf Charlies Brust fallenzulassen. Es war gut gewesen, um ihre Kleidung damit zu zerschneiden, aber noch besser, um Charlies Kehle durchzuschneiden. Das war vor ein paar Stunden gewesen, als sie sein Lieblingsspiel gespielt hatten: Callgirl-kommt-um-Mann-in-Hotelzimmer-zu-treffen. Die blutige Bettwäsche hatte sie bereits in ihrer Einkaufstasche verstaut. Sie würde sie später verschwinden lassen.

Als Letztes ließ sie auf der Kommode noch ein paar der Fotos zurück, die sie zusammen mit der Anzeige von *Der Mann für alle Gelegenheiten* und Corkys Namen in Charlies Schreibtisch gefunden hatte. Die Fotos hatten sie nicht sonderlich gestört – wohl aber die Quittungen für diese teuren Geschenke, und die leidenschaftlichen schwulen Liebesbriefe, in denen sie erörtert hatten, wie sie sie loswerden könnten. Da hatte sich ihr wirklich der Magen umgedreht.

Du hattest recht, Charlie, dachte sie. *Wenn der Preis stimmt, dann gibt es eine Menge Menschen, die dafür morden – mir war nur nie klar, dass ich auch dazu gehöre.*

Sie warf den Zimmerschlüssel auf das Bett und schlüpfte hinaus in die trockene Hitze der Wüstennacht, auf dem Weg zu einer Telefonzelle, um die Notrufzentrale anzurufen und den anonymen Hinweis loszuwerden, dass da gerade ein Callboy seinen Kunden ermordet hatte.

FIVE CARD STUD

Michael Newton

»Nette Bude«, meinte Tommy Hardwick.

»Uns gefällt's«, sagte Amy oder Amanda.

Welche von beiden war das? Spielte das eine Rolle?

Wäre Tommy ehrlich gewesen, hätte er gesagt, dass die Wohnung klein und ein bisschen billig war, aber das war ja nicht sein Problem, er suchte schließlich nicht nach einer neuen Wohnung. Und aus früheren Erfahrungen wusste er, dass man Frauen besser nicht die Wahrheit sagt, wenn man noch etwas bei ihnen erreichen will.

Zwillinge, heilige Scheiße. Die Erfüllung eines lebenslang gehegten Wunschtraums. Er würde die Sache nicht vermasseln, bloß weil ihre Wohnung nur ein mickriger Schuhkarton in einer üblen Gegend war. Er hatte sich den Strip und die ganzen Glitzerpaläste schon die letzten drei Tage und Nächte angesehen. Jetzt wollte er blanke Haut sehen. Nicht oben auf der Bühne, wie die Show beim Abendessen, sondern aus der Nähe. Nahe genug, um sie anzufassen ... und zu schmecken.

»Möchtest du Wein?«

»Klingt verlockend.«

Ihm war eigentlich nicht danach, aber je mehr die beiden tranken, desto höher stiegen seine Chancen auf einen Dreier. Zwei zu eins, verdammt, und sie waren nicht nur Zwillinge, sie waren absolut gleich. Und sie waren wirklich der Hammer. Honigblond mit Figuren, die ihn an das Septembergirl aus dem Playboy erinnerten.

Er ließ in seinem Kopf schon Filme ablaufen, stellte sich die beiden zusammen vor und machte dann einen Schnitt zu einer Szene mit ihm unter den beiden, als Amy oder Amanda den Wein brachte.

»Ist rot in Ordnung?«

»Hervorragend«, sagte Tommy.

Sie saßen zu beiden Seiten von ihm. Es war ein bisschen eng auf dem Sofa, aber er hatte wirklich keinen Grund zur Klage. Warm und kuschelig, wie sich die beiden so an ihn pressten. Brüste, Hüften, Schenkel. Er kam sich vor wie die Füllung in einem fantastischen Sandwich.

»Also, ich weiß ja immer noch nicht, wie ihr heißt«, sagte er.

»Das sagten wir doch bereits im Club. Ich bin Amy«, kam es von links.

»Und ich bin Amanda.« Das kam von rechts.

»Ich meinte eure Nachnamen.«

Sie wechselten einen Blick und lächelten sich vielversprechend an.

»Wir wollen doch nicht so förmlich sein«, sagte Amanda.

»Wir haben es lieber leger«, sagte Amy.

»Soll mir recht sein. Ich dachte nur, wo ihr doch schon meinen Namen kennt ...« Er ließ den Rest des Satzes in der Luft hängen. Er wollte sie nicht unnötig drängen.

»Tommy Hardwick«, sagte Amanda und dehnte dabei den Nachnamen, dass zwei Worte dabei herauskamen. »Ich will doch hoffen, dass der Name nicht zu viel verspricht.«

»Bisher gab es keine Beschwerden«, sagte er und änderte vorsichtig die Sitzposition, um den durch die Schwellung in seiner Hose erzeugten Druck auszugleichen.

»Und, bist du schon lange in Las Vegas?«

»Seit Donnerstag«, sagte Tommy. »Ich habe hier drei- oder viermal im Jahr geschäftlich zu tun.«

»Sicher kein Null-Acht-Fünfzehn-Job«, sagte Amanda.

»Na ja, ich ...«

»Bist du ein Spieler, Tommy?«

Darauf kannst du wetten. Er setzte ein breites Lächeln auf, freundlich und nichtssagend. »Ich komme so zurecht.«

»Das glaube ich dir gerne.«

»Lasst uns ein Spiel spielen«, sagte Amy.

»Ich bin für alles offen.« Er schenkte ihnen sein coolstes Grinsen, damit ihnen auch wirklich klar wurde, wie das gemeint war.

»Poker«, sagte Amy.

»Jetzt?«

»*Das* Kartenspiel«, betonte Amy kichernd.

»Du weißt doch, wie man spielt, oder?«, fragte Amanda.

»Natürlich. Das war nur nicht das, was ich mir vorgestellt hatte, das ist alles.«

»Strip-Poker«, sagte Amy.

»Hey, das gefällt mir schon besser.«

»Hol die Karten«, sagte Amanda zu ihrer Schwester.

Tommy sah ihr nach und verspürte den Drang, ihr zu folgen und vielleicht den Rest der Wohnung zu sehen. Er war gespannt darauf, wie es in den Schlafzimmern aussah. Er zügelte sich, indem er sich auf Amanda konzentrierte, die sich offenbar auf das Spiel freute.

Wenn man Strip-Poker richtig spielt, gibt es dabei keine Verlierer.

»Und?«, meinte er, »hängt ihr oft auf dem Strip rum?«

»Kommt drauf an«, sagte Amanda. »Manchmal haben wir einfach Bock drauf.«

Tommy kam der Gedanke, dass sie vielleicht im horizontalen Gewerbe beschäftigt waren, so wie sie ihn in der Cocktail Bar des *Sahara* aufgerissen hatten, aber im Augenblick war es ihm egal. Er hatte beim Black Jack abgesahnt, zwei Riesen seit Freitagnachmittag. Er konnte sich einen Wunsch leisten. Und falls die Zwillinge ihn doch umsonst ranließen ...

»Mein Glückstag«, sagte er.

»Könnte sein.«

Ihre linke Hand lag auf seinem Schenkel, vielleicht zwei Handbreit von seinen Schmuckstücken entfernt, als Amy mit den Karten zurückkam.

»Wir können sofort hier spielen«, sagte Amy und beugte sich vor, um den Couchtisch mit der Glasplatte zurechtzurücken. Tommy erhaschte einen Blick in das üppige Dekolleté. Er lächelte bei diesem Vorgeschmack auf das, was noch kommen würde.

»Wir setzen uns auf den Boden?«, fragte er.

Amanda versetzte ihm einen Rippenstoß. »Magst du es nicht hart?«

»Hart, weich, ist mir völlig egal. Ich mag alles.«

»Gut zu wissen.«

Sie setzten sich mit gekreuzten Beinen um den Tisch und Tommy konnte nicht umhin, zu bemerken, wie positiv sich das Ganze entwickelte. Durch eine Tischplatte aus Glas konnten sie nichts vor ihm verstecken.

»Du gibst«, sagte Amy und reichte ihm die Karten.

Er sortierte die Joker heraus und mischte mit geübten Fingern. Zweimal, damit jeder die gleichen Chancen hatte. Amanda auf Tommys rechter Seite nahm ab und gab ihm die Karten zurück. Sie warteten, eine das appetitliche Spiegelbild der anderen.

»Wir spielen Five Card Stud, in Ordnung?«

»Klingt angemessen«, sagte Amanda.

»Noch etwas Wein, bevor du gibst?«, fragte Amy.

»Gerne.«

Sie holte noch einmal die Flasche und füllte die Gläser wieder auf. Tommy nahm einen Schluck und gab dann im Uhrzeigersinn, die untersten Karten verdeckt, die nächste Runde aufgedeckt. Amy hatte eine Kreuz-Zwei, Amanda hatte einen Karo-Buben und der Geber bekam ein Herz-Ass. Er legte die Karten weg und kontrollierte seine verdeckte Karte.

Kreuz-Ass.

»Du setzt«, sagte Amanda.

»Gut. Linker Schuh.«

Die Schwestern gingen mit und Tommy gab eine neue Runde. Die Pik-Sechs an Amy, die Karo-Drei für Amanda und für sich die Karo-Neun.

»Möglicher Flush rechts von mir.«

»Ich setze den anderen Schuh«, sagte Amanda.

»Ich gehe mit«, sagte Tommy.

»Ich gehe mit«, sagte Amy zu seiner Linken.

Er gab die nächste Runde. Herz-Drei für Amy. Der Herz-Bube ruinierte den Flush ihrer Schwester, dafür hatte sie aber ein gutes Paar. Pik-Acht für Tommy.

»Ein Paar Buben.«

Amanda sah nicht in ihre verdeckte Karte. Sie spielte die Coole.

»Linker Strumpf.«

»Ich gehe mit.«

»Ich bin dabei«, sagte Amy. Arbeitete sie immer noch auf eine Straße hin?

In dem Spiel war alles offen.

Die letzte Runde schien Amy zu stärken, die eine Karo-Fünf bekam. Rechts von ihm bekam Amanda eine Pik-Drei und hatte damit zwei offene Paare. Tommy zog die Kreuz-Neun. Zwei Paare, mit Assen über Neunen.

»Du setzt«, sagte er zu Amanda und fragte sich, ob Amys verdeckte Karte wohl eine Vier war, womit sie sie beide in die Tasche stecken würde.

»Rechte Socke«, sagte Amanda.

»Ich gehe mit.«

»Ich passe«, sagte Amy und legte ihre Karten weg. Sie hatte nichts.

»Zwei Paare«, sagte Tommy. »Asse über Neunen.«

Amanda drehte ihre verdeckte Karte um und zeigte Tommy den Kreuz-Buben. »Full House.«

»Respekt.«

Tommy kickte seine Schuhe von sich und entledigte sich blind seiner Socken. Er hatte die Augen auf Amy gerichtet. Als sie einen ihrer Strümpfe herunterzog, musste sie dazu ihren Minirock anheben. Ihr Höschen war babyblau und durchsichtig.

»Du gibst.«

Er schob die Karten Amy zu, die mit ernstem Gesichtsausdruck mischte. Ihre rosa Zunge lugte ein kleines bisschen aus dem Mundwinkel. Er fragte sich, wie sich diese Zunge wohl an seinem Schwanz anfühlen würde.

»Das gleiche Spiel?«

»Einverstanden«, antwortete Amanda.

»Ich bin drin«, sagte Tommy. *Oder werde es bald sein.*

Sie verteilte die verdeckten Karten ganz schnell hintereinander, und folgte sofort mit der zweiten, aufgedeckten Lage. Eine Herz-

Zehn ging an Amanda, Tommy bekam eine mickrige Kreuz-Zwei und Amy zog das Pik-As. Er sah sich seine verdeckte Karte an und musste bei der Karo-Zehn ein missmutiges Knurren unterdrücken.

Damit war gar nichts anzufangen.

»Geber beginnt«, sagte Amy, nur falls das jemand nicht mitbekommen hatte. »Ich setze meinen Gürtel.«

»Ich gehe mit«, erklärte Amanda ihrer Schwester.

»Ich halte den Gürtel«, sagte Tommy.

Drei weitere Karten gingen in der Runde herum. Herz-König für Amanda, Kreuz-Zehn für Tommy, damit hatte er ein Paar. Amy bekam die Herz-Fünf.

»Auf dem Weg zu einem Flush. Du setzt, Amanda.«

»Röcke«, sagte sie.

»Ich schätze, für mich heißt das Hose«, sagte Tommy. »Ich gehe mit.«

Die Karo-Vier machte Amandas Flush zunichte, aber Tommy musste sich mit einer Pik-Sechs begnügen. Der Kreuz-Bube, den Amy zog, würde ihr auch nichts nutzen, wenn die verdeckte Karte vor ihr nicht auch ein Bube war, aber sie hatte wieder die höchste Karte und konnte ansagen, was auf dem Tisch landete.

»Ich setze meine Bluse«, sagte sie an Tommy gerichtet und grinste ihn breit an.

»Gehe mit«, sagte Amanda.

»Dann wollen wir mal sehen«, sagte Tommy. *Jetzt ist es so weit.*

Sie teilte die letzten drei Karten aus: Ein Pik-König, mit dem Amanda dann zwei Könige hatte, eine lausige Herz-Drei, die Tommy den Rest gab; und ein Herz-As, das die Geberin wieder ansagen ließ.

»Ich setze ... meinen BH.«

»Ich gehe mit«, sagte Amanda.

»Da kann ich nicht mithalten.«

»Du passt?«

Tommy zuckte mit den Achseln. »Ich trage sowieso keinen BH.«

»Dann lass sehen, Schwesterchen.«

Amys Karte war eine Karo-Fünf. »Zwei Paare.«

Ihre Schwester deckte einen Kreuz-König auf: »Ein Drilling.«
»Ach, Scheiße.«
Tommy stand auf, um seine Hose auszuziehen, und setzte sich wieder, bevor er sein Hemd aufknöpfte. Alle Augen lagen auf Amy, als sie ihren Minirock fallen ließ und ihn auf den wachsenden Kleiderstapel kickte, der sich neben Amanda auftürmte. Amanda brauchte einen Augenblick, um sich aus ihrem engen Top zu winden.
Der Büstenhalter und das Höschen bildeten ein Set und die dunklen Brustwarzen zeichneten sich deutlich durch den hauchdünnen Stoff ab. Tommy spürte, wie sein erigierter Penis die Boxershorts ausbeulte, als sie den BH abstreifte und ihrer Schwester zuwarf, wobei ihre vollen Brüste leicht schaukelten.
Tommy erspähte es, als sie sich wieder setzte.
»Was ist das?«, fragte er. Er beugte sich vor und deutete auf die Stelle.
»Das hier?«
Sie spreizte die Beine, um es ihm zu zeigen, und war dabei überhaupt nicht verlegen. Am Übergang zwischen Hüfte und Schenkel standen zwei Worte. Zehn Buchstaben.
Daddy's Girl.
»Das sieht nicht aus wie eine Tätowierung.«
»Es ist auch keine«, sagte Amy.
»Es ist ein Brandzeichen«, sagte Amanda, die mit Mischen beschäftigt war.
»Das muss aber verdammt wehgetan haben.«
»Ich kann mich nicht mehr erinnern.« Amy hatte die Augen weit aufgerissen wie ein kleines Mädchen und starrte verloren ins Nichts. Ihr entzückender Körper und Amandas Worte brachten Tommy auf den Boden der Tatsachen zurück.
»Ein Spiel noch«, sagte sie.
Er sah auf seine sich ausbeulenden Shorts hinunter. »Ich habe nicht mehr viel zu setzen.«
»Unterschätz dich nicht«, sagte Amanda. »Wir überlegen uns schon etwas.«
Amy sprang auf die Füße: »Der Wein ist alle.« Sie steuerte mit der leeren Flasche auf die Küche zu. »Ich bin gleich wieder da.«

Kein Wunder, dass sich sein Kopf drehte. Verdammt, wie viele Gläser hatte er schon getrunken, seit er hier saß? Er war ganz schön betrunken, aber der Fahnenmast, den er da vor sich her trug, bewies ganz deutlich, dass es noch nicht zu viel war.

Als Amy mit dem Wein zurückkam, stand sie vor ihm und beugte sich herunter, um sein Glas nachzufüllen. Ihre Brustwarze streifte seine Wange und Tommy wandte den Kopf, um ihren Geschmack zu erhaschen. Seine Zunge zuckte vor und war schon wieder verschwunden, bevor sie zurückweichen konnte. Sie kicherte und streichelte Tommy über das Haar.

»Er wird vorwitzig«, sagte Amy zu ihrer Schwester.

»Noch ein Spiel.«

»Du musst deinen Vater ja wirklich geliebt haben, dass du dir dieses Brandzeichen hast machen lassen.« Seine Lippen fühlten sich taub und gummiartig an. Der Wein entfaltete seine Wirkung.

»Ich habe es mir nicht machen lassen.«

»Nein?«

»Es ist eine Art Vergissmeinnicht«, sagte Amanda und gab die verdeckten Karten. »Wir haben beide eines. Sie sind identisch.«

»Identisch«, sagte Tommy und grinste wie ein Schwachsinniger, als er als aufgedeckte Karte eine Herz-Drei bekam. Die verdeckte Karte war ein Bube oder vielleicht auch ein König. Er konnte das nicht mehr unterscheiden, weil vor seinen Augen alles verschwamm.

Was spielte es auch für eine Rolle? Bei dem Spiel ging es doch darum, sich auszuziehen. Und gevögelt zu werden.

»Ich setze mein Höschen«, sagte Amy.

Amanda ging mit.

»In Ordnung.«

Noch eine Runde Karten, die er nicht erkennen konnte. Amanda erklärte: »Unser Vater hat seinen Besitz immer markiert, damit jeder sofort wusste, was ihm gehörte. Es sollte sich niemand an seinem Eigentum vergreifen. Ich schätze, du weißt, wie so etwas läuft, Tommy Hard Wick. So ein großer, kräftiger Hengst wie du.«

»Ich wette, du hast in deinem Leben auch der einen oder anderen Frau deinen Stempel aufgedrückt«, sagte Amy.

»Verdammt, ja.« Er konnte kaum noch den Tisch sehen,

geschweige denn die Karten. Er hatte keine Ahnung, wovon sie überhaupt redeten. »Hey, wer muss setzen?«

»Was hast du denn anzubieten?«

Er zog am Gummiband seiner Shorts und zeigte es ihr. »Wie wär's damit?«

»Ich halte«, sagte Amanda.

Am Besten jetzt sofort, dachte er. Und dann machen wir alle gemeinsam weiter. Er hatte eine plötzliche Eingebung, wie Amy auf seinem Gesicht saß und ihm den Schriftzug *Daddy's Girl* gegen die Lippen drückte. In Gedanken konnte er sie beinahe schmecken.

Wie ihr Vater es getan hatte. Mit ihnen beiden. Oh Gott!

Er war am Ersticken!

Er sackte zusammen und stöhnte auf, als sein Schädel auf den Boden prallte. Jemand zog an seinen Shorts und Tommy hob die Hüften, um es ihnen einfacher zu machen. Verdammt, er war nicht so weit gekommen, um sich jetzt dagegen zu wehren. Ganz bestimmt nicht!

Warme Finger legten sich auf ihn und streichelten ihn. Eine Hand umfasste seinen Penis, die andere hielt seine Hoden. Tommy reckte den Hals und sah, dass die Schwestern neben ihm knieten, eine auf jeder Seite, und ihm ins Gesicht starrten. Beide lächelten, aber in ihren Augen blitzte es kalt.

So kalt und scharf wie das Rasiermesser in Amandas Hand.

»Straight Flush«, verriet sie ihm mit heiserer, einschmeichelnder Stimme. »Du solltest nicht spielen, wenn du es dir nicht leisten kannst zu verlieren.«

EIN ABEND IN DER VIDEOTHEK

Jeff Gelb

Angela Matthews sah zu, wie George Brenner mit einem neuen Stapel von Videomarken an ihren Tresen trat. Sie kannte seinen Namen, weil er immer zu ihr kam und nie zu Bob oder Joel oder Christina. Vielleicht dachte George, er könne sie mit den Videos, die er auslieh, beeindrucken. Wenn ja, dann lag er damit ganz klar falsch. Oder vielleicht stand er auch nur auf ihre Brüste. Die waren, wie sie selbst wusste, das Aufregendste an ihr.

»Hi, Angela.« Seine Stimme war nur wenig mehr als ein Flüstern, ein deutlicher Hinweis auf seine Schüchternheit und wahrscheinlich auch auf seine innere Vereinsamung. Angela fand ihn auf abstoßende Art merkwürdig.

Er legte die kleinen Anhänger mit den Nummern vor ihr auf den Tresen. Angela nickte, ohne zu lächeln, und drehte sich um, um die dazugehörigen Videos aus den Regalen hinter sich herauszusuchen. Sie war sich sicher, dass er sie dabei die ganze Zeit von oben bis unten musterte, zuerst den BH-Verschluss, der durch das weiße T-Shirt kaum sichtbar war, dann ihre engen Jeans. Sie seufzte. Sie sah verdammt noch mal nicht ein, warum sie sich wegen so einem Kunden anders kleiden sollte. Dies waren die Klamotten, in denen sie sich am wohlsten fühlte, und einer der Gründe, warum sie den Job bei *Movies 'n' More* angenommen hatte, war eben, dass es hier keinen Kleiderzwang gab. Der andere bestand darin, dass sie schlicht und ergreifend pleite war.

Als sie die Videos herauskramte, fiel ihr Blick auf den laufenden Fernseher. Eigentlich wurde von den Angestellten erwartet, dass sie den Fernseher benutzten, um die Video-Neuerscheinungen abzuspielen, aber heute war Angela dafür zuständig und sie hatte einfach nicht die Zeit dazu gefunden.

Im Augenblick lief eine Nachrichtensendung und ein gut aussehender Yuppie-Reporter rekapitulierte gerade die neuesten unappetitlichen Einzelheiten über das jüngste Opfer in der Reihe von Sexualverbrechen, die Milwaukee jetzt schon seit Monaten heimsuchte. Die Polizei war nicht einen Deut weitergekommen, seit sie die blutigen, verstümmelten Überreste des ersten Opfers gefunden hatten.

George deutete mit dem Kopf zum Fernseher und schnalzte mit der Zunge. »Hast du das gehört? Sie haben wieder ein Mädchen gefunden, nur ein paar hundert Meter von hier. Schreckliche Sache ... Ich habe gehört, sie hatte keine ...« Er hielt inne, weil er das Wort nicht aussprechen konnte. »Na du weißt schon.« Er beendete den Satz mit seinen Augen, die auf Angelas junge stramme Titten starrten, die von einem Push-up-BH im V-Ausschnitt des T-Shirts deutlich zur Geltung gebracht wurden.

Sie beachtete seine Bemerkung nicht. »Sind das die richtigen Videos?« Sie schob ihm den Stapel hin.

Er lächelte sie mitleidheischend an und entblößte dabei die Lücke zwischen seinen Schneidezähnen, die für sein leichtes Lispeln verantwortlich war. »Entschuldigung, aber ich habe meine Brille nicht dabei. Könntest du mir die Titel vorlesen?«

Angela rollte mit den Augen. Das war das gleiche kranke Spiel, das George immer wieder mit ihr spielte. Er hatte offenbar nie seine Brille dabei und sie musste ihm jedes Mal die Titel vorlesen. Ihm gab das einen billigen Kick und sie fand es ziemlich nervtötend. »George, ich habe zu tun. Hinter dir steht schon eine Schlange von Leuten ...«

»Ach, Angela, bitte! Ich habe meine Brille zu Hause vergessen, und ich und meine Frau, wir hatten gerade einen heftigen Streit, und wenn ich nach Hause komme, wird sie mich nicht wieder hierher zurückkommen lassen und außerdem, ich würde es sehr bedauern, wenn ich deinem Chef erzählen müsste, dass du deine Kunden vernachlässigst ...«

»Ach, verdammt«, unterbrach sie seinen Redeschwall. Wenn sie nicht auf diesen Job angewiesen wäre, um ihre Rechnungen zu bezahlen, dann hätte sie ihm jetzt gesagt, wo er sich seine dämlichen Pornovideos hinstecken könne. Aber ihre letzte Beziehung war gerade in die Brüche gegangen, ein neuer Freund noch nicht in Sicht und zu ihren Eltern hatte sie auch keinen Kontakt mehr, daher zwang sie sich zu einem einigermaßen freundlichen Gesicht und verkündete laut, damit die anderen in der Schlange das auch hören konnten: »Heute Abend steht bei dir auf dem Programm: *Ganz dicke Dinger, Massenweise Megamöpse* und *Auf zur Melonenernte*.«

Er schlug sich die Hand vor den Mund und sein leichenblasses Gesicht bekam rote Flecken: »Bitte, Angela, nicht so laut. Was schulde ich dir?«

Sie rief die Summe an der Kasse auf und bemerkte den Packen Geldscheine in seiner Brieftasche. Das waren sicherlich mehrere hundert Dollar. Er schien ihr nicht der Typ, der so viel Geld verdiente: Er war übergewichtig, leichenblass, mit schütterem Haar und abgetragenen Klamotten, die seit Jahren aus der Mode waren. Kurz gesagt: eine soziale Katastrophe. Andererseits, sagte sie sich, leben wir schließlich im Computerzeitalter und da geben solche Leute den Ton an. Vielleicht war er also wirklich reich. Na ja, wenn sie mit so etwas vögeln müsste, um versorgt zu sein, dann blieb sie doch lieber bei ihrem Vibrator.

Sie sah George Brenner nach, wie er vor sich hin murmelnd aus dem Laden marschierte und den abgetragenen Wintermantel enger um sich schlang, dann wandte sie ihre Aufmerksamkeit wieder der Fernsehberichterstattung über die schrecklichen Einzelheiten des letzten Serienmordes zu.

»Niemand ist heutzutage noch sicher«, sagte sie zu ihrem nächsten Kunden, »da laufen ja wirklich nur noch Bekloppte rum.«

Die Idee kam ihr in dieser Nacht, als sie ihre Rechnungen bezahlen wollte und es wie gewöhnlich wieder nicht reichte. Sie überlegte das Für und Wider, beschloss, dass es den Versuch wert war, und probte das, was sie sagen würde, wenn George Brenner das nächste Mal in die Videothek kam.

Sie atmete tief ein, als sie ihn zwei Abende später kommen sah, um die Videos zurückzubringen. Würde sie ihren Plan wirklich umsetzen? Plötzlich kam ihr die ganze Idee idiotisch vor, wie etwas aus einem dieser direkt für den Videomarkt produzierten B-Filme, von denen die Regale voll standen. Und selbst wenn, hatte sie den Mumm, es hier zu versuchen, direkt in der Videothek? Was, wenn ein Kunde hereinkam?

Er legte die Videos auf den Tresen und lächelte sie schüchtern an, wobei er kaffeefleckige Zähne entblößte. »Hi, Angela.« Sie lächelte ihn gewinnend an und er blinzelte irritiert, weil er so viel Freundlichkeit von ihr nicht gewohnt war. *Das ist gut,* dachte sie, *bring ihn aus dem Konzept.*

Er drehte sich um und steuerte auf die Erotikabteilung zu. Sie sah sich fieberhaft um. Es war eine ungewöhnlich ruhige Nacht; in der ganzen letzten Stunde war nur noch eine andere Kundin im Laden gewesen. Wahrscheinlich saßen sie alle zu Hause hinter verriegelten Türen aus Angst vor dem bösen, bösen Serienkiller, der sie holen könnte. Umso besser für ihren Plan. Als er mit einer neuen Handvoll Videomarken zum Tresen zurückkam, war ihr plötzlich klar, dass sie diese Sache durchziehen würde, koste es, was es wolle. Bei ihr stapelten sich einfach zu viele Rechnungen und George war so ein Wichser, er hatte es einfach nicht besser verdient.

»Wie läuft es zu Hause?«

»Häh – was?«

Perfekt, dachte Angela. *Er ist es nicht gewohnt, von mir nett behandelt zu werden. Eins zu Null für mich.*

»Ich meine, hast du wieder mit deiner Frau gestritten? Das ist doch normalerweise der Grund, dass du kommst, um dir Videos auszuleihen, oder?«

Er zögerte und befingerte den engen Kragen seines schmutzigen weißen Hemdes. »Ja, stimmt wohl.« Es war ihm offensichtlich unangenehm, etwas von sich preiszugeben. Angela war zufrieden. Alles lief wie am Schnürchen.

»Dann wollen wir mal sehen, was wir hier haben, George. Vier Stück heute. Das muss ja ein richtig schlimmer Krach gewesen sein.« Sie nahm eines der Videos aus dem Regal und las den Titel laut vor. *XXL-Titten*. Weiß deine Frau eigentlich, dass du dir diese Filme ansiehst, George?«

»Verdammt, nein«, stieß er hervor, lauter und energischer, als es bei der Frage angemessen war. »Sie würde mir den Kopf abreißen, wenn sie es wüsste ...«

Angela nickte. Wie sie gehofft hatte. Sie kam mit den anderen Videos zurück und stellte sie auf den Tresen. George streckte die Hand danach aus und Angela legte ihre Hand auf seine. Er zuckte zusammen und zog hastig seine Hand zurück. »Angela ...«

»Nein, George, heute werde ich mal reden. Wusstest du eigentlich, dass wir alle Videotitel speichern, die sich unsere Kunden ausleihen? Lass mich mal sehen, was bei dir im Laufe der Zeit zusammengekommen ist. Dauert nur eine Minute.«

»Angela, nein, ich ... ich habe es mir anders überlegt. Ich glaube, ich leihe mir die Videos ein andermal aus.«

»George!« Die Autorität in ihrer Stimme überraschte sie selbst. Sie hatte Macht über diesen Wurm und das war ein großartiges Gefühl. »Sieh dir das erst mal an.«

Die Aufstellung lief bereits durch den Drucker. George und Angela sahen beide zu, wie drei Blatt Papier ausgeworfen wurden, bevor der Drucker wieder verstummte. Sie riss das untere Blatt an der Perforation ab und stieß einen überraschten Pfiff ob der Länge der Liste aus.

»Nun George, laut dieser Liste hast du bei uns in den letzten vier Monaten 194 Videos ausgeliehen. Bei drei Dollar pro Stück macht das – Augenblick – fast sechshundert Dollar, die du für dein schmutziges kleines Hobby ausgegeben hast. Was meinst du wohl, was deine Frau dazu sagen würde, na George?«

Er riss ihr wütend die Liste aus den Händen und zerfetzte sie in kleine Teile. Sie lachte, drückte auf eine Taste des Computers und der Drucker erwachte erneut zum Leben.

»Na komm, George, ich kann diese Listen die ganze Nacht ausdrucken.«

»Was ... warum tust du mir das an? Das ist ein freies Land ...«

»Das Land vielleicht, George, aber meine Wohnung ist es nicht. Meine Lebensmittel sind nicht umsonst. Mein Wagen fährt nicht mit Luft. Und ich habe auch keinen mickrigen perversen Pornofreak zum Ehemann, den ich herumschubsen und dessen Geld ich ausgeben kann, wenn mir danach ist.«

Sie beugte sich zu ihm über den Tresen und sah zu, wie seine Augen unwillkürlich zu ihrem Ausschnitt wanderten. »Wie unartig, George«, sagte sie. »Du gibst hier bei Weitem nicht so viel Geld aus, dass du auch nur an meine Titten denken dürftest, geschweige denn sie sehen. Aber das wird sich alles ändern.«

Er wich vom Tresen zurück und blickte gehetzt nach links und rechts. Angela bemerkte erleichtert, dass schon fast Ladenschluss war. Es war nicht sehr wahrscheinlich, dass sie jetzt noch von einem Kunden gestört wurden.

Sie holte tief Luft und sprach die Worte aus, die sie seit zwei Tagen geübt hatte. »Ich will Geld, George. Im Gegenzug erhältst du mein Versprechen, dass ich deine Computerdaten lösche und deine Frau nicht anrufen werde, um ihr von deinem schmutzigen kleinen Geheimnis zu erzählen.«

»Ich verstehe nicht. Wie viel Geld?«

»Ich bekomme von dir 1500 Dollar, du versprichst, nie wieder einen Fuß in diesen Laden zu setzen, und ich bin für immer aus deinem Leben verschwunden.«

Er schüttelte den Kopf. »Ich werde das deinem Boss erzählen und dann wirst du gefeuert. Du ... du kannst das nicht mit mir machen.«

»George, du gehst mir gerade ziemlich auf die Nerven. Soll ich jetzt sofort deine Frau anrufen und ihr die Liste hier vorlesen?«

»Nein! Bloß nicht! Ich – ich habe das Geld nicht.«

»Blödsinn. Als du das letzte Mal hier warst, habe ich einen Haufen Geld in deiner Brieftasche gesehen.«

Schweiß strömte über seine Stirn und lief ihm in die Augen, was ihn zu heftigem Blinzeln zwang. »Da war Zahltag. Ich lasse mir immer mein ganzes Geld auszahlen und bringe es Marge, weil die immer alle Rechnungen bezahlt und weil die nicht mit Karte zahlen will und ...«

»George, deine Lebensgeschichte interessiert mich nicht. Nur dein Geld. Geh nach Hause und besorg es.«

»Was soll ich ihr denn sagen?« Er stand kurz davor, in Tränen auszubrechen. »Bitte, Angela, tu mir das nicht an. Ich verspreche, ich komme nie wieder in diesen Laden.«

Sie piekste mit dem Fingernagel an seine Brust und bohrte sich dabei zentimetertief in Fett. »Es ist zu spät, Wichser. Leute wie du verdienen kein Mitleid. Ihr Kerle kommt hier rein, glotzt mir auf die Titten und leiht euch dann den widerlichsten Müll aus, den es nur gibt, weil ihr eure kranken Bedürfnisse befriedigen müsst.

Und du – du bist der Schlimmste von dem ganzen Haufen – du bist abstoßend, gestört und peinlich. Ich begreife überhaupt nicht, wie du eine Frau finden konntest, die dich geheiratet hat. Sie muss ja ein schöner Anblick sein mit einem riesigen Vorbau.« Sie lachte und piekste ihn erneut mit der Nagelspitze. Mit gewisser Schadenfreude bemerkte sie, wie er jedes Mal zurückzuckte, als bereite ihre Berührung ihm tatsächliche Schmerzen. *Hoffentlich tut es das tatsächlich,* dachte sie.

»Und jetzt verpiss dich nach Hause«, zischte sie, »besorg das Geld und sei in einer Viertelstunde wieder da, sonst rufe ich deine Frau an. Du weißt ja, dass deine Telefonnummer auch in deinen Daten steht. Und jetzt verschwinde!«

Georges Mund klappte volle zehn Sekunden lang auf und zu, bis er auf dem Absatz kehrtmachte und fast aus dem Laden herausrannte. Angela atmete heftig aus, dann begann sie zu glucksen und lachte schließlich, bis ihr die Tränen über die Wangen rollten. Es hatte funktioniert! Der Kerl rannte tatsächlich zu seiner Marge mit den prallen Eutern zurück, und irgendwie würde er sich eine Ausrede ausdenken, um ihr das Geld aus den Rippen zu leiern und dann wiederkommen.

Sie schüttelte den Kopf, als ihr ein neuer Gedanke kam: Es war so einfach gewesen. Sie hätte mehr Geld verlangen sollen.

Sie war außerordentlich erleichtert, dass niemand sie überrascht hatte, während sie ihre erpresserischen Forderungen stellte. *Na ja, vielleicht geht meine Pechsträhne jetzt zu Ende,* dachte sie, während sie den Tresen aufräumte und Videoanhänger zurück an die Präsentationsregale hängte.

Ihr Blick wanderte zwischen der Wanduhr und der Eingangstür hin und her. Er war jetzt schon mehr als fünfundzwanzig Minuten weg und bis zum Ladenschluss waren es nicht einmal mehr zehn Minuten. Schließlich sah sie in der hereinbrechenden Dunkelheit eine Gestalt auf den Eingang zukommen. Wurde aber auch Zeit! Ihr Herz klopfte in Erwartung des Geldes, das sie jetzt bekommen würde. Sie war enttäuscht, als sich die Gestalt als Frau in Sportbekleidung und mit einer Sporttasche herausstellte. »Scheiße.«

»Wir haben geschlossen«, sagte sie.

Die Frau blieb im Eingang stehen. »Aber – auf dem Schild steht, dass Sie um neun schließen. Ich habe also noch zehn Minuten.«

»Na gut, aber beeilen Sie sich. Ich habe heute Abend noch eine heiße Verabredung.«

»Wie schön für Sie.« Die Frau lächelte, als sie an Angela vorbei in die Videothek ging.

Angela seufzte. Ließ sich nicht ändern, und außerdem musste sie sowieso noch auf George warten. Beiläufig musterte sie die neue Kundin: Um die Dreißig, ziemlich attraktiv, mit kurz geschnittenem dunkelbraunem Haar und einem Pony, der genau über den Augen endete. Die Beine in der engen Spandex-Hose waren klasse. Dafür hatte sie aber so gut wie keine Brüste.

Angela bemerkte, dass die Frau Handschuhe trug, als sie ihr eine Videomarke reichte. Die Frau bemerkte den Blick. »Es ist kalt da draußen«, erklärte sie.

Angela nickte. »Der Winter kommt dieses Jahr sehr früh.« Sie nahm die Marke und wandte sich ab, um das dazugehörige Video rauszusuchen. »Ich sehe zu, dass ich ganz schnell aus dieser gottverdammten Stadt verschwinde.«

»Ach, wirklich?«

»Ja – ich habe etwas Geld in Aussicht. Ich schätze, ich ziehe nach Kalifornien.« Sie kam mit dem Video zurück und legte es auf den Tresen.

»Ich habe gehört, da soll es wirklich schön sein. Ähem, haben Sie auch – na ja, Sie wissen schon, eine Erwachsenenabteilung?«

»Also, ich muss jetzt wirklich zumachen.«

»Ach bitte, ich habe heute Nacht nichts vor. Und Sie wissen doch, wie das bei uns alleinstehenden Frauen ist – manchmal ist das Leben wirklich einsam.«

Angela seufzte und nickte. Auch wenn die Situation im Augenblick ungünstig war, konnte sie mit der Frau mitfühlen; sie wusste tatsächlich, wie das war. Vielleicht war das auch der eigentliche Grund, warum sie George erpresste: Um sich an all den Männern zu rächen, von denen sie gefickt worden war, körperlich oder auf andere Art. Und davon hatte es viele gegeben. Aber damit war jetzt ein für alle Mal Schluss, dank George und seiner Vorliebe für große Titten.

»Ja, okay«, gab sie nach. »Links von mir. Sie müssen durch die Tür da gehen«, sagte sie und deutete mit dem Kopf in Richtung Erotikabteilung.

»Danke.« Die Frau ging in den angrenzenden Raum. Angela konnte sie auf ihrem Monitor sehen, wie sie langsam an den Regalen vorbeiging, sich die Titel ansah, dann und wann eine Hülle in die Hand nahm und wieder zurückstellte. *Beeil dich, verdammt – das dauert viel zu lange. Und wo bleibt, verflucht noch mal, George?*

»Gibt es irgendetwas Bestimmtes, das Sie suchen?« rief Angela.

»Ja«, rief die Frau zurück. »Können Sie mir etwas empfehlen, was nicht zu peinlich ist, aber einen trotzdem – na, sie wissen schon – scharf macht?« Sie lachte nervös.

»Ich komme sofort«, sagte Angela und trat hinter ihrem Tresen hervor. Sie verstand das Dilemma der Frau; egal wie hübsch das Gesicht auch sein mag, Männer bevorzugen immer Frauen mit großer Oberweite. In sexueller Hinsicht passierte im Leben dieser Frau wohl nicht viel, sonst würde sie nicht hier im Hinterzimmer einer Videothek die Pornos durchstöbern. Es gab schließlich Gründe, warum die Erotikabteilung im Videothekenjargon als ›frauenfreie Zone‹ bekannt ist.

»Ich habe mir sagen lassen, das hier ist nicht zu obszön«, schlug Angela vor, während sie eine Hülle aus dem Regal zog. Sie wollte sich gerade umdrehen, um sie der Frau zu reichen, als die plötzlich Angelas Gesicht brutal in das Videoregal stieß und dabei die Videohüllen und Marken mit Getöse zu Boden polterten.

Angela fiel auf die Knie. Ihr Gesicht war zerkratzt und sie war vollkommen verblüfft. *Was zum Teufel?*

»Gibt's auch welche mit dicken Titten, so wie deine?«, kreischte die Frau hinter ihr. Sie sprang auf Angelas Rücken und Angela spürte einen stechenden Schmerz in der Brust. Sie sah mit verschleiertem Blick an sich herunter und sah, dass die Hand der Frau ein Messer hielt, das zwischen ihren Brüsten steckte. Blut lief an dem Messer entlang und sammelte sich in einer Lache am Boden und färbte Teppich, Marken und Videocover tief dunkelrot.

»Du hältst dich wohl für scheiß-perfekt, was? Habe ich recht?«

Angela keuchte vor Schmerzen, als sie versuchte, wieder auf die Beine zu kommen. Sie zerkratzte die Hand ihrer Angreiferin, die das Messer hielt, bis die es losließ. Angela erhob sich auf wackligen Beinen, drehte sich um, um sich zu verteidigen und holte zu einem Schlag aus. Die Frau lachte über Angelas hilflosen Angriffsversuch. Angela wirkte vollkommen betrunken und der Schlag ging fast einen halben Meter daneben.

»Du bist der letzte Dreck, Schwester«, kreischte die Frau, als Angela auf sehr wackligen Beinen aus dem von außen nicht einsehbaren Raum zurückwich. »Und die einzige Verabredung, die du heute noch hast, ist mit dem Leichenbeschauer.«

Plötzlich erinnerte sich Angela an die Fernsehberichte, die sie den ganzen Tag über gesehen hatte. »Oh mein Gott, Sie sind ...« Sie drehte sich um und stolperte aus der Erotikabteilung hinaus, wobei sie hinter sich die Regale umwarf, in einem letzten verzweifelten Versuch, einem erneuten Angriff der Frau zu entgehen.

Aber Angela spürte, wie ihre Kräfte mit jedem Blutstropfen, der aus ihrer Brustwunde quoll, weiter schwanden. *Wenn ich es nur bis nach draußen schaffe,* dachte sie, *dann sieht mich vielleicht jemand.*

Sie wankte auf die Hintertür zu, die bereits vor ihren Augen verschwamm, und fiel in die Arme von George Brenner, der gerade den Laden betrat.

»Oh Gott, George«, keuchte sie. »Hilf mir! Ich brauche Hilfe! Da drin ist eine Frau – Sie ist die Mörderin, George, die aus dem Fernsehen.«

George musterte das Messer, das in Angelas Brust steckte. »Das ist keine Mörderin«, erklärte er. »Das ist meine Frau.« Er stieß das Messer tiefer hinein, drehte es und zog es wieder heraus.

Angela zuckte unkontrolliert und brach auf dem Fußboden zusammen. Ihr Herzblut strömte aus dem tiefen Loch in ihrer Brust heraus.

»George«, rief Marge. »Was tust du denn hier? Du sollst doch darauf achten, dass niemand kommt!«

»Das hat mir zu lange gedauert. Ich habe mir Sorgen gemacht.«

»Na ja, schieb deinen Hintern hier raus und lass den Wagen an. Ich komme sofort nach. Ich muss hier noch ... sauber machen.«

»In Ordnung.«

Eine Minute später verließ sie die Videothek und hielt die Sporttasche fest vor der Brust gepresst. Sie hastete in den Beifahrersitz des blauen Chevy Camaro und dann fuhren sie schweigend los, bis Marge wieder zu Atem kam.

Schließlich fragte George: »Hast du an die Festplatte gedacht?«

Sie zog den Datenspeicher des Rechners aus der Tasche, zusammen mit den Ausdrucken von Georges Ausleihliste.

»Hast du dir den Computer genauer angesehen? Manchmal lagern sie Daten ins Internet aus.«

Marge lachte: »Hör sich das einer an. Nein, der Rechner war nicht vernetzt, und aus dem, was ich übrig gelassen habe, bekommt niemand mehr etwas heraus.«

George lächelte: »Und – was meinst du? Habe ich nicht ein Händchen dafür, die Richtigen zu finden?«

Marge nickte: »Ja. Sie hatte die passenden körperlichen Attribute, aber das weißt du ja selbst. Und genau wie du gesagt hast, war sie eine Schlampe. Durch solche Luder kriegen die Frauen insgesamt einen schlechten Ruf.« Sie lachte.

Georges Lächeln verebbte. »Ich war mir nicht sicher, ob sie wirklich unser nächstes Opfer werden sollte, bis sie mit dieser Erpressungsscheiße anfing. Stell dir mal diese Dreistigkeit vor!« Er schüttelte den Kopf.

»Ja, damit hat wohl niemand gerechnet. Aber du warst trotzdem ein Idiot, George, weil du so lange immer in die gleiche Videothek gegangen bist. Gott sei Dank war das Miststück zu blöd, zwei und zwei zusammenzuzählen.« Sie schüttelte den Kopf. »Manchmal frage ich mich ja wirklich, was ich überhaupt je an dir gefunden habe. Ich meine, ein Mann mit 'nem Tittenkomplex und eine Frau, die gar keine hat?«

George behielt eine Hand am Lenkrad, während er mit der anderen zu ihr herübergriff und ihr spielerisch an die Brust fasste. »Sie hatte jedenfalls Klassetitten, nicht wahr?«

»Ja, hatte sie«, gab Marge zu. Dann griff sie in die Sporttasche und streichelte eine davon.

AUS DEM BAUCH HERAUS

Yvonne Navarro

Als Gabriel die Augen öffnete, saß eine ihm unbekannte Frau auf dem Beifahrersitz seines Puma Cabrios und lächelte ihn an.

»Ich wollte dich immer schon kennenlernen«, sagte sie.

Gabe fuhr ruckartig hinter dem Lenkrad hoch. Er war eingedöst und musste ein paarmal blinzeln, bevor er wusste, was los war – beziehungsweise was eigentlich los sein sollte. Kaum war ihm eingefallen, dass er am Bahnhof von Schaumburg war und auf seine Freundin Audrey wartete, da erinnerte er sich auch schon daran, dass sie furchtbar eifersüchtig war. Und wenn sie ihn jetzt auf dem Parkplatz mit einer anderen Frau in den cremefarbenen Sportsitzen seines Zweisitzers sah, dann steckte er tief in der Bredouille.

»Äh, ja«, stieß Gabe hervor, »danke für das Kompliment, aber Sie müssen jetzt aussteigen.« Der Zug war soeben eingefahren und sein Blick flatterte hastig über die Menschenmenge, die gerade ausstieg. Das Einzige, was ihn jetzt noch vor einer kräftigen Kopfwäsche bewahren konnte, war Audreys Widerwille gegen die Plätze in den volleren ersten Waggons, die näher an den Bahnhofsausgängen hielten. So würde sie fast die gesamte Länge des Bahnsteigs entlanglaufen müssen, bevor sie den Puma sehen konnte. Trotzdem musste Gabe seinen unerwarteten Gast augenblicklich loswerden.

Der machte aber keine Anstalten, den Wagen zu verlassen.

Er starrte sie an und sie starrte zurück. Ihm fiel einfach nichts ein, was er sagen konnte. Würde er wirklich um den Sportwagen herumgehen und sie aus dem Sitz zerren müssen? Die Vorstellung war ihm äußerst unangenehm. »Hören Sie zu ...«, sagte er, vergaß dann aber, was er sagen wollte, weil ihr Lächeln nur noch breiter strahlte. Sie war sehr hübsch. Und sie sah auch viel besser aus als Audrey, auf eine Weise, die keinen Zweifel daran ließ, dass ihr mühelos alles gelang, was sie sich vornahm. Sie war vielleicht so alt wie Audrey oder ein bisschen jünger, aber sie hatte eine durchscheinende Haut und ein ungezwungenes Muskelspiel, um das er sie beneidete. Ihr Haar war so blond, dass es im grellen Schein der Nachmittagssonne über der sonnengeröteten Gesichtshaut und den Augen von der Farbe alter Jade fast wie Platin wirkte. Die Tatsache, dass sie sich im falschen Auto befand – oder im richtigen, wenn sie die Nerven dazu hatte – erinnerte an einen typischen Witz über hirnlose Blondinen. Aber der offene Blick, mit dem sie ihn ansah, oder die Art, wie ihre Zungenspitze neckisch über die Unterseite ihrer Oberlippe glitt, war alles andere als hirnlos.

»Fahr los«, sagte sie.

Gabriel stöhnte. Er und Audrey wollten für ein verlängertes Wochenende wegfahren. Er hatte die ganze Sache organisiert, es war quasi eine Überraschung – »quasi«, weil Audrey zwar wusste, dass sie irgendwo hinfahren würden, er ihr das genaue Ziel aber nicht mitgeteilt hatte. Seine Reisetasche – so vollgestopft, dass sich der Reißverschluss nicht mehr richtig schließen ließ – lag im Kofferraum. Daneben war noch etwas Platz für Audreys Tasche. Die Flugtickets steckten in der Brusttasche seines Jacketts; er musste jetzt nur noch Audrey abpassen, ihren Koffer aus dem Kofferraum ihres Wagens in seinen umladen und dann konnte es losgehen. Ihr Wagen würde hier auf dem Parkplatz stehen bleiben. So einfach war das.

Bis gerade eben.

»Meine Freundin steigt gerade aus dem Zug«, sagte Gabe zu der Fremden. Er konnte ihrer Ausstrahlung nicht entgehen, und er fühlte sich, als sei er gerade einer Hitzequelle ausgesetzt oder als stehe er in dem Dampfschwall, der aus einem Badezimmer strömt, wenn man die Tür öffnet, während jemand ein heißes Bad nimmt. Man brauchte kein Hochschuldiplom, um zu wissen, dass diese Situation ein ausgesprochen schlechter Ausgangspunkt für einen Wochenendausflug sein würde und langsam überkam ihn die Verzweiflung. »Bitte – sie wird jeden Augenblick hier sein.«

»Dann fahr doch endlich«, sagte die Frau auf dem Beifahrersitz.

Zum ersten Mal kam ihm der Gedanke, dass die Frau vielleicht eine Waffe auf ihn gerichtet haben könnte, und sein Blick senkte sich auf ihren Schoß – nichts –, bevor er wieder zu ihrem Gesicht zurückkehrte. Er warf hastig einen Blick auf den Zug und meinte, Audreys große schlanke Gestalt am Ende des kleinen Trupps zu sehen, der auf die wartenden Autos zusteuerte. »Oh, Mann«, flüsterte er zu sich selbst.

»Na los«, sagte die Frau. »Bevor sie hier ist. Trau dich.«

Gabriel versuchte, sie anzufunkeln, und öffnete den Mund, um von ihr zu verlangen, dass sie jetzt verdammt noch mal aussteigen solle, jetzt sofort; aber sie lächelte ihn fortwährend an, und das Merkwürdige war, dass es ... ansteckend war. Er konnte sich nicht daran erinnern, wann ihn Audrey das letzte Mal so angesehen hatte, obwohl er sie liebte und sie wohl heiraten würden, wie das so ist bei Leuten, die seit Jahren zusammen sind und eigentlich keine anderen Pläne haben. Aber liebte er Audrey wirklich? Tatsächlich? Er sagte es ihr in regelmäßigen Abständen und er ging davon aus, dass es auch so war – auf die gleiche diffuse Weise, die auch seine Zukunft so farb- und glanzlos erscheinen ließ. Sie war das, was seine Mutter als ›patente Frau‹ bezeichnete, der Typ, der ihm nie das Herz brechen oder ihn nach ein paar Jahren Ehe betrügen würde, ein sicherer Fels in der Brandung, der seine Kinder zu schwer arbeitenden Säulen der Gesellschaft erziehen würde, wie sie selbst eine war. Und er war genauso: Zuverlässig, berechenbar, ein Mann, bei dem man sich darauf verlassen konnte, dass er für einen da war.

Und so langweilig und öde wie eine Autofahrt über Nebraskas Fernstraßen an einem x-beliebigen Sommerabend.

Als er wieder hinübersah, hatte Audrey sie gesehen. Sie stand starr da und ihr Mund bildete ein O, das im Augenblick noch Verwirrung bedeutete, aber ganz schnell in Verärgerung umschlagen würde. Wie auf Kommando verfinsterte sich ihre Miene und sie stapfte auf sie zu. Gabe sah das Spiel der Emotionen auf ihrem Gesicht: Verärgerung; künstliche Ruhe, als sie sich dazu zwang, die logische Erklärung abzuwarten; ein wenig Furcht.

»Deine letzte Chance«, sagte die Frau neben ihm leise.

Gabriel dachte an die Art, wie die untergehende Sonne in den feinen Haarsträhnen der Fremden schimmerte; die Art, wie sich ihr sonnengeküsster Teint weich abzeichnete und aufgrund der Hitze und der Luftfeuchtigkeit schwach glänzte. Ihr Lächeln wurde von vollen Lippen umrahmt, deren Glanz von Lipgloss mit Kaugummigeschmack herrührte, wie er erstaunlicherweise sogar auf diese Entfernung riechen konnte.

Er schluckte und legte den Gang ein. Er ließ den Motor einmal aufheulen, dann ließ er die Frau, mit der er die letzten zehn Jahre zusammen gewesen war, mit schockiertem Gesichtsausdruck am Straßenrand stehen, während er mit einer Frau davonfuhr, von der er nicht einmal den Namen kannte.

+++

Sie waren auf halbem Weg zum O'Hare-Flughafen, bis ihm einfiel, zu fragen, ob sie einen Ausweis bei sich hatte. Sie hatten kein Wort miteinander gesprochen, seit er sich in den Verkehr aus dem Parkplatz heraus auf den Zubringer eingereiht hatte, der zum Flugplatz führte. Gabe hatte damit gerechnet, dass sein Passagier ihm Fragen stellen würde, aber die Art, wie sie wortlos neben ihm saß, während sie Kilometer um Kilometer und Ausfahrt um Ausfahrt hinter sich ließen, machte ihm fast so sehr zu schaffen wie das, was er gerade getan hatte. Aber darüber wollte er jetzt nicht nachdenken, genauso wenig wie über Montag und die Folgen, die sein Tun haben würde – und es würde ganz bestimmt Folgen haben! –, wenn er in vier Tagen wieder sein normales Leben aufnehmen würde.

»Ja«, sagte sie als Antwort auf die Frage nach dem Ausweis. Das war alles und schließlich, als sie die Rampe hochfuhren, die sie auf das Dauerparkdeck am O'Hare-Flugplatz brachte, ertrug er die Stille nicht länger.

»Wie heißen Sie?«, fragte er. Es schien ihm ein guter Anfang.

»Lilah«, sagte sie weich. »Mit einem ›h‹ am Ende.«

»Lilah«, wiederholte er. »Schöner Name. Ich heiße Gabriel Zantowitz.«

»Du kamst also immer als Letzter.«

»Wie bitte?«

»Ich sagte, du kamst immer als Letzter. Du weißt schon, wegen des Nachnamens.«

Er musste lächeln. »Ich schätze, das stimmt.« Er hatte schon seit Jahren nicht mehr darüber nachgedacht, aber es war wirklich so gewesen. »Aber ich hatte eine Lehrerin in der sechsten Klasse, die jeden zweiten Monat die Anwesenheitsliste in umgekehrter Reihe durchging. Wahrscheinlich dachte sie so wie Sie.«

Lilah sah ihn einen Augenblick reglos an, dann wandte sie den Kopf ab: »Das bezweifle ich.«

Gabriel räusperte sich verlegen. »Aha«, sagte er unbeholfen. Er war bereits auf der Spur, die auf das Parkdeck hochführte. Es waren noch sechs Autos vor ihm und mindestens zehn hinter ihm. Es gab keine Wendemöglichkeit und plötzlich dachte er, wie albern es doch war, davon auszugehen, dass diese Frau mit ihm auf einen Wochenendtrip nach Cancun kommen würde, ins Ausland. Was hatte er sich nur gedacht? Schweiß lief ihm über die Brust, folgte den Konturen der Muskeln und pappte den Stoff seines Hemdes wie mit Klebstoff an seine Haut.

»Wo fliegen wir hin?«

Da war sie schließlich, die Frage. Und gerade zur rechten Zeit. Es würde schwierig, aber nicht unmöglich sein – vergessene Flugtickets sollten als Erklärung ausreichen – den Parkwächter zu überzeugen, sie auf den Parkplatz zu lassen, damit sie wenden und sofort wieder herausfahren konnten. »Nach Cancun«, sagte er so beiläufig wie möglich. »Mögen Sie mexikanisches Essen?«

Er kam sich vor wie ein bizarrer, schlafwandelnder Voyeur, der sich in einem Traum selbst dabei beobachtete, wie er den Parkwächter bezahlte und das Ticket in Empfang nahm. Er nahm den ersten freien Parkplatz und sie stiegen beide aus. Sie half ihm, das Verdeck des Pumas hochzuklappen, ohne dass er sie darum bitten musste, und wartete geduldig, als er zum Kofferraum ging – der eigentlich die Kühlerhaube war, weil der Motor des Puma hinten war – um seine Tasche herauszuholen. Zunächst packte er jedoch den halben Inhalt wieder aus, in erster Linie Sachen, die er eingepackt hatte, weil Audrey erwartete, dass er so etwas mitnahm: Ein sorgfältig gefaltetes weißes Hemd mit Krawatte, eine Anzughose, die in ein Handtuch gewickelt war, damit sie keine Falten bekam, Flaschen mit Haargel und Rasierwasser, die er nie wirklich gemocht hatte. Audrey war keine schlechte Frau, sie war einfach nur ... patent. Sie hatte all die kleinlichen Erwartungen einer erwachsenen Frau, die mit beiden Beinen fest im Leben verwurzelt ist. Dieses Wochenende war seine Chance, eigene Wurzeln zu entdecken. Als Gabe die Tasche aus dem Wagen hob, war sie erheblich leichter.

»Ich bin fertig«, verkündete er und kam sich sofort albern vor. Diese Frau – Lilah – hatte nicht einmal Kleidung zum Wechseln. Sie hatte nur das, was sie in ihrer kleinen beigebraunen Handtasche mit sich herumtrug.

»Ja.« Gabe machte Anstalten, auf sie zuzugehen, zögerte dann aber, weil er immer noch an die Sache mit der Kleidung dachte und sich plötzlich fragte, ob er sie anfassen dürfe – was würde Lilah tun, wenn er seine Hand auf ihren Arm legte? Er hatte nicht die geringste Ahnung. Sie legte den Kopf auf die Seite und sah ihn erwartungsvoll an, dann lächelte sie. »Keine Angst. Ich brauche keinen Koffer. Ich besorge mir das Notwendigste, wenn wir ankommen. Wann geht der Flug?«

Gabriel sah auf seine Uhr. »Wir haben noch 45 Minuten«, sagte er heiser. »Der Verkehr ...«

»Das ist nicht mehr viel«, stimmte sie zu. »Sollen wir los?«

Er nickte und machte einen zaghaften Schritt voran, dann noch einen und noch einen. Mit langen Beinen, die in zart schillernde Strümpfe gehüllt waren, schloss sie fließend zu ihm auf und hielt problemlos sein Tempo. Sie war sieben oder acht Zentimeter größer als Audrey und damit sogar größer als er. Der Gedanke beschäftigte ihn etwas. Wenn sie heute Nacht in der Hotelbar tanzten – würden sie das tun? –, dann würde sie auf ihn hinuntersehen. Er versuchte sich vorzustellen, wie sie sich in seinen Armen anfühlen würde und spürte, dass ihm wieder der Schweiß ausbrach. Während sie den Parkplatz überquerten und auf den Shuttle-Bus warteten, lief ihm unangenehm die Flüssigkeit unter den Achseln herunter und tröpfelte über seine Rippen. Sie war so schlank, dass sie schon fast knochig war und er hatte seit Jahren niemanden wie sie in den Armen gehalten. Das letzte Mal war mit einem Mädchen in der Schule gewesen, an dessen Namen er sich nicht mehr erinnern konnte. Er hätte ihr am liebsten den Arm um die Schultern gelegt und sie an sich gezogen, nur um sicherzugehen, dass ihn seine Einschätzung nicht trog, aber er widerstand dem Impuls.

Das Terminal war so voll wie er erwartet hatte, und er ging mit dieser Frau an seiner Seite zur Gepäckaufgabe. Er bewegte sich in einer Art lokal begrenztem Nebel. Er sah vor sich alles klar und deutlich, aber an den Rändern wurde seine Wahrnehmung unscharf, als würde die Welt außerhalb von ihnen beiden nicht existieren. Es gab eine kurze Unterbrechung, als die Frau hinter dem Schalter Lilah misstrauisch ansah und nach ihrem Gepäck fragte. Gabriel wartete darauf, dass das Damoklesschwert jetzt niedersauste, geschwungen von dieser unscheinbaren Flughafenangestellten und ihrem abartigen Drang, sich zum Richter über hilflose, stressgeplagte Fluggäste aufzuschwingen. Aber Lilah überraschte ihn wieder mit ihrer Schlagfertigkeit und präsentierte kichernd eine Geschichte, dass sie sich verspätet hatten und ihr Gepäck noch im Taxi sei.

»Wir haben bereits bei der Taxigesellschaft angerufen«, sagte sie mit ernstem Gesichtsausdruck, »und die haben versprochen, sie würden sich darum kümmern, aber wir«, und damit warf sie Gabe einen leidenschaftlichen Blick zu, »wir wissen natürlich, dass das nie funktionieren wird.« Sie zuckte gelassen mit den Achseln. »Wenn wir da sind, werde ich mir einfach ein paar Sachen kaufen, die ich brauche. T-Shirts, Shorts und Jeans – davon geht die Welt nicht unter.« Besänftigt stempelte die Angestellte das Ticket ab und schickte sie weiter zum Security-Check. Da wurde Lilah einfach so durchgewunken, während sich alle auf Gabriel stürzten. Es fehlte nicht viel und er hätte sich komplett ausziehen müssen, nur um zu beweisen, dass er keine versteckte Waffe bei sich trug. Schließlich stiegen sie Seite an Seite die Einstiegsrampe hinauf und suchten ihre Plätze.

Er überließ Lilah den Fensterplatz.

+++

Die Dinge wurden beängstigend, kaum dass sie in Mexiko aus dem Flughafen kamen und in die heiße trockene Luft hinaustraten.

Gabriel hätte nicht sagen können, warum oder was sich an Lilah verändert hatte, aber es war etwas mit ihren Augen, mit denen sie die Scharen von hellhäutigen Touristen und dunkelhäutigeren Einheimischen, die zwischen Taxis umherwuselten, und von kleinen Jungen, die sich für einen Dollar als Kofferträger verdingen wollten, in sich einsaugte. Lilahs Augen hatten zwar diesen verführerischen Grünton, aber die mexikanische Sonne ... sie veränderte sie irgendwie, vertiefte sie, ließ sie heller und kräftiger strahlen. Verschwunden war die Ähnlichkeit mit uraltem Jadeschmuck, die Gabriel bemerkt hatte, als er sie zuerst gesehen hatte. Stattdessen gab ihm der Blick, mit dem sie ihn fixierte, jetzt den Eindruck, als ertrinke er in einem unendlich tiefen, tropischen See, der von unglaublich üppigem Pflanzenbewuchs umgeben war. Er hätte das vielleicht mit ihrer Aufregung oder ihrer Aufmerksamkeit erklärt, aber als ihr Blick sich sattgesehen hatte und wieder zu ihm zurückkehrte, wurden die Augen noch dunkler und er kam sich vor wie ein Antilopenbaby unter dem fixierenden Blick einer hungrigen Löwin.

»So«, sagte er lahm, »da sind wir also.« Mehr bekam er angesichts des unerklärlichen Gefühls grenzenloser Furcht nicht heraus, die jede seiner Nervenfasern im Griff zu haben schien.

»Ja.«

Lilah lächelte ihn an und einen Augenblick lang war da wieder das kecke Mädchen vom Parkplatz und Gabriel schob alles auf seine angeregte Fantasie; er war mehrere tausend Kilometer von zu Hause entfernt mit einer wildfremden Frau – und niemand wusste überhaupt, dass er hier war, auch wenn Lilah das nicht wissen konnte. Ihm kam der Gedanke, dass er immer noch nicht ihren Nachnamen kannte, aber er wusste instinktiv, dass jetzt auch nicht der rechte Zeitpunkt war, um danach zu fragen. Vielleicht beim Essen, nach dem ersten oder zweiten Cocktail. Vorher war jedoch die Sache mit dem Hotelzimmer zu klären. »Besorgen wir uns ein Taxi«, sagte er. »Wir checken im Hotel ein, machen uns frisch und dann sehen wir mal, was der Abend zu bieten hat.«

»Hört sich toll an.« Sie rührte sich nicht und machte auch keine Anstalten, noch etwas zu sagen, also ging er auf das erste wartende Taxi am Bordstein zu. Der Fahrer war in Sekundenschnelle ausgestiegen und redete so rasend schnell auf Gabriel ein, dass der, da sein Spanisch sich auf lange zurückliegende Sprachkurse beschränkte, ihm kaum zu folgen vermochte. Er behielt die Reisetasche bei sich und hielt Lilah die Tür auf, als sie auf die Rückbank kletterte. »Das Hyatt«, wies er den Fahrer an und nahm neben ihr Platz. »Und fahren Sie langsam.«

»Die rasen wie die Irren hier«, fügte er erklärend für Lilah hinzu. Er erwartete eine Antwort, aber die kam nicht. Er fragte sich, wann sie wohl zu reden anfing und ob das überhaupt jemals geschehen würde. Sie würde doch noch mit ihm reden, oder? Über Cancun, über das Wetter hier oder in den Staaten, über sich selbst ...«

»Warum wolltest du mich kennenlernen?«, fragte er plötzlich. Er hielt es nicht mehr aus. Es war zwar ein Direktflug gewesen, aber auch der hatte seine Zeit gedauert und er hatte einfach erwartet, dass sie mit ihm reden, die Dinge erklären würde. Wenn sie ihn jetzt für aufdringlich hielt, dann ließ sich das auch nicht ändern. Sie war soeben mit einem Sechshundert-Dollar-Flugticket in ein Ferienparadies gekommen, das er bezahlt hatte – nein, das stimmte nicht. Audrey hatte ihr eigenes Flugticket bezahlt, nicht er. *Gott,* dachte er, und das nicht zum ersten Mal in den letzten paar Stunden. *Ich muss vollkommen den Verstand verloren haben. Wie soll ich das nur je wieder zurechtbiegen, wenn ich zurückkomme?*

Wenn ich zurückkomme.

Dieser bösartige kleine Nebensatz schoss plötzlich aus irgendeiner Ecke seines Gehirns durch seinen Verstand, ohne jede Veranlassung und ohne einen Anhaltspunkt für Verdächtigungen. Gabriel erkannte plötzlich, dass es das war, was ihn an diesem ... diesem Gefühl so störte – dass es keinen Grund dafür gab, es war reine Intuition. Er wartete immer noch auf ihre Antwort, und als er sie jetzt abwartend ansah, bemerkte er zum ersten Mal ihre Kleidung. Sie trug ein Geschäftskostüm – hellbrauner und cremefarbener Tweed –, das so konservativ geschnitten war und sich farblich so sehr der Innenausstattung seines Sportwagens angepasst hatte, dass er es auf dem Parkplatz und auf dem Flug gar nicht bemerkt hatte. Jetzt wirkte es plötzlich nicht mehr konservativ; tatsächlich hatten sich der Stoff, die Farbe, sogar der Schnitt auf merkwürdige und ganz und gar nicht dezente Art verändert. Gabriel konnte nicht verhindern, dass er sie plötzlich anstarrte. Das fast farblose gerippte Top, das sie unter der Jacke getragen hatte, war verschwunden, ebenso jede Ähnlichkeit mit Tweed; das seidige, leicht durchschimmernde zweiteilige Kostüm, das Lilah jetzt umhüllte, erinnerte eher an eine glänzende, goldene Schlangenhaut, die sich von dem fleckigen gelblichen Bezug der Taxi-Rückbank kaum abhob.

»Du hast meine Frage noch nicht beantwortet«, sagte er heiser. »Warum ich?«

Lilah wandte ihm nicht einmal den Kopf zu, aber Gabriel spürte, wie sich ihr Blick ihm zuwandte; er sah die Bewegung unter der zart geäderten Haut ihres Augenlids. »Weil du mich gebraucht hast.«

Gabe runzelte die Stirn: »Ich habe dich gebraucht? Aber das ergibt keinen Sinn. Ich kenne dich nicht einmal.«

»Wir sind da, senor y senora«, unterbrach der Fahrer. »La Hotel Hyatt.« Angespannt griff Gabriel in seine Tasche und zog Pesos hervor, während der Fahrer um den Wagen herumging, um ihnen die Tür zu öffnen. Lilah schenkte Gabriel wieder eines ihrer rätselhaften Lächeln, äußerte sich aber nicht weiter.

Er hatte keine Zeit, sich zu überlegen, welchen Eindruck sie wohl machen mussten, als sie ins Hotel kamen. Es war fabelhaft, weit luxuriöser als der Mann im Reisebüro es ihm versprochen hatte. Tropische Grünpflanzen füllten jede zur Verfügung stehende Nische in der riesigen Lobby mit den üppigen, königsblauen Sesseln und Sofas. Der Boden bestand aus massiven, vielfarbigen Fliesen, deren Muster sich in schwindelerregenden Mustern von der Rezeption bis zu den dicken Teppichen ausbreiteten, die die Lobby vom Restaurantbereich trennten. Gabriel war es bereits gelungen, die Aufmerksamkeit einer der Angestellten auf sich zu lenken, als ihm einfiel, wie unangenehm das jetzt für Lilah sein musste – auch wenn das Wochenende eine Überraschung sein sollte, hatte er bei der Anmeldung Audreys Namen mit angegeben.

»Buenos tardes, senor.« Die Dame an der Rezeption trug ein Namensschild, das sie als Lupe auswies; sie wirkte sehr jung und Gabriel spürte, wie er rot wurde. Er blickte zur Seite auf Lilah und zuckte zusammen. Ein hastiger Blick über die Schulter verriet ihm, dass sie sich auf der anderen Seite der Lobby befand. Sie saß auf einer dick gepolsterten Couch vor einem Blumenkübel mit riesigen breitblättrigen Farnen. Gabriel drehte sich wieder zu der Dame an der Rezeption um, stutzte dann und musste sich noch einmal umsehen, um das zu bestätigen, was in seinem Gehirn erst jetzt angekommen war. Das verdammte Businesskostüm war verschwunden, stattdessen trug sie jetzt ein Freizeitkleid aus Satin mit dünnen Trägern und riesigen Sonnenblumen auf dunklem Grund von der gleichen Farbe wie die Pflanzen hinter ihr. Er hörte, wie sich die Empfangsdame hinter ihm höflich räusperte. »Senor?«

Gabriel fuhr mit dem Kopf herum. »Äh – ja!« Das Mädchen zuckte bei seiner heftigen Reaktion, und er biss die Zähne zusammen. Mit stählerner Entschlossenheit übte er massiven Druck auf seine angegriffenen Nerven aus, wie er es in seinen Coaching-Seminaren gelernt hatte. Als Gabe weitersprach, war seine Stimme ruhig und gelassen: »Ich habe eine Reservierung für zwei Personen auf die Namen Onwei und Zantowitz.«

Das Mädchen tippte ein paarmal auf ihre Tastatur und nickte dann: »Si. Die Dame befindet sich ebenfalls hier?«

»Es gab eine Umdisponierung«, sagte er und betete, dass das nicht allzu förmlich klang. »Die angemeldete Dame konnte den Termin nicht einhalten. Miss Lilah ...«, hier stockte er einen Augenblick, ließ sich aber sofort etwas einfallen, » ... Johnson ist dafür eingesprungen.«

»Ah ja.« Ein kurzes Nicken, gefolgt von einem verstohlenen Blick auf Lilah, die sich lasziv auf der Couch am anderen Ende der Lobby räkelte. »Sie möchten, dass wir den Namen austauschen, ja?«

»Ja«, stimmte Gabriel zu. Er war plötzlich unglaublich müde. »Haben Sie auch ein Zimmer mit zwei Doppelbetten?«

»Sei doch nicht albern, Liebling.« Die Stimme glitt über seine linke Schulter wie warmer Sirup, und ließ die Worte wie eine unsichtbare Süßigkeit in der Luft zwischen ihm und der Empfangsdame schweben. »Was sollten wir denn mit getrennten Betten?« Lupe blinzelte und wirkte verlegen, so als sei sie einerseits deklassiert worden, gleichzeitig aber bei einem Pärchen in einer verfänglichen Situation hereingeplatzt. Und damit war sie nicht allein. Gabriel wusste, er war jetzt nicht nur einfach errötet, er musste bereits puterrot sein. Lilah hatte Mitleid mit ihm und lächelte Lupe leutselig an. »Er meint immer, ich brauche ein ganzes Bett nur um mein Gepäck abzulegen. Männer sind manchmal so dumm, finden Sie nicht?«

Lupe lächelte zurück und Gabriel war fasziniert, wie mühelos Lilah sie beruhigt hatte, und wie leichtgläubig die Angestellte doch sein musste, wo es doch weit und breit keine größeren Gepäckstücke gab. Aber das spielte auch keine Rolle, er war sich sicher, Lilah hätte eine passende Antwort parat, falls Lupe danach fragen sollte.

»Si.« Lupe nickte zustimmend und senkte vertraulich die Stimme. »Mein – wie sagen Sie doch gleich – mein Freund, der ist genauso.« Die zwei Frauen steckten glucksend die Köpfe zusammen, als seien sie alte Freundinnen, und Gabriel musste einen schneidenden Kommentar unterdrücken. Er fühlte sich merkwürdig ausgeschlossen, eifersüchtig angesichts dieser plötzlichen Verschwesterung. »Hier sind ihre Schlüssel. Der Page wird Ihnen mit Ihrem ...« Ihre Stimme verstummte und Gabriel hatte einen kurzen – einen sehr kurzen – Augenblick der Genugtuung, als Lupe erkannte, dass es bis auf die Reisetasche, die Gabriel in den verschwitzten Händen hielt, gar kein Gepäck gab. »... Ihr Gepäck?« Sie blickte Lilah hilfesuchend an.

»Wir haben es bereits beim Hausmeister abgestellt«, erklärte Lilah glatt. »Wir wollten es nicht draußen oder irgendwo in der Lobby stehen lassen.«

»Natürlich nicht. Genießen Sie Ihren Aufenthalt, por favor.« Lupe lächelte und wirkte merkwürdig erleichtert. Gabriel überlegte, ob sie wohl angewiesen war, etwas zu unternehmen, wenn sie einen Hotelgast bei einer offenkundigen Lüge ertappte. *Viel-*

leicht müssen die dann in der Ecke stehen, dachte er albern. Er kämpfte das wiehernde Lachen nieder, das aus ihm herausbrechen wollte, und das gelang ihm nur – zumindest für den Augenblick –, weil ihm klar wurde, dass er gefährlich nah an der Hysterie balancierte und dass das verdammt noch mal seine eigene Schuld war.

Lilahs Finger hinterließen heiße Spuren, als sich ihre Hand zwischen seinem Brustkorb und seinem Arm hindurchschlängelte und dann bequem in seiner Armbeuge zur Ruhe kam. »Lass uns doch aufs Zimmer gehen, was meinst du?« Gabriel öffnete den Mund, bestrebt, etwas zu sagen, damit Lupe oder irgendwer sonst ihn retten konnte – *Nein, das meine ich nicht. Ich kenne sie nicht und wir sollten auch nicht hier sein. Bis heute Nachmittag habe ich diese Frau noch nie zuvor in meinem Leben gesehen. Kann ich jetzt nach Hause gehen?* –, und Lilahs Mund verschloss den seinen mit einem Kuss, der ihn taumeln ließ. Er wusste nicht, wie sie es geschafft hatte, in einem Moment eingehakt an seinem Arm zu hängen und unmittelbar darauf vor ihm zu stehen, und er wollte es auch gar nicht wissen; plötzlich gab es nichts anderes mehr auf der Welt als das Gefühl von ihren Lippen auf seinen, wild, aber seltsam kühl, wie Jalapena-Eiscreme, die an einem sehr, sehr heißen Tag im Mund schmilzt. Einen Augenblick lang glitt ihre Zunge hinter die Barriere seines Mundes und hinterließ dort diesen kalten würzigen Geschmack, dann war der Eindruck verklungen und sie sah zu ihm auf. Waren ihre Augen im Flugzeug schon mandelförmig gewesen? Er wusste es nicht mehr, er bekam keine Luft mehr, wie zum Teufel hatte er die Luft bekommen, die er brauchte, um ihr zuzustimmen? Vielleicht hatte er einfach nur genickt.

Das Zimmer war ein Paradies, das nur dazu eingerichtet schien, farblich mit dem strahlenden Sommerkleid zu harmonieren, das Lilah jetzt trug. Einen Moment lang, nur einen sehr kurzen Moment, überlegte er, ob sie etwas anderes angehabt hätte, wenn der Raum anders eingerichtet gewesen wäre – in Rot, oder vielleicht auch in Grau und Schwarz. Sie verschwand augenblicklich im Badezimmer, und als sie wieder hervorkam, fand Gabriels verwirrter Verstand endlich das Wort, nach dem er gesucht hatte, um sie zu beschreiben: Chamäleon. Er verspürte ein kurzes

Triumphgefühl, dann wurde ihm klar, dass sie sich jetzt in immer kürzeren Abständen verwandelte. War das eine Sache der Willenskraft oder reagierte Lilah nur auf ihre Umgebung, auf die Emotionen um sie herum? Die Fremde, die jetzt vor ihm stand und mit geübten Fingern an der Knopfleiste seines Hemdes hinauf- und hinunterfuhr, trug etwas, das Seide oder Satin sein konnte, oder vielleicht auch von beidem etwas – smaragdgrün, durchwirkt mit filigranen Goldfäden und, wie Gabriel mit Bewunderung und gleichzeitigem Entsetzen feststellte, viel Stoff war davon wirklich nicht da.

»Komm, leg dich zu mir«, flüsterte Lilah in sein Ohr.

Sprachlos blickte Gabriel an sich herunter, als ihre Finger sich geschmeidig einen Weg in sein offenes Hemd bahnten und dort auf den Muskeln einen merkwürdig heiß-kalten Tanz aufführten, der ihn an seinem ganzen Körper erschauern ließ. Plötzlich loderte Hitze in seinem Unterleib auf und breitete sich mit solcher Intensität in seinem Körper aus, dass er weiche Knie bekam. Ein paar Sekunden lang schwankte er wie ein Betrunkener, dann machte Lilah einen Schritt zur Seite und bugsierte ihn in einer einzigen fließenden Bewegung auf das riesige Doppelbett unter dem Panoramafenster zu, von wo aus man einen atemberaubenden Blick auf das karibische Meer hatte. Der letzte Rest seines Widerstandes schien an der Rezeption verblieben zu sein und sie brauchte ihm nur noch einen ganz leichten Stoß zu geben, bis er darauf niedersank.

Lilah glitt neben ihn und der glänzende, spitzenbesetzte Body, den sie jetzt trug, umschmiegte die makellosen Konturen ihrer Brüste und Hüften mit solcher Perfektion, dass es auch ein Bodypainting hätte sein können, oder vielleicht auch eine schillernde Schlangenhaut in all den Farben eines Kirchenfensters. Gabriel griff gierig nach ihr und sie ließ ihn gewähren. Sie gab sich überhaupt nicht prüde oder schüchtern. Wenn er zögerte, führte sie seine Hand an ihre intimsten Stellen. In der einen Sekunde hatte er das Gefühl, als sei da heißes Öl, das geschmeidig und sinnlich über seine Haut lief, in der nächsten fühlte sich ihre Haut völlig substanzlos an, als sei da nichts, als sei da statt des Fleisches nur ein wild wütender weißer Nebel, der ihn umschmiegte.

Auch wenn er üblicherweise still und zurückhaltend war, konnte Gabriel die Lustschreie nicht unterdrücken, als er jetzt kam.

Sie waren schon zu lange hier. Gabriel hatte jeden Sinn für die Zeit verloren. Irgendwo hatte er seine Uhr verlegt, und auch wenn er hätte schwören können, dass es in dem Raum die eine oder andere Uhr gegeben hatte, und sei es auch nur ein Digitalwecker auf dem Nachttisch, so schien Lilah sie alle irgendwann im Laufe ihres Aufenthalts weggeschafft zu haben. Das Zimmer und alle Mahlzeiten wurden mit der Kreditkarte bezahlt, die er zu Beginn ihres Aufenthalts an der Rezeption hinterlegt hatte. Sie speisten nur in den hoteleigenen Restaurants und alles wurde auf die Zimmerrechnung angeschrieben. Sein Verstand war so benebelt, dass er sich nicht einmal mehr erinnern konnte, wie oft er die Augen im Schein der Morgensonne geöffnet hatte, die von den Wellen des Ozeans reflektiert wurde. Vielleicht waren es zwei – vielleicht aber auch schon zehn ... Wochen, nicht Tage. Sicherlich hatte er mittlerweile seinen Job, seine Freundin, sein gesamtes geordnetes Leben verloren, weil er diesem einen verrückten Impuls nachgegeben hatte. Es war schließlich nicht Lilahs Schuld, dass er zugegriffen und – wie zum Teufel hieß sie doch gleich? – stehen gelassen hatte. Verdammt, nicht einmal mehr an den Namen konnte er sich erinnern. Als Lilah in sein Auto gestiegen war, war das auch für sie nur eine spontane Eingebung gewesen, und auch wenn sie ein bisschen seltsam und launisch war und kaum von sich redete, war Gabriel doch mittlerweile bewusst, dass diese Sache mit ihrer Kleidung, die Art wie ihre Haut sich ... verwandelte in was immer sie wollte, nur eine Ausgeburt seiner lebhaften Fantasie war. Er war offenkundig verrückt geworden. Warum sonst wäre er wohl hier?

Audrey.

Nun, wenigstens hatte er nicht komplett den Verstand verloren. Was würde Audrey gerade tun? In seiner Wohnung anrufen? Auf der Arbeit? Wahrscheinlich. Und man konnte wohl davon ausgehen, dass seine Eltern mittlerweile wussten, dass er alles hingeschmissen hatte und mit einer unbekannten Frau durchgebrannt war. Vielleicht dachten sie ja, er sei entführt worden, und warteten auf eine Lösegeldforderung, und wurden tagtäglich von ihren Mails und der Post enttäuscht. Vielleicht hatten sie seinen Vermieter dazu bewegt, sie in seine Wohnung zu lassen, um dort nach Hinweisen zu suchen. Wie drei blinde Mäuse, die sich immer wieder sinnlos im Kreis drehten, während er hier mit Lilah festsaß.

Er konnte sie nicht verlassen, er hatte einfach nicht die Kraft dazu. Es war, als sei sie ein Spinnenweibchen, das ihn in einen Kokon körperlicher Begierde eingesponnen hatte, aus dem er sich nicht befreien konnte und auch nicht befreien wollte. Lilah war diejenige, die ihn dazu brachte zu essen, sich zu waschen, sich anzukleiden – ihm selbst bedeuteten all diese Dinge nichts mehr. Alles, was er wollte, war ihre Berührung auf seiner Haut, ihr Mund auf dem seinen, ihr rauchiges, öliges Fleisch, das ihn umgab. So wollte er leben, so wollte er sterben. So wollte er sein.

Er würde sie nie verlassen.

»Du wirst alt.« Lilahs Stimme war nur ein Flüstern in dem abgedunkelten Raum. Die Silben jedes Wortes dehnten sich wie das Zischen einer Schlange. Gabriel konnte sich kaum noch an etwas erinnern, was vor Cancun und Lilah und diesem Hotelzimmer lag, aber die Erinnerungen seither waren klar und deutlich, wie Eiskristalle, die aus einem Eiscrusher in ein Glas gefüllt werden. An ihr erstes Mal, damals, als der sexy Body, den sie getragen hatte, wie eine schimmernde Schlangenhaut gewesen war. Und an eine Schlange erinnerte ihn auch jetzt wieder der Klang ihrer Stimme.

»Werde ich das?« Etwas in ihrem Tonfall erschreckte ihn maßlos. Sie konnten noch nicht so lange zusammen sein, nicht die Jahre, die vergangen sein müssten, bis man von ihm als alt reden konnte. Oder doch? Er war erst bei seiner dritten Kreditkarte angelangt, und es hatte doch höchstens ein paar Monate gedauert, niemals eine Lebensspanne, bis die ersten beiden so weit belastet waren, dass die Kreditkartenunternehmen weitere Zahlungen verweigerten. Was ihn nicht störte. Er hatte noch eine ganze Brieftasche voll davon, bevor sie sich irgendwelche Sorgen machen mussten. »Warum sagst du das?«

Lilah räkelte sich neben ihm. Sie sah aus wie eine gemalte

Katze, wie sie so die Arme über den Kopf reckte und ihre langen schlanken Beine nach hinten wegstreckte. Gabriel fand keine Worte, das bisschen Textil zu beschreiben, das sie trug, abgesehen davon, dass es weiß war, so wie die Laken, auf denen sie sich räkelte, und dass es nicht ganz so glänzend und weich war wie Lilahs eigenes Fleisch. Es bedeckte gerade genug, um sie noch verführerischer zu machen. Sie waren die ganze Nacht im Bett gewesen und er bemerkte Flecken auf ihrer Haut, die er dort noch nie zuvor gesehen hatte, Hautverfärbungen, die seinen eigenen entsprachen, so als versuche sie, ihm ein Abbild seiner Haut vor Augen zu führen.

»Du solltest einmal in den Spiegel schauen.« Ihr Tonfall war unerklärlich brutal und aus irgendeinem Grund wurde Gabriel plötzlich klar, dass sie ihn noch nie, wirklich noch nie, beim Namen genannt hatte. Er griff nach ihrem Arm und war erstaunt, wie schnell er reagierte, aber es war nicht schnell genug. Sie entwand sich ihm, bevor seine Fingerspitzen ihr Handgelenk auch nur streiften. »Wie heiße ich?«, nötigte er sie.

Zum ersten Mal in ihrer kurzen – oder war es eine lange? – Beziehung wirkte Lilah verwirrt. Vielleicht war sie noch nie zuvor ertappt worden. »Was?«

»Wie heiße ich?«, wiederholte er. »Du weißt es nicht, oder? Du erinnerst dich nicht – nein, du hast einfach nie zugehört, als ich es dir gesagt habe!«

»Sei doch nicht albern«, fauchte sie. Sie sprang mit einer Geschwindigkeit aus dem Bett, dass seine Augen ihr kaum folgen konnten. »Sogar dein Verstand funktioniert nicht mehr richtig. Das war's.« Sie steuerte auf das Badezimmer zu und Gabriel blinzelte. Einen lächerlichen Augenblick lang dachte er, ihre Kleidung würde sich um sie herum verwandeln, während sie durch den Raum hastete.

»Lilah, warte«, bettelte er. Angst, unbegründete, unerklärliche Panik stieg in ihm auf. »Lass uns nicht streiten ...«

Sie blieb in der Badezimmertür stehen und starrte ihn an. Er hatte sich schließlich doch an die Art gewöhnt, wie sich ihre Augen der Farbe ihrer Kleidung und ihrer Umgebung anpassten, aber jetzt waren sie schwarz und unheilverkündend, wie er sie noch nie bei ihr gesehen hatte. »Vergiss es«, sagte sie eisig. »Du bist aufgebraucht und ich bin fertig mit dir.«

Sie schlug die Tür zu.

Gabriel versuchte zur Badezimmertür zu laufen, verhedderte sich in der Bettwäsche und fiel buchstäblich auf die Nase. Als er nachher den dunkelblauen Fleck auf seinem Wangenknochen sah, war er wirklich froh, dass er sich nicht noch mehr getan hatte. Er kämpfte sich aus den Laken und hörte, wie der Stoff zerriss. Als er sich endlich aufgerappelt hatte und wieder auf den Beinen stand, fühlte er sich wie ein alter Mann, der eine Krücke brauchte, während er das kurze Stück vom Bett zur Badezimmertür entlangtaumelte und begann, dagegen zu hämmern. »Lilah!«, brüllte er. »Mach die Tür auf und rede mit mir, verdammt!« Die einzige Antwort war das rauschende Wasser aus der Dusche und es war sinnlos, dagegen anzuschreien.

Nach drei Stunden begann Gabriel zu weinen und wieder gegen die Tür zu hämmern.

Schließlich kam eine der Angestellten, um zu sehen, was da los war. Das dunkelhaarige Zimmermädchen sprach kaum Englisch, verstand aber genug, um die Badezimmertür mit ihrem Generalschlüssel zu öffnen. Gabriels Wutanfall ging in Hysterie über, als das Badezimmer leer war, das Mädchen in der Rezeption anrief und von da die Polizei benachrichtigt wurde. Nach kurzer Zeit war das Hotelzimmer voll mit dunkeläugigen Mexikanern, deren Blicke keinen Zweifel daran ließen, dass in ihren Augen Gabriels Freundin, an deren Nachnamen er sich nicht erinnern konnte, ihn auf der Suche nach lohnenderen Jagdgründen verlassen hatte. Es konnte zwar niemand erklären, wieso die Badezimmertür von innen verschlossen gewesen war, aber das versuchte auch keiner. Erst als er im Flugzeug zurück nach O'Hare saß, erinnerte sich Gabriel daran, dass der grellbunte Duschvorhang nicht mehr so leuchtend schien wie die Tage zuvor.

Gabriels Existenz in den Staaten lag in Trümmern. Seine Eltern waren zunächst besorgt, wurden dann aber fuchsteufelswild. Er hatte fast zwanzigtausend Dollar Kreditkartenschulden, und seinen Job verloren. Es gelang ihm, einen anderen zu finden, um wenigstens die laufenden Rechnungen bezahlen zu können, aber er musste sich mit erheblichen Abschlägen beim Gehalt abfinden und es war jeden Monat fraglich, ob er damit über die Runden kommen würde. Sein alter Chef hatte nur einen seiner Anrufe angenommen – den allerersten – und das auch nur, um ihm zu erklären, dass es für jemanden mit so irrationalen Verhaltensmustern keinen Platz bei Jaynerson Electronics gab. Wie nicht anders zu erwarten und wahrscheinlich vollkommen gerechtfertigt, verweigerte Audrey jeden Kontakt zu ihm. Er hatte seine Wohnung noch, aber das war reines Glück. Der Vermieter hatte die fehlenden Mietzahlungen gegen seine Kaution aufgerechnet, und Gabe musste seine letzte verbliebene Kreditkarte bis zum Äußersten ausreizen, um das Kautionskonto wieder aufzufüllen und diverse überzogene Zinszahlungen zu leisten.

Sein größter Verlust war natürlich Audrey. Er dachte immerzu an sie, ein Gemengsel von Erinnerungen voller Wehmut und Wut. Manchmal gab er sich die Schuld, weil er das alles aus einem Impuls heraus weggeworfen hatte, oft gab er aber auch ihr die Schuld, weil er zu dem Entschluss gekommen war, dass all das nicht passiert wäre, wenn sie ihre Beziehung interessanter gestaltet hätte. Dann wäre er nie in Versuchung geraten, mit Lilah davonzufahren – was natürlich eine armselige Entschuldigung war. Sein Verstand funktionierte wieder, seine Gedanken verliefen in geregelten Bahnen. Er konnte sich jederzeit an alle möglichen wunderschönen Abende und Jahre erinnern, an Familienfeiern, ausgesprochen harmonische Liebesspiele, eine Zukunft, die unwiederbringlich verloren war. Weder Flehen noch Bitten noch Blumen konnten den angerichteten Schaden kitten. Sie wollte mit ihm nichts mehr zu tun haben und hatte auch bereits jemand anderen. Er musste sich nicht einmal eine Geschichte zurechtlegen, um seine Handlungen zu erklären – sie legte sofort auf, sobald sie seine Stimme am Telefon hörte.

All diese Jahre für die Katz. Wo würde er je wieder eine Frau wie Audrey finden?

Oder wie Lilah?

Auch an sie dachte Gabriel sehr häufig. An die Art, wie ihre Haut und ihr Körper schmeckten, an die Art, wie sie mit ihrer

Umgebung verschmolz, wie sie sich seinem Körper angepasst hatte und wie ihre Haut ihren Körper geformt hatte. Er arbeitete immer noch im Vertrieb, aber jetzt im Bereich Maschinenbau und Werkzeugtechnik und da hatte er geregelte Arbeitszeiten. Um halb vier hatte er Feierabend und Zeit genug, vom Elk Grove Village zum Bahnhof von Schaumburg zu fahren, und er verbrachte mindestens zwei Tage die Woche – manchmal auch vier, wenn es ihm besonders schlecht ging – einfach nur im Auto vor dem Bahnhof und beobachtete die Züge und die Menschen, die ankamen und abfuhren. Er redete sich ein, dass er das in der Hoffnung tat, Audrey würde ihn bemerken und es sich anders überlegen, ihn doch anhören und ihm noch einmal eine Chance geben oder wenigstens mit ihm darüber reden. Aber in Wirklichkeit parkte er immer da, wo Audrey ihn nicht sehen konnte, wenn sie aus dem Zug stieg. Er hatte viel zu viel Angst, sie könnte den Eindruck bekommen, er wäre zum Stalker geworden, und eine einstweilige Verfügung gegen ihn erwirken. Und wie würde er denn dastehen, wenn er wirklich versuchte mit ihr zu reden? Wie ein alter Trottel, der sie heulend über den Parkplatz verfolgte und sich vor aller Welt zum Narren machte. Und alt war er wirklich; Lilah hatte nicht übertrieben, als sie das gesagt hatte. Es schien, als habe Lilah ihm etwas Unerklärliches genommen, einige Jahre seines Lebens – um genau zu sein zehn Jahre seines Lebens, wenn er den Verlust all der Zeit bedachte, die er mit Audrey verbracht hatte.

Der Tag an dem Gabriel Lilah wiedersah, unterschied sich von dem Tag, an dem sie in sein Auto gestiegen war, wie die Arktis von Südamerika. Die Temperaturen bewegten sich schon seit zwei Wochen kaum über dem Nullpunkt und die Bäume waren kahl und trocken, wie brüchige, mumifizierte Skelette. Es schneite nicht, noch nicht, aber alle waren sich einig, wenn es schließlich anfangen würde, dann würde es ein Schneechaos geben. Gabriel störte das nicht; falls notwendig, hatte er Schneeketten im Kofferraum, und er war auch der Jahreszeit entsprechend gekleidet, denn als die brasilianischen Sportwagenhersteller das Innere des Puma Cabrios konzipiert hatten, hatten sie sicherlich ein wärmeres

Klima vor Augen gehabt. Hierherzukommen und zu warten war in seinem Leben zu einer solchen Routine geworden, dass Gabriel, als Lilah am Rand seines Blickfelds vorbeiging, zunächst einmal gar nichts tat. Er wurde immer schläfrig, wenn er nur so im Auto saß; die Augen waren für gewöhnlich halb geschlossen und er saß tief in seinen Parka eingemümmelt da und dachte eher an seine kalten Füße als an Audrey oder Lilah. Lilah kletterte schon in den Beifahrersitz eines dunkelgrünen Ford Explorer, als er sich endlich aufsetzte.

Als er aus dem Auto sprang, war es bereits zu spät.

»Warten Sie!«, brüllte er dem Wagen hinterher. »Nehmen Sie sie nicht mit – Halt!« Er musste genug Lärm gemacht haben, um auch durch das geschlossene Fenster gehört zu werden, denn der Fahrer, ein junger Mann mit einem ängstlichen, aber entschlossenen Gesicht, drehte ihm den Kopf zu, als Gabriel über den Parkplatz stürmte. Der Wind frischte auf, ein Vorbote des kommenden Schnees, der sich so lange zurückgehalten hatte, und das eisige Prickeln auf Gabriels ungeschütztem Gesicht war wie ein Peitschenhieb mit vereistem Stacheldraht. Er hatte das Auto beinahe erreicht und konnte sehen, wie Lilah etwas zu dem Fahrer sagte. Der elegante bemalte Mund bewegte sich hastig und was immer sie auch sagte, es wurde begleitet von fließenden, beschwörerischen Handbewegungen. Er hatte sie fast erreicht, war so nahe davor, die Hand nach der Fahrertür auszustrecken, als sein Blick sich mit Lilahs Blick traf, aus Augen, die jetzt wieder die Farbe alter Jade hatten. Das Lächeln, das sie ihm schenkte, war dunkel und spontan und ließ etwas Weißes vor Gabriels Augen aufschimmern ... den lang ersehnten Schnee? Plötzlich war da ein ganzer Schneeschauer, ein hitziges Dröhnen und Bewegung. Der Fahrer des Fords trat das Gaspedal durch und ließ Gabriel in einer Abgaswolke und einem Schauer aufgewirbelten Rollsplitts zurück.

Verfolgungsjagden mit dem Auto sind etwas für Leute, die Drehbücher schreiben, und im wahren Leben blieb Gabriel nichts anderes übrig, als zu seinem Sportwagen zurückzugehen und über den Gesichtsausdruck des jungen Mannes nachzudenken. Es war ein merkwürdiger Ausdruck gewesen, eine Mischung aus

Triumph und erotischem Abenteuer, mit einer gehörigen Portion Erwartung obendrein. Hatte Gabriel in Audreys Augen den gleichen Gesichtsausdruck gehabt, als er sie auf ebendiesem Parkplatz stehen ließ? Oder hatte er diesen Ausdruck schon gehabt, bevor Lilah in sein Auto gestiegen war? Vielleicht war es genau das gewesen, was Lilah zu ihm hingezogen hatte, ein Signal, auf das sie reagiert hatte. Er hatte vorher nie darüber nachgedacht, aber vielleicht hatte gar nicht er die impulsive Entscheidung getroffen, die sein Leben zerstört hatte, sondern Lilah.

Er würde es nie erfahren.

Es ist schon komisch, dachte Gabriel, als er bitter hinter dem verschwundenen Ford Explorer hersah, *wie die Dinge immer wieder an den Anfangspunkt zurückkehren. Wenn der Ausdruck auf seinem Gesicht vor so vielen Monaten dem des Mannes entsprach, mit dem die schwer zu fassende Lilah jetzt davongefahren war ...*

... dann war der Ausdruck auf seinem Gesicht heute sicherlich vergleichbar mit dem, mit dem Audrey ihm damals hinterhergeblickt hatte.

DEAD GIRLS IN LOVE

Edward Lee & Gary Bowen

Woher soll man wissen, ob die Toten nicht das Gleiche wollen wie die Lebenden? So wie Melanie und Stephanie – die wollten auch nichts anderes – sie wollten Liebe.

War das so schlimm?

Liebe?

»Dieser verfluchte Mistkerl ...«

»Reg dich doch nicht mehr darüber auf.«

»Ich – ich kann einfach nicht anders! Dieser Wichser! Dieses verlogene, doppelzüngige, hinterfotzige Stück Scheiße!«

»Ach Gott, Steph. Das ist jetzt zwei Monate her. Komm endlich darüber hinweg!«

»Nein«, stieß Stephanie hervor. »Ich bin sauer, dagegen kann ich nichts machen! Ich kann einfach nicht glauben, wie sehr dieser Sack uns verarscht hat! Dieser Armleuchter!«

Sie hatten beide ihre Launen und beide hatten ihre schlechten Tage. Wenn es nicht gerade Melanie war, die wie ein Schlosshund heulte, dann war es Steph, die schlimmer fluchte als ein Droschkenkutscher. Melanie war das nette, brave Mädchen, immer artig und adrett und selbstverständlich Klassenbeste. Steph dagegen hatte sich schon vor langer Zeit als die Rebellin in der Familie entpuppt, die immer nur knapp am Status eines schwarzen Schafes vorbeischrammte.

Und jetzt, seit zwei Monaten, lagen beide Mädchen tot in ihren Gräbern.

Wenigstens war die Auskleidung der Särge ansprechend.

Weißer gepolsterter Satin, dagegen ließ sich nichts sagen. Man konnte die Ewigkeit bestimmt erheblich unangenehmer verbringen – sie hätten zum Beispiel in der Hölle landen können.

Aber trotzdem stellte sich ihnen die Frage immer wieder:

Warum?

»Warum?«, fragte Melanie. »Warum sind wir so? Wir sollten eigentlich tot sein.«

»Wir sind tot, du Spatzenhirn«, gab Steph zurück. »Wir liegen hier in beschissenen Särgen, verflucht noch mal.«

»Das weiß ich auch, Schlaumeier, aber wenn wir tot sind, wieso reden wir dann die ganze Zeit miteinander? Wie kommt es, dass wir uns hören können?«

Stephanie hatte darauf auch keine Antwort. Aber was machte das schon? Spielt überhaupt etwas eine Rolle, wenn man tot ist?

Aber Gefühle haben Macht, nicht wahr? Und Melanie und Stephanie hatten eine Menge Gefühle. Vielleicht war das der Grund, warum sie in ihren Gräbern sprachen und warum sie sich auch durch die Erde, die sie voneinander trennte, hören konnten. Ihre Gefühle. Die körperlosen Überreste ihrer Herzen.

Und jetzt waren sie beide hier, Seite an Seite, im Familiengrab. Sie hatten beide kurz vor dem Schulabschluss an der Largo Highschool gestanden. Melanie war im letzten Herbst achtzehn geworden, Stephanie war neunzehn, hatte aber ein Jahr wiederholt, weil ihre schulischen Leistungen einfach nicht ausreichend waren. Nach dem Unfall hatten ihre Eltern sie für das Begräbnis ansehnlich herrichten lassen. Sie trugen identische weiße Paillettenkleider. In Stephs Augen war das oberspießig, aber Melanie störte das nicht. Es gefiel ihr, sich herauszuputzen, selbst im Tode noch. Einer der Angestellten des Bestattungsunternehmens hatte Steph unsittlich an der Brust berührt, als sie aufgebahrt lag. »Wenigstens konnte er gut zupacken«, sagte sie nachher, als sie unter der Erde lag.

»Stephanie, du bist unmöglich!«

»Hey, das war besser als Willy es je hingekriegt hat.«

Sie hatten beide gelacht und es klang genau wie das, was sie auch waren: tote Teenies.

Aber da waren sie dann auch wieder an ihrem wunden Punkt

angelangt: Willy. Willy Parks. Sah klasse aus. War wirklich cool. Der Star der Footballmannschaft. Jedes Mädchen an der Schule war scharf auf ihn, und Melanie und Steph hatten zu den glücklichen Auserwählten gehört. Sie hatten beide etwas mit ihm gehabt.

Das Problem war nur, dass sie beide zur gleichen Zeit etwas mit ihm hatten, und das zu dem Zeitpunkt nicht wussten.

»Du bist schrecklich!«, hatte Melanie geheult, als sie es herausgefunden hatte. Sie hatten sich einen Monat lang in ihren Gräbern über dies und das unterhalten, bis ihnen klar wurde, was da passiert war. »Ich glaube einfach nicht, dass du deiner eigenen Schwester so etwas antun konntest!«

»Woher sollte ich denn wissen, dass er, wenn er mit mir vögelt, zur gleichen Zeit mit meiner Schwester fickt? Ich finde das auch nicht sonderlich komisch.«

Eine ganze Woche lang hatte Melanie kaum mit ihr gesprochen. Sie wird schon darüber hinwegkommen, sagte sich Steph. Und worüber regt sie sich eigentlich so auf? Sie ist schließlich an allem Schuld.

»Typisch Frau am Steuer!«, hatte Stephanie getobt.

Melanie schmollte: »Gibst du etwa mir die Schuld? Es war ein Unfall! Du hast doch gehört, was der Polizist gesagt hat! Die Bremsen haben versagt!«

»Ja, sicher, Melanie, vielleicht hat es dir ja noch nie jemand gesagt, aber wenn man ein Auto besitzt, dann muss man auch dafür sorgen, dass es verkehrstüchtig ist.« Auch das war ein wunder Punkt, den Stephanie – buchstäblich – mit ins Grab genommen hatte. Als Melanie als Klassenbeste ausgezeichnet worden war, hatte sie von ihren Eltern ein brandneues Miata-Cabriolet zum Geburtstag bekommen. Steph hatte nur ein dämliches Paar Rollerblades bekommen, aber sie war auch nie in ihrem Leben Klassenbeste gewesen.

»Und, hast du die Bremsen kontrolliert?«

»Sehe ich etwa so aus? Für wen hältst du mich? Damon Hill? Woher sollte ich denn wissen, wie man Bremsen kontrolliert?«, hatte Melanie zurückgegiftet. »Versuch nicht, mir die Schuld zu geben, indem du behauptest, ich hätte mich nicht um das Auto gekümmert, das habe ich nämlich.«

»Ach ja, und wie?«

»Ich habe jedes Mal Benzin nachgefüllt, wenn die Tankanzeige aufleuchtete.«

Klasse. Und obendrein war sie auch wie eine Wahnsinnige gefahren. Hatte überhaupt nicht auf den Verkehr geachtet. Sie waren auf dem Weg zur Cheerleader-Vorausscheidung gewesen. Melanie hatte den Laster vor ihnen nicht gesehen, weil sie damit beschäftigt war, einen neuen Radiosender zu suchen. Und – bumm! – hatte es gekracht. Pech, dass keine von ihnen angeschnallt gewesen war. Steph war mit dem Kopf gegen die Windschutzscheibe geknallt und hatte sich das Genick gebrochen. Melanie dagegen hatte nicht so viel Glück gehabt. Der Laster war mit Stahlträgern beladen und einer davon bohrte sich direkt in Melanies hübsches Gesicht. *Wenigstens war mein Sarg bei der Trauerfeier noch offen,* dachte Stephanie. *Meine Schwester ist einfach zu dämlich!*

»Eigentlich ist Willy schuld«, verkündete Melanie, als sie sich irgendwann doch entschloss, das Schweigen zu brechen. »Schließlich wollten wir ja nur zu den Cheerleadern, um ihn zu beeindrucken.«

Gutes Argument, auch wenn es von einem toten Mädchen kam. »Wie sehr ich ihn doch hasse«, tobte Steph. »Wenn ich daran denke, wie oft er mir versichert hat, dass er mich liebt, dann könnte ich kotzen. Er hat immer gesagt, ich sei das schönste Mädchen, mit dem er je zusammen war.«

Melanie begann zu weinen. »Ach, Stephanie! Mir hat er genau das Gleiche gesagt!«

»Dieses verlogene, heuchlerische Stück Scheiße. Gott, war ich dämlich.«

»Das waren wir beide.«

Steph schüttelte in ihrem Sarg den Kopf. Ihre Augen hatten sich zu wutsprühenden Schlitzen verengt. »Ich ... hasse ... ihn ... so sehr ...«

Deswegen ihr unterirdisches Gejammere. *Ich wollte doch nur verliebt sein,* dachte Stephanie, auch wenn das viel zu kitschig war, um es laut auszusprechen. Aber Melanie fühlte ähnlich. Das, was sie mehr als alles andere wollten – Liebe –, würden sie jetzt nie mehr bekommen. Wie denn auch? Sie waren tot und begraben.

Sie waren eigentlich ganz nette Mädchen. Vielleicht war Melanie etwas unbedarft und vielleicht ein wenig eingebildet. Und Stephanie hatte natürlich einen Hang zum Fluchen. Aber deswegen waren sie doch nicht schlecht, oder? Sie waren nicht egoistisch, bösartig und gierig, wie das so viele Leute heutzutage sind. Also womit hatten sie das verdient? Weil sie geliebt werden wollten?

Und so kam es zu einer allmählichen Verzerrung ihrer verständlichen Sehnsüchte: Da es niemanden mehr gab, dem sie ihre Liebe schenken konnten, konnte sie sich nur verwandeln, gären, sich ins Gegenteil verkehren. Zu Hass.

Eine starke Gefühlsregung, die durch eine andere ersetzt wurde ...

Melanie schniefte wieder. »Wie oft, ich meine, wie oft ...?«

»Wie oft was?«, giftete Steph und runzelte die Stirn. Wenigstens hatte sie noch eine Stirn, die sie runzeln konnte. Sie wusste, eigentlich dürfte sie nicht so gefühllos sein: Nach dem Unfall war bei Melanie nicht viel mehr als ein Klumpen Matsch übrig geblieben, wo andere ein Gesicht haben. Aber sie fand es nervtötend, wenn ihre Schwester herumjammerte und schniefte.

»Wie oft hast du ... na ja, du weißt schon.«

»Nein, ich weiß es nicht, Melanie. Verdammt. Und hör auf zu flennen. Benimm dich nicht wie ein Baby.«

»Wie oft hast du es mit ihm getan?«, sprudelte die gesittetere der beiden Schwestern schließlich heraus.

Steph versuchte sich zu erinnern. »Ich weiß nicht. Zehn- ... zwölfmal, schätze ich.«

»So oft!«

»Und, was ist daran so besonders? Wie oft hat er es dir besorgt?«

Eine Pause, ein erneutes Schluchzen. »Dreimal ...«

»Und das ist alles? Gott. Hey, hat er dich eigentlich jemals geleckt?«

Melanie wäre jetzt rot geworden, wenn ihr zerschmettertes Gesicht dazu noch fähig gewesen wäre. »Nein ...«

»Mich auch nicht. Bist du bei ihm je gekommen?«

»Ähem.«

Steph nickte. Sie hatte nichts anderes erwartet. »Männer sind immer nur eines – Beatmungsmaschinen für einen Schwanz. Die denken immer nur an die eigene Befriedigung. Ein bisschen eiliges Gerammel und – zack! – sind sie wieder weg, zur Strategiebesprechung oder zum Scheiß-Football-Training.« Leider war das alles, was ihnen geblieben war, nachdem ihren Sehnsüchten – und ihrem Leben – durch versagende Bremsen ein vorzeitiges Ende beschieden war. Es war ihnen nichts geblieben, als ihre Betrachtungen über die Treulosigkeit der Gattung Mann immer und immer wieder zu recyceln. *Aber wenigstens konnte er gut küssen,* dachte Stephanie. *Und gut ausgesehen hatte er auch.*

Ihre Fäuste ballten sich in ihrer engen Kiste, die Finger öffneten und schlossen sich als unzureichendes Ventil ihrer Wut. »Ich hasse diesen Wichser so sehr, ich könnte wirklich aus diesem gottverdammten Sarg herausfahren und ihm den Hals umdrehen.«

»Viel Glück«, meinte Melanie. »Wir sind beerdigt, weißt du noch? Über uns sind zwei Meter Erde.«

»Ja, trotzdem ...«

Es war einfach zum Verrücktwerden, diese Hilflosigkeit. Und was würde aus ihnen werden? Würden sie schließlich zu Staub zerfallen? Oder würden sie hier in alle Ewigkeit weiterreden, sich in ihrem Hass suhlen und sich Jahr um Jahr im Selbstmitleid wälzen?

»Stephanie, ich ...«

Steph seufzte. »Was ist denn jetzt wieder?«

»Ich ... ich spüre da etwas. Du nicht?«

»Ich weiß nicht, wovon du redest ...« Aber die Empfindung ließ sie innehalten. Was war das? Ganz plötzlich begann Stephanies totes Herz zu zittern ...

»Ich spüre es auch«, flüsterte sie überwältigt. Das war ein Gefühl, aber was für eines; bizarr, elektrifizierend, etwas, das die Seele in Brand setzte. Nach kurzer Zeit fühlte es sich an wie wundervolles weißes Feuer. Und dann:

»Stephanie.«

»Was ist?«

»Das ist ... er ist es!«

Mein Gott, erkannte Steph. Sie hat recht ...

Er war es wirklich. Willy Wichser Parks. Plötzlich wurden ihre seltsamen untoten Sinneseindrücke präziser: Sie konnte ihn da oben hören, sie hörte sein Herz, sein Blut, seine Gedanken. Sie war sich sicher!

Willy Parks war auf dem Friedhof.

»Da ist noch jemand bei ihm«, stellte Melanie fest.

»Ja, ein Mädchen.« Auch Steph konnte sie spüren, ihren Geist und ihre Aura. Die Schritte kamen näher, das namenlose Mädchen kicherte schrill. »Ich wollte es immer schon mal auf einem Friedhof machen, Willy.«

»Ja, ich auch«, antwortete Willy Parks. »Und dieser Friedhof ... das ist was Besonderes.«

»Besonders? Wieso?«

»Ach, nichts.«

Steph schäumte vor Wut. »Dieses widerliche Stück Scheiße! Er bringt seine neue Freundin hierher! Um sie auf unserem Grab zu vögeln!«

Melanie plapperte sinnlos vor sich hin: »Wie schrecklich! Wie können Menschen nur so schrecklich sein?«

Zwei Meter über ihnen ploppten Bierverschlüsse. Gelächter zog durch die Nacht. »Das ist doch toll, findest du nicht?«, fragte Willy seine Begleiterin.

»Ja«, gab das Mädchen zurück, »Aber ich will immer noch wissen, was du damit meintest, als du gesagt hast, der Ort hier sei etwas Besonderes.«

Stephs Miene erstarrte. Ihr Hass, ihre grenzenlose, unüberwindliche Empörung, brannte nur noch heller. Sie konnte die Gedanken in seinem Kopf hören.

Ja, der Ort hier ist wirklich was Besonderes. Ich werde dieses Spatzenhirn direkt hier auf Stephanies und Melanies Grab ficken!

Melanie brach in unkontrolliertes Schluchzen aus. Steph tobte weiter vor Wut.

Und Willys Gedanken führten ebenfalls weiter:

Was waren die beiden doch für blöde Schnepfen! Diese eingebildete Heulsuse Melanie und dann Steph – was war die prollig. Gott war das 'ne Gaudi, diese Schlampen zu ficken, und die waren auch noch so blöd und dachten, ich wäre in sie verliebt! Diese verzogenen Püppchen! Mädchen müssen nur Klumpen aus Scheiße bekommen haben, als Gott die Gehirne verteilt hat.

»Steph!«, wimmerte Melanie. «Hast du das gehört? Er hat gesagt, ich sei eine eingebildete Heulsuse!«

»Ich habe den Scheißkerl gehört.« Steph zwang sich zu einem ruhigen Tonfall. *Du meinst also, ich sei ein verzogenes Püppchen, Willy?* In ihrem toten Innern tobte es. *Ich und prollig?*

Willy lachte und nuckelte an seinem Bier. *Und wie ich mir die beiden dann vom Hals geschafft habe. War das genial oder war das genial? Einfach nur den Bremsschlauch durchschneiden und alles erledigt sich von selbst. Man sollte mir einen Orden verleihen, weil ich die Welt von diesen beiden Zuckerpüppchen befreit habe.*

»Hast du ... hast du das gehört?« Melanie kreischte jetzt.

»Verflucht, das habe ich.« Stephanie ballte die Fäuste so fest zusammen, dass sie damit Steine hätte zerquetschen können. »Dieses Arschloch hat uns ermordet!«

Aber Willy redete wieder: »Oh, Liebling, du machst mich so geil.« Man hörte feuchte Kussgeräusche. Seine Stimme senkte sich zu einem verführerischen Flüstern herab. »Du bist das schönste Mädchen, mit dem ich je zusammen war ...«

Das gab den Ausschlag. Steph drehte durch. Auf einen Schlag ballten sich all die Gefühle zusammen, all die Liebe, die von der Wahrheit echten Hasses verdrängt worden war. Plötzlich drängte sie in dem Sarg nach oben. Sie dachte nicht einmal nach. Sie drückte gegen den Sargdeckel, kreischte, presste weiter und –

Kracks!

– der Sargdeckel barst auseinander.

»Na komm, Melanie!«, rief sie. »Wir können es schaffen! Ich weiß, dass wir das können! Grab dich aus!«

Und dann begannen sie zu graben. Stephs Hände spreizten schließlich den Sargdeckel komplett auseinander und dann durchbrachen sie die Grabplatte aus Beton. *Ich werd's dir zeigen*, dachte sie. Ihre Hände waren wie Baggerschaufeln vor ihrem Gesicht und wühlten sich durch die festgestampfte Erde. Sie kaute auf ihrer toten Unterlippe herum, ihre Hartnäckigkeit hatte schon etwas Zwanghaftes. Kühle Erde zerkrümelte über ihr und rutschte an ihr entlang, während sich ihr schlanker Körper nach oben arbeitete.

Dann gab die Erde über ihr nach ...

Mondlicht schien ihr in die Augen. Mondlicht in einem schwarzen Himmel und einem Meer von Sternen. Dieser erste Atemzug – der erste seit zwei Monaten – strömte in ihre Lungen und verlieh ihr zusätzliche Kraft. Es fühlte sich so gut an, wieder über der Erde zu sein.

Und es war noch besser, Willy zu sehen ...

Ihre toten Augen leuchteten; sie geiferte vor Aufregung. Dann schob sich der Rest ihres Körpers aus der Erde.

Willy – Gentleman, der er war – hatte bereits die schwarze Bluse seiner neuen Freundin geöffnet, und er hatte ihren schwarzen Lederrock hochgeschoben und er – er leckte sie ...

Igitt, das klingt wie bei einem Hund, dachte Steph. Dann sagte sie: »Wie kommt es, dass du mir diesen Dienst nie erwiesen hast, du egoistisches Arschloch?«

Willy sah auf und begann – verständlicherweise – zu schreien. Das Mädchen schrie ebenfalls, als sie den dreckverschmierten Leichnam bemerkte, der da durch die Nacht kroch. *Und – was für ein Flittchen,* dachte Steph. Ein punkig aufgemachtes Gothic-Girlie mit schwarzem Lippenstift, Nine-Inch-Nails-Buttons und karottenrot gefärbten Haaren. »Das kann doch nicht dein verfickter Ernst sein, Willy! Du hast mir und Melanie für diese kleine Zombie-Schlampe den Laufpass gegeben?«

Willy schrie wieder, während seine unvollständig bekleidete Gespielin davonstob. Ihr Kreischen klang wie das Quietschen von Reifen in der Nacht.

Steph hatte sich unverzüglich auf ihn gestürzt und ihre verschmutzten weißen Pailletten funkelten. »Wir sind also verzogene Püppchen, was?«, vergewisserte sie sich seiner letzten Gedanken. »Und ich bin prollig?« Sie zog ihm die Unterhose herunter, während er um sich trat und schlug und heulte. »Du hast also den Bremsschlauch durchgeschnitten?«

Ihre toten Finger suchten in seinem Schritt und mit gewisser Befriedigung stellte sie fest, dass sein Penis alle Anstalten machte, sich in seinen Körper zurückzuflüchten. »Na, du großer Held, du toller Footballstar? Sieh dir doch mal an, wie groß du jetzt bist, du wertloses Stück Dreck.«

Melanie hatte es währenddessen nur geschafft, den Kopf aus ihrem Grab herauszustrecken. »Hi, Willy«, sagte der Kopf.

Willy schrie erneut – das war bei ihm zu einer lästigen Gewohnheit geworden – als er das zerschmetterte mumifizierte Gesicht sah, das ihn unter den blonden Locken hervor ansprach. Er schrie so heftig, dass die Äderchen hinter seinen Augen zu platzen begannen.

»Komm, beeil dich«, drängte Steph. »Wir haben noch etwas zu erledigen.«

Schließlich gelang es Melanie, sich aus der Erde zu befreien. »Du bist ganz bestimmt der Letzte, der mich je eine eingebildete Heulsuse nennen wird.« Steph lachte und betätschelte Willys zusammengeschrumpfte Hoden, während Melanie ihr Kleid hob. Willy schrie schrill und heftig, so laut wie eine Alarmsirene. Aber dann verstummte der Schrei abrupt, als Melanie sich auf sein Gesicht setzte.

»Lecken, Willy«, gluckste Steph. »All die vielen Male, als du uns benutzt hast, damit du deinen Spaß hast ... na ja, jetzt sorgst du ausnahmsweise mal für unseren Spaß.«

Zuerst wehrte er sich heftig, aber er sah schnell ein, dass selbst seine sportgestählten Muskeln es nicht mit der Stärke verschmähter Leichen aufnehmen konnten. Also tat er, was ihm gesagt wurde. Und er stand seinen Mann, das musste man ihm lassen. Nicht viele Jungen hätten es fertiggebracht, so unverfroren Cunnilingus an einem seit zwei Monaten toten achtzehnjährigen Mädchen zu praktizieren, das soeben dem Grab entstiegen war. Dann weiteten sich die eingesunkenen Augen in Melanies zerstörtem Gesicht. Sie begann, sich zu winden. »Ich – oh, Steph! Ich glaube, ich bin gerade gekommen.«

»Schön für dich«, erwiderte ihre Schwester. »Dann bin ich jetzt dran.« Steph hob ihr eigenes vom Grab beschmutztes Kleid und nahm Melanies Position ein, und bemerkte dabei während des Stellungswechsels, dass Willys Gesicht eine erfreulich grünliche Färbung angenommen hatte. Sie stieß ihm ihren verwesenden

Schamberg direkt auf den Mund. »Los, leck, Arschgesicht«, befahl sie. Das Gefühl war atemberaubend, wie Willys verlogene Zunge über ihre faulige Scham und die aufgequollene Klitoris wanderte. »Nicht schlecht.« Sie schloss die Augen und lächelte dem Himmel entgegen. Die Empfindungen stiegen wellenförmig an und erreichten dann einen Höhepunkt und Steph kam in einer Folge schaudernder Zuckungen. Doch danach –

»Autsch«, sagte sie kichernd.

Mit den letzten Zuckungen ihres Orgasmus kam es zu einer plötzlichen, unkontrollierten Freisetzung von Einbalsamierungsflüssigkeit, verbliebenem Urin und anderen undefinierbaren Fäulnisprodukten, die sich zu Willys Schaden direkt in seinen Mund ergossen. Sie stieg von ihm herunter und hielt ihm sofort den Mund zu, sodass er keine Wahl hatte und die eklige Sekretbrühe schlucken musste.

»Das tut mir jetzt aber so leid«, flötete Steph mit gespielter Zerknirschung. »Wie unhöflich von mir. Aber – was soll man von einem Proll denn auch anderes erwarten?«

Willys Bauch zuckte, und als er dann noch ungewollt in Melanies zerstörtes Gesicht hochblickte, da übergab er sich in hohem Bogen.

»Kann man sich so was vorstellen?« Steph beäugte die Kotze, in der Stücke von Wurst und Pepperoni schwammen. »Er hat sie zum Pizzaessen ausgeführt. Was für ein armseliger Geizkragen!«

Erst da wurde Steph bewusst, wie still ihre Schwester geworden war. Während der ganzen Kotzepisode hatte sich Melanie anderweitig beschäftigt. Sie drehte an Willys Hodensack und drehte und drehte –

»Melanie!«, feixte Steph. »Du kleiner Lustmolch!«

– und dann – zack – zerrte sie einmal kurz und heftig daran. Sie riss ihm die Hoden aus dem Schritt wie man Tomaten von der Pflanze zupft.

Wieder schrie Willy Parks auf, aber als er dazu den Mund öffnen musste, stopfte Melanie ihm begierig die abgetrennten Genitalien in den Rachen.

»Sei ein guter Junge und iss auf«, lockte Steph und hielt ihm wieder den Mund zu. Voll Abscheu schloss er die Augen, begann aber widerwillig zu kauen und erzeugte dabei ein Geräusch wie beim Essen einer frischen Dattel.

Er schluckte.

»Braver Junge.«

Mittlerweile war mit Willy nicht mehr viel anzufangen, und die Mädchen, die ihren Spaß mit ihm gehabt hatten, begannen sich zu langweilen. Gab es noch etwas, was sie diesem Mistkerl antun konnten?

Sie beschlossen, ihn nicht mit eigenen Händen zu töten. Stattdessen sollte die Erde diese Aufgabe übernehmen. Also begruben sie Willy Parks im dämmrigen Mondlicht dieser überreichen, wundervollen Nacht lebend in Stephs Grab und stampften die Erde mit den Füßen fest und glatt. Wahrscheinlich würde es nur ein paar Minuten dauern, bis der Tod ihn ereilte, aber sie fanden es ganz amüsant, noch ein paar letzte gedämpfte Schreie zu hören.

»Gott, wie sehe ich nur aus!« Melanie stand auf und wischte sich Grabeserde von ihrem eigentlich strahlend weißen Kleid. »So kann ich mich doch nirgendwo sehen lassen.«

Oh nein, dachte Steph. *Sie ist ein wandelnder Leichnam, aber sie sorgt sich über ihr Kleid.*

Sie zuckte die Achseln. Sie setzte sich und zog ein Bier aus dem Six-Pack. Einen Augenblick später setzte sich Melanie mit ihrem zerstörten Gesicht neben sie.

Grüblerisch begann Steph: »Das ist schon merkwürdig. Wir hatten gerade die Rache, nach der wir uns so gesehnt hatten und trotzdem fühle ich mich ...«

»Unausgefüllt?«, beendete Melanie. »Mir geht es genauso.«

Steph nahm einen Schluck Bier. »Ich meine, ach Scheiße, wir hatten sogar Orgasmen, aber ...«

»Die waren auch nicht besonders gut, oder?«

»Nein.«

Die Nacht füllte weiterhin alles um sie herum aus. Sie waren zwei tote Schwestern, die ihren neuen Platz im Universum überdachten.

Irgendetwas stimmte nicht. Sie hatten gerade eine großartige Rache gehabt, aber sie fühlten sich noch immer übervorteilt, unbefriedigt. Etwas fehlte. Aber was?

Damit waren sie wieder bei dem Antrieb, der sie durch die festgestampfte Erde aus ihren Gräbern gelockt hatte, bei ihren Gefühlen. War es das, was ihnen fehlte? Schließlich waren sie Schwestern!

Das war keine Liebe, oder? Und doch war es Liebe.

Willy zu verscharren und ihm diese ganzen widerlichen Dinge anzutun, hatte ihnen zwar eine gewisse Befriedigung verschafft, aber es hatte sie nicht ausgefüllt. Auch wenn sie tot waren, waren sie doch junge, lebenshungrige Dinger und nein, auch in ihrer Rache hatten sie das eine nicht bekommen, nach dem sie sich immer gesehnt hatten, was sie immer gewollt hatten, um so zu sein wie andere Mädchen.

Ihnen fehlte immer noch die Liebe, oder?

Und was zum Teufel konnte falsch daran sein, das zu wollen?

Gottverdammt, dachte Steph. *Wir sind zwei beschissene Leichen! Was zum Teufel sollen wir denn jetzt tun? Willy war tot oder würde es bald sein. Sie hatten ihre Rache gehabt. Wie, verflucht, sollten sie denn jetzt noch das bekommen, was sie wirklich wollten?*

Aber dann kam ihr ein Gedanke ...

Sicher, Melanie war ziemlich hohl und vielleicht war sie wirklich eine eingebildete Heulsuse. Aber schließlich ist sie meine Schwester. Und sie ist da und ich liebe sie ...

»Hey«, sagte sie.

Melanies wurmdurchlöchertes Gesicht wandte sich ihr zu.

»Ich liebe dich«, sagte Steph. Und mit diesem Bekenntnis legte sie den Arm um die Schulter ihrer toten Schwester, wandte den Kopf und küsste sie auf die aufgedunsenen Lippen.

»Wir sind alles, was wir jetzt noch haben, Schwesterchen.«

»Ich weiß«, hauchte Melanie.

Und dann, mit Freudentränen in den toten Augen, lächelte sie, so gut es ihr mit dem zerstörten Gesicht möglich war, und erwiderte den Kuss.

FEUCHT

Alexa deMonterice

Oh Gott! Das Ende kam. Aber schließlich war Kommen immer das Ende. Sie lachte, als sie kam, lachte über die ironische Dualität, die damit einherging. Wenn man alles hatte, war es zu Ende, und dann kam die Enttäuschung über die Unausweichlichkeit, aber vorher baute sich ein Spannungsbogen der Erwartung auf, der dazugehörte. War das nicht fast so gut wie dieser eine Augenblick neuraler Entladungen? – Jede Nervenfaser, von den äußersten Haarspitzen bis zum Ende der Zehennägel, starb für diese außerordentlichen Sekunden, nur um dann die glorreiche Wiedergeburt in ihrer Klitoris mitzuerleben, die sich nach außen ausbreitete und an ihren zitternden Schenkeln entlangraste, die sich um die Schädelform ihres Liebhabers schlossen und öffneten. Seine Nase, seine Lippen, seine Augenbrauen und Wangenknochen wurden eins mit ihr, als sie seinen Kopf näher zu sich heranzog und versuchte, ihn in sich aufzunehmen.

Und dann war es vorbei. Und wie all die anderen Male zuvor, war sie wieder allein und musste die Überreste beseitigen, während sie sich sagte, dass der hier der Beste gewesen war und der Letzte sein würde. Aber sie hatte nie wirklich daran geglaubt, egal wie oft sie es sich eingeredet hatte. Musste sie es nicht immer wieder versuchen, nur für den Fall, dass ihr Liebhaber vielleicht doch nicht der Beste gewesen war? Sie wusste, über kurz oder lang würde sie wieder dort hinausgehen und im endlosen Meer der Bars die Angel nach dem nächsten Fisch auswerfen. Wenn sie dann jemanden am Haken hatte, gab sie ihnen immer das Gefühl, sie steuerten den Ablauf. Aber stattdessen hielt sie die Angelrute und gab der Leine nur so viel Spiel wie sie es für richtig hielt. Wieder eine exquisite Dualität.

Einer ihrer Liebhaber hatte sie mit der Rolle von Diane Keaton in ›Auf der Suche nach Mr Goodbar‹ verglichen. Was für ein Witz! Sie war keine deprimierte, frustrierte Frau auf der Suche nach einem schnellen Fick, um ihre Einsamkeit für ein paar Stunden zu vergessen. Sie lebte für den Augenblick. Den Augenblick, wenn sie wieder einmal dachten, sie hätten die Macht, die magische Fähigkeit, sie zum Orgasmus zu bringen, wenn doch in Wirklichkeit sie jederzeit die Zügel in der Hand hatte. Sie war es, die sich an ihren Gesichtern rieb, Druck ausübte und sie dirigierte, bis sie die Männer genau da hatte, wo sie sie haben wollte. Wer besorgte es schließlich wem, na? Wessen Kopf steckte denn zwischen wessen Beinen? Wer konnte nirgendwo hin, solange sie das nicht gestattete? Sie bestimmte die Regeln. Tu einfach so, als wolltest du in den Geburtskanal zurück, sagte sie immer. Da hat dein Leben begonnen und da kommen wir heute Nacht zum Ende. Und es wird dir gefallen! Eine solche Macht auszuüben, ist fast so aufregend wie der Orgasmus.

Ihre Erregung, ihre Lust, das ist alles, was zählt. Und das sollte schließlich auch ihrem augenblicklichen Liebhaber ein Ansporn und ein dringendes Bedürfnis sein. Wenn es das nicht war, dann sollten sie sich zum Teufel scheren. Tatsächlich hatte sie bisher aber nur einen Kerl wirklich rauswerfen müssen. Sie ging zwar nie so weit, ihnen zu sagen, dass es ihr nur darauf ankam, dass sie auf ihre Kosten kam, aber sie machte immer unmissverständlich klar, dass sie vor allem an ihren oralen Fähigkeiten interessiert war. Sie musterte sie ziemlich ausgiebig, während sie die Kokette auf der Suche nach einem starken männlichen Beschützer spielte. »Wie viel Manns bist du?«, säuselte sie ihnen in die Ohren. »Bist du willens, dir die Zeit zu nehmen, mich in den Wahnsinn zu treiben, mich um Gnade winseln zu lassen?« Das Letztere betonte sie dann meist noch mit einem leichten Kniff in den Oberschenkel und einem Schnipsen ihres langen lackierten Fingernagels gegen den Reißverschluss seiner Hose. Die Aussicht, dass eine Frau ihn anflehen könnte, es ihr zu besorgen, traf das männliche Ego normalerweise genau da, wo es am stärksten anschwellen konnte, wenn man das so sagen durfte. Aber glücklicherweise hatte sie sich noch nie mit diesem Teil der männlichen Anatomie abgeben müssen. Igitt. Niemals, Süßer! Sie bestimmte die Regeln, und nach einem kopflastigen Abstecher zwischen ihre gewachsten Schenkel hatten weder sie noch der Mann irgendwelchen Bedarf an weiteren Aktivitäten.

Sie beendete ihre Säuberungsaktion, bezog das Bett neu und ging dann unter die Dusche, um den Schweißfilm von ihrer Haut zu waschen. Danach stand sie nackt vor dem Ankleidespiegel und bewunderte ihren Körper, an dem Wassertropfen aus den Haaren über ihre Brüste und ihren Bauch liefen, um sich in dem dichten lockigen Gestrüpp unten zu sammeln. So war es viel besser. Wieder sauber. Die einzige Zeit, zu der ihr Schweiß auf dem Körper nichts ausmachte, war während ihres täglichen Trainingsprogramms; wenn sich die Muskeln gegen die Gewichte stemmten, schwere, keuchende Atemzüge sie einer neuen Bestleistung entgegentrieben und sie damit ihren Körper nach ihrem Willen modellierte. Einen Körper, der das Umschlagfoto eines Fachbuches über das Gewichtheben geziert hatte. Eine Figur, die in dem Film *Bodybuilding II – Frauen* vorgestellt worden war. Ihre täglichen Übungen hatten zu Brüsten geführt, die stolz und kräftig abstanden, zu Armen, die einen Mann auf Abstand halten konnten, bis sie bereit war, ihn wieder loszulassen, und Schenkeln, für die man sterben würde.

Sie ließ ihre Hände über die weißen und rosafarbenen Narben auf der Innenseite ihrer Schenkel gleiten und hielt bei den frischesten inne. Sie gefielen ihr. Es waren rituelle Zeichen der Initiation, die für die Macht ihrer Weiblichkeit standen. Sie berührte sich abwesend weiter. Sie wusste, sie konnte bei Weitem nicht die Empfindungen erzeugen, die sie vorher mit ihrem Liebhaber durchlebt hatte. Nicht einmal annähernd. Es ärgerte sie und war eine Beleidigung ihrer feministischen Überzeugungen, dass sie in dieser Beziehung auf einen Mann angewiesen war. Sie hatte alleinstehende Freundinnen, die behaupteten, sie würden mithilfe ihrer eigenen Hände und Finger oder mit diversen elektrisch betriebenen Hilfsmitteln zu ihrem Vergnügen kommen. Aber ihr reichte das nicht. Sie brauchte das Gefühl eines warmen, lebendigen Mannes, der ihren Schoß verwöhnte, nicht ein Stück kaltes Plastik oder Gummi.

Sie schlüpfte in ein seidiges Nachthemd, dessen weicher Stoff sich an ihren feuchten Körper schmiegte. Das kam der Liebkosung eines Liebhabers so nahe, wie es augenblicklich möglich war, da ihre letzte Eroberung der Vergangenheit angehörte. Vielleicht sollte sie es eines nachts mal versuchen, nur mit ihnen zu kuscheln. Nach dem Sex war es immer vorbei mit ihnen. Sie seufzte und glitt unter die gestärkte, frisch bezogene Bettdecke. Es dauerte lange bis sie eingeschlafen war, und auch dann war ihr Schlaf von wirren Träumen durchzogen.

Es dauerte gerade mal sechs Tage bis sich ihr Körper wieder meldete. Der Drang kam jetzt in immer kürzeren Abständen, erkannte sie mit einer Mischung aus Besorgnis und Vorfreude. Aber ihr Körper war beharrlich. Er behauptete, es sei an der Zeit. Es war ein leises Flüstern; ein sanftes, flauschiges, feuchtes Kitzeln in ihrer Vagina. Sie wusste, dieser sanft kitzelnde Kuss würde zu einem pulsierenden Schmerz der Begierde anwachsen, der sich nur durch einen echten Kuss zügeln ließ: Einem Zungenkuss an der richtigen Stelle.

Also gab sie dem Druck nach. Sie zog ihren engsten und kürzesten Rock an – den blutroten Lederrock. Rot, die Farbe der Begierde. Ein durchsichtiges schwarzes Seidentop ohne Büstenhalter und hochhackige Schuhe über glänzenden Seidenstrümpfen vervollständigten ihre »Angelausrüstung«. Die Strümpfe schimmerten bei jeder Bewegung wie eine Flüssigkeit, die in die Form perfekter Beine gegossen war. *Schließlich brauchen Fische Wasser, um an ihr Ziel zu gelangen,* dachte sie, während sie den eng sitzenden Stoff über ihren Schenkeln glatt strich. Es wurde Zeit, selbst nass zu werden.

»Ich bin Cat«, behauptete sie gegenüber dem zweiten Mann, der ihr einen Drink spendieren wollte. Der erste hatte einen abgebrochenen, scharfkantigen Schneidezahn gehabt. Das hätte wahrscheinlich wehgetan. Der hier hatte schöne ebenmäßige Zähne, wenn auch mit leichten Tabakverfärbungen. Aber das war schon in Ordnung, sie wollte ihn ja nicht mit dem Mund küssen.

»Ich hätte gern einmal *Sex on the Beach*«, säuselte sie ihn an. »Ich meine natürlich den Cocktail. Erst mal.« Es gefiel den Männern, wenn sie so redete.

Sein erster Spruch war alles andere als originell gewesen. »Was macht ein nettes Mädchen wie du ...«

Sie unterbrach ihn sofort. »Ich bin kein nettes Mädchen«, erklärte sie und warf zur Betonung ihr langes rabenschwarzes Haar über die Schultern zurück und enthüllte so die Festigkeit ihrer durch keinerlei Hilfsmittel unterstützten Brüste unter dem durchsichtigen Nichts an Stoff. »Aber ich fühle mich etwas einsam.« Auch das waren zwei Sätze, die die Männer immer wieder hören wollten. Natürlich waren sie alle der Meinung, sie hätten die richtige Medizin dagegen.

Der Kerl hier war keine Ausnahme, er schnappte sofort nach dem Köder. »Dann bin ich dein Mann, mein Schatz.«

Nicht so schnell, dachte sie. Sie hatte noch nicht entschieden, ob sie ihn behalten oder ins Wasser zurückwerfen sollte. Sie musste ihn zuerst noch ein wenig weiter durchleuchten und auf die richtigen Fähigkeiten achten.

Der Barkeeper stellte ihren Cocktail ab und verschüttete dabei etwas über den Rand. »Was für eine Schande. Leck es ab. Das darf doch nicht verkommen.« Sie bot Mr Schöne Zähne ihren Drink an, während sie mit der Zunge an einer Seite des langstieligen Glases entlangglitt.

Er gluckste vor Freude über ihren Vorschlag und die darin enthaltene Zweideutigkeit und schleckte die andere Seite ihres Glases ab.

Seine Zunge war überdurchschnittlich lang und von den Maraschino-Kirschen in seinen Manhattans hellrosa verfärbt. *Wie süß,* dachte sie.

Um mit ihrem Köderspiel fortzufahren, pflückte sie die Kirsche aus seinem Glas und brach den Stängel ab. »Beherrschst du diesen Kniff?« Sie führte ihn vor, indem sie sich den Stängel in den Mund steckte und ihn nach wenigen Augenblicken mit einem Knoten darin in seinen Drink fallen ließ.

Er lachte wieder und in seinen Augen glitzerte das Begehren. Er bat den Barkeeper um eine neue Kirsche. Aber leider gelang es ihm nur, den Stängel zu besabbern.

Mittlerweile waren auch der Barkeeper, drei Männer und eine sehr angetrunkene Blondine eifrig damit beschäftigt, Kirschstängel mit der Zunge zu verbiegen. Nur einer der Männer und die Frau brachten einen Knoten zustande. Sie stand nicht auf das eigene Geschlecht, sie zog es vor, ihre Macht über Männer auszuüben. Also ließ sie Mr Schöne Zähne stehen und glitt zu Mr Flinke Zunge hinüber.

Mit so einer Fähigkeit brauchte er keinen cleveren Anmachspruch, aber er war trotzdem witzig. »Gibt es da noch etwas dazu zu sagen?« Er lachte und präsentierte ihr formvollendet seinen verschlungenen Kirschstängel.

»Na ja, ich weiß noch nicht.« Sie zog eine Schnute, nahm den Stängel und drehte ihn zwischen den Fingern. »Ich fühle mich irgendwie einsam. Kannst du dem abhelfen?«

»Wenn du mich lässt.«

»Nun, hier bin ich«, sagte sie und warf sich den von seinem Speichel angefeuchteten Stängel in den Mund.

Er rückte seinen Barhocker näher heran und dabei trafen sich seine Beine mit den ihren. »Und hier komme ich«, erwiderte er mit einem treuherzigen Augenaufschlag.

»Aber doch nicht sofort, wie ich hoffe.« Sie blinzelte zurück.

»Selbstverständlich nicht. Ich finde, es sollte lange, lange Zeit dauern. Am Besten die ganze Nacht.«

»Das klingt gut. Mein letzter Liebhaber hat nur knapp zehn Minuten durchgehalten.«

»So ein Schwein! Ich verspreche, ich kann dich glücklich machen.«

»Vielleicht. Aber am Morgen bin ich dann wieder allein, so wie immer.«

»He, warte mal. Okay, wir haben uns in einer Bar getroffen und so, aber wer sagt denn, dass ich nicht zum Frühstück bleibe? Ich mache ein wirklich gutes Omelett. Und ich könnte sogar nach Feierabend wiederkommen und dir ein Diner kochen. Man weiß ja nie. Also vermeide ein vorschnelles Urteil. Du würdest dich um die Chance bringen, mich besser kennenzulernen.« Er nahm ihre Hand und zog sie vom Barhocker. »Warum sehen wir nicht zu, dass wir hier wegkommen? Wir können einen langen Spaziergang am Strand entlang machen und reden.»

Sie starrte ihn mit offenem Mund an: »Das soll wohl ein Witz sein?«

»Sicher, du bist aufregend, keine Frage. Aber das heißt noch lange nicht, dass ich eine Frau nicht besser kennenlernen will, bevor ich mit ihr ins Bett gehe.»

Sie ging mit, zu verblüfft, um zu widersprechen. Ein Kerl, der Zeit mit Reden verplemperte?

»Ich habe so etwas noch nie getan«, entfuhr es ihr, bevor sie sich zurückhalten konnte. Gott! Die Situation entglitt ihrer Kontrolle.

»Ich vermute, dass bezieht sich darauf, händchenhaltend am Strand spazieren zu gehen? Du wirkst auf mich schon wie eine Frau, die bereits eine Menge Kerle in Bars aufgerissen hat.«

»In beiden Fällen ist die Antwort ja.«

»Aber es ist doch ein angenehmes Gefühl – ich meine diese Sache mit dem Händchenhalten, oder?« Er drückte ihre Hand und zog sie näher an die plätschernden Wellen heran.

»Ich – ich schätze schon. Ich bin mir nicht sicher.« Sie vergrub ihre nackten Zehen im Sand und ließ sie vom Wasser überspülen. »Ich habe Einsamkeit kennengelernt ... und sicherlich Lust ... und manchmal auch Wut. Aber das hier ...«

»Du bist eine traurige, seltsame Frau, Cat«, sagte er und sah ihr tief in die Augen, während der Mond über ihnen erstrahlte und der Schaum des Meeres ihre Knöchel küsste.

»Ich ...« Sie verlor wieder den Faden und wich seinem Blick aus. Sie war von dem ihr unbekannten Wechselbad fremdartiger Gefühle davongeschwemmt worden. Sie war hier mit einem Mann, der auf ihre frivole Anmache eingegangen war; der sie vögeln wollte; der ihre Brüste, ihre Beine und ihren Arsch ansah wie all die anderen auch. Und trotzdem hatte er sich die Zeit genommen, ihr auch in die Augen zu sehen, und vielleicht hatte er sogar einen kurzen Einblick in die Tiefen ihrer Seele erhascht. Sie fühlte etwas Merkwürdiges. Merkwürdig, weil es nicht zwischen ihren Beinen angesiedelt war, sondern näher zum Herzen hin. Niemand hatte sie je dort berührt und es machte ihr eine Höllenangst. Mit Narben auf ihren Schenkeln konnte sie umgehen, aber nicht mit welchen auf ihrer Seele. *Ich habe die Kontrolle verloren,* dachte sie in Panik. Sie blickte auf den Ozean hinaus und dachte: *Das bin ich, weich und fließend im einen Moment, mächtig und erdrückend im Nächsten.* Sie zog das Letztere vor, sie fand die Rolle der Dominierenden sehr viel ansprechender als die einer gleichberechtigten Partnerin oder – völlig undenkbar – die eines passiven Opfers. *Ich will die Dualitäten zurück, mit denen ich mich am besten auskenne,* dachte sie: *Liebe/Hass, gut/böse ... Anfang/Ende, Leben/Tod ... ficken/Liebe machen ... Nein!* Dazu *durfte es nicht kommen!*

Als sie dann in ihre Wohnung kamen, und seine Hand in der ihren bereits zu einer vertrauten Erfahrung geworden war, war sie vollkommen verwirrt. Sie hatte diesen Kerl in fast jeder Hinsicht belogen, einschließlich ihres Namens, und er hatte sich tatsächlich verliebt? Was bedeutete es schon, wenn ihm an dieser vorgeblichen Person lag, dieser fiktiven Cat? Was würde er sagen, wenn er die wirkliche Frau kennen würde, nicht die unter dem Leder und der Spitze, sondern die noch tiefer darunter? Egal, was er zu der Wahrheit sagen würde, es würde wahrscheinlich mit einem Aufschrei beginnen. Er würde es niemals verstehen.

»Ist alles in Ordnung mit dir? Du bist so still geworden.« Er liebkoste ihr seidiges Haar mit seinen Fingern.

»Ja«, log sie weiter und verriet ihm dann wenigstens einen kleinen Teil der Wahrheit. »Das ist alles so neu für mich.«

»Eine Beziehung? Eine Romanze? Das ist dir fremd?«

»Ja!« Das Wort brach verzweifelt aus ihr heraus und sie riss sich von ihm los. »Du willst mich ja nicht nur da kratzen, wo es juckt. Du willst mir Frühstück machen und danebensitzen und die Zeitung mit mir lesen!«

»Cat ... weißt du, wenn es dir lieber ist, dann kann ich auch gehen.«

»Ja. Nein. Ich ...«

Er stoppte sie mit einem Kuss auf die Lippen und ihr Verstand taumelte zwischen Leidenschaft und Angst hin und her. Seine

Lippen, seine Zunge, seine Arme waren fest, aber sanft. Er begann, sie zu entkleiden, als würde er zerbrechliches Porzellan aus einer Schachtel heben, in der es vergessen worden war.

Er flüsterte sanfte Kosenamen über ihre angespannten Muskeln. Seine Zärtlichkeit war beinahe unerträglich. Und als sich seine Küsse ihrem Bauch näherten und darunter vorwagten, begann sie, lautlos zu weinen. Er war so ganz anders als all die anderen; es war, als habe man Sex mit einem außerirdischen Wesen. Er hatte ihr seinen Namen genannt, aber in ihren Gedanken war er immer noch die Flinke Zunge. Und der Spitzname war wirklich passend: Seine Zunge war feucht und breit und er konnte sie zeitweilig erstarren lassen, als er sie damit penetrierte und sie dann wieder einzog, zusammen mit ihrer Klitoris, die er danach in den Mund nahm, was sie aufkeuchen und die Fäuste in seinem Haar ballen ließ. Das allein reichte schon fast, sie zum Orgasmus zu bringen, aber er sah zu, dass sie nur bis kurz davor kam, und mit Entsetzen stellte sie fest, dass er sie beinahe so weit gebracht hatte, dass sie darum gebettelt hätte. Kein Mann hatte sie je zuvor so geil gemacht.

Und dann geschah das Undenkbare: Zum ersten Mal seit zweieinhalb Jahren spürte sie, wie der lange pulsierende Penis eines Mannes in sie eindrang. Und statt Schmerz und Gewalt verspürte sie Lust und noch etwas anderes: Freude? Liebe? – Es war unbeschreiblich. Sie wurde von einem reißenden Sturzbach von Empfindungen davongeschwemmt, sie ließ sich von dem Gefühl von ihm in ihr dahintreiben – und drohte darin zu ertrinken.

Nie zuvor hatte sie Vergnügen am gewöhnlichen Kopulieren nackten Fleisches empfunden, das aneinander rieb und schabte und zuckte. Sie hatte es immer als animalisch, als primitiv empfunden. Sie fühlte sich dabei aufgespießt und von einem brutalen, rücksichtslosen Instrument niedergeknüppelt – abgestochen; geopfert auf dem Altar ihres Bettes. Sie wollte sich verehrt fühlen. Die Zunge, die Nase, die Lippen und der Atem des Mannes sollten die Opfergaben sein, und ihre Vulva und ihre Klitoris der Tempel. Der Mann bot ihr seine Gaben dar in der Hoffnung, dass sie ihn gleichermaßen befriedigen würde. Aber wie bei vielen der antiken Göttinnen konnte ihr Zorn ohne die geringste

Vorwarnung angestachelt werden wie eine Springflut, die alles auf ihrem Weg mit sich davonriss. Sie behielt sich das Recht vor, den Anbetenden aus einer Laune heraus zu bestrafen. Aber nicht jetzt. Nicht diesen Mann. Nicht heute Nacht.

Er bescherte ihr Genüsse ohne Ende. Gerade als sie das Gefühl hatte, sie würde in dieser Ekstase ertrinken, kam er zuckend und rief sie dabei bei dem Namen, unter dem er sie kannte. Wie würde es wohl sein, ihren wirklichen Namen von seinen Lippen zu hören? Er sackte über ihr zusammen und bedeckte ihr Gesicht und ihre Brüste mit Küssen. Fanden seine Liebkosungen denn gar kein Ende?

Gedankenverloren streichelte sie seinen Kopf. Ihre Schenkel durchliefen die üblichen postkoitalen Zuckungen, zusammen mit etwas anderem tief in ihrer Seele, das vor Freude vibrierte. Und dieses Etwas machte ihr Angst. Sie versuchte, sich aus seiner Umarmung zu lösen, als er sich zur Seite rollte, seine Gliedmaßen zwischen ihre schlängelte und eindöste. Aber er war zu stark und zu schwer, und sie lag da in der Falle. Schließlich fiel sie in einen unruhigen Schlaf, in dem sie davon träumte, dass sie erstickt wurde, mit ihrem Gesicht zwischen den Schenkeln eines Mannes.

Am nächsten Morgen, gerade als er sich daranmachen wollte, ihr Frühstück zu machen, warf sie ihn hinaus. Sie musste nachdenken. Sie machte einen Spaziergang am Strand entlang. Die donnernden Wellen und das Geschrei der Möwen erinnerten sie an diese ganzen romantischen Filmklischees. Es war wieder genau so wie in der letzten Nacht. Sie trat wütend in den Sand und scheuchte einen Strandläufer davon.

Was hatte er mit ihr angestellt? Was zum Teufel war das, was sie da fühlte? Sie fand darauf einfach keine zufriedenstellende Antwort.

Auf dem Rückweg zu ihrer Wohnung war sie immer noch so durcheinander, dass sie direkt vor ein entgegenkommendes Auto lief, das sie anhupte und einen halsbrecherischen Schlenker machen musste und sie dann in einer Wolke von Abgasen zurückließ. Zitternd stand sie mitten auf der Straße. Sie beschloss, darin ein Zeichen zu sehen. Sie musste etwas tun, um sich von diesem ungreifbaren Gefühl zu befreien.

Also tat sie das, worin sie am Besten war: In dieser Nacht ging sie in eine andere Bar, fing einen Fisch in ihrem Netz, tat das Übliche, säuberte die besudelten Laken und ihre klebrigen Schenkel und wachte am nächsten Morgen allein auf.

Und, Ali? Wenn sie mit sich selbst sprach, benutzte sie natürlich ihren richtigen Namen. *Ist das jetzt besser?*

»Ja!«, stieß sie laut hervor. Selbstsicherheit, Unabhängigkeit, Kontrolle! All das war besser als dieses Gefühl, sich steuerlos in einem winzigen Boot auf stürmischer See zu befinden. Also rief sie Flinke Zunge an. Es war besser, ihn so zu nennen, als dass er ihr durch die Nennung seines richtigen Namens noch vertrauter erschien. Er war nicht mehr als ein Bruchteil eines Traumes, der sich zu einem formidablen Albtraum ausgeweitet hatte.

»Es tut mir leid, dass ich nicht sofort zurückgerufen habe«, begann sie und log ihn damit schon wieder an. »Ich habe deine Nachricht von vorgestern erhalten.« Und dann rutschte ihr plötzlich ein Teil der Wahrheit heraus, als sie sagte. »Ich hatte Angst ...«

»Ich weiß«, sagte er.

Sie wollte schreien. Wie konnte er es wagen, sie so gut zu kennen? Stattdessen sagte sie: »Ich würde dich gern heute Abend sehen.«

»Das freut mich«, erwiderte er.

Und sie wusste, dass das stimmte.

Er kam mit Blumen und Champagner und einem freundlichen verlockenden Lächeln auf seinen bezaubernden Lippen.

Das fremde Etwas in ihr regte sich, während sie gleichzeitig feucht im Schritt wurde. Aber sie konnte nicht zulassen, dass die Geilheit mit diesem anderen Gefühl in Kontakt kam – dem, das sie dazu brachte, die Kontrolle zu verlieren. Sie wusste, so konnte sie nicht weitermachen.

»Ich will, dass du mir sagst, was dich glücklich macht», sagte er in den Intervallen, die zwischen dem Küssen ihres Halses und der Brüste verblieben.

Sag es ihm!, schrie sie sich selbst an, bevor sie wieder unterzugehen drohte. Also tat sie es, aber sie erzählte ihm nicht alles.

Als sie spürte, wie seine Zunge ihre lockigsten Haare kitzelte, wusste sie, alles würde gut werden. Sie begann vor Begierde zu keuchen, als er sie zu lecken begann, aber sie spürte auch die Macht ihrer Kontrolle.

Sie umschloss seinen Kopf mit ihren Schenkeln wie bei so vielen anderen vorher, und ihre Leidenschaft erreichte beim ersten Knacken einen Höhepunkt. Er wehrte sich dagegen, was ihre Erregung noch steigerte. Und beim zweiten Knacken und seinem erstickten Schmerzensschrei mit seiner Zunge noch in ihr, schrie sie vor Lust. Seine Körperflüssigkeiten mischten sich mit den ihren und sein Zucken wurde schwächer, als der Druck ihrer Schenkel stärker wurde. Sie verkrampfte ihre muskulösen Beine noch einmal und zerquetschte seinen Schädel mit einer Kraft, die Knochenfragmente in seine Augenhöhlen trieb. Sein Mund öffnete sich weit in einem letzten, endgültigen Aufschrei, und dabei saugte er den größten Teil ihrer Schamlippen ein und seine Zähne schlossen sich auf ihrer Klitoris. Sie schrie auf und kam wie noch bei keinem anderen, sie warf sich hin und her und schlug um sich in der Springflut ihrer überschäumenden Ekstase. Sie lachte zwischen atemlosem Keuchen. Ihr kleiner Tod war sein großer Tod. Sie hatte ihre geliebte Dualität zurück.

Als ihre Atmung sich langsam wieder dem normalen Bereich näherte, liebkoste sie sanft das Gemisch von Blut, Knochenfragmenten und Hirnmasse zwischen ihren Schenkeln. Sie liebte diese klebrige, sämige Masse. Sie schob den leblosen Körper von sich und flüsterte: »Du warst wirklich der Beste.«

Ja! Das war wirklich die einzige Art, wie man das Bett mit einem Mann teilen sollte. Sie atmete immer noch leicht keuchend und fühlte noch die letzten Zuckungen des lang gezogenen Orgasmus. Sie würde warten, und würde den süßen Geruch von Sex, Blut und Tod genießen, bis sie wieder zu Atem gekommen war. Dann würde sie die Axt und die Müllsäcke holen, um die Überbleibsel eines weiteren Liebhabers zu beseitigen.

Sie lächelte. Sie hatte ihre Kontrolle zurück. Sie hatte alles wieder im Griff.

IN DER LETZTEN REIHE

Brian Lumley

Also, Folgendes ist passiert:

Im Odeon wurde ein Liebesfilm gezeigt, ein Klassiker von damals, aus einer anderen Zeit und aus einer anderen Welt, könnte man fast sagen. Als ich den Film zum ersten Mal sah, begleitete mich meine Frau ... unglaublich, das muss schon fünfundvierzig Jahre oder länger her sein. Nun ja, der Film hat die Zeit überdauert, unsere Liebe hat es nicht. Und wer weiß, vielleicht wollte ich ihn gerade deshalb noch einmal sehen.

Ich ging an einem regnerischen Mittwochnachmittag hin. Dann sind keine Rowdys da, die in den hinteren Reihen sitzen und dazwischenquatschen und herumkrakeelen, höchstens ein oder zwei Liebespaare auf den Doppelplätzen ganz hinten, die sich glücklich, heimlich und sicher im Dunkeln aneinanderkuscheln. Ich war auch einmal jung und verliebt ...

Na ja, bei einem alten Film – an einem Mittwoch und bei dem elenden Wetter und so – war das alte Odeon wahrscheinlich so gut wie leer. Vorne mögen ein paar Tattergreise sitzen, die ihre Augen schonen wollen. Aber das ist nichts für mich. Ich wollte oben – im Olymp – sitzen, in der vorletzten Reihe. Meine Augen scheinen neben meinem Gedächtnis nämlich das Einzige zu sein, das nicht an Schärfe verloren hat.

Ich stand vor dem Kino, wartete, dass die Kasse öffnete, hatte den Kragen hochgeschlagen und ein Fünfzig-Pence-Stück in der Hand. Das ist doch wenigstens etwas: Wir alten Knacker kommen billiger rein. Billiger? *Hah!* Ich weiß noch, damals kostete es nur *drei Pence!* Die beiden jungen Leute vor mir mussten wahrscheinlich zwei Pfund bezahlen – *jeder!* Und das für ein bisschen Zurückgezogenheit – wenn man es so nennen will – in einer schimmeligen alten Flohkiste wie dem Odeon.

Hinter mir standen mittlerweile noch ein paar Leute – die meisten waren Pärchen, aber es gab auch ein paar Singles. Hauptsächlich Rentner wie ich, und vermutlich waren sie ebenfalls hierher gekommen, um nach ein paar Erinnerungen zu jagen. Und wir standen da und warteten, dass das Kino aufmachte.

Irgendwohin musste ich ja schauen, also schaute ich nach vorne auf die beiden jungen Leute. Nun ja, eigentlich sah ich sie nicht direkt an – ich meine, so etwas tut man nicht, oder? Ich sah an ihnen vorbei, über sie hinweg, durch sie hindurch, wie man das eben so macht. Aber etwas fiel mir an ihnen auf – wie ich fürchte, nicht sehr viel.

Der Junge war achtzehn, vielleicht neunzehn, und das Mädchen so etwa ein, anderthalb Jahre jünger. Wissen Sie, ich erinnere mich nicht so recht an ihr Gesicht, aber sie war schon etwas zum Hinsehen: rosig, strahlend, ein bisschen viel albernes Gekicher, mit schimmernden schwarzen Haaren unter der Kapuze ihres roten Plastikregenmantels. Weiße Zähne und eine Stupsnase, und blitzende Augen, wenn sie lachte. Ein richtiges Rotkäppchen! Das Ganze nicht größer als einssechzig oder einsfünfundsechzig; aber wie man so sagt: Gutes kommt in kleinen Schachteln. Weiß der Geier, was sie an *ihm* fand. Aber sie klammerte sich so fest an ihn, als habe er sie hypnotisiert. Und wissen Sie, ich musste über mich selbst lächeln. In meinem Alter noch eifersüchtig?

Was den Jungen anging: Er war blass, mager (schlaksig nennt man so etwas in meiner Ecke), und hohlwangig. Er sah ziemlich verhungert aus – eine gute Mahlzeit hätte ihm gutgetan. Aber gegen den starren Fischblick hinter seinen dicken Brillengläsern hätte sie auch nichts ausgerichtet. Er hatte einen schwarzen Regenmantel an, der ihm etwas zu klein war und aus dem seine Handgelenke wie Pfeifenstängel ragten, und altmodische Schleicherschuhe wie sie die Teddyboys zum Rock'n'Roll trugen. Dieses Paar passte nun so gar nicht zusammen. Aber wie sagt man so schön: Gegensätze ziehen sich an ...

Jedenfalls, bevor ich mir die beiden hätte genauer ansehen

können, falls ich das überhaupt gewollt hätte, konnten wir hineingehen.

Das Odeon ist schon länger schäbig gewesen, als ich mich erinnern kann. Vor dreißig Jahren war es bereits schäbig, und seitdem ist es unwiederbringlich heruntergekommen. Ich fürchte, dass auch der letzte Glanz verblasst ist, und man kann ihn nicht wieder auftragen. Aber eines muss ich dem Laden lassen: Die haben nie aufgegeben. Als das Fernsehen aufkam und die Geschäfte der Lichtspielhäuser einbrachen, hat das alte Odeon wacker weiter Filme gezeigt. Irgendwie hat es alles überstanden, aber eben nicht ohne Narben.

Und heute ... heute könnte man alles nach Lust und Laune übertünchen und anstreichen, aber man kriegt die Falten nicht mehr raus. Das ist wie mit einer alten Frau, die ihre Kriegsbemalung auflegt, man erwartet Lamm und bekommt Hammel. Aber so ist das mit dem alten Odeon. Auch wenn die Lampen voll aufgedreht sind, ist es dort dämmerig, als hinge ein Dunst in der Luft. Ja, ein Dunst mit diesem muffigen Geruch von alten Orten. Nicht etwa gespenstisch, aber eben alt und knarrend und abbruchreif. Vielleicht waren meine Augen aber auch doch nicht mehr so gut, oder auf den Kandelabern oben an der Decke lag der Staub zu dick ...

Ich ging nach oben (in aller Ruhe, Sie wissen schon, ich stützte mich leicht auf meinen Stock) und steuerte meinen üblichen Platz im hinteren Bereich an. Und was soll ich sagen, vor mir waren natürlich die jungen Leute da, nicht in meiner Reihe, sondern in der dahinter, ganz an der Wand. Sie suchten sich ganz leise und verstohlen einen von den Doppelplätzen aus. Ich hatte aber nicht gesehen, dass sie sich im Kiosk im ausgetretenen Foyer Bonbons oder Popcorn gekauft hatten, vielleicht blieben sie also für die gesamte Dauer der Vorstellung nett, still und leise.

Weitere Zuschauer trafen oben ein, die alle nach vorne gingen, wo es mehr Platz für die Beine gibt und man sich auf das Mahagoni-Geländer lehnen und auf die Leinwand hinuntersehen kann. Doch als die Lichter langsam verloschen, waren es alles in allem vielleicht zwei Dutzend Leute hier oben, und die meisten saßen in den ersten beiden Reihen. Das junge Pärchen und ich hatten den hinteren Bereich ganz für uns alleine. Das Kino war selbst für einen Mittwoch schlecht besucht; vielleicht saßen auf den billigen Plätzen unten mehr Leute.

Früher gefiel mir immer der Anfang am besten. Die Lichter wurden heruntergedreht, Orgelmusik ertönte (aber schon zu meiner Zeit vom Band), die Vorhänge glitten beiseite und gaben den Blick frei auf eine matt schimmernde, leere Leinwand. Dann erschien die Queen, und danach gingen die Vorhänge wieder zu, und die Lichter erloschen ganz. Dann kam die Show: die Pathé-Nachrichten, ein kurzer Vorfilm, ein Zeichentrickfilm, die Trailer – Gott weiß, warum die so heißen, schließlich ziehen sie keinen Trail hinterher, sondern kommen zuerst! – und schließlich der Hauptfilm. Ach ja, und zwischen dem Zeichentrickfilm und dem Hauptteil gab es eine Pause, in der die Eisverkäuferinnen mit ihren Bauchläden durch die Reihen gingen. Und am Ende wieder die Queen.

Komisch, an den König kann ich mich nicht entsinnen. Ich meine, *ich* kann es schon, aber mein Gedächtnis eben nicht! Und wenn ich mich an etwas erinnere, bin ich nicht sicher, dass ich es auch richtig behalten habe. So ist es eben, wenn man alt wird. Na, jedenfalls dauerte das Ganze vom Eintritt bis zum Verlassen des Kinos zweieinhalb bis gute drei Stunden. *Das* lohnte sich noch! Heute kriegt man die Vorschau, die Lokalwerbung, den Hauptfilm ... und das war's dann! Oder wenn man Glück hat, gibt es *vielleicht* einen kurzen Vorfilm. Und ich sage noch, dass mich die schlechten Besucherzahlen überraschten!

Nun ja, die Trailer waren nichts Besonderes, und die Regionalwerbung war laut, völlig farblos und nicht mal aktuell – *Pauls Herren-Friseursalon* hatte schon seit Monaten geschlossen! Dann eine klitzekleine Pause, in der die Lichter ein wenig heller wurden; und plötzlich wurde mir bewusst, dass ich von dem jungen Paar in der hintersten Reihe noch keinen Pieps gehört hatte. Na ja, vielleicht ein ganz leises Flüstern und ein- oder zweimal ein Kichern. Sicher nichts, worüber man sich beschweren musste.

Die Sitzreihen im Odeon sind stufenförmig angeordnet; meine Reihe war also etwa fünfzehn Zentimeter niedriger als ihre. Ich tat so, als wollte ich es mir etwas bequemer machen, rutschte auf meinem Platz herum und warf einen raschen Blick über die Schulter. Dieser kurze ›Schnappschuss‹ zeigte mir das Pärchen, wie es ganz dicht beieinander saß und die Hälfte des Platzes vergeudete. Das Mädchen war in eine Ecke gezwängt, und das blasse Jüngelchen hatte einen schwarzgekleideten Arm um ihre rotgekleideten Schultern gelegt, und hinter den dicken Brillengläsern richtete sich sein starrer Blick auf meine Augen. Ich konnte keinen Ausdruck darin erkennen, aber vermutlich wünschte er sich, ich solle verschwinden.

Dann wurde es wieder dunkel, der Vorspann flimmerte über die Leinwand, und ich lehnte mich zurück, um den alten Film zu genießen und dazu vielleicht noch eine oder zwei Erinnerungen von früher ...

Und da ging es los: das Rumoren in der letzten Reihe. Ich hatte es natürlich vorausgeahnt, als ich die beiden kurz angesehen hatte. Zwei junge Leute wie diese sitzen da in ihren Regenmänteln! Man muss nicht mal ein alter Mann mit schmutzigen Gedanken sein, um den alten Trick zu durchschauen. Es ist erstaunlich, was unter einem Regenmantel so vorgehen kann. Oder sich lösen kann.

Bald würden Knöpfe, langsam, einer nach dem anderen, unter dem Druck zitternder tastender Finger im Schutz des Plastikstoffes nachgeben; Kleidung würde gelockert werden, warme nackte Haut vorsichtig freigelegt – aber nicht den Augen. Kein Taschenlampenstrahl einer Platzanweiserin würde sie entdecken, und ganz gewiss nicht der neugierige Blick eines alten Esels aus der Reihe davor. Wenn ich es mir überlege, erhöhte die Tatsache meiner Anwesenheit vermutlich noch ihre Erregung. Es amüsierte mich, wenn ich mich als Kulisse in ihrem Liebesspiel vorstellte – oder war ich nur ein lebendiges Hindernis vor ihrem feuchten Ziel, das sie irgendwie täuschen mussten, auch wenn sie wussten, dass ich mich nicht täuschen ließ?

Und die ganze Zeit tat dieser Kümmerling von einem jungen Mann so, als hätte die forschende Hand nichts mit ihm zu tun, während das Mädchen völlige Unwissenheit über den kriechend langsamen Vormarsch auf ihre Brustwarzen vortäuschte – die nur das erste Ziel des Feldzuges waren. Das alles natürlich unter meiner Annahme, dass es sich bei ihnen um Anfänger handelte. Ach ja, die Liebe in der letzten Reihe eines Kinosaals ist schon eine komische Sache.

Zuerst hörte ich das schwere Atmen. Oh, aber es gibt schweres Atmen und eine andere Art des schweren Atmens! Und dann das Stöhnen, zuerst sehr leise, aber allmählich ganz deutlich zu hören. Ich änderte meine Meinung und stellte meine innere Vorstellung von ihnen um. Die beiden waren ganz sicher keine Anfänger; mittlerweile waren alle Knöpfe geöffnet und vermutlich alles andere auch! Hier gab es keine vorsichtige Erkundung. Das war vertrautes Gelände, das schon häufig gemeinsam oder mit anderen beschritten worden war. Kein Präludium, sondern ein voller Orchestereinsatz, der sich allmählich zu einem Crescendo steigerte.

Ich fragte mich, ob sie es wirklich tun würden? Gleich hier in der letzten Reihe. Vor fünfzehn Minuten hatte ich mich noch als eine Art Hemmschwelle für sie gesehen, die es zu überwinden gegolten hatte; mittlerweile glaubte ich, dass sie sich einen Dreck um mich scherten. Es war ihnen egal, ob ich überhaupt da war. Für die beiden existierte ich gar nicht, jedenfalls nicht an diesem Abend. Sie hatten die Dunkelheit und einander – was zum Teufel machte es da aus, ob ein alter Mann anwesend war? Ein alter Mann, wahrscheinlich ohnehin schon taub!

Jetzt hatte sich ein Knie auf den oberen Rand meiner Sitzlehne verirrt. Zuerst spürte ich den sanften Druck, dann die Vibration, die wie ein schwacher elektrischer Strom begann und dann zu einem Pulsieren wurde, das durch das Holz und die Polsterung zu meinen Schultern durchdrang. Zu meiner Zeit nannten wir es ein zünftiges Zitterknie, wenn die körperliche Leidenschaft zu gewaltig wurde und nicht mehr unterdrückt werden konnte. Und dabei klang das Stöhnen immer höher, bis es sich über das Surren des Projektors erhob, der seine weißen flackernden Lichtschauer auf den Schirm warf, aus denen die bewegten Bilder wurden.

Mittlerweile ging mir auf, dass ich ein Voyeur war. Ohne die beiden auch nur anzusehen, nahm ich an all ihren Handlungen teil. Allerdings unfreiwillig ... oder doch nicht? Ich war hierhergekommen, um mir einen Film anzusehen, und nicht, um mich in die tierische Erregung lüsterner junger Liebender verwickeln zu lassen. Und dennoch war ich darin verwickelt!

Sie hatten mich in Erregung versetzt – mich, einen alten Mann! Mit ihrem Keuchen, ihrem Stöhnen, ihrem Schlabbern. Ich schwitzte ihren Schweiß aus, erbebte unter ihrem Zittern. Und ich konnte nur dasitzen, wie vom Donner gerührt und erschauernd wie jemand, der von einer fremden Frau an seinem intimsten Körperteil angefasst wird und sich nicht zu regen wagt. Oh ja, ich fühlte mich tatsächlich so, als habe irgendeine Frau neben mir Platz genommen, die mich jetzt streichelte. So sehr hatte ich mich von dem hinreißen lassen, was sich in der letzten Reihe hinter mir abspielte.

Plötzlich merkte ich erschrocken, dass wir bei der letzten Filmrolle angekommen waren. Mein Gott – was war hier geschehen? Wohin war mein Film verschwunden, wohin meine Erinnerungen? Ich hatte doch nur ein wenig in der Vergangenheit schwelgen wollen. Und ich hatte alles verpasst, alles ihretwegen.

Ihretwegen ...

Also, jetzt konnte ich sie sogar riechen! Dumpf, süß, sexuell ... biologisch! Ich konnte ihren Sex riechen! Und hören, wie ein Mund nur wenige Zentimeter von meinen Ohren an Fleisch herumschmatzte! Und ein schnelles Keuchen, das sich mehr und mehr beschleunigte und in mir Bilder von einem halb erschöpften Rüden weckte, der immer wieder in eine dampfende Hündin stieß!

Liebende? Tierische Erregung? Das waren *tatsächlich* Tiere! Junge Tiere, die sich gerade aneinander ergötzten wie ... wie Vampire! Oh, vermutlich können Sie es Küssen nennen, vielleicht auch Petting oder Herummachen – aber sicher nicht meine Art von Herummachen. Nicht die Art, die mein Mädchen und ich uns vor Jahren gönnten. Küssen? Ich konnte hören, wie sie aneinander *lutschten* und schäumten wie ätzende Säure, die sich in weiches Holz frisst. Und auf einmal wurde ich wütend.

Wütend auf mich, auf sie, auf einfach alles. Es waren nur noch fünfzehn Minuten bis zum Ende des Films, und alles fühlte sich ... verdorben an. Also gut, dann würde ich ihnen ihren Spaß ebenfalls verderben. Jedenfalls ihm.

Du wirst nicht kommen, du junger Bock!, dachte ich. *Du hast mir mein Vergnügen genommen, und jetzt nehme ich dir deins*.

Ich wandte also ruckartig den Kopf und den Oberkörper nach hinten und stieß hervor: »Jetzt hört mal, ihr zwei ...«

Sie waren fast zu einer Person verschmolzen, wie sie da geradezu auf ihrem breiten Sitz lagen. Sie hatten die Kapuzen ihrer Regenmäntel hochgeschlagen und sich aneinander gepresst, und ich schwöre, ich sah Dampf – ihren Sexdunst – dort aus dem finsteren Schlitz aufsteigen, hinter dem ihre Gesichter sich wie verschränkte Hände aneinander klammerten. Sofort erstarb das Schlabbern, und einen Moment später ... hörte ich ein Knurren!

Nein, es war ein Fauchen. Eine rau gezischte Warnung, mich nicht einzumischen. Und das tat ich dann auch nicht.

Vielleicht wirkte er bleich und schwächlich, aber er war jung, und ich war alt. Seine Knochen waren elastisch, und meine würden wie Zweige brechen. Ich konnte seine Verachtung wie etwas Körperliches spüren – wie ich sie während der letzten neunzig Minuten gespürt hatte! Und wer außer einem hochnäsigen Rüpel hätte das alles gewagt, da ich doch genau vor ihnen saß? Und das Mädchen war genauso schlimm, wenn nicht noch schlimmer.

»Das ... das ist ... widerlich!«, murmelte ich. Und dann drehte ich mich rasch wieder zur Leinwand und sah mir den Rest des Films durch heiße aufsteigende Tränen der Scham an. Ich war wirklich ein tatteriger alter Narr.

Kurz bevor die Lichter wieder angingen, spürte ich hinter mir eine Bewegung und glaubte zu hören, dass sie gingen. Zumindest vernahm ich leichte Schritte, die sich über den Teppichboden der letzten Reihe leise entfernten. Es konnte natürlich das Mädchen sein, das sich auf der Damentoilette wieder ›zurechtmachen‹ wollte. Aber vielleicht war er immer noch da, in der letzten Reihe hinter mir, und starrte mich höhnisch an, und daher drehte ich mich nicht nach dem Geräusch um.

Dann war der Film vorbei, und als die Leute weiter vorne hintereinander den Saal verließen, blieb ich noch sitzen. Denn ich konnte immer noch – heiß und salzig – jemanden in meinem Rücken spüren. Denn vielleicht war er es, und er würde mich mit seinem bedrohlichen starren Blick hinter seinen beschlagenen Brillengläsern ansehen.

Schließlich musste ich etwas unternehmen. Vielleicht waren sie doch beide gegangen, und ich stellte mich gerade wie ein alter Feigling an. Ich stand auf, warf einen Blick auf die letzte Reihe und sah –

Mein Gott! Was hatte er mit ihr gemacht?

Der Regenmantel war von oben bis unten aufgerissen. Sie – das, was von ihr übrig war – lag zusammengesackt darin. Auf ihrem Gesicht war kaum noch Fleisch, nur eine rohe rote Fläche. Die Brüste waren verschwunden, und dampfende Rippen lagen frei. Der Bauch war geöffnet, ausgeweidet, eine tiefe Höhle, die bis zu den gespreizten Schenkeln klaffte. Und darunter keinerlei Innereien oder Geschlechtsteile. Wenn ich sie nicht vorher gesehen hätte, nun, dann hätte ich nicht einmal sagen können, dass es sich überhaupt um ein Mädchen gehandelt hatte.

Das waren meine Gedanken, bevor ich die tatsächliche Farbe des Regenmantels erkannte. Auf den ersten Blick hatte ich gedacht, dass er rot sei; mein Verstand hatte sich geweigert, so viel Rot etwas anderem als Plastik zuzuordnen. Aber dann sah ich die Überreste seiner Brille zerdrückt und zerbrochen auf dem geschwärzten blutdurchtränkten Wollstoff des Doppelsitzes liegen ...

Das ist meine Aussage, Sergeant. Ich kann Ihnen weiter nichts sagen – nur, dass ein schreckliches Wesen in dieser Stadt herumläuft, das Eingeweide Lebender frisst und wie ein hübsches Mädchen aussieht.

FLEISCHESLUST

Brian Hodge

Angesichts der Tatsache, dass sie stolz darauf war, ihren eigenen, selbst gewählten Weg zu gehen, war es schon eine bemerkenswerte Ironie, dass ihr Horizont durch den Mann ohne Beine um so vieles erweitert wurde.

Bei Tag war sie Ellen, und kannte die Gänge in der Buchhandlung wie die Linien ihrer Hand, das rauchige Grau ihrer Augen, die schwach angedeuteten Fältchen, die sich in den Mundwinkeln eingegraben hatten und ihm Wärme und Weisheit verliehen, als seien sie von einem liebevollen Bildhauer modelliert. Sie durchschritt die Gänge und ihr bescheidener Rock streifte um ihre Knie und sie konnte jede Seite hinter den Reihen von Lederrücken riechen. Für den geduldigen Kunden war ihr Arbeitsplatz immer ein lohnendes Ziel. Jedes Buch sollte ein so liebevolles Heim finden.

An diesem Tag war es nicht anders gewesen als sonst auch, alles war wie gewöhnlich bis zu dem Zeitpunkt, als sie die Buchhandlung verließen; bis sie und Jude für die Spätschicht das Feld räumten. Mit ihrem straffen Facelifting hätte Jude eine ältere Schwester sein können. Zumindest dachte sie das. Sie dachte, sie wüsste, was in Ellen vorging. Eine häufige Fehleinschätzung, aber schließlich beschränkte sich Judes Vorstellung von hoher Literatur auf Danielle-Steel-Romane, im Vergleich zu denen von Jackie Collins. Jude kannte bereits das weitere Schicksal von fast jeder Person, der sie jemals begegnen konnte.

Sie gingen zusammen zum Parkplatz am Ende der Straße. Das Viertel um die Buchhandlung herum war eine Darstellung der Stadt im Kleinformat: alt und auf gefällige Art heruntergekommen bei Tage, aber keine Gegend, in der man freiwillig allein nach Einbruch der Dunkelheit spazieren ging. Die verwitterten Hauseingänge, in denen die Farbe abblätterte, die unsymmetrischen Backsteine, die sich nicht richtig in die anderen einfügten, die baufälligen schiefen Schornsteine und Kamine ... sie warfen seltsame Schatten, die länger wurden, je weiter der Abend voranschritt, und aus diesen Schatten kamen dann die Menschen der Nacht.

Sie reihten sich in die Menschenströme ein. Judes energische Schritte klackerten neben ihr. Sie waren urbane Sardinen, nichts weiter, und es war einfach unvorstellbar, dass jemand jemals aus der Reihe tanzte. Ellen wusste, wären da nicht die Nächte, dann würde sie sich eines Tages die Haare ausraufen – eine allergische Reaktion auf diese Tageslichtwelt und die vorgefertigten Schablonen, in die man dort hineinpassen musste.

»... und weißt du, was diese kleine Dumpfnase von mir wollte?«, plapperte Jude gerade. »Er sagte: ›Haben Sie auch eine Kurzfassung von *Der alte Mann und das Meer?*‹ Ich habe ihm gesagt, ›Das Original hat nur knapp hundert Seiten, warum lesen Sie die nicht einfach‹ und da hat er mich vielleicht angeguckt ...«

Sie kamen zu einem Spalt in der Gebäudefront, der Mündung einer Seitenstraße, die sich wie ein unreiner, lepröser Rachen vor ihnen auftat. Aber gleichzeitig war er auch verlockend, mit all diesen Geheimnissen, die sich hinter verwitterten Türen verbargen. Hinterzimmer regten häufig ihre Neugier an.

»... der hat mich wirklich angeguckt, als hätte ich ihm gerade vorgeschlagen, das Buch mit Essig und Öl zu essen. Also hab' ich zu ihm gesagt: ›Hören Sie zu, ich kann das ganz schnell für Sie zusammenfassen: Mann angelt Fisch, Mann kämpft mit dem Fisch, Mann verliert toten Fisch an hungrige Haie‹« Jude erstarrte, bis auf ihren Arm, der auf die Seitenstraße deutete. »Oh mein Gott.« Sie zog angewidert den Arm zurück. »Sieh da nicht hin, Ellen. Sieh da bloß nicht hin.«

Das waren genau die falschen Worte und es war auch schon zu spät. Ellen hätte sich nie etwas entgehen lassen, das Jude so aus dem Konzept brachte.

Der Mann schien Anfang vierzig zu sein, und sie hätte ihn nie mit einem von diesen Leuten verwechselt, die auf der Straße leben – Leute, die in ihren Rollstühlen herumfahren und schreckliche Geschichten zu erzählen haben: ein Autounfall und der Verlust des Lebensstandards, Kriegstraumata und kein Halt mehr im Leben ... Aus dieser Entfernung – fünf oder sechs Meter bis zu der Mauer? – schien ihr seine Kleidung odentlich und neu, sein Haar gut frisiert. Er hätte irgendein einigermaßen attraktiver Mann sein können, der sich so gut es eben ging eingerichtet hatte, nachdem er beide Beine von der Hüfte an abwärts verloren hatte.

Aber andererseits – er masturbierte. In seinem Rollstuhl. Es sah nicht so aus, als würde er nur seine Eier zurechtrücken. Er war mit allem, was er hatte, bei der Sache – und mit beiden Händen.

»Er – er tut das in aller Öffentlichkeit!« Jude schloss sich in ihrem Abscheu dem der übrigen nicht in sich selbst versunkenen Vorbeigehenden an. »Ich ... ich glaube nicht, dass ihm auch nur klar ist, dass ihm jeder zusieht!«

Nein. Nein, das war es ihm wohl wirklich nicht, oder? Seine vollkommene Konzentration auf die Sache – das war es, was Ellen an dieser Zurschaustellung am meisten faszinierte. Vielleicht waren Ort und Zeit seiner Handlung unangemessen, aber auf seinem Gesicht las sie mehr Leidenschaft und Ekstase als auf denen ihrer acht bis zehn Liebhaber der letzten Woche zusammengenommen.

Ein Mona-Lisa-Lächeln spielte auf ihrem Gesicht, wurde aber von Jude, die ihren Arm ergriff und sie wegzerrte, nicht bemerkt.

»Komm, weg hier,« sagte Jude. »Ein adrettes junges Mädchen wie du und ein solcher Anblick, dass kann dich auf Jahre hinaus prägen. Ich hatte mal einen Nachbarn. Dem gefiel es, sich vor anderen Menschen zu zeigen. Bis heute wird es Sylvia Miller schlecht, wenn sie nur eine Knackwurst sieht.« Jude schauderte es. »Wenn ich jetzt doch nur einen Eimer kaltes Wasser hätte, damit würde ich das Feuer in diesem Perversen schon löschen. Du solltest solche Dinge nicht sehen müssen.«

Wenn du nur wüsstest, dachte Ellen und ließ Jude in dem Glauben, sie würde sie vor etwas bewahren, das sie tatsächlich vielleicht an die zweitausendmal beobachtet hatte.

Manchmal war Ellen eben so.

Und die Tage reihten sich einer an den anderen.

Des Nachts war sie Elle, nur Elle. ›Was ist schon ein Name?‹, geht die Redewendung und sie hatte beschlossen – eine ganze Menge. Sie hatte nur einen einzigen Buchstaben weggestrichen, und damit ein ganz anderes Leben geschaffen.

Sie fühlte sich sogar anders, wenn andere sie so nannten und wenn sie sich selbst so nannte. »Ellen« war respektabel und ging auf Nummer sicher, das war ein guter Name, wenn man damit einen Scheck unterzeichnete. Aber »Elle« hatte einen Beigeschmack von Geheimnis und Mehrdeutigkeit, beschwor eine geschmeidige feuchte Alchemie von Verführung und Hingabe herauf.

Seit Jahren war dieser Name hochwillkommen in der Art Club, in die nur diejenigen gehen, die von ihnen wissen, deren neue Mitglieder nur durch Mundpropaganda von ihnen hören und wo niemand aufgrund von ungehörigem Verhalten herausgeworfen wird, weil jeder dort genau weiß, weswegen die anderen da sind.

Ihre Schönheit und ihr Spaß am Experiment waren berühmt. Sie war fast überdurchschnittlich groß, aber nicht übermäßig. Wenn sie ihr rabenschwarzes Haar offen trug, bildete es einen starken Kontrast zu ihrer blassen durchscheinenden Haut und den vollen, in berückender nächtlicher Strenge geschminkten Lippen. Sie hatte eine Achtundfünfzig-Zentimeter-Taille, konnte sie aber auf fünfundvierzig Zentimeter herunterschnüren. Männer wie Frauen liebten es, ihre Hände darumzulegen oder die festen eleganten Kurven zu liebkosen, auf dem Weg zu der feuchten Hitze zwischen ihren Schenkeln.

Die heutigen Liebhaber waren da keine Ausnahme. Manchmal trafen sich alle sechs Hände um ihre schmale Mitte, einige sacht und zart, andere grob und drängend. Der Club nannte sich ›Der Innere Kreis‹ und Abwechslung war das, was sie alle suchten.

Sie hatte die letzten paar Stunden als Teil eines Vierers verbracht, eine ihrer bevorzugten Konstellationen. Zwei Männer und zwei Frauen – das bedeutete für sie perfekte Symmetrie, etwas, das die Natur so vorgesehen hatte, so wie die vier Himmelsrichtungen und die vier Jahreszeiten. Der Innere Kreis bot einen dem Anlass entsprechend beleuchteten Hauptraum für Gruppen oder kleinere Räume mit vielen Kissen und Polstern und sie hatten sich für einen davon entschieden.

Sie nahm Daniel in den Mund, während Mitch sie von hinten bediente; sie umarmte Jill und küsste sie leidenschaftlich, während sich die Männer zwischen den Beinen des Mädchens abwechselten; sie und Jill leckten sich gegenseitig die fiebrige Klitoris, während Daniel und Mitch noch in ihnen steckten; Jill setzte sich auf ihren Mund, während sie die Beine weit gespreizt hielt ... wie Elle aus Erfahrung wusste, brauchte man eigentlich mehrere Männer, da ihre Hormone sie schnell im Stich ließen und sie viel schneller ermüdeten als Frauen. Aber sie gaben alles und sie schluckte es mit Mund, Möse und Arsch. Sie schrie laut und rhythmisch und nahm die anderen in sich auf, einzeln, zu zweit, oder alle drei. Sie bereitete ein Dinner aus Samen, mit dem aromatischen Tau von Jills angeschwollener, entblätterter Spalte als Dessert.

Und dann war da immer diese Stille, als die Körper erschlafften, weil sie nicht mehr geben oder nehmen konnten. Es war immer, als sei die Welt soeben untergegangen und sie lägen nackt und feucht in der Asche.

»Du bist unersättlich«, erklärte Daniel. Blond und solariumgebräunt lag er verschwitzt und zusammengerollt neben ihr und streckte einen Finger aus, um zu erproben, ob er ihn hinter den Saum des schwarzen Korsetts stecken könnte. Jill und Mitch lagen in einem ähnlich zerzausten Zustand eine Armeslänge entfernt. »Ich würde dich gern wiedersehen.«

»Das könnte gut passieren«, sagte sie. »Ich komme öfter hierher.«

»Das hat man mir gesagt.« Grinsend schob er sich auf dem Ellbogen näher heran. »Wie lange kommst du schon in diesem Club? Die Zweideutigkeit war natürlich nur eingeschränkt beabsichtigt.«

»Sieh mal, du musst mit mir keine Konversation pflegen, ist das klar? Ich habe dich heute Nacht gefickt und wahrscheinlich werde ich das auch wieder tun.«

Er ließ sich auf den Rücken rollen, entspannt und nicht im Geringsten beleidigt. »Ich wünschte, ich wäre noch mal neunzehn«, seufzte er. Als ich neunzehn war, konnte ich fünfmal in einer Nacht. Und das Traurige daran ist, damals war ich dabei fast immer allein.« Er blinzelte hoffnungsvoll zu ihr herüber. »Hast du jetzt Mitleid mit mir?«

Es war so offensichtlich und so treuherzig, dass Elle trotz allem lachen musste. »Ihr Spätzünder werdet immer so wehleidig, wenn ihr darüber lamentiert, was ihr alles verpasst habt.«

Daniel versicherte, er kämpfe tapfer gegen die Schwerkraft an, da er nun mal auf dem absteigenden Ast seiner sexuellen Leistungsfähigkeit war. Er gestand, dass er fünfunddreißig war – war das Zufall oder Schicksal? Sie ging ebenfalls stramm auf die fünfunddreißig zu, aber taten sie das nicht eigentlich alle, zum ersten, oder zweiten oder zehnten Mal?

Sie ließ ihn reden, er war ganz angenehme Gesellschaft, ohne besitzergreifend zu wirken. Ein paar von den Kerlen in diesen Clubs benahmen sich trotz ihrer ach so lockeren Haltung immer so, als hätten sie einen Anspruch auf dich, nachdem sie dich einmal gefickt haben. Sie ließ Daniel also weiterreden, aber ihre Gedanken waren schon ganz woanders. Bei der nächsten Nacht, oder der Nacht darauf ... zukünftigen Nächten in anderen Clubs. Sie fragte sich, wo sie wohl sein würde, was sie wohl tun würde und mit wem sie es tun würde.

Vielleicht wäre sie im Fegefeuer, mit Ringen durch ihre erigierten Brustwarzen, aufgehängt an einem Lederriemen, während eine Domina mit einer Kapuze sie mit einem umgeschnallten Phallus penetrierte.

Oder vielleicht bei der Gemeinschaft von Jezebel, wo Gangbangs die Spezialität waren und wo sie sich auf Knien und Ellbogen dreifach penetrieren lassen konnte, während sie mit jeder Hand einen Schwanz massierte.

Oder anderswo, in noch exotischerer Gesellschaft. Aber immer irgendwo, wo sie mehr aus der Situation herausziehen konnte als ihre Partner. Es war eine Art Wettbewerb, etwas ganz Tiefsitzendes und Urtümliches.

Und sie überlegte auch, ob sie, egal wo sie sein mochte, nachdem sie befriedigt war und schwer atmend dalag, sich dann auch wieder die Vergnügungen der nächsten Nacht ausmalen würde, noch bevor die klebrigen Flüssigkeiten auf ihrem Körper getrocknet waren.

Konnte man sich überhaupt ernsthaft auf das nächste Mal freuen, wenn man so einfach voraussagen konnte, wie man sich am Ende fühlen würde? Selbst in Privatclubs wie dem Inneren Kreis, dem Fegefeuer und all den anderen konnte Sex genauso zur Gewohnheit werden wie das halbherzige Gehoppel übergewichtiger Vorstadtpaare, die sich dafür jeden zweiten Dienstag im Monat freihielten. Der Unterschied war nur graduell.

Und dann fragte sie sich, ob diese Überlegungen in einem Raum zusammen mit drei anderen nackten Menschen, deren ausgelebte Sexualität gerade die Wände befleckt hatte, darauf hindeuten könnten, dass sie sich langweilte.

Und kam zu dem Schluss, dass in dieser Überlegung schon die Antwort enthalten war.

Als Ellen ein paar Tage später aus der Mittagspause zurückkam und über den Kassentresen blickte, fragte sie sich einen Augenblick, ob bei einer von Judes Schönheitsoperationen wohl eine Naht aufgegangen war. Die Adern auf ihrer Stirn waren extrem hervorgetreten.

»Er ... er ist oben«, stieß sie zwischen zusammengebissenen Zähnen hervor.

Ellen runzelte die Stirn: »Was? Wer ist oben?«

»Dieser ... dieser Kerl.« Jude schien sich am Tresen festhalten zu müssen, um nicht umzufallen. »Der von der Straße.«

»Aha«, sagte Ellen und runzelte erneut die Stirn, diesmal überlegend. »War er komplett angezogen, als er hereinkam?«

Jude rümpfte die Nase, schockiert von der Zumutung, sie könne da hingesehen haben, um das zu überprüfen. »Siehst du – solche Leute bringen mich zum Nachdenken. Diese Gleichstellungsvorschriften sind für uns unzumutbare Belastungen. Wer weiß, was der da oben anstellt.«

Ellen ging auf die Treppe zu. »Vielleicht braucht er Hilfe, um an ein Buch zu kommen. Wir haben schließlich keine Fahrstühle, mit denen er an die oberen Regalböden kommen kann. Hast du mal darüber nachgedacht?«

»Du willst da hochgehen?« Jude umklammerte den Tresen mit weißen Knöcheln und kastanienroten Fingernägeln. »Was, wenn er seinen Lümmel wieder rausgeholt hat?«

Über die Schulter hinweg warf ihr Ellen einen beschwichtigenden Blick zu. »Dann werde ich ihm vorschlagen, er solle sich ein angemesseneres Lesezeichen suchen.«

Das brachte Jude zum Schweigen. Oben begann Ellen, die Gänge abzuschreiten. Hier waren die Regale älter, höher und zugestaubter, und beherbergten die antiquarischen und die wertvolleren Bücher des Ladens. Ihr waren die Kunden, die ihre Zeit hier oben verbrachten, immer die Liebsten gewesen.

Sie fand ihn in der Belletristikabteilung, so unerschütterlich und kraftstrotzend wie sein Rollstuhl, als sei der ein Teil von ihm. Er war in ein Buch vertieft, aber nicht so sehr, dass ihm ihre Annäherung entgangen wäre. Er lächelte sie schüchtern an und sie versuchte, nicht daran zu denken, wie er am Tag zuvor dreingeblickt hatte, so in sich selbst versunken und ohne jedes Schuldgefühl. Und so sehr im Einklang mit seinem Körper. Nicht einer unter Tausenden konnte es mit seinem Mangel an Schamgefühl aufnehmen und sie dachte, dass sie wohl mindestens genauso merkwürdig war wie er, weil sie das überhaupt nicht bemerkenswert fand.

»Kann ich Ihnen helfen?«, fragte sie.

Er deutete auf das vorletzte Regalbrett unter der Decke. »Sogar Schimpansen benutzen Werkzeuge, um an das zu kommen, was sie haben wollen, aber ich ...« Er breitete seine leeren Hände aus. »Das Elfte von links, falls es Ihnen nichts ausmacht.«

Sie reckte sich, zog den Band heraus und warf einen Blick auf den Deckel, bevor sie es weitergab. »*Justine*. De Sade. Wird wirklich nicht sehr häufig nachgefragt.«

Sein Grinsen war entschuldigend, aber herzlich, in dem verwitterten, grobknochigen Gesicht. Eine Locke fiel ihm in die Stirn. »Ich habe meine Ausgabe verliehen und nie zurückbekommen. Irgendwie fehlt zu Hause etwas ohne das Buch.«

Ellen lächelte zurück, aber vielleicht war das auch Elle. Elle im Tageslicht, die sich gegen die Ketten auflehnte, die sie an die Nacht fesselten. »Was mich angeht, ich ziehe ja die *120 Tage von Sodom* vor.«

Er schien belustigt, aber nicht überrascht. »Ich bin sicher, wir haben beide unsere Gründe dafür.« Er tätschelte mit Inbrunst den Umschlag des Buches, als sei es die Schulter eines alten Freundes. »Ich schätze die in diesem Werk formulierte Philosophie.

Das völlige Fehlen einer Belohnung für ein tugendhaftes Leben. Und jeder dieser kranken Bastarde in dem Buch erklärt seine Gründe dafür, sich wie eine gestörte Bestie aufzuführen mit einer solchen Zungenfertigkeit, dass man das Kotzen bekommen könnte.« Er zuckte die Achseln. »Aber offenbar erzähle ich Ihnen da ja nichts Neues.«

Sie grinste ihn verschmitzt an und sah sich um, ob sie auch wirklich allein waren. »Wollen Sie wissen, was ich für wirklich zungenfertig halte? Als Justine von dem Räuber gefangengenommen wird und es de Sade gelingt, die Idee eines Blowjobs rüberzubringen, ohne eine einzige konkrete anatomische Vokabel zu benutzen. Das hat mir gefallen.«

Und so ging es weiter, mit spontanen Kritiken und Lobpreisungen für die Werke eines Mannes, der einen Kontinent entsetzt hatte, dessen Verderbtheit legendär war und dessen Name zum Synonym einer ganzen Spielart der Erotik geworden war. Die Zeit verging wie im Fluge und irgendwann begann sie zu lachen, als sie sich vorstellte, was Jude unten wohl durch den Kopf gehen musste. Die arme Frau musste mit ihren Nerven am Ende sein. Wahrscheinlich überlegte sie, wen sie zuerst anrufen sollte: Sanitäter, Exorzisten, oder ein Überfallkommando der Polizei. Sie sollte wirklich gehen und die Ärmste beruhigen.

»Ich genieße das hier«, sagte er schließlich. »Das tue ich wirklich. Sie wissen, wie es ist, wenn man manchmal mit einer Person redet und plötzlich ist eine halbe Stunde vergangen und man hat es nicht einmal bemerkt? Ich wusste, Sie würden jemand sein, mit dem ich reden kann.«

»Und was hat Ihnen das verraten?« Sie musste es wissen. Entweder er war sehr viel einfühlsamer als Jude und die meisten der Durchschnittskunden, die unten durch den Laden strömten, oder sie hatte etwas von ihrer Nachtseite durchscheinen lassen.

»Sie haben vorgestern Nacht auf der Straße nicht weggesehen. Sie haben die Stellung gehalten ... und zugesehen.« Sein Augenkontakt war herausfordernd und offen.

Sie stand da, die Zunge zwischen die Zähne geklemmt, bekleidet, aber sie kam sich vor wie der Kaiser aus dem Märchen. Erwischt. Er hatte sie ertappt. Sie hatte gewusst, dass das irgendwann passieren würde, aber sie hatte immer gedacht, diese Person würde wenigstens Beine haben. Erwischt.

»Es war der Blick auf Ihrem Gesicht«, flüsterte sie. »Ich ... ich hätte nicht mal gedacht, dass Sie mich währenddessen bemerkt hätten ...«

Er lachte und rollte mit den Augen. Sie fand seine beiläufige Aufrichtigkeit bemerkenswert. Sie hatte schon viele Exhibitionisten getroffen, aber sie hatte nicht den Eindruck, dass er seine Lust aus dem Gefühl zog, beobachtet zu werden. Es war wirklich körperliche Lust gewesen, da war sie sich sicher.

»Ich lasse mich manchmal hinreißen. Ich weiß, ich sollte das nicht, aber wo es sich doch so gut anfühlt, und wenn ich dann in Stimmung komme ...« Er drehte die Handflächen nach oben und zuckte die Achseln. »Wissen Sie, auch Ihr Gesicht verrät Sie, auch wenn Sie glauben, dass es nicht so ist. Man erkennt sich einfach, wenn man weiß, worauf man achten muss. Ich gehe davon aus, dass ich da nicht ganz falsch liege, oder?«

Sie spürte, wie sie zu erröten begann. Verlegenheit? Sie hätte nicht gedacht, dass sie dazu noch fähig wäre. Die Herausforderung in ihrer Stimme war wirkliche Zuneigung: »Was meinen Sie denn, was Sie da sehen?«

Er musterte sie taxierend. »Die Augen. Es steht immer in den Augen. Dieser Blick, wenn man gerade nicht aufpasst. Etwas Unerfülltes, vielleicht auch etwas Wut. Schon gut. Ich weiß – das ist, als würde dir jemand das letzte Stück Schokoladentorte unter der Gabel wegstibitzen.«

Ellens Lachen war leise, weich und kehlig, lustvoll und doch trotzig. Schokolade und Sex. Der Kerl hatte vielleicht keine Beine, aber er wusste, wie man bei ihr landen konnte.

»Wissen Sie,« sagte sie. »Ich muss wirklich wieder an die Arbeit. Aber ich schätze, ich brauche Ihren Namen ... und eine Möglichkeit, wie ich Sie später erreichen kann.«

Sein Name war Adam, und die Adresse, die er ihr gegeben hatte, führte sie in eine finstere Gegend, wo ihre Schritte einsam von den Steinfassaden widerhallten und die bleichen Gesichter der Anwohner hinter verbarrikadierten Fenstern hervorlugten. Alles darbte unter einer zähen Schicht industrieller Rußpartikel dahin und die letzten Überreste der sommerlichen Blütenpracht schlängelten sich braun und welk um schiefe schmiedeeiserne Zäune. In so einer Gegend legte man Wert auf die eigene Privatsphäre und auf die der anderen.

Adam gab einen perfekten Gastgeber ab und sauste mit seinem Rollstuhl durch seine Wohnung und in die Ecken, als sei er auf einem Basketballfeld. Er mixte hervorragende Cocktails und servierte Appetithäppchen, die wahrscheinlich nicht aus einem Feinkostgeschäft stammten. Er zeigte ihr seine Bücher, einschließlich des frisch ersetzten Exemplars von *Justine*. Er überließ es ihr, seine Sammlung von Fetisch-Videos zu bemerken und den Vorschlag zu machen, eines davon einzulegen. Es kam eine Menge Kram mit Nippelklemmen und dem üblichen Gewimmer vor und schließlich die obligatorische Golden Shower, aber eigentlich verschwendeten sie so doch nur ihre Zeit, oder? Es war möglich, dass sie zwischendurch zu gähnen begann. Adam schaltete den Videorecorder aus, bevor der Film zu Ende war.

»Es ist schon eine Weile her, seit ich mir das angesehen habe«, gestand er. »Das gibt mir schon lange nichts mehr.«

»Und warum sehen wir uns das hier an, wenn es dich mittlerweile langweilt?«

Er zuckte leichthin mit den Schultern. »Um dir zu imponieren?«

»Das ist jetzt aber ein Witz«, sagte sie und war jetzt wieder Elle. Sie war ohne die geringste Mühe in diese Identität geschlüpft. Adam bemerkte es sofort. Gleiches findet zu Gleichem und von da war es dann nur noch ein Katzensprung bis ins Schlafzimmer.

Ohne Kleidung war sein Körper ein seltsames Wunderwerk. Unvollständig, aber hart und fein ziseliert wie eine großartige griechische Statue, die von Vandalen in zwei Stücke zerschlagen worden war. Seine Genitalien traten umso deutlicher hervor, groß und unanständig; sein Unterkörper spannte sich zu Kontraktionen, die sie ohne das Gegengewicht von Beinen nie gefühlt hatte. Als er sich mit ihr vereinte, abgestützt von zwei kräftigen Armen, konnte sie ihre Hände an seinem schmaler werdenden Rücken entlanggleiten lassen, die Handflächen um die angespannten Muskeln seines Hinterns schließen. Und dann konnte sie mit den

Händen weiterfahren und die glatten runden Stümpfe umfassen, wo seine Beine einfach aufhörten. Es gelang ihr nicht, an ihn als einen Amputierten zu denken. Für sie war Adam ganz, eine Einheit, und seine Hüften führten auf eine andere Ebene, wo sich seine Beine in einer anderen Dimension befanden.

Stundenlang rollten sie hin und her, in immer neuen Kombinationen ineinander verschränkt. Stellungen, die früher nicht möglich gewesen waren, weil irgendwelche Beine plötzlich im Weg waren, waren plötzlich erreichbar. Und Adam war unermüdlich, seine unendlich lang andauernde Hingabe an die Ekstase ließ ihn besessen erscheinen und ging dann weit darüber hinaus. Er hatte die Leidenschaft eines ganzen Körpers auf die halbe Körpermasse komprimiert. Jedes Mal, wenn er kam, geschah das mit krampfhaften leidenschaftlichen Zuckungen, geschüttelt von Stöhnen und Zittern, was vielleicht mitleiderregend gewesen wäre, würde es nicht diese tierische Wildheit versprühen. Ellen erkannte, dass die Art, wie er sich in seiner Lust verlieren konnte, für eine Frau mit weniger Erfahrung als sie selbst erschreckend sein müsste.

Und was war mit ihr? Es brachte sie zur Weißglut, dass sie zum ersten Mal in ihrem Leben das Gefühl hatte, übertroffen zu werden, dass es keine Möglichkeit gab, wie sie aus dem exzessiven Liebesspiel mehr herausziehen konnte als ihr Partner. Er hatte sie in den Schatten gestellt, und wenn es ihm im Buchladen beinahe gelungen wäre, in ihr einen Funken von Verlegenheit zu entfachen, so war ihm jetzt das Undenkbare gelungen: Er hatte ihren Neid erregt.

Ich will das haben, was du in dir hast, dachte sie und lag ehrfürchtig da, als habe sich ihr eine ganz neue Welt eröffnet. Sie lag neben ihm in schweißgetränkter postkoitaler Erschöpfung, mit angeschwollenen, pochenden Schamlippen. Es dauerte lange Zeit an, selbst als sich Adam regte und mit seiner Hand ihr Gesicht betastete.

Selbst noch als er sagte: »Wenn du bei mir bleibst, wirst du mich nicht mehr lange in dieser Fülle sehen.« Sie fand das einen merkwürdigen Ausspruch. Aber wenn man sich ihren Lebenswandel ansah ...

Es war bestimmt nicht merkwürdiger, als zu hören, dass ihr jemand seine Liebe gestand.

Ihre Beziehung nahm von da an ihren Gang, eine glückliche Koexistenz von Begierde und Willigkeit, Bereitschaft und Wagemut. Sie wusste nicht, wie lange es dauern würde, aber das war die Art, wie diese Dinge unter ihresgleichen gehandhabt wurden. Gefühle und Freundschaft hatten da kaum eine Bedeutung; es ging eher um die Befriedigung, sich mit jemandem zu vereinigen, der keine Urteile fällte, der verstand, dass nicht jeder einen ständigen Partner an seiner oder ihrer Seite für den Rest des jeweiligen Lebens wollte. Jemand, der der Spontanität des Körpers mehr vertraute als einem irregeleiteten Herzen.

Es sparte Zeit. Es sparte Geld. Es sparte billige Ausflüchte.

Adam hörte ihr frohgemut zu, wie sie von verschiedenen Stationen ihrer nächtlichen Eskapaden berichtete. Seine Erektion ragte wie eine Keule aus dem unteren Ende seines Körpers heraus. Er schloss dann die Augen und lächelte, während sie vor ihm Szenarien ausbreitete, die einen gewöhnlichen Mann in die tiefsten Abgründe der Eifersucht und Verzweiflung gestürzt hätten: Elle, die den Rücken eines devoten Mannes peitschte, bis er ihr mit flinker Zunge den Anus leckte; Elle, die den schlaffen Genitalien eines noch nicht operierten Transsexuellen einen Orgasmus entlockte; Elle, die eine Freundin übers Knie gelegt hatte und ihr den Hintern versohlte, während ein ältliches Ehepaar auf Stühlen davorsaß und zusah.

Adam hörte zu, und Adam zuckte. In einer erinnernswerten Frühstückspause hatte sie gelesen, dass Salvador Dali sich mit Willenskraft einen Orgasmus herbeidenken konnte; und fragte sich, ob das Adam ebenfalls gelingen mochte.

»Du bist dran«, sagte sie einmal, aus einem für sie uncharakteristischen Bedürfnis heraus, Gleiches mit Gleichem vergolten zu bekommen. »Du hast mir fast nichts von dir erzählt. Ich will all die schmutzigen Dinge erfahren, die du getan hast, bevor du mir begegnet bist.« Und hatte dann mit einem Grinsen hinzugefügt: »Abgesehen davon, dass du für Quickies mit dir selbst in Seitenstraßen abbiegst.«

Er tat so, als würde er die Aufforderung überdenken. »Ich kenne da ein paar Leute. Du bist nicht die Einzige, die in Läden hereinkommt, in denen das normale Publikum keinen Zutritt hat ...«

Danach provozierte er sie mit seinem Schweigen. Adams Lächeln war auf eine aufreizende Art herablassend, vielleicht sogar selbstgefällig. Er konnte so überheblich sein, wenn er das wollte, zwar nur im Spaß, aber er wusste verdammt gut, wie neugierig sie war, und dass sie sich fragte, ob er nicht irgendein esoterisches Training gehabt hatte, um sexuelle Energien zu kanalisieren, und sie anzuzapfen wie bei der kalten Fusion. Vielleicht irgendwas mit indischen Chakren oder tantrischer Sexualmagie. *Ich will das auch können,* hing ihre unausgesprochene Forderung in der Luft. *Bring es mir bei oder ich dreh dir den Hals um.*

»Also, was muss ich tun, um diese Leute kennenzulernen?«, fragte sie. »Oder bin ich dir dafür nicht gut genug?« Sie appellierte an sein Schuldgefühl – das würde vielleicht zum gewünschten Erfolg führen. »Du schämst dich meinetwegen, ist es das? Ich bin es nicht wert, dass du mich vor deinen Freunden fickst?«

Sein wettergegerbtes Gesicht verzog sich zu einem begeisterten Lächeln. »Vielleicht bist du doch schon bereit.« Er strich mit der Hand über ihren Körper und verharrte hier und da, überall dort, wo Knochen aneinander stießen. »Aber andererseits, Elle ...«, und so, wie er das sagte, klang das nach allem anderen, nur nicht nach einer hohlen Floskel, »... was hast du schon zu verlieren?«

Adam brachte sie in eine andere Gegend, die sie nicht kannte. Dieser neueste Halt auf der Suche nach dem gewaltigsten und besten Orgasmus war ein Niemandsland, wo Wohngebiet und Industriebrache aneinandergeraten waren und beide an Auszehrung gestorben waren. Ihr Zielort war eine Kirche, deren Gemeinde schon lange fortgezogen war, sich aufgelöst oder den Glauben verloren hatte ... wie auch immer. Sie hatten ein verstoßenes Gebäude zurückgelassen, umringt von Bäumen, die von Schornsteinen vergiftet worden waren, die dann selbst dahingeschieden waren. Alles stand jetzt da in einem kargen ewigen Herbst. Die Kirche hockte da in ihrer massigen gotischen Präsenz, grau und rußverschmiert.

»Sie ist jetzt in Privatbesitz«, erklärte er, als sie ihn eine Rampe an einer Seite der Eingangsstufen hochschob. Es sah aus, als sei diese Rampe das Einzige, was in Schuss gehalten war.

Er schloss die Tür auf und hielt dann im Vorraum an. Bevor ihre Augen sich noch an das dämmrige Licht gewöhnen konnten, reichte er ihr eine Augenbinde. »Ich fürchte, ich muss darauf bestehen.«

Elle verkrampfte sich. Seine Forderung klang wie eine Drohung – wie gut kannte sie ihn eigentlich? Frauen, die zu neugierig waren, fanden immer wieder den Tod; fanden ein brutales Ende in den Händen von Fremden, die ihr voreiliges Vertrauen missbrauchten. Aber wenn sie jetzt einen Rückzieher machte, stand sie als Feigling da, als Aufschneiderin. Das wusste Adam natürlich und vielleicht hatte er auf ihren Stolz spekuliert.

Sie beugte sich vor, ließ sich das Tuch um den Kopf binden und die kühle Nacht einer Kathedrale umgab sie.

»Wenn du mir hier den Garaus machst, verfolgt dich mein Geist bis an dein Lebensende«, drohte sie und biss ihm fest in das Ohrläppchen. Er lachte nur.

Elle hielt sich mit den Händen an den Griffen des Rollstuhls fest, während er sich vorwärts rollte, und ließ sich so von ihm führen. Sie kamen durch hölzerne Schwingtüren. Sie tastete mit den Füßen, um sich zu orientieren. Es ging weiter, und in ihrer dunklen, von reiner Intuition geleiteten Wahrnehmung kam ihr der Raum riesig vor – ein heiliger Ort, aber einer, der umgewidmet worden war. Es roch nach Sex, Schweiß und Ekstase.

Sie strengte ihre Sinne an und nahm die anderen wahr, die sie umgaben. Ein Flüstern um sie herum, das Gefühl, beobachtet zu werden, angestarrt, taxiert. Die Drohung des Unbekannten. Bewegung – rückten die anderen näher?

Adam hielt an, bewegte sie dazu, sich auf den Boden zu legen und schwang sich dann aus seinem Rollstuhl zu ihr herunter. Sein Mund presste sich grob auf den ihren und seine Hände zogen ihr die Kleidung aus. Augenblicke später gesellten sich andere Hände dazu. Nackt und blind wurde sie auf Kissen gebettet, die sie vor der Kälte des Steinbodens bewahrten. Sie gehörte allen.

»Schön«, erklang eine Stimme. »Auch wenn sie ganz ist.«

Sie überließ sich den Händen, die sie streichelten, liebkosten, und bei der Anzahl verlor sie das Gefühl für Adam. Er ging in der Masse um sie herum unter. Ihr Rücken bog sich durch, ihr Mund öffnete sich, um an einem Finger zu saugen, der sich zwischen ihre Lippen hindurch geschlichen hatte. Ihre Brustwarzen erigierten unter kreisenden Handflächen. Die Hände bescherten ihr hundertfaches Vergnügen und versprachen tausendmal mehr.

Sie öffneten ihre Beine und spreizten die Schenkel auseinander. Jemand überprüfte, wie nass sie war und murmelte beifällig. Dann hörte sie ein Rascheln, als jemand anderes sich in Position begab. Sie wurde penetriert und keuchte auf. Es war gewaltig und schob sich tiefer und tiefer in sie hinein. Was als Stöhnen begann, wurde zu einem klagenden Schrei auf der köstlichen Grenze zwischen Verzückung und Agonie. Sie war bis zum Bersten angefüllt, sich aber keines männlichen Körpers über ihr bewusst. Es drängten sich keine Hüften gegen sie.

Elle wollte mit der Hand nach unten tasten, aber Adam hielt sie auf.

»Ein Finger«, flüsterte er in ihr Ohr. Er war wieder da. »Du darfst nur einen Finger benutzen.«

Während sie langsam im von dem gewaltigen Phallus vorgegebenen Rhythmus mit den Hüften kreiste, streckte sie bebend einen Finger aus. Ihre Hand wurde von seiner geführt und sie berührte, strich ein paar Zentimeter daran entlang ... Fleisch. Festes, glattes, hartes Fleisch.

»Zufrieden?«, fragte er. Sie war es, und sie war es doch nicht. Niemand konnte so gewaltig sein ... oder doch?

Es war nicht die Zeit, darüber nachzudenken. Sie blendete den Gedanken aus und überließ sich dem Hier und Jetzt, der unmittelbaren Erfahrung. Sie holte tief Luft und reckte sich ihm entgegen, wobei sie sich mit den Ellbogen auf dem Boden abstützte. Sie nahm es in sich auf. Alles. Sie stieß zurück mit den geübten Muskeln ihrer Hüften und stöhnte zwischen krampfhaft zusammengebissenen Zähnen hervor. Es war, als kämpfe sie einen mörderischen Kampf mit diesem monströsen Ding in ihr. Sie ritt auf ihm, bis es sie in die Knie zwang und zum Himmel erhob, wo ihre Stimme von den Dachsparren mit dem Staub von Jahrhunderten widerhallte.

Schweißgebadet fiel sie in die Arme von jemandem zurück und

spürte, wie sich ihr Liebhaber aus ihr zurückzog und eine vollkommene Schwärze zurückließ, ihre ganze Welt. Sie warteten bis sie wieder zu Atem gekommen war, dann war da eine Hand auf ihrem Kinn, die ihre Lippen aufzwängte. Sie gab nach, begierig, ihre Erschöpfung zu überwinden, sich als würdig zu erweisen. Wer auch immer diese Leute waren, sie wollte zu ihnen gehören, wollte das, was sie ihr geben konnten, wollte geben, was sie zu geben hatte. Ihre Lippen teilten sich und ihre Zunge streckte sich vor, um das zu ertasten, was ihren Augen verwehrt blieb. Sie spürte Wärme –

Er war vor ihrem Mund.

Sie roch an dem gewaltigen Phallus und schmeckte ihn einen Augenblick später. Sie öffnete den Mund weit, noch weiter, und konnte doch kaum ein paar Zentimeter in sich aufnehmen, bevor ihr Kiefer auszurenken drohte. *Was war das?* Sie hob eine Hand, schloss die Finger darum, fühlte festes Fleisch, Muskeln –

Und dann entzog es sich ihr, spielerisch, bevor sie das identifizieren konnte, was ihr so vertraut erschien, so fremdartig, so spannend. Um sie herum, neben ihr und weiter weg, hörte sie leises Gemurmel – lobend, respektvoll, zustimmend.

Adams Hände hantierten an ihrem Hinterkopf und lösten sanft den Knoten, und als die Augenbinde sich löste, blinzelte sie in das plötzliche Licht und vergaß zu atmen. Was auch immer sie erwartet hatte, das hier war es nicht.

Sie befand sich in der Mitte des alten Kirchenschiffes, unter hohen Deckengewölben und den misstrauischen Blicken der leidenden Figuren in den Mosaikfenstern, von denen einige von Vandalen eingeworfen worden waren. Die Kirchenbänke und die Kanzel waren demontiert, und an ihre Stelle war eine mit Kissen ausgestattete Spielwiese für die etwa dreißig Mitglieder getreten, die sie in ihren Kreis aufgenommen hatten, auch wenn sie so ganz anders waren als sie selbst.

Elle blickte direkt in die Augen der jungen Frau, die in dem V saß, das ihre ausgestreckten Beine bildete. Das war also ihre Liebhaberin? Sie verströmte eine leicht laszive Aura, wie sie sich so auf die Schenkel zurücklehnte und Elles Blick mit einer Begierde erwiderte, die schon fast männlich war. Es war eine

Rolle, die ihr gut stand. Elle folgte den Konturen ihres Körpers, von den kleine Brüsten zu den schmalen Hüften zu der sich verjüngenden Länge ihres linken Beines. Sie hatte keinen Fuß, nur den glatten knochigen Abschluss, den der Knöchel bildete. Eine sehr phallische Form.

Und im Augenblick ziemlich feucht.

Und sie hatte gar kein rechtes Bein.

Elle wirbelte herum und sah Adams Lächeln. Und den Stolz in seinen Augen. Sie ließ sich von ihm in die Arme nehmen. Die hatte er wenigstens noch.

Im Gegensatz zu vielen der Gestalten um sie herum. Ihnen fehlten allen das eine oder andere Teil, einigen mehr als anderen. Die Füße, Unterschenkel, manchmal das ganze Bein. Einigen, so wie Adam, fehlten beide Beine. Andere hatten ihre Arme geopfert. Bei zwei Personen sah sie, dass da nur noch Köpfe und ein einzelner Arm an einem Torso waren. Sie waren glatt und fein modelliert, sie alle, und wenn sich in ihrem Blick eines spiegelte, dann war das Verlangen. Nicht das Verlangen, so zu sein wie sie, sondern sie zu einer der Ihren zu machen.

»Ihr tut euch das selbst an, nicht wahr?«, flüsterte sie Adam zu. »Das waren keine Unfälle, oder?«

Er grinste und antwortete geheimnisvoll: »Es gibt keine Unfälle!«

»Ich verstehe das nicht.« Aber dann, als sie sich umsah, den ganzen Raum voller zerbrochener Statuen musterte, konnte sie eine gewisse Bewunderung nicht verhehlen. Was es auch war, was sie dazu brachte, das hier war Hingabe, etwas, das so weit über ihre bisherigen sexuellen Exzesse hinausging, dass sie nie wieder dorthin zurückkonnte.

»Das wirst du noch«, versprach Adam, und wandte sich dann ab, neuen Partnern zu, so wie auch die anderen. Neue Paarungen, Trios, Gruppen.

Und sie sah zu, aus der ersten Reihe.

Sie konnten die erstaunlichsten Dinge tun.

Adam erklärte es ihr später, als sie zurück in seiner Wohnung waren. Sie war sehr still geworden. Sie versuchte alles zu verdauen, was sie gesehen hatten, stellte aber fest, dass es selbst in ihrem umfassenden sexuellen Repertoire keine Entsprechungen dafür gab. Sie kauerte sich auf dem Sofa zu einem Ball zusammen, die Hände um einen Kaffeebecher geschlossen. Sie fühlte sich haltlos im Innern, zerfließend, wo die Muskeln überdehnt worden waren.

»Wie hat das angefangen?«, fragte sie.

»Wie fängt irgendetwas an?«, gab Adam zurück und lachte leise in sich hinein. »Transzendenz. Das will doch jeder vom Leben, oder? Irgendeine Möglichkeit, darüber hinauszuwachsen. Oder mehr aus ihm herauszuholen.« Er hielt inne und setzte dann neu an. »Hast du jemals von den Gnostikern gehört?«

Sie wedelte vage mit der Hand.

»Das waren mehrere Splittergruppen der frühen Kirche vor fast zweitausend Jahren. Sie hatten keine lange Geschichte. Von der regulären Kirche wurden sie als Ketzer gebrandmarkt. Zu ihrer Zeit waren sie sehr fortschrittlich, in vielerlei Hinsicht. Aber dann war da auch diese selbstverachtende Philosophie, die ihnen allen gemein war. Da die materielle Welt nicht an den Geist heranreichen kann, muss sie schlecht sein, sie selbst eingeschlossen. Also musste zwangsläufig auch alles, das sie geschaffen hatte, schlecht sein. Es ging ihnen daher darum, so zu leben, dass sie ihrer Verachtung allem gegenüber Ausdruck verliehen, bis zu dem Tag, an dem sie wieder zum Geist zurückkehren konnten. Jede Spielart hatte ihre eigenen Methoden. Die Asketen versagten sich alles. Die Freidenker gaben sich allen Lüsten hin und fickten alles, was in ihre Reichweite kam. Maßlosigkeit als Weg zur Erlösung ... eine Einstellung, die mir gefällt.« Adam zwinkerte ihr zu. »Und dir ja wohl auch, meine Liebste?«

Elle lächelte schwach. Sie fühlte sich vollkommen ausgelaugt. »Ich glaube nicht, dass meine Ziele so hochgestochen sind.«

Er lachte. »Nein, meine auch nicht, ganz bestimmt nicht. Na ja, jedenfalls ... auch bei den Gnostikern gab es ganz extreme Gruppierungen. Die meisten Gnostiker vertraten die Idee, dass der Körper ein Gefängnis sei, in dem der Geist gefesselt ist, aber diese Randgruppen, die unternahmen auch etwas dagegen. Sie entwickelten die Gewohnheit, Stücke von sich selbst abzuschneiden, um das Gefängnis einzugrenzen.«

Da begann sie, eins und eins zusammenzusetzen: Amputationen in einem erotischen Kontext. Je weniger Körper vorhanden ist, um das sexuelle Vergnügen zu verteilen, desto größer muss die Konzentration in dem Fleisch sein, das übrig bleibt.

»Und so haben sich die beiden Ansätze dann im Laufe der Zeit miteinander vermischt?«

»Ich weiß es nicht. Wahrscheinlich.« Adam schien verwirrt. »Wer weiß schon, wie solche Sachen tatsächlich ablaufen? Es ist ja auch nicht so, als würden wir unsere Tradition durch die Jahrhunderte zurückverfolgen, wirklich nicht. Irgendjemand ist einfach vor einer Weile auf diese Sachen gestoßen und hat festgestellt ... es funktioniert.«

Ermattet stemmte sich Elle vom Sofa hoch, ging zum Fenster und starrte in die Nacht hinaus. Ein kränklicher Schimmer von Natriumdampflampen sorgte für Unterbrechungen zwischen den schwarzen Gebilden aus Stahl und Beton, ausgebrannte Enklaven der Einsamkeit. Wie sehr sie doch die Welt dort draußen hasste, ihren kalten, unabänderlichen Verfall.

»Alles kommt wieder«, sagte sie. »Wenn man ihm nur genug Zeit lässt.«

Die Maßnahmen fanden immer im stillen Hinterzimmerchen statt, die Amputationen wurden von einem Chirurgen durchgeführt, dem die Lizenz entzogen worden war, der seine Fähigkeiten aber nicht rosten lassen wollte. Es war ein Arrangement, von dem alle profitierten, und die überflüssigen Teile wurden spurlos in einer industriellen Verbrennungsanlage entsorgt.

Elle ließ ihn mit einem Fuß beginnen.

Sie stellte fest, dass Phantomschmerzen so gut wie gar nicht auftreten, wenn man sich freiwillig von etwas getrennt hat. Über der Wunde bildete sich neue Haut und darunter, wie es schien, neue Nervenenden. Es war wie ein Erwachen, und während die Welt unter dem Schnee verschlief, war ihr Heilungsprozess bereits so weit fortgeschritten, dass sie die ersten Versuche mit ihrem neuen Sexualorgan anstellen konnte. Sie stellte fest, dass sie ohne die geringste Berührung zwischen ihren Beinen kommen konnte.

In der Buchhandlung hatten alle Mitleid mit ihr, vor allem Jude, und alle fanden es bemerkenswert, wie tapfer Ellen doch ihren Unfall verkraftete. Sie ließ die Einzelheiten bewusst offen und war gerührt, dass Jude sich Gedanken darüber machte, dass es ihr jetzt vielleicht schwerer fallen würde, einen Mann zu finden – einen Mann, der über ihre Behinderung hinwegsehen konnte.

»Schon bei dem geringsten Makel«, erklärte Jude, »können sie sich abwenden und als herzlose Bastarde entpuppen.« Dann lächelte sie nervös und kontrollierte ihr Aussehen im Taschenspiegel. Ellen deutete das als Zeichen für ein weiteres bevorstehendes Lifting.

Unterdessen überlegte sie selbst, die bereits fest entschlossen war, auf ihrem Weg weiter voranzuschreiten, wie sie jemals erklären sollte, was mit dem Rest ihres Beines passiert war.

Im Frühling war sie wieder auf dem Damm, der Heilungsprozess und die Vernarbungen waren größtenteils abgeschlossen. Sie verbrachte jetzt den größten Teil ihrer Freizeit in der ehemaligen Kirche, stakste auf den Krücken herum und erforschte sowohl das Gebäude wie auch seine Bewohner. Sie waren eine sehr enge Gemeinschaft, in der sie auch dann zusammenkamen, wenn sie die Kleidung anbehielten. Was nicht weiter verwunderlich war – mit wem sonst sollten sie reden? Sie hatten sich in mehr als einer Hinsicht vom Rest der Menschheit abgesetzt.

Sie lag oft bei Adam im sterbenden Licht der Nachmittagssonne, die ihre Körper mit Farben überzog, wenn die Sonnenstrahlen durch die Kirchenfenster strömten. Über ihnen hielt die Jungfrau Maria ein kleines Lamm in den Armen, dessen Fell rußverschmiert war.

»Du Mistkerl«, sagte sie zu ihm. »Du hast nicht auf mich gewartet.« Aber es lag kein Ärger darin, und es brachte Adam dazu, zu lächeln, sogar zu lachen.

Er berührte ihr Gesicht mit der einzigen ihm verbliebenen Hand, eine Berührung, die sie genießen wollte, solange es noch ging. Es würde nicht von Dauer sein. Ellen schmiegte sich enger an ihn, presste ihren Mund auf den glatten rosa Stumpf an seiner linken Schulter und errötete verzückt, als er wohlig aufkeuchte.

»Hat jemand das jemals vollkommen durchgezogen?«, fragte sie. »Sich alles abschneiden lassen?«

Adam nickte. »Einige haben das getan.«

Sie stöhnte und machte wortlos ihren Fantasien Luft, wie sie sich zu einem Bündel überhitzter Nerven reduzieren könnte, einer einzigen großen erogenen Zone. »Ich frage mich, wie das wohl wäre.«

»Ich weiß es nicht. Aber ich habe mir sagen lassen, es ist ... es ist, als sei man ein Gott.« Adam regte sich, streckte sich und jede Liebkosung seiner Hand und seines Mundes schien seinen ganzen Körper zu betreffen, jeder Atemzug und das Auftreffen jedes Staubkorns. »Wenn es soweit ist, dann müssen alle anderen für dich sorgen. Sie müssen deine Bedürfnisse erfüllen. Du bist dann nur noch etwas, das empfangen kann.«

»Wie beschreiben es die anderen? Und wo sind sie jetzt?«

»Sie haben nichts mehr gesagt. Und nach kurzer Zeit ... haben sie auch nicht mehr gegessen. Aber sie haben immer noch gelächelt.«

Sie haben etwas erfahren, dachte sie. *Oder etwas gefühlt, an das wir anderen noch nicht einmal denken können.*

Noch nicht.

Sie nahm seine Hand und drückte sie an ihre Hüfte, an den freiliegenden Stumpf, der heiß pochte. Noch wund und voller Verheißung. »Ich werde darin besser sein als du. Wenn ich so weit bin, dann werde ich mehr fühlen als du.«

Sie sagte das mit einem Lächeln und einem erwartungsvollen Zittern in der Stimme.

Konnte sie sich Zentimeter um Zentimeter weiter verstümmeln und mit jedem neuen Schnitt neue Höhen der Lust empfinden? Wenn sie sich einen Finger abhackte, wäre das dann eine neue Form der Masturbation? Es gab so viele Erfahrungen, die noch zu machen waren, auf dieser Straße des Skalpells.

»Das werden wir ja sehen«, gab er zurück.

Ellen überlegte, ob sie ihn dazu bewegen könnte, seinen verbliebenen Arm zu behalten, bis sie für ihr anderes Bein bereit war, damit Adam das Skalpell für den ersten symbolischen Einschnitt halten konnte.

Das wäre himmlisch.

Es wäre fast so etwas wie Liebe.

Originaltitel- und Copyrightangaben

Edo van Belkom: Am Ende der Straße. ›End of the Road‹.

Michael Garrett: Einfach nur Sex. ›Just Sex‹.

Christa Faust: Unter die Haut. ›Skin Deep‹.

Bruce Jones: Schweinische Filme. ›Home Movies‹

Ramsey Campbell: Das Mädchen am Fenster.
›The Body in the Window‹.

John B. Rosenman: Online-Sex. ›Hot Phosphor‹.

Graham Masterton: Der Jajouka Peniskäfer.
›The Jajouka Penis-Beetle‹.

Tom Piccirilli: Erstens kommt es anders ... ›Take It As It Comes‹.

Wendy Rathbone: Gestrandet. ›Beached‹.

Brinke Stevens: Ausgebootet. ›Jacking In‹.

Lucy Taylor: Der Mann für alle Gelegenheiten. ›Male-Call‹.

Michael Newton: Five Card Stud. ›Five Card Stud‹.